BRIAN FREEMAN

Directeur marketing d'une grande firme américaine dans une vie antérieure, Brian Freeman s'est reconverti dans le roman policier d'action et d'atmosphère en mettant en scène son héros récurrent, l'inspecteur Jonathan Stride. Salué par la critique, par ses pairs et par les lecteurs dès son premier livre, *Jamais je ne reviendrai* (Presses de la Cité, 2007), il fait désormais partie du cercle très fermé des meilleurs auteurs du genre.
Brian Freeman est aussi l'auteur de *Las Vegas Baby* (2008) et *Le prix du péché* (2010), parus chez le même éditeur.

Retrouvez toute l'actualité de l'auteur sur :
www.bfreemanbooks.com

LAS VEGAS BABY

DU MÊME AUTEUR

CHEZ POCKET

JAMAIS JE NE REVIENDRAI

LAS VEGAS BABY

BRIAN FREEMAN

LAS VEGAS BABY

Traduit de l'anglais (Etats-Unis)
par Jean Charles Provost

PRESSES DE LA CITÉ

Titre original :
STRIPPED

Le papier de cet ouvrage est composé de fibres naturelles, renouvelables, recyclables et fabriquées à partir de bois provenant de forêts plantées et cultivées durablement pour la fabrication du papier.

ISBN 978-2-266-19479-2

A Marcia

« Faut-il punir les crimes par d'autres crimes, et de plus grands criminels ? »

BYRON

Prologue

Elle fit glisser le peignoir de ses épaules. La soie blanche retomba à ses pieds, formant des plis parfaits.

Baigné par l'enseigne au néon installée sur le toit terrasse, son corps nu était une palette multicolore. Les lettres géantes épelaient le mot SHÉHÉRAZADE au-dessus d'elle, en autant d'éclairs verts et rouges. La lumière se répandait sur sa peau et peignait des graffitis psychédéliques sur les urnes, les fontaines et les dattiers du décor de palais marocain de la terrasse.

Les enseignes criardes illuminaient la vallée, mais les noms disaient leur emplacement véritable : Les Sables. Les Dunes. La Frontière… Des avant-postes au milieu de nulle part. Des sanctuaires issus de la poussière et du soleil.

En dehors des flaques de lumière, le toit du Shéhérazade était aussi sombre que le désert qui bordait le Strip. La femme ne vit pas l'homme qui la guettait dans l'ombre.

L'eau de la piscine, d'un bleu lumineux, semblait l'inviter à y plonger. Elle s'était douchée après le spectacle, mais elle avait encore chaud. Vêtue de ses seuls talons hauts, elle longea d'un pas léger la piscine en marbre. Un vent chaud et râpeux caressait son corps.

Elle se débarrassa de ses escarpins et s'avança sur le plongeoir. Elle fendit la surface de l'eau avec la grâce d'une sirène et regagna le bord en quelques brasses. Quand elle se redressa, l'eau gouttait de ses seins. Elle passa les doigts dans ses cheveux noirs mouillés.

C'était le paradis. Elle était faite pour cette vie.

Très bientôt, elle pourrait vivre ainsi n'importe où dans le monde. Finies, les boîtes de nuit puant la sueur, plus besoin de faire la pute sans se l'avouer. Il y avait plusieurs mois qu'elle avait pris sa décision. Cette nuit serait la dernière. Demain, elle serait libre.

Elle se demanda si cela lui manquerait. La sensation de pouvoir que lui procurait la scène, le désir dans le regard des hommes quand ils criaient son nom : « Amira ! »

Amira Luz… La beauté espagnole à la peau sombre et aux yeux de vamp. Ses longs cheveux luisants. Son profil aussi acéré qu'une lame. Son corps aux courbes sensuelles. Amira Luz. La déesse du Shéhérazade.

Elle regretterait le Las Vegas sexy. La voix de Sinatra, les diamants au cou des femmes, la fumée de la cigarette que l'on vient d'allumer… Ici, elle était une vedette. Les gens murmuraient sur son passage. Quand elle aurait tourné le dos aux feux de la rampe, elle ne pourrait pas revenir en arrière. Mais elle ne serait plus captive.

Un bruit de plongeon la fit sursauter. Le cœur battant, elle se retourna et vit une forme nager vers elle sous l'eau. La peur la paralysa. Puis elle se détendit et sourit. Il était arrivé en avance pour lui faire une surprise. Elle fut envahie de désir à l'idée qu'ils feraient l'amour dans la piscine.

— Petit salaud, dit-elle en riant quand l'homme émergea devant elle, fort et robuste, aussi nu qu'elle.

Mais ce n'était pas le visage qu'elle attendait. Celui-ci était un sale obsédé qui la matait chaque soir au casino.

Elle sut pourquoi il était là.

L'homme se rua vers elle et colla une main sur sa bouche tout en l'attirant contre lui. Il ôta sa main et l'embrassa goulûment avant qu'elle ait pu crier. Malgré ses efforts pour se dégager, il la souleva sans difficulté. Elle sentit son sexe en érection contre son ventre.

D'abord, le viol, pensa-t-elle.

Puis le meurtre.

Leurs bouches se séparèrent. Elle reprit son souffle et hurla à l'aide.

— Crie autant que tu veux, dit-il en riant.

Il la gifla violemment pour la faire taire avant de lui enfoncer la tête sous l'eau. Son genou la frappa en pleine poitrine. Elle ouvrit la bouche par réflexe. Des bulles d'air lui remontèrent par le nez. Paniquée, elle tenta de refaire surface, mais l'homme la maintenait fermement.

Elle ne connaîtrait jamais la liberté. Elle resterait à jamais captive.

Le chlore lui piquait les yeux. Soudain elle aperçut le scrotum de l'homme à quelques centimètres de son visage. Elle l'empoigna avec un mouvement de torsion, enfonçant ses ongles manucurés dans les testicules.

Un cri bestial parvint à ses oreilles. L'homme la lâcha. Elle creva la surface et prit plusieurs inspirations brûlantes. Son agresseur se tenait les testicules et jurait. Hors d'elle, elle appliqua les deux mains sur sa poitrine et poussa de toutes ses forces.

Les ongles de l'homme lui griffèrent le mollet comme elle atteignait le bord. Elle tenta de se hisser hors de l'eau, mais son pied glissa et elle retomba.

L'homme était juste derrière elle.

Il la fit pivoter. La fureur brillait dans ses petits yeux noirs. Il jeta un regard vicieux à ses seins et au triangle sombre entre ses cuisses.

— Tu ne baiseras personne cette nuit, lui cracha-t-elle en un ultime défi.

— Toi non plus.

Il la tira brutalement par les cheveux. Son crâne fit entendre un craquement écœurant en heurtant le rebord de marbre. Des étincelles jaillirent derrière ses paupières. La douleur se propagea le long de ses nerfs et disparut aussi soudainement qu'elle était apparue. Amira ne sentait plus rien. Son corps était aussi flasque que celui d'une marionnette. Elle aperçut le ciel nocturne au-dessus d'elle, et la lueur rougeoyante de l'enseigne au néon quand l'eau se referma sur son visage. Ce fut sa dernière vision de la ville. Elle coula, laissant un sillage rouge derrière elle. Quand elle toucha le fond, elle se trouvait très loin de Las Vegas, sur une estrade en bois qui résonnait sous ses pieds sur un rythme de flamenco, tandis que la foule l'acclamait.

— *Amira !*

PREMIÈRE PARTIE

Amira

1

Elonda scrutait Flamingo Road avec l'œil exercé du vautour quand elle repéra une proie à moins d'une rue du casino l'Oasis.

Grand, bronzé, avec des cheveux blonds bouclés… Jeune, peut-être vingt-deux ans. L'allure d'un surfeur échoué sur l'asphalte de la grande ville. Vêtu d'une chemisette voyante mal boutonnée sur un large short blanc, les pieds nus dans ses chaussures de sport éculées. Sa démarche assurée indiquait qu'il avait de l'argent. Il portait des lunettes de soleil en pleine nuit. Elle savait que, derrière ses verres teintés, il avait l'œil aux aguets, tout comme elle.

Il tourna la tête dans sa direction, la vit et sourit.

Le radar antiflics d'Elonda ne réagit pas. Les flics ne se déplaçaient pas à pied. Ils hélaient les filles depuis leurs voitures banalisées et climatisées. Seules les nouvelles se faisaient avoir.

Elonda traversa d'un pas nonchalant, agitant la main pour arrêter les voitures lancées à toute vitesse. A une heure du matin, il y avait beaucoup de circulation. La ville vivait au rythme de la jungle : chasser à la fraîche, et dormir pendant les heures les plus brûlantes de la journée.

Elle s'arrêta sur le seuil d'une boutique d'accessoires de magie, sortit un flacon de lubrifiant de sa poche et en fit couler sur ses doigts. Elle inspira à fond, glissa une main dans son jean serré et se caressa – un truc de pro. *Oh, chéri, tu me fais mouiller…* La plupart des clients n'avaient pourtant pas très envie de la sauter, ces derniers temps. Ils avaient trop peur du sida, ou étaient trop empotés pour la pénétrer debout. Alors ils se contentaient d'une pipe.

Elonda repoussa ses cheveux, faisant tinter les perles multicolores de ses tresses africaines. Elle tira sur son bustier moulant rose à plumes et les croissants noirs de ses mamelons jaillirent. Enfin, elle déposa une pastille rafraîchissante sur sa langue. Un autre truc de pro. Les hommes aimaient sentir le feu glacé de la menthe dans sa bouche brûlante.

Elle s'avança sur le trottoir, cherchant à repérer une éventuelle concurrente. Mais il n'y avait qu'elle et le vilain garçon. Au-delà de l'Interstate 15, les lumières du Strip embrasaient l'horizon. Sur le trottoir nord de Flamingo Road, le Gold Coast et le Rio miroitaient dans la nuit. Mais du côté où se trouvait Elonda, l'obscurité régnait. Ici, il n'y avait qu'un terrain vague et la vieille boutique qui avançait sur la rue.

Adossée à la vitrine, le bassin en avant, Elonda mordillait négligemment un de ses ongles peints. Le garçon se dirigeait droit vers elle, piétinant les prospectus pornos qui jonchaient le trottoir. Sans la moindre hésitation. Ce n'était pas sa première fois.

Elle n'avait jamais eu affaire à lui. Pourtant, son visage lui était vaguement familier. Peut-être l'avait-elle vu dans un tabloïd. Difficile à dire, avec la pénombre. Elonda redoubla d'intérêt : une célébrité qui se paie une pute à Vegas, ça pouvait rapporter un max de blé.

Il s'arrêta à côté d'elle.

— Salut.

Une voix jeune, blasée, à l'accent traînant.

— Salut !

Elonda glissa un doigt sous la chemise de l'homme, traçant un cercle sur sa poitrine.

— On se connaît, chéri ?

— T'es déjà allée dans l'Iowa ?

Un plouc avec une tête connue. Merde !

— C'est là qu'il y a des vaches et du maïs partout ? Merci bien, pour marcher dans la bouse…

Elonda jeta un coup d'œil vers la rue. Un flot continuel de véhicules – 4 × 4, limousines, pick-up – s'écoulait dans les deux sens, mais personne ne risquait de lui faire des ennuis. Une rue plus loin, près de l'Oasis, elle repéra un homme à un arrêt de bus. Il regardait sa montre, l'air de s'ennuyer. De l'autre côté, absolument personne. La voie était libre.

— Une pipe ou la totale ? demanda-t-elle.

Le type tira la langue et la fit frétiller. Son haleine empestait le gin. Elonda lui indiqua le tarif, et il sortit de sa poche deux billets froissés. Elle le poussa alors vers l'entrée de la boutique, s'agenouilla devant lui et ouvrit sa braguette. Il ferma les yeux. Une barbe de deux jours recouvrait ses joues et son menton.

Elle commença à compter mentalement – un truc pour passer le temps, comme les secrétaires qui tapent toute la journée sur un clavier, leur iPod vissé sur les oreilles. Un, deux, trois, quatre… Aucun micheton n'avait jamais atteint cent. La plupart ne tenaient pas jusqu'à dix.

Il lui fallut quelques secondes pour bander. C'est le gin, se dit-elle. Mais sa magie opéra, et le corps de l'homme réagit. Bientôt elle l'entendit gémir de plaisir.

Trente-deux, trente-trois, trente-quatre…

Comme il bougeait les hanches, elle accéléra le mouvement. Trente-huit, trente-neuf…

Des pas retentirent sur le trottoir. Quelqu'un se dirigeait vers eux, venant du casino. Elle leva les yeux, mais le plouc n'avait rien entendu. Il était sur une autre planète. Elle, elle s'en fichait. Elle avait l'habitude des voyeurs et des murmures offusqués de types qui auraient bien aimé, secrètement, qu'elle s'agenouille devant eux.

Quarante-cinq, quarante-six… Le plouc était prêt à lâcher la purée.

Les pas s'arrêtèrent à leur hauteur. Il y eut un froissement de tissu et un bruit métallique. Les yeux fermés, le micheton gémissait de plus en plus fort.

C'était flippant, cet homme qui se tenait derrière elle et les observait. On ne l'entendait même pas respirer. Elonda eut un mauvais pressentiment. Quand on vit dans la rue, on finit par développer une sorte de sixième sens.

Elle lâcha le sexe de l'homme, mais, pour rien au monde, elle n'aurait tourné la tête. Le micheton ouvrit les yeux et grimaça en découvrant l'étranger.

— Qu'est-ce que…

Sur son visage, la colère céda brusquement la place à l'incrédulité.

Un bruit d'une extrême violence retentit aux oreilles d'Elonda. La tête du plouc bascula en avant. Un fleuve vermeil s'écoulait du trou qu'il avait entre les deux yeux. Il s'affaissa et s'étala sur elle, la clouant au sol. Son sang ruissela sur elle, imprégnant ses vêtements. Elle sentit l'urine et la merde quand les intestins de l'homme se relâchèrent.

Elonda pensa enfin à hurler. Elle ferma les yeux et poussa un long cri perçant, jusqu'à en perdre le souffle. Aucune voiture ne s'arrêta. Puis le bruit de pas reprit et s'éloigna, remonta la rue au même rythme nonchalant.

2

Un poisson hors de l'eau.

Jonathan Stride essayait de se concentrer sur Elonda qui parlait à la vitesse d'une mitraillette, effondrée sur le trottoir, le corps et les vêtements couverts de sang séché. Mais il ne pouvait détourner le regard de la vitrine de la boutique pour magiciens, au-dessus de la tête de la fille. Il y avait une boîte noire, à l'intérieur. D'un côté, on voyait un aquarium en verre rempli d'eau. De l'autre, un poisson rouge allait et venait tranquillement. A l'extérieur de l'aquarium. Comme s'il était en lévitation.

Impressionnant. Stride se demanda combien de temps un poisson pouvait survivre dans ces conditions.

Il reporta son attention sur Elonda.

— Allez-y doucement, OK ? On a besoin de votre aide.

— Allez arrêter ce salaud ! hurla-t-elle en agitant les bras. Ce fils de pute m'a rendue à moitié sourde. On aurait dit une explosion !

Stride s'accroupit pour la regarder dans les yeux et serra avec force son poignet.

— Pour l'instant, vous restez avec moi. Puis on vous donnera de quoi vous laver et vous changer. Après, vous irez vous en mettre plein la lampe au buffet du Rio, tout ça aux frais de la police municipale. Ça vous va ? Mais d'abord, vous allez me donner quelques informations.

— Je préfère le buffet du Harrah's !

— Va pour le Harrah's. Vous êtes prête à me parler ?

Elonda fit la moue. Stride se releva et sortit un bloc-notes et un stylo de la poche intérieure de son veston bleu marine. Il portait une chemise blanche boutonnée jusqu'au cou et un jean noir acheté récemment. Serena avait insisté pour qu'il mette un pantalon neuf pour commencer son nouveau boulot. Il avait fini par accepter, même s'il lui coûtait d'abandonner le jean effrangé qui était devenu comme sa seconde peau en dix ans. La toile aussi raide que du carton collait parfaitement avec son état d'esprit depuis qu'il était arrivé à Las Vegas, un univers aux antipodes du Minnesota, où il avait passé toute sa vie.

Un poisson hors de l'eau…

— Vous avez vu d'où venait la victime ? demanda-t-il à Elonda.

— De l'Oasis.

Stride regarda le casino et sa tour phallique. L'hôtel accueillait une présentation des collections de Victoria's Secret, et un top model en sous-vêtements aguichants haut de trente étages les toisait depuis la bannière verticale qui s'étirait presque jusqu'au toit. La fille avait des ailes blanches, comme si elle allait s'envoler et répandre la terreur sur la ville. Un King Kong en bonnet D…

— Il était seul ? demanda Stride.

— Ouais. Il a foncé vers moi.

— Il vous a parlé de lui ? Il vous a dit qui il était ?

— Sûr, chéri, on a eu une chouette conversation. Les gens viennent me voir pour parler, grogna Elonda, avant d'ajouter : Il m'a dit qu'il venait de l'Iowa.

Stride secoua la tête.

— Ce n'était pas vrai. Ses papiers disent qu'il est de Vancouver.

— Ce connard m'a menti ? Eh bien on dirait que le bon Dieu l'a puni !

— Il y avait quelqu'un d'autre dans la rue ?

— Personne.

Stride examina les abords de la boutique pour magiciens. La rue était large et la vue portait loin. Le meurtrier n'avait pas pu surgir du néant, par un de ces tours dont les accessoires étaient exposés dans la vitrine.

— Vous m'avez dit que vous aviez entendu le meurtrier se diriger vers vous. D'où venait-il ?

— J'en sais rien, mec.

Elle se mordilla un ongle en se grattant nonchalamment l'entrejambe.

— Hé, attendez ! Il y avait quelqu'un à l'arrêt de bus, là-bas.

Stride jeta un coup d'œil à l'arrêt près de l'Oasis, à trente mètres de là. Pas d'abri. Juste un panneau et un alvéole dans le trottoir pour le stationnement des bus.

— A quoi ressemblait-il ?

Elonda haussa les épaules.

— Du moment que c'était pas un flic, j'en avais rien à foutre.

— Petit ? Grand ?

— Merde, j'en sais rien !

Stride passa une main dans ses cheveux ébouriffés qui semblaient grisonner davantage de jour en jour et tenta d'imaginer la rue déserte, sans la foule de policiers qui l'avaient envahie.

Rien qu'Elonda et le Canadien en rut. Et un homme qui attendait le bus.

— Vous avez entendu un bus ? Si l'un d'eux était passé derrière vous, vous l'auriez remarqué.

— Non, répondit Elonda après réflexion. Non, pas de bus.

— Depuis combien de temps étiez-vous devant la porte du magasin quand le meurtre a eu lieu ?

— Disons quarante-cinq secondes.

— Vous semblez sûre de vous.

— Je compte, fit Elonda avec un clin d'œil appuyé.

Stride fit un signe à un agent en uniforme, un jeune type enrobé avec des cheveux blonds coupés court et un début de bouc.

— Allez à cet arrêt de bus, puis chronométrez le temps qu'il vous faut pour revenir en marchant normalement. Surtout ne courez pas. Comme un piéton ordinaire, OK ?

Le flic s'exécuta. Arrivé devant le magasin, il arrêta le chrono de sa montre :

— Trente-deux secondes.

Stride s'accroupit à nouveau devant Elonda.

— Je vais vous demander de vous concentrer très fort sur ce type, à l'arrêt de bus.

— C'était lui, hein ? Merde ! Je vous l'ai dit, je me souviens pas de lui.

— On va essayer quelque chose…

Stride fut interrompu par un coup de klaxon. Une voiture de sport se gara juste devant le ruban délimitant la scène du crime. Une portière s'ouvrit, et Stride entendit le jeune flic au bouc murmurer quelque chose. En tournant la tête, il vit une Maserati Spyder jaune repartir en direction du Strip.

— Qui c'est, cette nana ? demanda Elonda en regardant par-dessus l'épaule de Stride.

Une femme était descendue de la Spyder. Elle

contemplait la scène, les bras croisés sur sa poitrine opulente, un pied sur le trottoir. Elle avait des cheveux courts coiffés en épis, d'un blond sale mêlé de mèches noires. Elle était grande (à peine six ou sept centimètres de moins que Stride, qui mesurait un mètre quatre-vingt-cinq) et bien proportionnée, avec des biceps qui remplissaient les manches de son tee-shirt moulant. Elle avait une tête de loup tatouée sur le bras droit. L'insigne doré de la police était fixé à la boucle de ceinture de son blue-jean.

— Ne vous occupez pas de ça, dit Stride à Elonda. Pour l'instant, je veux que vous fermiez les yeux. Détendez-vous, et concentrez-vous sur le moment où vous avez repéré votre client.

— Vous essayez de m'hypnotiser ? Vous pouvez me faire perdre l'habitude de me ronger les ongles ?

Stride sourit.

— Non. Je veux juste que vous vous souveniez, OK ? Vous venez de repérer votre client. Vous traversez la rue. Est-ce que l'autre homme se trouve déjà à l'arrêt de bus ?

Elonda se mit à fredonner et balancer la tête en rythme. Elle ouvrit brusquement les yeux.

— Non, il était pas là. Hé, c'est génial, votre truc !

— Fermez les yeux. Continuez à vous rejouer la scène.

— Maintenant le type est derrière lui, à l'arrêt de bus. Je le vois. Par où il est arrivé, bon Dieu ?

— Que fait-il ?

— Il jette un œil à sa montre. Il regarde d'un côté et de l'autre de la rue. C'est vraiment génial.

— Comment est-il habillé ? Quand il regarde sa montre, vous voyez son bras nu ?

Elonda fit la moue, puis elle s'exclama :

— Un manteau ! Il porte un coupe-vent. Marron, je crois. Et un pantalon de la même couleur, ou peut-être kaki.

— Excellent. Il est grand ?

— Pas tant que ça. Pas vraiment gros, non plus. Mais il a l'air, je sais pas… Dur. Un sale type.

— La couleur de ses cheveux ?

— Sombres, fit Elonda. Courts. Une barbe, aussi. Il porte la barbe.

— Elonda, vous êtes formidable !

Le visage de la fille rayonna de fierté.

Stride passa encore dix minutes à tenter de reconstituer la fin de la scène avec elle. Mais plus elle approchait du meurtre, plus son esprit se fermait. Quand ils eurent terminé, il appela le flic au bouc et lui donna des instructions à voix basse.

— Harrah's ? fit le flic, incrédule. Vous rigolez ? Si je rentre ça dans les frais, Sawhill va péter les plombs.

Stride mit la main à sa poche et pêcha deux billets de vingt dollars dans son portefeuille.

— Prenez ça et achetez-vous quelque chose aussi. Vous êtes bien trop maigre.

Le flic se frotta le cou en souriant.

— Comme vous voudrez.

— Mais pas question de toucher à la fille, ajouta Stride.

Dès qu'Elonda fut en sécurité à l'arrière d'une voiture de patrouille, Stride se dirigea vers sa nouvelle coéquipière.

C'était étrange de se retrouver sur le terrain avec le grade d'inspecteur. A Duluth, il était lieutenant. Un gros poisson dans une petite mare… Il était désormais un enquêteur parmi d'autres, à la brigade criminelle métropolitaine de Las Vegas. Ce qui se rapprochait le plus d'un coéquipier, à Duluth, c'était Maggie Bei, le premier sergent de son bureau d'inspecteurs. Stride et Maggie avaient travaillé ensemble pendant plus de dix ans, et la petite Chinoise à la langue acérée était devenue sa meilleure amie. Mais Maggie s'était mariée et avait quitté le service ; un bébé était en route. Et Stride se retrouvait à Sin City, la Ville du Péché, le dernier endroit où il imaginait se poser un jour.

Cela grâce à Serena.

Il avait fait la connaissance de Serena Dial l'été précédent, lors d'une enquête sur un meurtre commis à Las Vegas et relié à la disparition, des années plus tôt, d'une adolescente du Minnesota. Cette affaire avait chamboulé sa vie et détruit son second mariage, dont il savait d'ailleurs depuis le début que c'était une erreur. Maggie manquait rarement une occasion de lui rappeler qu'elle avait vu venir le divorce comme un train qui fonce vers un mur, et qu'il avait ignoré ses mises en garde.

Serena était belle, intelligente et drôle, malgré les blessures d'un lourd passé. Il était tombé amoureux d'elle. Cela avait été rapide et violent. A la fin de l'enquête, il l'avait suivie à Las Vegas, dans ce monde de dingues.

Il avait maintenant une coéquipière, qui ne semblait pas apprécier de jouer les seconds violons avec un nouveau venu.

— Amanda Gillen, annonça-t-elle d'un ton brusque, comme si elle s'attendait à ce qu'il la défie.

Elle avait une voix rauque. Peut-être était-elle simplement mal réveillée, comme Stride lui-même, arraché à son lit et aux bras de Serena par un coup de fil au milieu de la nuit. Sa première affaire de meurtre à Vegas. Un cadavre sur Flamingo Road.

— Stride.

Amanda jeta un regard inquisiteur autour d'elle, comme pour s'assurer que personne ne pouvait les entendre.

— Vous avez droit à une vanne avant que je me foute en rogne. Vous voulez la faire maintenant, ou vous préférez la garder pour un jour de pluie ?

Stride pencha la tête.

— Quoi ?

— Vous avez très bien compris.

— Je ne vous suis pas, Amanda.

Devant son expression interloquée, elle se détendit et lui adressa un grand sourire.

— D'accord. Vous n'êtes peut-être pas au courant. Laissez tomber. Ce n'est pas grave. Il est deux heures du matin, et je suis de mauvais poil.

— On est deux dans le même cas.

— Vous vous êtes bien débrouillé, avec la pute. Vous êtes bon.

— Merci, dit Stride, qui ajouta : J'aime beaucoup la voiture de votre copain.

Amanda eut un sourire satisfait.

— Oh, la Spyder ! Elle est à moi, en fait. On se trouvait dans une boîte quand on m'a bipée. Je lui ai dit que si j'y trouvais la moindre éraflure, j'en ferais autant à sa bite.

— Ça donne à réfléchir. Vous l'avez gagnée aux machines à sous ?

— Quelque chose comme ça.

Stride vit qu'elle était gênée. Elle avait un visage tout en longueur, avec un menton légèrement proéminent, des lèvres rose pâle, des sourcils noirs très fins. Stride remarqua qu'elle était maquillée avec soin – comme un samedi soir, se dit-il. Derrière sa façade de catcheuse, elle avait un joli sourire et semblait vulnérable quand elle était tendue. Stride lui donna trente ans.

— On a identifié la victime ? demanda-t-elle.

Stride acquiesça.

— Il avait sur lui un permis de conduire canadien au nom de Michael Johnson Lane.

— *MJ Lane* ?

— C'est ça.

— Oh merde !

— Vous le connaissez ?

— Faudrait vérifier de temps en temps votre dossier spams, Stride. Vous verriez le cul de ce type dans la moitié de vos messages. Sans parler de tous les numéros de *Us Magazine*…

— Je n'ai pas renouvelé mon abonnement.

Amanda le regarda, comprit qu'il plaisantait, et un sourire se dessina sur ses lèvres.

— Vous êtes à Las Vegas, répliqua-t-elle. Ici, la lecture de la presse à sensation a plus d'importance que n'importe quelle circulaire de la DEA.

Amanda s'approcha du cadavre. Elle portait des talons ridiculement hauts, et Stride réalisa qu'elle était nettement plus petite qu'il ne l'avait cru tout d'abord. Un des types de la police scientifique lui jeta un regard nerveux et s'effaça pour la laisser passer. Amanda n'y prêta aucune attention. Elle se pencha, les deux mains posées à plat sur le trottoir, afin d'examiner le visage du mort. Quand son jean se tendit, Stride nota son cul musclé – assez excitant – et ses jambes fermes. Surpris par sa propre réaction, il détourna les yeux quand elle se redressa.

— Ouais, c'est bien MJ.

— Parfait. Qui est MJ Lane ?

— Un fils à papa. Son père est Walker Lane, le producteur milliardaire de Vancouver.

— A part l'argent de papa, quels sont ses titres de gloire ?

— Il fricote avec la jet-set. Il était quasiment inconnu jusqu'à l'an dernier, où il s'est filmé avec une jeune actrice de séries télé pendant une partie de jambes en l'air. Quelqu'un a piqué l'enregistrement et l'a fait circuler sur la Toile. Un truc vachement pervers, avec bondage et sexe anal.

— Une étoile est née !

— Son assassinat va lui valoir les gros titres. Votre photo sera dans tous les tabloïds.

— Je vais me faire détartrer les dents, dit Stride.

— Qu'en pensez-vous ? Vous avez l'impression que quelqu'un le suivait ?

— J'ai l'impression qu'il s'agit d'une exécution. Un professionnel.

— Mais il n'a pas tué la fille. Un pro aurait fait disparaître le témoin.

— C'est vrai. Il a aussi laissé une douille. Du 357.

— Alors ce n'est peut-être pas un pro.

— Peut-être pas. Mais il avait tout prévu et a disparu aussi vite qu'il était arrivé. Le tout est de savoir si ce type en avait après Lane en particulier, ou si nous avons affaire à un croisé de la morale qui prétend éradiquer la prostitution dans cette ville.

— Ou les deux, dit Amanda. MJ n'est pas la première célébrité à venir se faire pomper le dard dans le quartier. Le tueur a peut-être surveillé la sortie du casino dans l'intention de frapper un grand coup pour faire les gros titres des journaux.

— Sauf qu'à vous entendre on pouvait avoir des tas de raisons de vouloir la mort de MJ.

3

Pete, un des voituriers de l'Oasis, se souvenait de MJ Lane.

— Il est arrivé vers dix heures, répondit-il à Stride et Amanda qui l'interrogeaient devant l'entrée du casino.

Pete était jeune, aussi blanc qu'un cachet d'aspirine, avec des cheveux bruns plaqués sur le crâne par du gel. Il portait un pantalon noir, des chaussures de sport et une confortable veste bordeaux coupée à la taille.

— Seul ? demanda Stride.

— M. Lane ? Non, pas vraiment. Il était au bras de Karyn. Karyn Westermark. Vous savez, l'actrice de séries télé ?

Il s'éventa, comme si l'air frais de la nuit était brusquement devenu brûlant.

— Vous avez vu la vidéo, sur le Net ? C'est elle. Bandante. Merde, elle est meilleure qu'une hardeuse.

— Comment sont-ils arrivés ? demanda Amanda. Taxi ? Limousine ?

Sans répondre, Pete s'éloigna pour accueillir une Lexus grise, ouvrit la portière côté passager et contourna la voiture pour prendre les clés et donner un ticket au conducteur. Il revint en s'excusant, et glissa dans sa poche un pourboire de cinquante dollars. Il jeta un regard anxieux à deux autres voitures qui s'engageaient dans l'allée. Samedi, deux heures du matin : c'était l'heure d'affluence à l'Oasis.

— Comment MJ est-il arrivé ? répéta Amanda.

— C'est lui qui conduisait, dit Pete. Il a un appartement en ville, dans les Charlcombe Towers.

— Pourquoi n'a-t-il pas repris sa voiture en repartant ? demanda Stride.

— J'ai compris qu'il avait juste envie de se balader. Vous pigez ?

Stride leva un sourcil interrogateur.

— Pourquoi aurait-il eu besoin de se… balader si Karyn l'accompagnait ?

— Elle est partie une heure avant lui, expliqua Pete. Je lui avais appelé un taxi.

— Elle avait l'air fâchée ?

— Elle avait l'air de s'ennuyer. Elle a demandé au taxi de la conduire au Râ, la boîte du Luxor.

— MJ a dit quelque chose en sortant ?

— Non, il semblait avoir son compte. Il est parti sans hésiter, à pied. Je savais où il allait.

— Il lui arrivait souvent de se « balader » ? s'enquit Amanda.

— Non, pas très souvent. Un type comme lui n'avait pas besoin de payer pour ça. Mais on a parfois envie d'un petit supplément, dans la rue, sans être obligé de se réveiller à côté de la fille, hein ?

— Allez dire ça à votre petite amie, fit Stride. Personne ne l'a suivi ?

— Je ne sais pas. Des voitures arrivaient et repartaient. J'ai simplement remarqué MJ parce que c'est un habitué.

Un klaxon beugla à côté d'eux. Pete agita la main et se

mit à se trémousser, visiblement inquiet pour son prochain pourboire.

— Autre chose ? dit-il d'un ton impatient.

— Qui est le responsable de la sécurité ?

— Gerard Plante. Vous entrez, et c'est tout au fond.

— Merci. Nous enverrons une équipe examiner la voiture de MJ, ajouta Stride. Assurez-vous que personne n'y touche avant nous. Ça vaut pour vous.

— Bien sûr.

Stride abattit sa main sur l'épaule du garçon.

— Si je lis dans *Us Magazine* qu'on a trouvé des capotes dans la boîte à gants de MJ, je ferai en sorte que l'inspection des impôts débarque chez vous et vous interroge sur ces pourboires de cinquante dollars. Pigé ?

Pete s'humecta les lèvres, se demandant si Stride était sérieux, puis il courut vers la voiture qui arrivait.

— *Us Magazine*, fit Amanda. Pas mal.

— Je savais que ça vous plairait.

Suivi de son équipière, Stride franchit les portes à tambour du casino. Aussitôt, l'odeur du tabac pénétra dans ses poumons telle une vieille amie, réveillant le désir de fumer. Stride n'avait pas touché une cigarette depuis plus d'un an, et pourtant, il se surprenait parfois à frotter le pouce et l'index, comme s'il tenait une Camel allumée. Il prit une profonde inspiration, se demandant si Vegas n'avait pas été larguée au-dessus du désert par un ange sarcastique voulant éprouver la volonté des pécheurs repentis.

Il constata également qu'il était excité. Il ne pouvait pas faire semblant d'être immunisé contre le contrôle des esprits exercé par les casinos. Comme n'importe qui, il réagissait aux pulsations du système sanguin de la ville. Contrairement à ce que croyaient la plupart des gens, le carburant de celle-ci n'était pas l'appât du gain, mais la faim. Faim d'argent, de sexe, de nourriture, d'alcool et de fumée. Une fringale obsessionnelle, irrésistible. A se demander si les caméras fixées au plafond ne diffusaient pas une drogue inodore qui exacerbait cette passion, jusqu'à vous faire dépenser votre dernier sou.

L'Oasis n'était pas le dernier casino de Vegas à utiliser le sexe pour vendre ses machines à sous et ses tables de jeu, et pour entretenir le mythe de l'endroit branché où n'importe qui pouvait côtoyer des célébrités. Stride jeta un regard circulaire sur la salle. Partout des affiches montrant des beautés en bikini qui vantaient les tournois de machines à sous, les salles de poker et les buffets à volonté. Ça semblait efficace. Le casino était relativement petit – ce n'était pas une pieuvre tentaculaire comme le Caesars – mais les machines et les tables de black-jack étaient toutes occupées. Une foule assez jeune, pleine de femmes aussi éblouissantes que celles que l'on voyait sur les affiches, se pressait autour des tables pour jouir du spectacle.

Stride s'aperçut qu'il bandait, ce qui le mit hors de lui.

— Allons ! gronda-t-il.

Amanda avait une expression extatique. Apparemment, la drogue lui faisait le même effet qu'à lui.

Ils se faufilèrent entre les rangées de machines jusqu'au bureau de la sécurité – un imposant monolithe de chêne derrière lequel trônait la seule femme laide et revêche de l'établissement. Elevant la voix pour couvrir la musique rock que crachaient les haut-parleurs, Stride demanda Gerard Plante.

Il montra son insigne. La femme le pria d'attendre.

Amanda s'assit devant la machine la plus proche et y introduisit un billet de cinq dollars. L'écran était illustré par les personnages d'une vieille série télé que Stride regardait lorsqu'il était gosse, à Duluth. Il revit la neige derrière les carreaux de la fenêtre de sa chambre.

Il s'appuya contre la machine, les mains dans les poches, et se pencha vers Amanda.

— Pourquoi vous a-t-on collée avec moi ?

La jeune femme leva vers lui un regard soupçonneux.

— Pardon ?

— Le lieutenant pense que je devrais retourner pelleter la neige dans le Minnesota. Il doit être sacrément en rogne contre vous pour vous avoir foutue avec un bleu de mon espèce.

Sawhill était tout bonnement en guerre contre le monde entier. Il était arrivé à Stride de se conduire ainsi quand tout allait de travers, à l'époque où il était lieutenant. Sawhill avait perdu son inspecteur préféré quand celui-ci, après avoir gagné le jackpot au Megabucks, s'était retiré avec huit millions de dollars en poche. Puis Serena l'avait court-circuité en vantant directement ses mérites au shérif : un inspecteur expérimenté, disponible, qui s'ennuyait à Las Vegas. Furieux de se retrouver avec Stride sur les bras, Sawhill lui avait bien fait comprendre qu'il ne le croyait pas de taille à affronter la grande ville.

— Je comprends, dit Amanda, en partie pour elle-même. Je me demandais ce que vous aviez fait, vous, pour vous retrouver avec moi. C'est logique. Sawhill vous a dans le nez.

Stride haussa les épaules.

— Je vous aime bien. Vous semblez futée. Vous n'êtes pas désagréable à regarder. J'ai plutôt l'impression qu'il me fait une fleur.

— Pas tout à fait.

— Vous m'expliquez ?

Amanda lui jeta un regard appuyé.

— Vous n'êtes vraiment pas au courant ? Serena ne vous a rien dit ?

— Je ne crois pas.

— Vous n'êtes pas en train de vous foutre de moi ?

— Je ne suis pas depuis assez longtemps dans cette ville pour me foutre de qui que ce soit.

Amanda éclata de rire.

— Oh, c'est génial. Vraiment trop génial !

— Vous ne voulez pas me faire profiter de la blague ?

— Je suis une non-op, dit Amanda.

— Kézako ?

— Une transsexuelle non opérée. J'ai subi une féminisation faciale, je prends des hormones pour mes seins, ma peau, mon poids, ce genre de choses. Mais j'ai renoncé à la vaginoplastie. Compris ? J'étais un mec avant.

Stride sentit que son visage passait par toutes les nuances de rouge.

— Putain de merde…

— Vous comprenez maintenant pourquoi les types ne se bousculent pas pour faire équipe avec moi.

Stride ne put s'empêcher de mater les seins qui gonflaient le tee-shirt d'Amanda, puis l'entrejambe de son jean moulant, et son imagination se bloqua.

— Tu veux voir ? lui demanda-t-elle.

— Non ! se récria-t-il avant de comprendre qu'elle plaisantait.

Il s'excusa puis ajouta :

— En fait, Sawhill m'envoie un message : *Je parie que vous n'avez pas de non-ops, à Nulle Part, Minnesota, hein, Stride ?*

— Ça va poser un problème ?

Stride réfléchit un instant. Il avait passé toute son existence au bord du lac Supérieur, dans une ville plutôt progressiste en matière de syndicats et de sécurité sociale, mais très conservatrice quant à la religion et au sexe. Il s'était toujours refusé à porter un jugement sur la vie privée des gens, pour autant que personne ne soit blessé.

— Je te l'ai dit, tu es futée, et tu es le plus joli garçon que je connaisse.

— Je suis une fille, maintenant. Mais je te remercie. La plupart des collègues, hommes ou femmes, n'ont pas l'esprit aussi ouvert.

— Je m'en doute.

Stride avait des tas de questions à lui poser, mais il craignait de passer encore plus pour un imbécile.

Quelqu'un mit une main sur son épaule. Il se retourna, pour découvrir un homme de haute taille au teint bistre, qui portait des lunettes de soleil. En pleine nuit, à l'intérieur du casino. Ses cheveux noirs étaient coupés en brosse, impeccablement, à deux centimètres.

— Inspecteur ? Je suis Gerard Plante, chef de la sécurité de l'Oasis.

Stride se présenta. Amanda se leva et fit de même. Les lumières du casino faisaient chatoyer le costume bleu marine de Plante. Un mouchoir brodé au logo de l'Oasis dépassait de sa poche de poitrine. Il leur serra la main. Sa peau avait la même texture qu'un portefeuille de cuir à cent dollars.

— Allons à l'arrière, si vous voulez bien, leur dit-il.

Dès que la lourde porte en chêne se fut refermée derrière eux, le brouhaha de la salle disparut comme par magie. Pas de musique de fond. Pas de tintements électroniques. C'était l'endroit où disparaissaient les volcans et les tigres blancs, où rien ne comptait sauf l'argent – le fleuve qui ne connaissait jamais de sécheresse.

Gerard les fit entrer dans un grand bureau sans fenêtres, immaculé, décoré dans le meilleur goût. Clairement, c'était un homme qui ne croyait pas au papier, car on n'en voyait nulle part le moindre fragment. Le bureau était constitué d'une plaque de verre posée sur des pieds d'acier triangulaires, sans un tiroir. Stride ne vit pas une seule tache, pas une seule empreinte digitale sur le verre.

Derrière Gerard, sur une crédence, se trouvait le plus grand moniteur vidéo que Stride ait jamais vu, tout en chrome et lignes futuristes. Un clavier, une souris et un joystick étaient posés sur une étagère à glissière au-dessous.

Gerard leur désigna deux chaises aux formes épurées et prit place dans un fauteuil Aeron noir de l'autre côté du bureau. Il se déplaçait avec grâce et assurance. Une fois assis, il s'enfonça dans son fauteuil, mais ses jambes étaient assez longues pour que ses pieds reposent à plat sur le sol. Il ôta ses lunettes noires avec précaution, les plia et les posa sur le bureau. Il avait des yeux gris-bleu et des sourcils taillés avec soin.

— Je présume qu'il s'agit de M. Lane ?

D'un geste, il empêcha Stride de l'interrompre.

— Dès que j'ai vu la police arriver, j'ai envoyé un de mes hommes se renseigner. Il m'a informé de l'incident.

— L'incident ? répéta Stride. Un de vos clients a été brutalement assassiné à moins de cent mètres de votre porte.

— Oui. C'est très fâcheux.

— A cause de la publicité négative ? lança Stride d'un ton acide, sans savoir pourquoi l'homme lui tapait sur les nerfs.

Gerard eut un sourire crispé.

— Pas du tout. C'est triste à dire, inspecteur, mais la publicité nous est favorable. Grâce au meurtre, notre chiffre d'affaires va gonfler pendant des semaines. Sa mort sert nos intérêts, c'est certain. Mais M. Lane était un habitué, et un joueur très généreux. Il va nous manquer.

— Est-ce que vous saviez que MJ se trouvait au casino, ce soir ?

— Bien sûr. M. Lane et Mlle Westermark sont arrivés ensemble vers dix heures, et nous les avons escortés jusqu'à une salle privée. Ils voulaient jouer au black-jack.

— Cette salle privée est-elle visible depuis le niveau principal du casino ?

— Non. Les joueurs qui s'y réunissent ne veulent pas de spectateurs.

— Etaient-ils seuls, ou y avait-il d'autres joueurs avec eux ?

— Il n'était pas rare que MJ se joigne à un groupe. Mais ce soir, ils n'étaient que tous les deux.

— Combien de temps ont-ils joué ?

— Deux heures, environ. Vers minuit, ils ont quitté la salle de jeu pour monter dans leur suite.

— Ils ont dû traverser la salle principale pour ça ?

— Non. Il y a un ascenseur privé.

— Vous les aviez à l'œil ? intervint Amanda.

Gerard ne cilla pas.

— Que voulez-vous dire ? demanda-t-il d'une voix onctueuse.

— Nous savons aussi bien que vous qu'il y a une caméra cachée dans cet ascenseur privé. Nous pouvons attendre ici que vous mettiez la main sur la bande vidéo. Ou alors, vous nous dites que vous avez reçu un coup de fil vous avertissant du départ de MJ et Karyn et vous reconnaissez que vous les avez suivis dans l'ascenseur, *via* ce beau et grand moniteur que voici.

Stride ignorait si Gerard était du genre à transpirer facilement, mais son front se mit à briller. Ils savaient tous les trois qu'Amanda avait tapé dans le mille.

Le chef de la sécurité inclina légèrement le buste,

comme un homme politique qui concède un point à son adversaire dans un débat.

— Ils étaient assez excités, admit-il.

— Mais votre voiturier nous a dit que Karyn était partie tôt.

— C'est exact. Mlle Westermark est ressortie de la suite après cinq ou dix minutes, seule. M. Lane en a fait autant quelques minutes plus tard. Il semblait agité.

— Nous savons que Karyn a quitté le casino, dit Amanda. Qu'a fait MJ ?

— Il est retourné à la table de black-jack, où il a joué pendant une heure. Il buvait beaucoup. Vers une heure du matin, M. Lane m'a informé qu'il avait l'intention d'aller se promener. J'ai compris ce qu'il voulait dire.

— Que vous a-t-il dit, après être redescendu ?

— Il parlait surtout de son père, Walker Lane. Il est de notoriété publique que son père et lui n'avaient pas la même conception de l'existence. Moi-même, je ne m'entends pas très bien avec mon père.

— Avez-vous eu des problèmes de sécurité inhabituels, récemment ?

Gerard rit, exhibant une rangée de dents étincelantes.

— Ce qui serait « inhabituel », ce serait un jour sans problèmes inhabituels, inspecteur. Notre fonds de commerce, c'est l'argent, l'alcool, le sexe et l'émotion. Un cocktail explosif, vous vous en doutez.

— Mais rien qui implique MJ ?

— Non. Nos clients VIP nous causent rarement des problèmes. Bien sûr, il leur arrive de casser leurs jouets, comme des enfants brutaux.

— Nous aimerions voir les vidéos de surveillance enregistrées ce soir, dit Stride. Ça peut se faire d'ici ?

— Bien sûr. Mais il n'est rien arrivé de bizarre dans la

salle de black-jack, vous pouvez me croire. Et il n'y a pas de son.

— Je ne veux pas la salle du black-jack. Je veux la salle principale. Si quelqu'un suivait MJ, je veux savoir s'il se trouvait au casino.

Gerard cliqua sur la souris. Des dizaines de vignettes vidéo se déployèrent sur l'écran, comme des cartes étalées sur une table.

— Notre casino a été un des premiers à s'équiper d'un parc de caméras entièrement numérique, leur expliqua-t-il. Tout ce qui est enregistré peut être conservé de manière permanente. Finie, l'époque où il fallait changer chaque jour des centaines de bandes. Si quelqu'un gagne plus de mille dollars d'affilée, nous gardons son visage en archive pour toujours. Nous pouvons aussi saisir n'importe quel visage dans le casino et faire une recherche comparative en quelques secondes dans notre base de données et celle de la Commission municipale des jeux. Certains de nos techniciens ont d'ailleurs travaillé pour cette commission.

Il agrandit une des vignettes. Une Asiatique d'une quarantaine d'années, qui jouait sur une machine de vidéo poker Five Play, s'afficha sur la moitié de l'écran. L'image était d'une qualité stupéfiante. En actionnant le joystick, Gerard cadra les mains de la femme et fit un zoom avant jusqu'à ce qu'ils distinguent ses doigts pianotant sur les touches de la machine.

— La plupart des gens savent que nous les surveillons. Mais ils n'imaginent pas la puissance de la technique.

— Voyons ce qu'a enregistré la caméra de l'entrée principale, vers dix heures, dit Stride. C'est possible ?

— Toutes les images sont horodatées.

— Je veux visionner l'arrivée de MJ, et voir si quelqu'un le suivait.

Les deux inspecteurs s'approchèrent de Gerard pour regarder par-dessus son épaule. Le chef de la sécurité avança son fauteuil sous la crédence, tout en brossant une peluche imaginaire sur la manche de son veston. Il caressa amoureusement la souris et fit glisser le curseur sur l'écran à la vitesse de la lumière.

— Nous y sommes.

Stride vit MJ Lane et Karyn Westermark entrer par les portes à tambour. Karyn portait un maillot de footballeur pourpre trop grand pour elle, un short blanc, et des bottes blanches à talons qui étiraient encore ses longues jambes. MJ était vêtu de l'accoutrement « cool négligé » (chemisette déboutonnée et short trop grand) dans lequel on l'avait retrouvé quelques heures plus tard. Stride avait toujours un peu mal au cœur quand il visionnait des vidéos montrant des victimes peu avant leur mort. Elles paraissaient si insouciantes… La mort se tenait derrière elles, affûtant sa faux, et elles souriaient comme si elles avaient la vie devant elles.

— Laissez tourner, dit Stride.

Pendant deux minutes, ils observèrent le défilé des gens qui entraient et sortaient du casino. Tout à coup, Amanda pointa le doigt, touchant presque l'écran.

— Là, dit-elle.

Un homme venait d'entrer par la porte de gauche. Il avait une casquette de base-ball bleue enfoncée sur la tête et marchait en regardant le sol. Une tache sombre – une barbe – couvrait le bas de son visage.

— Treillis marron, dit Stride. Coupe-vent. Je crois que c'est lui. Ce fils de pute évite les caméras.

— Dix contre un que c'est une fausse barbe, dit Amanda.

— Il faut le retrouver, fit Stride alors que l'homme sortait du champ de la caméra. On dirait qu'il se dirige vers l'accueil.

Gerard manipula le joystick. Moins d'une minute plus tard, il retrouva le tueur devant une machine à sous qui fonctionnait avec des pièces de cinq cents. Sa casquette de travers dissimulait son visage à la caméra.

— Il connaît l'emplacement des caméras, remarqua Gerard, consterné.

— Où se trouve cette machine à sous ? demanda Stride.

— Devant le salon VIP.

— Il pouvait donc voir MJ sortir.

Gerard fit un zoom avant, mais le gros plan ne leur apprit rien de plus. Amanda avait raison. La barbe était un postiche. D'autre part, les pommettes et le nez de l'homme suggéraient qu'il avait utilisé du mastic pour modifier ses traits.

— Il faudra nous l'imprimer, dit Stride à Gerard, même si ça ne nous sert pas à grand-chose. Il serait bon que vous chargiez un de vos techniciens de vérifier les autres caméras. Peut-être trouverons-nous une meilleure vue de ce type.

— Pas de problème.

— Avancez un peu plus vite, lui dit Stride. Voyons ce qu'il va faire.

Gerard accéléra la lecture, mais les gestes du tueur étaient si lents que cela ne changeait presque rien. Il semblait immobile, tandis que le reste du casino, autour de lui, s'agitait dans le flou. A chaque minute qui passait, il jouait cinq cents sur le billet de vingt dollars qu'il avait introduit dans la machine : à ce rythme-là, il pouvait continuer pendant des heures sans épuiser sa mise. Il ne donnait pas l'impression de surveiller l'entrée de la zone réservée aux VIP, mais Stride savait d'instinct que c'était le genre de type auquel rien n'échappait. Froid. Méthodique.

Un peu avant une heure du matin, MJ réapparut, visiblement ivre. Gerard ralentit la lecture. Tandis que le jeune homme se dirigeait vers la sortie en titubant, le tueur à la machine à cinq cents s'étira paresseusement, sans trahir le moindre intérêt. Puis il se leva. L'instant du meurtre approchait.

L'homme eut alors un geste si rapide que Stride douta de l'avoir bien vu.

— Arrêtez ! s'exclama-t-il. Revenez en arrière. Bon Dieu, qu'est-ce que c'est que ça ?

Gerard et Amanda n'avaient rien remarqué. Gerard revint un peu en arrière puis, sur les instructions de Stride, il avança au ralenti, image par image. Tandis que MJ disparaissait à l'arrière-plan, le tueur se leva. Ses mouvements étaient saccadés, forcés, comme ceux d'un automate.

Il s'étira. Repoussa sa chaise du pied. Frôla la machine à sous en se retournant pour suivre MJ. Tendit le bras derrière lui.

— Le fils de pute ! fit Amanda.

— Stop ! dit Stride à Gerard.

Avant de s'éloigner, le tueur appliqua négligemment son pouce contre l'écran de la machine, laissant une empreinte parfaite.

Un frisson glacé parcourut Stride.

— Il doit savoir que ses empreintes ne figurent pas dans la base de données, murmura Amanda.

— C'est pire que ça, dit Stride. Il veut qu'on le prenne en chasse.

4

Au moment où Stride grimpait dans son Bronco avec Amanda, son portable sonna dans la poche de son blazer. En guise de sonnerie, il venait de remplacer « Chattahoochee » d'Alan Jackson par « Restless » de Sara Evans, mais c'était nettement moins bien sans la voix incroyable de la chanteuse. Cette chanson le touchait au plus profond de l'âme parce qu'elle parlait de racines, alors qu'il avait la conscience douloureuse d'avoir perdu les siennes.

Il souleva le clapet du téléphone et entendit la voix de Serena.

— Le boulot te manquait tant que ça ? lui dit-elle.

Stride se détendit immédiatement. Son amour pour elle était si fort… Même s'il se demandait parfois comment ils allaient survivre, ensemble, dans cette ville. Ou comment lui, il allait survivre. Serena était une oasis, un rêve auquel pouvait se raccrocher un homme perdu dans le désert.

— Ouais, et aussi les créatures de la nuit. Sawhill s'est fait un plaisir de me rafraîchir la mémoire.

— Hé ! Jonny, c'est toi qui as voulu retourner dans l'arène, fit Serena pour le taquiner. Je t'avais dit de rester à la maison, de jouer les hommes entretenus…

Stride se mit à rire. Elle avait raison. Quand il avait démissionné pour la rejoindre à Las Vegas, il était dans l'état d'esprit que décrivait Sara Evans dans sa chanson. Tout ce qui avait jamais compté pour lui se trouvait dans le Minnesota. Sa première épouse, une femme formidable qui avait été son amour d'adolescence, à présent disparue. La seconde, dont il avait récemment divorcé. Maggie, sa coéquipière et sa meilleure amie. Et les grands espaces glacés du Nord – le lac, les vastes étendues de pins et de bouleaux…

Après l'affaire qui lui avait permis de rencontrer Serena, il était resté deux mois à ronger son frein à Vegas. Il avait envisagé de demander une licence de détective privé, mais il ne se voyait pas planqué dans le désert à espionner des femmes adultères. C'est alors qu'un inspecteur de la criminelle de Las Vegas, grâce aux caprices d'une machine à sous, avait quitté son poste, fortune faite…

— Des regrets ? lui demanda Serena. Tu aurais préféré rester au lit ? Ou dans le Minnesota ?

Elle parlait d'un ton léger, mais l'inquiétude perçait dans sa voix. Elle avait besoin à tout instant de vérifier la solidité de leurs liens.

— Je t'avoue que j'aurais préféré rester au lit.

Il ne mordit pas à l'hameçon, pour le Minnesota. Il était trop tôt pour parler du boulot, de Las Vegas, et de leur avenir. Leur situation présente leur plaisait, et ni l'un ni l'autre ne voulait gâcher quoi que ce soit.

— Sur quoi tu enquêtes ?

Stride lui parla du meurtre. Elle siffla avec admiration quand il lui révéla le nom de la victime.

— Comment se fait-il que tout le monde, sauf moi, connaisse ce type ?

— Tu n'as qu'à lire *Us Magazine* aux toilettes.

— On m'a déjà dit que j'étais culturellement limité, rétorqua-t-il avant d'ajouter : Nous allons à l'appartement de MJ.

— On t'a donné un équipier ?

— Amanda Gillen.

— *Amanda* ?

Serena avait parlé assez fort pour que sa voix soit audible dans la voiture. Stride jeta un coup d'œil à Amanda qui feignait de contempler les lumières de la ville, un petit sourire au coin des lèvres.

— Une fille bien, dit-il.

Amanda s'esclaffa.

— Euh, Jonny, insista Serena, est-ce que tu sais que…

— Ouais, je sais.

— J'espère que je n'ai aucune raison de m'inquiéter.

— On ne sait jamais. Tu t'es levée tôt, toi aussi. Que se passe-t-il ?

— Un flic a repéré une voiture abandonnée sur le parking de Meadows Mall. Je passe chercher Cordy. Le flic pense que c'est peut-être le véhicule qui a tué un gosse avant de prendre la fuite, la semaine dernière, à Summerlin.

— Impec. Tu avais besoin de souffler un peu.

— Ouais.

Elle semblait lasse. Les affaires concernant des enfants sont les plus difficiles à gérer, et la mort du petit Peter Hale avait bouleversé Serena.

— Je dois te laisser, dit Stride.

Ils approchaient de l'appartement de MJ.

— Oui, je sais. Moi aussi.

Ni l'un ni l'autre ne raccrocha.

— Jonny ? dit enfin Serena. Fais gaffe. On n'est pas à Duluth.

Stride quitta Paradise Road devant la résidence de luxe des Charlcombe Towers. Il se pencha en avant et regarda vers le haut, à travers le pare-brise. Le vieux et le neuf, se dit-il.

Les trois tours blanches étincelantes lançaient leurs quarante étages vers les étoiles, à l'ouest de Paradise Road. Les balcons des appartements à plusieurs millions de dollars s'alignaient le long des murs, comme des marches d'escaliers menant au ciel. A moins d'un bloc de distance se dressait un vestige du vieux Las Vegas, sombre et délabré. Un des derniers casinos des années soixante. Une princesse en son temps, aujourd'hui lasse et abattue. Encore debout, mais pas pour longtemps. Stride avait déjà pu constater que ce qui était vieux disparaissait bien vite dans cette ville.

Amanda lui montra le casino abandonné.

— Dès qu'ils auront fait sauter le vieil ensemble, Boni Fisso lancera ici un projet gigantesque. L'Orient. Un complexe sur le thème de l'Asie. Censé coûter deux milliards de dollars.

— Pourquoi l'Asie ? demanda Stride.

— A cause des flambeurs venus du Japon et de Singapour, j'imagine. Ils ont sans doute compris que la Chine sera le prochain paradis capitaliste. De l'extérieur, ça ressemblera à un palais des Ming.

— MJ ne sera pas là pour apprécier le panorama, remarqua Stride. Dommage.

Il s'arrêta devant le portail de sécurité et fit signe aux gardiens. Froids et soupçonneux, ils examinèrent le Bronco crasseux.

— J'aurais dû prendre la Spyder, dit Amanda.

Il leur fallut presque trois quarts d'heure pour convaincre les gardiens de les laisser passer et de les introduire dans le studio de MJ Lane. Celui-ci se trouvait au vingt-huitième étage, à mi-hauteur de la tour nord. Dès qu'ils furent dans l'appartement, Stride enfila des gants. Il s'attarda dans l'entrée au sol recouvert d'un plancher. Il plissa le nez.

— Ça sent l'herbe.

Il descendit tranquillement les deux marches menant au salon. Une fontaine de pierre géante en occupait le centre. Il y avait deux divans de cuir cossus, et un ensemble Home Cinema, avec un écran haute définition de soixante-douze pouces, occupait presque tout le mur ouest. La pièce était un vrai foutoir, en dépit des dizaines de milliers de dollars que quelqu'un – le père de MJ ? – avait dépensés en objets chromés, table et chaises en merisier, chandeliers en argent et cristal. MJ l'entretenait comme une chambre d'étudiant. Une revue porno ouverte traînait sur un des sofas. Des dizaines de DVD étaient empilés en désordre par terre, devant l'écran. Les reliefs d'un petit déjeuner pour deux personnes – céréales, lait tourné, café froid – jonchaient la table, et l'odeur d'un joint à moitié fumé planait dans l'atmosphère confinée de la pièce. Stride vit des sous-vêtements de femme et un slip d'homme sur le tapis, près d'une porte ouverte donnant sur la chambre à coucher.

— MJ avait une invitée, dit-il.

— Et ce n'était pas Karyn Westermark, ajouta Amanda.

— Comment le sais-tu ?

— Karyn ne porte sûrement pas de sous-vêtements.

Stride gloussa. Il examina les DVD sans étiquette entassés par terre et enclencha le lecteur numérique. Une image apparut sur l'écran géant. Des gémissements rauques envahirent l'appartement, diffusés par des haut-parleurs invisibles. Stride vit un homme couché sur un lit, bras et jambes écartés. Une femme nue dont les seins en forme de poires pendaient au-dessus de sa bouche le chevauchait. Stride crut un instant qu'il s'agissait d'un porno ordinaire, mais c'était un *home movie*. L'homme n'était autre que MJ. Il ne reconnaissait pas la femme, mais ses épais cheveux châtains ne ressemblaient pas aux longues mèches raides et blondes qu'il avait vues sur les images de Karyn Westermark filmée par la sécurité de l'Oasis.

— Il y a des mecs qui ne comprendront jamais, dit Amanda. On pourrait croire qu'après s'être retrouvé sur Internet dans son propre porno, il aurait été plus prudent avec ce genre de choses.

Stride arrêta le lecteur. Il repéra un téléphone et un répondeur sur le rebord en verre de la fontaine dont on entendait le gazouillis. Le voyant rouge clignotait. Il appuya sur la touche. Une voix électronique annonça que MJ avait reçu trois messages.

« MJ, c'est Rex Terrell. Je croyais que nous pourrions échanger nos secrets. Je vous ai montré les miens. Et si vous me montriez les vôtres ? Appelez-moi, d'accord ? »

Terrell avait laissé un numéro, que Stride nota dans son calepin. L'appel datait de samedi, un peu après midi.

— Tu sais qui est ce Rex Terrell ? demanda Stride.

Amanda secoua la tête.

Le message suivant venait de Karyn Westermak. Il était bref et gentil.

« C'est Karyn. Je suis en ville, chéri. Sept heures chez Olives. A ce soir. Baisers. »

— Nous savons maintenant qu'ils ont dîné au Bellagio, dit Amanda. Je me demande si Karyn est au courant, pour la brunette du film de cul de MJ.

Le dernier message commençait par quelques secondes de silence. Il y avait des parasites. Stride entendit des bruits de fond, un homme qui s'éclaircissait la voix, des accords de musique classique. Il parla enfin. Une voix grave, des propos entrecoupés d'interruptions gênées. Des trous, quand il ne savait pas quoi dire. Il y avait dans cette voix une douleur brute.

« MJ. C'est Walker… Je t'en prie, écoute-moi jusqu'au bout, n'efface pas ce message. Il faut que nous parlions… Tu as tort… »

Stride enfonça le bouton Pause.

— Walker ? demanda-t-il.

— Walker Lane. Le producteur. Le père de MJ.

« Ce que tu as entendu n'est pas vrai, et je voudrais pouvoir te convaincre que… »

La dernière pause était plus longue que les autres. Stride crut que le message était fini. Mais la voix reprit, plus douce, suppliante.

« Je voudrais que tu rentres à la maison. Mon Dieu, je voudrais que tu n'habites pas là-bas… Je veux te dire la vérité, les yeux dans les yeux… Je vais essayer ton portable. Si nous ne nous sommes pas parlé quand tu entendras ceci, appelle-moi. »

Walker Lane raccrocha. Le message avait été déposé à minuit, c'est-à-dire au moment où MJ et Karyn entraient dans leur suite à l'Oasis. Une heure avant que quelqu'un ne suive MJ dans la rue pour le tuer.

Stride passa de nouveau la pièce en revue. Il vit quelques photos encadrées de MJ avec diverses célébrités, surtout des femmes. Sur l'une d'elles, un MJ très jeune posait avec une femme dont Stride devina qu'il s'agissait de sa mère. Mais aucune trace de son père. Pas le moindre signe de l'existence de Walker, sauf l'odeur de l'argent.

— Je me demande s'il a appelé le portable de MJ.

Cela pourrait expliquer pourquoi Karyn est partie plus tôt, et pourquoi MJ était furieux.

— Ce n'est pas la voix d'un homme qui paie quelqu'un pour assassiner son fils, dit Amanda.

— Non. Mais je veux savoir pourquoi ils se disputaient.

Ils continuèrent à fouiller l'appartement. Stride trouva d'autres drogues dans un placard à alcools bien approvisionné – une boîte en bois sculpté contenant un grand sachet de marijuana, plusieurs grammes de cocaïne dans une pochette plastique, et deux flacons d'un médicament qui s'avéra être de l'Oxycontin. Les étiquettes avaient été arrachées.

— Tout cela servait sans doute à sa consommation personnelle, pas pour revendre, dit Amanda.

Stride acquiesça. Il rassembla et scella les drogues dans un sac pour indices.

— Et la Maserati ? demanda-t-il en regardant Amanda. Tu ne l'as pas achetée avec ton salaire de flic.

Amanda haussa les épaules.

— J'ai attaqué la ville en justice, l'année dernière. Discrimination. Harcèlement. Tu ne peux pas imaginer les saloperies que j'ai dû encaisser.

— Si, je peux imaginer.

— La ville a accepté un compromis. Le tribunal a fait en sorte que les huiles disent ce qu'il fallait, et les crasses les plus évidentes ont cessé. Mais personne ne veut avoir affaire à moi.

— Tous les flics sont machos, Amanda. Même les femmes.

— J'en sais quelque chose. J'ai eu une somme à sept chiffres. Personne ne pensait que je m'accrocherais. Je suis sûre qu'ils croyaient que je prendrais le fric et que je m'en irais. Foutre non ! J'ai acheté la Maserati, déposé le reste à la banque, et j'ai repris le boulot. Ça les a tous rendus dingues.

Stride se mit à rire. Il aimait son côté rentre-dedans qui lui rappelait Maggie, son ancienne équipière.

— Mais ça a été difficile pour mon copain, ajouta Amanda. Je souffre plus pour lui que pour moi. Nous nous sommes connus six mois après ma transformation. Il y a quatre ans. Non, il ne savait pas. Pas au début. Oui, ça a été un choc. Mais il s'y est fait.

— Je n'avais pas l'intention de t'interroger, dit Stride.

— Allez, tu étais curieux. Tout le monde est curieux. Pas de problème.

— Touché.

— Tu as de la chance, tu sais. Avec Serena. Elle est très belle.

— Oui, c'est vrai, dit Stride.

Dès leur première rencontre, la beauté de Serena l'avait estomaqué. De longs cheveux noirs qu'il ne pouvait s'empêcher de laisser couler entre ses doigts. Des yeux vert émeraude étincelants qui l'excitaient. Une peau bronzée, à peine quelques rides pour rappeler qu'elle voguait vers les quarante ans. Un corps athlétique qu'elle entretenait sans relâche pour rester mince.

Amanda le vit dans ses yeux.

— Tu es amoureux, hein ?

— C'est sûr, répondit-il.

— J'aime Bobby, moi aussi. Il encaisse beaucoup de saloperies, et il s'accroche.

— Ça en dit long.

Stride s'interrompit tout à coup.

— C'est toi qui as choisi ton nom, hein ? *A man*-da. Un homme.

Elle eut un sourire coquin.

— La plupart des gens ne voient pas le jeu de mots.

— Passons dans la chambre à coucher, dit Stride, qui ajouta, gêné : Pour finir la perquisition.

Le sol était recouvert d'un luxueux tapis noir. Tout le mobilier était de la même couleur, étincelant de laque noire. Le mur de gauche était occupé du sol au plafond par des baies vitrées, avec une double porte au milieu. Entre les stores en bois, Stride apercevait les lumières de la ville. L'immense lit « California King » de MJ se trouvait de l'autre côté de la pièce. Une couette à damier noir et rouge était à demi tombée du lit, et les draps bordeaux étaient en désordre. Stride repéra, par terre, un emballage de préservatif.

— Tu vérifies la salle de bains ?

Amanda disparut de l'autre côté de la porte proche du lit. Stride tourna son attention vers le bureau, à l'autre bout de la chambre. C'était un véritable champ de bataille où s'entassaient le courrier non ouvert, des relevés de banque, des magazines de charme et des notes de restaurants et d'hôtels. Il s'assit et passa en revue les piles de documents.

— Encore des comprimés, annonça Amanda en revenant dans la chambre. Un stock d'ecstasy. Et… fais ton choix : Levitra, Cialis *et* Viagra. Ce type aurait pu jouer au tennis avec sa bite. Quelque chose, ici ?

— Pas d'agenda ni de Palm Pilot. Mais il avait plus de dix millions sur ses comptes bancaires, sans doute grâce à Walker. Il jouait beaucoup, un peu partout à Las Vegas, et aussi aux Caraïbes.

— Harceleurs ? Lettres d'insultes ? Procès ?

— Rien trouvé jusqu'ici.

— Alors quel est notre mobile ? demanda-t-elle. Pourquoi quelqu'un voudrait-il tuer ce type ?

Stride se frotta les yeux. Il sentait que le manque de sommeil le rattrapait.

— Je ne crois pas qu'il devait de l'argent à quelqu'un. Nous avons peut-être une affaire à trois avec Karyn et la mystérieuse brunette de la vidéo. J'ai l'impression que tout le monde se déteste cordialement, dans cette faune. Mais je ne vois rien qui justifie un meurtre, surtout par un tueur à gages. Il se droguait, mais ce n'est pas très original. Il était en conflit avec son père. C'est tout ce que nous avons, et ce n'est pas grand-chose.

— Sauf si nous avons un dingue sur les bras.

Stride se leva. Il pensa à l'assassin, sur l'enregistrement vidéo, qui leur laissait son empreinte.

— Ouais. C'est une hypothèse à considérer.

Un journal plié était posé sur la table de nuit près du lit défait. Stride s'en empara. Le papier jaunissait. Le journal datait de plus de trois mois. Le grand titre annonçait :

UNE IMPLOSION DOIT LIBÉRER LE TERRAIN POUR L'ORIENT

Des photos occupaient presque entièrement la une. Boni Fisso serrant la main du gouverneur Mike Durand devant une maquette du nouveau et luxueux complexe. La salle de spectacle du vieux casino à son apogée, quarante ans plus tôt, des danseuses presque nues sur la scène. Le nuage de poussière qui s'élève quelques secondes après qu'on a rasé un des vieux casinos, avec l'efficacité d'une bombe.

— Tu as déjà vu une implosion ? demanda Stride à Amanda.

— Ouais. Je travaillais à la sécurité quand ils ont fait tomber la dernière tour du Desert Inn. C'est affreux. Quand ça a lieu, il y a toujours une fête dans le coin.

Stride hocha la tête. Sous le journal, il aperçut un

vieux numéro du mensuel *Las Vegas Magazine*. La une présentait une photo en coin du même vieux casino, et une accroche annonçait :

LE SECRET HONTEUX DU CASINO

Amanda lisait par-dessus son épaule.

— Il habite là-haut, tu sais, si tu as envie de lui dire bonjour.

— Qui cela ?

— Boni Fisso. Toute la résidence lui appartient, comme l'hôtel en face. Je suis sûre que son penthouse se trouve dans cette tour.

Stride connaissait Boni Fisso de réputation. Il appartenait à une catégorie d'entrepreneurs de Las Vegas en voie de disparition, un rescapé de l'époque des gangsters, avant que la ville ne devienne une société anonyme. Fisso devait avoir plus de quatre-vingts ans, mais il avait toujours l'air aussi vif et onctueux sur les photos du journal. Un vieillard qui n'avait pas levé le pied. Il était petit, à peine un mètre soixante-dix, mais bâti comme une bouche d'incendie, que l'on peut rouer de coups de pied sans lui faire une égratignure.

— Que penses-tu de Boni ? demanda Stride. Son fric est propre ?

— C'est difficile à croire, mais personne n'a jamais pu prouver le contraire. Il est resté des années dans le collimateur de la Commission des jeux, qui n'a jamais rassemblé les preuves nécessaires pour l'inscrire dans le Livre noir. Ou bien Boni a des accointances avec un politicien au sein de la Commission, ou bien il a su jouer le jeu. Il affirme qu'il est comme Steve Wynn : rien d'autre qu'un honnête promoteur et un philanthrope.

— Il existe un lien entre Boni et MJ ?

— Pas que je sache, fit Amanda en haussant les épaules. Pourquoi ?

Stride montra le journal et le magazine.

— On dirait que MJ s'intéressait fort au nouveau complexe.

— Son balcon donne sur le site de l'implosion. Si quelqu'un ne lui avait pas éclaté le crâne, il aurait regardé l'Orient naître des ruines, pendant les deux ou trois prochaines années.

Stride acquiesça. Il savait qu'elle avait raison. Ça ne voulait rien dire. Pourtant, quelque chose le tracassait. De petits détails qui ne collaient pas. MJ avait trop d'œufs à peler dans cette ville. Drogue. Réceptions. Femmes. Pourquoi garder près de son lit un magazine vieux de plusieurs mois ? Qu'est-ce qui avait tant d'importance à ses yeux, dans le projet Orient ?

Un complexe immobilier de deux milliards de dollars, lancé par un homme que tout le monde soupçonnait d'avoir des liens avec la pègre. Cela valait certainement un meurtre, si quelqu'un se mettait en travers de son chemin. Mais Stride ne voyait pas comment un play-boy comme MJ pouvait représenter une menace pour un homme de l'acabit de Boni Fisso.

Stride traversa la chambre, se dirigea vers la double baie vitrée et sortit sur le balcon. Un coup de vent fit danser les stores. Il n'y avait aucun meuble. Rien qu'un long garde-fou métallique et une vue panoramique sur le nord du Strip. Il saisit le garde-fou. La hauteur accéléra les battements de son cœur. Il imagina MJ debout au même endroit, défoncé à la cocaïne, en train de se demander s'il pouvait lui pousser des ailes. Les jeunes sont stupides, se dit Stride. Il réalisa que MJ ne sortait sans doute jamais sur ce balcon, qu'il n'avait peut-être même jamais ouvert la porte. Karyn Westermark était dans son lit, nue, comme d'innombrables autres femmes, et c'était une vue bien plus agréable que celle des lumières du Strip.

Stride resta à l'extérieur. Pendant une fraction de seconde, il se demanda si lui-même pourrait voler. Il faisait bon, là-haut. C'était magnifique, un temps de fin septembre, le plus gros de la canicule était passé et les nuits avaient déjà un goût d'automne. On voyait à l'est une lueur rougeâtre, là où le soleil allait bientôt poindre au-dessus des montagnes. Mais la vallée était toujours enveloppée dans les ténèbres – même si la nuit ne s'imposait jamais tout à fait, ici. C'était le pays du soleil de néon.

Il contempla le vieux casino de Boni, en contrebas, de l'autre côté de la rue. Le toit se trouvait une dizaine d'étages au-dessous de lui. Le bâtiment était plongé dans l'obscurité, désormais sans vie. Au niveau de la rue, une barrière antitempête et une cloison de contreplaqué provisoire isolaient les lieux. Finis, les invités prestigieux, les flambeurs. Durant les semaines écoulées depuis la fermeture, les équipes de démolition étaient entrées dans les lieux, avaient arraché les conduites, percé des trous dans les murs pour y planter les bâtons de dynamite. Encore quelques semaines, et il suffirait d'enfoncer un bouton pour que le château de cartes s'écroule.

Stride pensa à la photo du journal. Des filles sur une scène. Des hommes en smoking. Des martinis. De l'argent. Rien que des fantômes, désormais.

Il laissa son regard glisser d'un étage à l'autre. Tout était calme et dans le noir.

Sauf le toit. Le toit était embrasé.

Typiquement Las Vegas, se dit Stride. Laisser la lumière allumée après que la fête est finie.

Un garde-fou festonné s'étirait le long du toit, telle

une rangée de minuscules dômes bulbeux. Là où le toit était échancré, exactement au centre, Stride discernait les tuiles et les arbres de ce qui avait dû être le jardin de la suite en penthouse du casino. Tout cela était éclairé par l'enseigne du casino dont les éclairs de néon rouges et verts déchiraient l'obscurité. Ce qui donnait aux fantômes, à l'intérieur, une raison de croire qu'ils étaient toujours vivants. Personne ne leur avait dit que l'heure était venue de s'en aller.

A quelques secondes d'intervalle, l'enseigne s'éteignait, puis les lettres s'allumaient une par une, comme si rien n'avait changé, comme si les étages, en dessous, abritaient encore de la vie.

Une par une, une lettre après l'autre, jusqu'à ce que le nom complet clignote sur le sommet du toit.

Shéhérazade.

5

Serena voyait bien que Cordy était cafardeux. Quand elle était passée le prendre à son appartement de North Las Vegas, il avait un air de chien battu, comme un enfant qu'on a obligé à rester au coin. Tandis qu'ils roulaient vers le sud de la ville, il fixait amèrement le paysage, sans dire un mot. Même ses cheveux n'étaient pas dans un bon jour. Habituellement, ils étaient ramenés en arrière par la brillantine, telle une crinière léonine noir de jais. Ce matin-là, des épis jaillissaient aux endroits les plus inattendus, comme l'herbe qui perce à travers le trottoir. Cela ne lui ressemblait pas du tout.

— Qu'est-ce qui ne va pas ? lui demanda-t-elle, alors qu'ils s'arrêtaient à un feu rouge.

Au carrefour de Cheyenne et de Jones, il n'y avait presque pas de circulation. Ils se trouvaient dans le bref entre-deux où la foule des noctambules est enfin couchée, et où les autres s'éveillent à peine.

Cordy lâcha un long soupir théâtral.

— Lav et moi. C'est terminé.

Lavender était une splendide strip-teaseuse noire, plus grande que Cordy d'au moins quinze centimètres. A l'époque où il faisait équipe avec Serena, il se servait des filles comme de mouchoirs en papier, passant de l'une à l'autre, les choisissant toujours petites, jeunes et blondes. Lavender était différente, et quand ils avaient commencé à sortir ensemble, Serena avait cru que Cordy avait enfin trouvé l'âme sœur.

— Qu'est-ce qui s'est passé ?

Cordy baissa la vitre de la Mustang et cracha. Il jura en espagnol.

— Qu'est-ce que tu crois, mama ? J'ai déconné. J'ai baisé une de ses copines. Lav l'a appris.

— Merde, t'es vraiment trop con.

— C'est la faute de cette foutue ville, répliqua Cordy avec irritation. Toute cette saloperie de chair. C'est normal, si on met un type comme moi dans une pièce pleine de jolis piments rouges, il finit tôt ou tard par croquer dedans.

— Sauf que, cette fois, c'est toi qui t'es fait bouffer le cul.

Elle laissa Cordy mariner en silence et tourna sur Jones Street. Elle avait envie de lui dire que le vrai problème, c'était qu'il écoutait sa queue au lieu d'écouter son cerveau. Mais il n'avait pas entièrement tort à propos de Las Vegas. Elle le savait. On ne peut pas rassembler tant de vice dans un endroit donné sans encourager les gens à franchir la ligne rouge.

Serena était à Vegas depuis plus de vingt ans, dont la moitié dans les services de police. Beaucoup d'anciennes girls travaillaient dans la police, et la plupart des gens présumaient qu'elle en faisait partie, à cause de sa taille et de son gabarit. Mais elle avait connu un aspect de la ville beaucoup moins glamour quand elle était arrivée de Phoenix à l'âge de seize ans, au plus fort de la nuit, avec son amie Deirdre.

Une fille qui débarquait à Vegas disposait de

nombreux moyens de ruiner son existence. Strip-tease, prostitution, jeu, alcool, vol, bagarres, drogue, porno, ou simplement coucher dans le lit du type qu'il ne fallait pas. Tout cela finissait de la même façon, en transformant de jolies jeunes fleurs en ordures flottant au milieu des algues verdâtres du marécage.

Comme Deirdre. Son sauveur, sa meilleure amie, la fille à qui elle devait la vie, qui affirmait qu'elle avait besoin de Serena plus que tout au monde. Morte.

Serena s'étonna parfois de n'être pas morte, elle aussi. Elle avait pris un emploi de bureau dans un des casinos, alors qu'avec son allure elle aurait pu gagner dix fois plus dans les clubs de strip-tease. Elle était retournée à l'école, d'abord pour obtenir son diplôme d'études secondaires, puis étudiant la nuit et le week-end pour décrocher une licence en droit criminel à la fac. Il lui avait fallu dix ans pour y arriver. Quand Deirdre était morte, son sentiment de culpabilité l'avait entraînée dans une hébétude éthylique qui lui avait coûté deux ans de sa vie et presque tout ce pour quoi elle avait travaillé.

Elle avait fini par remonter la pente, avait cessé de boire et avait réintégré l'université.

Elle ne savait pas très bien d'où lui venait cette détermination. Peut-être de la promesse qu'elle s'était faite, en fuyant Phoenix avec Deirdre, de ne pas laisser ce qu'elle avait vécu là-bas détruire le reste de son existence.

Mais Cordy avait raison. Las Vegas ne simplifiait pas les choses.

— Je peux te faire rire, lui dit-elle.

— Impossible. Je suis en deuil. Je porte du noir.

Serena le regarda. Cordy portait une chemise de soie noire dont les deux premiers boutons étaient ouverts, un pantalon fuseau de soirée noir, et des chaussures de cuir vernies. Mais ça n'avait rien à voir avec Lavender. Cordy était un homme stylé, de petite taille mais toujours impeccable. Serena préférait être décontractée, loin de toute fantaisie. Elle portait la plupart du temps un jean, un tee-shirt et des bottes de cow-boy patinées par l'âge.

Elle savait que quand elle se mettait sur son trente et un, les hommes avaient les yeux exorbités. Elle se rappelait sa première rencontre avec Stride, à l'aéroport de Duluth. Elle y était allée dans le cadre de l'enquête sur le meurtre d'une fille, à Vegas. Sur un coup de tête, elle avait mis une de ses tenues les plus sexy – pantalon de cuir bleu fluo, ceinture argentée, tee-shirt au-dessus du nombril et imperméable de cuir noir.

Ce fut la seule et unique fois qu'elle vit Jonny à court de mots.

— Vingt dollars, dit Serena.

— Tenu. Je n'ai pas envie de rire aujourd'hui.

— Sawhill a mis Jonny en équipe avec Amanda.

Cordy rit malgré lui.

— Oh, mama ! Amanda ? Tu sais, elle a des seins encore plus gros que les tiens.

— Voilà un scoop, Cordy. Elle a aussi des bijoux de famille plus gros que les tiens. C'est en tout cas ce que j'ai entendu dire.

— Rien que d'y penser, j'ai la chair de poule. Hé, que dit le copain d'Amanda quand il est inquiet ?

— Je n'ose pas te le demander.

— « Je suis dans les *transes* » !

Cordy s'étranglait de rire. Serena secoua la tête.

— Je préfère que ces conneries restent entre nous, *muchacho*. Je crois que Jonny l'aime bien. Et donne-moi mes vingt dollars.

— Ouais, ouais… A propos, il y a un pari qui court sur Stride. La plupart pensent qu'il va très vite péter les plombs.

— Jonny est plus solide qu'ils ne le pensent.

— Ouais, mais on est à Vegas.

Serena n'avait pas envie de discuter. Non parce qu'elle pensait que Cordy avait raison, mais parce qu'il y avait des tas de raisons qui pouvaient pousser Stride à repartir, et qui n'avaient rien à voir avec le boulot.

— Je suppose qu'il y a aussi des paris sur moi, dit-elle. Sur la question de savoir si Jonny et moi allons y arriver.

— A entendre les gars, tes chances sont à peu près aussi élevées qu'au Keno, dit Cordy. La plupart te prennent pour une banquise.

Serena fit la grimace, car la remarque de Cordy avait touché une corde sensible. Dans le service, elle avait la réputation justifiée d'être une beauté froide, intelligente et inaccessible. Serena était la fille qui mettait les hommes à genoux, qui était capable d'embrocher l'ego masculin avec une remarque acide, et qui avait élevé de hautes murailles autour de ses émotions pour se protéger. Un paquet très sexy que personne, apparemment, ne pouvait déballer.

Cette situation lui convenait. Elle n'avait jamais fait confiance aux hommes. A Phoenix, au moment où sa mère sombrait dans la cocaïne, son père avait décampé et laissé Serena s'enfoncer avec elle. Elles avaient atterri dans un appartement près de l'aéroport, avec un dealer à moitié indien nommé Blue Dog. La plupart du temps, sa mère lui devait l'argent de sa drogue. Serena était devenue la monnaie d'échange.

Elle n'aimait pas repenser à cette époque. La meilleure défense consistait à faire comme si elle n'avait pas existé. Comme la boîte de Pandore. Il valait mieux laisser le couvercle fermé et ne pas regarder à l'intérieur, parce qu'il était impossible de revenir en arrière. C'est ainsi qu'elle s'était fermée à tous ceux qui avaient envie de l'approcher. A trente-six ans, elle n'avait jamais eu de relations sérieuses. Cela ne lui avait pas manqué, et elle ne le désirait pas.

Jusqu'à Jonny.

Elle ignorait comment Stride avait pu abattre si facilement ses défenses. Peut-être parce qu'il était différent des hommes de Vegas, pas un de ces bluffeurs offrant le visage qu'ils croient que vous voulez voir. Il était lui aussi un puits d'émotions troubles, dont personne ne pouvait voir le fond. Cette profondeur l'avait immédiatement attirée. Quand il avait baissé ses propres défenses pour lui parler de la mort de sa première femme, atteinte d'un cancer, Serena avait eu le cœur brisé. Ils se connaissaient à peine, mais elle comprit qu'il était tombé amoureux d'elle, et elle était tombée amoureuse de lui.

Mais faire l'amour sur la plage à minuit, dans le Minnesota, était un pur fantasme. A Vegas, c'était la vie réelle. Un fait de tous les jours.

La boîte de Pandore était ouverte. Elle n'aimait pas ce qu'elle y voyait. Des fantômes de son propre passé surgissaient, la suivaient dans le noir. Elle se vantait d'être une dure à cuire, mais, depuis quelque temps, elle se sentait parfois comme une adolescente apeurée. Effrayée par l'amour, le sexe, l'avenir. Elle était plus embrouillée qu'elle ne l'avait été depuis des années.

Elle n'avait raconté à Jonny que des fragments de son passé et de ce qui lui arrivait maintenant. En partie parce qu'elle avait l'habitude de régler ses problèmes toute seule, en partie aussi parce qu'elle n'avait pas envie de l'effrayer en lui montrant que son armure était percée.

En outre, elle savait qu'il luttait lui aussi, qu'il essayait de trouver sa route loin de « son foyer », comme il disait. Serena comprenait son état d'esprit, mais l'entendre parler ainsi faisait retentir toutes sortes de signaux d'alarme dans son esprit. Comme s'il risquait de décider un jour que son foyer était ailleurs, loin de Vegas, loin d'elle.

Serena se gara sur le parking au nord de Meadows Mall. C'était la galerie commerciale où elle-même faisait ses achats, à quelques kilomètres de chez elle. Elle y venait depuis des années. Il n'y avait pas de statues qui parlent, ni d'aquariums géants, comme au Caesars. Pas de boutiques pour des vedettes capables de dépenser cent mille dollars en une seule visite. On y trouvait simplement Macy's, Foot Locker et Radio Shack, des magasins ordinaires pour des gens ordinaires. Serena aimait Meadows Mall parce que toute chose y semblait à peu près normale, comme dans n'importe quelle banlieue de n'importe quelle autre ville. Il n'y avait rien qui rappelât Vegas.

A cinq heures du matin, l'immense étendue bétonnée du parking était déserte. Quelques rares véhicules y étaient disséminés, comme des épingles sur une carte. Les lampadaires projetaient sur le sol des cercles de lumière pâle. Mais l'aube était proche. A mi-chemin du centre du parking, une voiture de patrouille les attendait, phares allumés, moteur en marche. Quand ils s'arrêtèrent près d'elle, Serena vit que le conducteur avait ouvert sa vitre. Son bras gauche pendait à l'extérieur de la voiture et une cigarette se consumait entre ses doigts. Le véhicule qu'ils étaient venus inspecter, une Pontiac Aztek bleu nuit, était garé vingt mètres plus loin.

Le flic descendit en hâte de la voiture et tendit le bras derrière lui pour écraser sa cigarette. Il était grand et dégingandé, et son uniforme flottait sur ses épaules. Ses cheveux blonds donnaient l'impression que sa mère lui faisait toujours une coupe au bol. Il grattait avec insistance son menton en galoche, comme s'il avait eu un bouton récalcitrant. Serena se dit qu'il n'avait pas plus de vingt ans. Elle vit qu'il était à la fois terriblement sérieux et terriblement nerveux.

Serena sortit de sa Mustang.

— Bonjour, dit-elle à l'agent. Vous nous faites lever tôt, ce matin.

— Oui, madame, répondit-il avec l'accent traînant du Texas. Je m'en rends bien compte, et je suis désolé. Je suis l'agent Tom Crawford, madame.

Serena se présenta et présenta Cordy. Crawford ne leur fit pas la révérence, mais c'était tout comme.

— Depuis combien de temps êtes-vous dans la police, Tom ? demanda Serena.

— Oh, presque un mois, je crois bien.

En feignant de se frotter l'œil, Cordy regarda Serena, et ses lèvres formèrent le mot « Merde ! ».

Serena secoua la tête en soupirant. Un nouveau.

— Eh bien, Tom, vous avez une voiture bleue, ici. Un témoin pense avoir vu une voiture de cette couleur s'enfuir après avoir renversé un petit garçon. Mais ça se passait à Summerlin, dans un quartier où le niveau de vie n'est pas exactement le même qu'ici.

Crawford hocha la tête, sans cesser de se gratter le menton.

— Oui, madame, j'ai lu le rapport. C'est horrible. Je l'ai lu de A à Z. Et j'ai ouvert l'œil toute la semaine, à la recherche d'une voiture bleue. Et voilà que cette nuit, on a un appel de la compagnie de surveillance qui patrouille dans ces parkings. Ils nous disent que cette voiture n'a pas bougé depuis une bonne semaine et ils pensent qu'elle est abandonnée. Ils ont l'intention de la faire remorquer, ils veulent savoir si nous avons envie d'y jeter un coup d'œil avant. Le sergent de nuit, il pense qu'on devrait les laisser l'embarquer. Mais j'ai entendu qu'elle était bleue, et on se trouve à un jet de pierre de la route qui vient de Summerlin. Et l'accident a eu lieu il y a une semaine, justement. Alors j'ai pensé que ça valait le coup de vérifier.

— La compagnie de surveillance a mis une semaine pour nous le signaler ? fit Serena.

— Oui, madame, j'en ai bien peur. Leurs équipes tournent beaucoup, c'est ce que je me suis dit, et le gars qui faisait sa ronde cette nuit n'était peut-être pas venu sur ce parking depuis le week-end dernier.

— Continuez, lui dit Serena en bâillant.

Elle espérait qu'on ne l'avait pas tirée du lit pour rien.

— Eh bien, quand je suis arrivé, la première chose que j'ai faite, ça a été d'examiner l'avant de la voiture. Et il est sûr que… je vais vous montrer.

En quelques foulées élastiques, l'agent Crawford les précéda vers l'avant de l'Aztek, qu'il éclaira avec la grosse torche métallique accrochée à sa ceinture. Serena retint son souffle. Le centre du capot était tordu, la grille enfoncée. Le pare-chocs était fêlé et la plaque d'immatriculation pliée comme si on avait essayé d'en faire un avion en papier.

Crawford s'agenouilla.

— Si vous regardez de près, ici, vous verrez qu'il y a des fibres collées sur la grille. Et autre chose. Ça pourrait être de la peau et du sang.

Serena avait vu dans le désert des cadavres à demi dévorés, sans avoir l'estomac retourné. Mais quelque chose dans les dégâts subis par la voiture, pourtant minimes au regard des conséquences du choc, lui fit ravaler sa bile.

— Bon boulot, Tom, dit-elle d'un air sombre.

Cordy ne disait rien, mais son visage cuivré avait pâli. Les mains enfoncées dans les poches, il frappait le sol du bout de son soulier. Seul Crawford semblait peu affecté. Mais il était jeune, et pour lui c'était un événement. Le genre d'histoire qu'il raconterait aux autres bleus pendant l'année qui suivrait. Il n'était pas dans la rue, à Summerlin, le vendredi précédent. Il n'avait pas vu le corps brisé de Peter Hale, le sang qui formait une mare sous sa tête. Il n'avait pas entendu les gémissements de la mère. Il n'avait pas vu le chagrin dans le regard vide, mort, du père.

Summerlin était un quartier habité par des familles de la petite bourgeoisie, où les deux parents ont un bon emploi, et où les garçons de douze ans ont les clés de la maison. Ils prennent le bus après l'école et rentrent directement chez eux pour regarder la télévision et jouer à des jeux vidéo. Linda et Carter Hale se disaient qu'ils avaient de la chance. Linda Hale ne travaillait pas. Peter avait donc quelqu'un pour l'accueillir à la maison à son retour de l'école. Il jouait dehors, dans l'allée – il lançait une balle de tennis contre la porte et la rattrapait dans son gant de base-ball –, quand Linda Hale, dans sa cuisine, entendit un bruit sourd. Elle comprit tout de suite, comme n'importe quelle mère comprend lorsqu'il arrive une catastrophe. Elle trouva Peter, moitié sur le trottoir, moitié sur la chaussée. Personne à proximité. Pas de témoin. Le seul indice leur vint d'une bonne, à trois rues de là, qui avait vu une voiture bleue passer à toute allure dans le quartier, plus ou moins à l'heure de l'accident. Le labo tardait à déduire la marque de la voiture de la peinture bleue et des fragments de grille. Désormais, ça n'avait plus d'importance. C'était une Aztek. C'était cette voiture.

— Vous avez fouillé le véhicule ? demanda-t-elle.

— Non, madame, bien sûr que non, l'assura Crawford. Il était fermé à clé, et de toute façon ç'aurait été contraire à la procédure. Je n'ai touché à rien.

— L'identification des plaques ?

— Je m'en suis occupé. Oui, madame. La voiture est enregistrée au nom de M. Lawrence Busby. Pas de casier. Trente-quatre ans, afro-américain, un mètre quatre-vingt-huit, cent onze kilos. C'est ce qui est inscrit sur son permis de conduire. M. Busby a déclaré le vol de son véhicule à vingt heures trente, vendredi.

— Soit plusieurs heures après l'accident, dit Serena. C'est commode, hein ?

Crawford lui adressa un sourire timide de jeune plouc.

— C'est ce que j'ai pensé. Un peu trop commode. C'est pourquoi j'ai offert à M. Busby un trajet gratuit jusqu'ici pour qu'il vienne récupérer son véhicule.

— Qu'est-ce que vous avez fait ? demanda Cordy.

— J'ai demandé au sergent de nuit d'envoyer une voiture de patrouille chez M. Busby, à Bonanza. Vous savez, pour le cas où il aurait décidé de jouer les chiens de prairie, et de cavaler. Puis je l'ai appelé. Je lui ai dit que nous avions trouvé sa voiture et que nous serions heureux de le conduire sur les lieux. Il devrait être ici dans quelques minutes.

— Vous êtes un Texan futé, agent Crawford, lui dit Serena.

— Merci, madame. C'est ce que ma maman dit toujours. Ma femme, elle, en est moins sûre.

— Busby, il vous a fait quelle impression, au téléphone ?

— Eh bien, la première chose qu'il a demandée, c'était si la voiture était abîmée. Je pense que c'est naturel, mais j'ai trouvé ça intéressant. Je lui ai dit qu'il n'y avait rien qu'un bon carrossier ne pourrait réparer.

Serena réfléchit, essayant de se mettre à la place de Busby. Il vient de tuer un gosse. Il craint que quelqu'un ait vu la voiture. Ou il craint d'avoir laissé sur les lieux des indices qui permettraient à la police de venir sonner chez lui. Encore un criminel qui regarde trop *Les Experts* à la télévision. Alors il abandonne sa voiture au centre commercial, saute dans le bus pour rentrer chez lui et déclare qu'on l'a volée. S'il a de la chance, personne ne fera le lien avec l'accident. Dans le cas contraire, il fera porter le chapeau à quelqu'un d'autre.

Mais quelque chose n'allait pas. Summerlin, où habitaient les Hale, était un quartier exclusivement blanc. Un Noir de plus de cent dix kilos aurait certainement attiré l'attention. Serena ne voyait pas non plus pourquoi Busby, qui habitait à quelques kilomètres du centre, serait allé faire de la vitesse dans un quartier résidentiel à l'ouest de la ville.

— Ouvrez la voiture, s'il vous plaît, Crawford, fit Serena. J'aimerais y jeter un coup d'œil avant l'arrivée de Busby.

— Nous n'avons pas besoin d'un mandat pour ça ?

Serena haussa les épaules.

— D'après M. Busby, c'est un véhicule volé. Nous devons chercher les indices qui nous permettront d'identifier le voleur.

Crawford ouvrit le coffre de sa voiture de patrouille.

Il en sortit un morceau de fil de fer rigide au bout duquel il y avait une boucle. Il lui fallut quelques secondes pour déverrouiller la portière de l'Aztek, côté conducteur. En prenant soin de ne pas effacer d'éventuelles empreintes, il ouvrit la portière.

Serena regarda à l'intérieur, puis se glissa derrière le volant. Busby avait nettoyé derrière lui. L'habitacle était immaculé, comme si on avait passé l'aspirateur ; il n'y avait ni papiers ni détritus. Avec la pointe d'un stylo, elle ouvrit la boîte à gants. Elle ne contenait rien d'autre que le manuel du véhicule. Elle ouvrit le cendrier. Il n'avait jamais servi.

Elle entendit qu'on ouvrait la portière arrière.

— Trouvé quelque chose, devant ? demanda Cordy.

— Que dalle.

— Je vérifie sous les sièges.

Serena vit le faisceau d'une lampe torche balayer le sol, comme un projecteur. Cordy émit un sifflement.

— J'ai trouvé un bout de papier, dit-il à Serena. On dirait un reçu.

Elle descendit et regarda Cordy manœuvrer sous le siège avec le bras. Il se releva quelques secondes plus tard avec un sourire triomphant. Il tenait, à l'aide d'une minuscule pince à épiler, une petite bande de papier blanc de cinq centimètres sur huit. Il l'éclaira avec sa torche, et Serena se pencha pour mieux voir.

Le reçu venait d'une épicerie non loin de Reno, à plus de sept cents kilomètres au nord de Las Vegas. Six beignets Krispy Kreme et un Sprite, à huit heures du matin. Le petit déjeuner des champions. Le reçu datait de plus de deux semaines avant l'accident.

— Voilà M. Busby qui arrive, dit Crawford.

Une voiture de patrouille venait d'entrer sans bruit sur le parking. Tandis qu'elle s'approchait, Serena aperçut sur le siège avant, côté passager, une silhouette qui évoquait un grizzly. Le permis de conduire de Lawrence Busby était nettement en deçà de la vérité. Il devait peser cent trente kilos. Il avait un visage en forme de pleine lune, des cheveux noirs plaqués sur le sommet du crâne, et des bajoues qui retombaient comme celles d'un gros chien. Serena voyait luire le visage d'ébène de l'homme. Il transpirait.

— Je parie que ses seins sont plus gros que les tiens, eux aussi, fit Cordy avec un clin d'œil.

Serena réprima un sourire. Voyant que Busby tendait le bras pour ouvrir sa portière, elle leva la main, comme un agent qui arrête la circulation devant une école. La femme policier dans la voiture parla sèchement à Busby, et Serena vit le blanc de ses yeux s'élargir. Il reposa les mains sur ses genoux. Il transpirait et il avait peur, maintenant.

Cordy fit un signe au flic de la voiture de patrouille, qui descendit et s'approcha d'eux. Serena se dirigea vers la voiture et prit la place du chauffeur. Elle laissa la portière ouverte et utilisa la commande à distance pour baisser la vitre côté passager. Cordy s'approcha de ce côté et posa les coudes sur la portière.

La voiture puait. Busby portait un gigantesque tee-shirt avec le logo des Running Rebels. Les taches humides sous ses aisselles et derrière sa nuque dégageaient une odeur terrible. Des jambes semblables à des troncs d'arbre sortaient de son short blanc. Il remua nerveusement, lâcha un pet et marmonna des excuses. Son regard passait rapidement de Serena à Cordy.

— Monsieur Busby ? demanda Serena. Est-ce que c'est votre voiture qui se trouve là-bas ?

Busby acquiesça, ce qui fit trembler son double menton.

— Vous l'avez depuis combien de temps ?

— Deux mois environ, marmonna Busby.

Pour un homme de sa corpulence, il avait une voix très douce. Serena devait tendre l'oreille pour l'entendre.

Cordy avança la tête par la fenêtre.

— Vous entrez dedans, mec ? Je n'aurais jamais cru ça possible. Comment faites-vous pour conduire avec ce bide ?

Busby semblait sur le point de pleurer.

— Ça suffit, Cordy, fit Serena d'un ton sec. Comment gagnez-vous votre vie, monsieur Busby ?

— Je suis cuisinier au Lady Luck, en ville.

— Un cuisinier ! mugit Cordy. On ne s'est jamais demandé pourquoi les clients avaient l'air affamé, et pourquoi vous, vous aviez toujours un grand sourire ?

Busby secoua la tête avec humilité.

— Je ne vole pas.

— Vous avez un autre emploi ? demanda Serena. Pour arrondir les fins de mois ?

— Non, je travaille à plein temps au Lady Luck depuis cinq ans.

— Vous êtes déjà allé à Summerlin, monsieur Busby ?

— Ce quartier riche, à l'ouest ? Non, je ne crois pas. Je n'ai aucune raison d'y aller.

— Vous n'y êtes pas allé vendredi après-midi ?

— Non. Je vous l'ai dit, je n'y suis jamais allé.

Il s'essuya le front.

— De quoi s'agit-il ?

— Il s'agit du gosse que vous avez tué, espèce de sac à merde baratineur, lui dit Cordy.

Busby secoua furieusement la tête.

— Je n'ai jamais tué personne.

— Vous avez écrasé un petit garçon, insista Cordy.

Puis vous vous êtes barré comme une gonzesse, vous n'avez pas eu les couilles de le dire à sa mère.

— Vous êtes dingue, murmura Busby qui ajouta, en se tournant vers Serena : Il est dingue. Je n'ai pas fait ça.

— Vous voulez dire qu'on vous a volé votre voiture ? lui demanda froidement Serena.

— Vendredi, je me suis garé au parking de Fremont Street, au centre. Quand je suis revenu, elle avait disparu. Je l'ai signalé. C'est ce qui s'est passé.

— Il était environ huit heures et demie du soir ?

— Je crois, répondit Busby.

— Que faisiez-vous au centre-ville ? demanda Serena. Vous jouiez aux machines à sous ?

— Non, je ne jouais pas. Je travaillais. Je vous l'ai dit, je fais cuire des saucisses et des œufs au Lady Luck.

— A quelle heure êtes-vous allé travailler ?

— Vers midi, comme tous les jours.

— Vous voulez dire que vous avez garé la voiture à Fremont Street avant midi ?

— Ouais. Comme tous les jours.

Serena ferma les yeux, de nouveau en proie à la nausée. Cette fois, c'était parce qu'elle savait qu'ils se trompaient. Il avait un alibi. Elle pensa à Cordy charriant ce type à cause de son ventre. Elle se souvint aussi qu'elle était à l'étroit, sur le siège, quand elle s'était introduite dans l'Aztek pour fouiller le véhicule. Pas bon, pas bon du tout.

— Quelqu'un travaille avec vous ? demanda Serena.

Elle savait qu'elle gaspillait sa salive. Ce n'était pas lui.

— Oui, il y a un tas de cuisiniers et de serveuses qui vont et viennent tout au long de la journée.

— Vous prenez des pauses ? Une pause déjeuner dans le courant de l'après-midi, par exemple ?

Elle s'accrochait à des fétus, et elle le savait.

— Non, pas de pause déjeuner. Je travaille en continu.

Serena ne put s'empêcher de sourire. Elle regarda cet homme, qui avait la corpulence d'un cachalot.

— Allons, monsieur Busby. Pas de pause déjeuner ? Vous ?

Busby sourit, lui aussi. C'était la première fois.

— Le fait est que j'essaie de maigrir… Bon, peut-être que je prends un petit en-cas, de temps en temps, pendant les heures de travail.

Serena soupira.

— Dites-nous ce qui est arrivé à votre voiture.

— Il n'y a pas grand-chose à dire. Je quitte le travail à la même heure que d'habitude, je vais au parking. Plus de voiture. Je me gare toujours au même endroit, ce n'est pas comme si je ne retrouvais pas la place. Elle n'est plus là, simplement.

— Des parents à vous ont les clés de votre voiture ?

— Je n'ai pas grand monde. Maman est morte. Papa est en maison de retraite. Personne n'épouse un type comme moi…

Serena s'en voulut d'avoir cloué ce pauvre type au pilori. Une vie triste et solitaire. Tout ce qu'elle avait fait, c'était d'y ajouter un peu de peur et de douleur. Et maintenant, elle allait lui dire qu'il ne pourrait pas récupérer sa voiture cette nuit.

Elle fit signe à Cordy, et ils s'approchèrent l'un de l'autre. Cordy se fourra un chewing-gum dans la bouche et se mit à mâcher bruyamment.

— Ce n'est pas lui qui a fait le coup, hein ? demanda-t-il.

— Non.

— Alors qu'est-ce que ça veut dire ?

Serena s'accorda un moment de réflexion. Plus elle pensait à ce qu'ils venaient d'apprendre, moins elle aimait ce que ça impliquait. Ça n'avait plus l'air d'un accident. C'était pire que ça.

— Quelqu'un vole une voiture au centre-ville, écrase un gosse et s'enfuit, l'après-midi même, en banlieue ?

— Il l'a tué délibérément, le gosse, conclut Cordy.

— C'est bien mon impression.

Serena se rappela le reçu pour les beignets Krispy Kreme. Elle retourna à la voiture de patrouille, où Busby attendait toujours.

— Etes-vous allé à Reno le mois dernier, monsieur Busby ?

Busby fronça les sourcils.

— Je ne suis jamais allé à Reno. Jamais.

6

Stride attendait dans le bureau du lieutenant Sawhill. Tout en faisant tourner son café dans son mug, il contemplait, par la fenêtre du troisième étage, un chat noir qui traversa la rue d'une démarche souple avant de disparaître dans une cour au sol jonché d'ordures. Un peu plus tard, un agent passa très vite sur un VTT qui semblait beaucoup trop petit pour lui. Son postérieur planait au-dessus de la selle, et ses genoux touchaient presque son menton. Tous deux, le chat et le flic, semblaient sur la piste d'une proie.

La brigade criminelle opérait depuis le commissariat central, le vaisseau amiral de la police municipale, un immeuble moderne et beige dont l'entrée était bordée de palmiers. Les pères de la cité l'avaient construit dans un des quartiers les plus laids de la ville, à quelques rues des casinos du centre, comme si la proximité du QG de la police pouvait d'une manière ou d'une autre, peut-être par osmose, faire baisser le taux de criminalité. Mais ça ne fonctionnait pas.

Stride regarda sa montre. Il était presque midi. Son estomac grondait. Il se demanda ce qui l'emportait, de la faim ou de l'envie de dormir.

Derrière lui, il entendit la porte s'ouvrir et se fermer.

Stride fit un signe de tête à Lester Sawhill, qui fronça les sourcils et lui désigna le siège devant son bureau. Le téléphone sonna. Sawhill décrocha et s'installa dans son propre fauteuil de cuir, si grand pour sa petite carrure qu'on eût dit un gosse en visite dans le bureau paternel. Stride s'assit et attendit.

— Bonjour, monsieur le gouverneur, fit Sawhill, peu impressionné – comme s'il parlait tous les jours au gouverneur.

Serena disait qu'elle ne se rappelait pas être allée dans le bureau de Sawhill sans qu'il soit au téléphone avec un homme politique. Il adorait avoir un public. Cela lui permettait de rappeler à chacun où il se situait dans l'ordre hiérarchique.

Dans le Minnesota, Stride rendait des comptes au directeur adjoint Kyle Kinnick (que tout le monde appelait K-2), un nabot affublé d'oreilles d'éléphant et d'une voix nasillarde qui faisait penser à un gosse de six ans jouant de la clarinette. Sawhill n'était guère plus grand que K-2, mais il était beaucoup plus lisse. Il devait aller chez le coiffeur tous les cinq jours, car la coupe impeccable de ses cheveux bruns raréfiés ne changeait jamais. Il avait un visage étroit en V, des joues criblées de cicatrices d'acné et des verres en demi-lune qu'il portait au bout d'une chaîne passée autour du cou, quand elles n'étaient pas posées sur l'espèce de petit bulbe rond qui lui tenait lieu de nez.

Sawhill portait un costume gris d'un prix modeste, vieux, mais entretenu avec soin. Son uniforme. Peu importait, s'il fallait en croire Serena, que ce soit le mois de juillet, sous un soleil brûlant. Sawhill n'était pas du genre à ouvrir le bouton supérieur de sa chemise, ou à desserrer sa cravate. Il n'élevait jamais la voix. Une voix dénuée de timbre, qu'il contrôlait parfaitement. Il semblait ne jamais éprouver la moindre émotion, en tout cas pas au point de la laisser apparaître sur son visage ou éclairer ses yeux marron.

— C'est très aimable à vous, monsieur le gouverneur, dit-il au téléphone.

Il avait sur son bureau une balle antistress qu'il pétrissait en rythme de ses doigts minces. A intervalles réguliers, il contemplait un de ses ongles, comme s'il avait besoin d'être limé.

Stride, qui écoutait cette demi-conversation, aurait pu aussi bien être invisible.

Il lui avait fallu des années pour faire confiance à K-2, parce qu'au fond de lui Stride avait toujours pensé que pour monter les échelons, dans la bureaucratie policière, il fallait être un politicien madré et renoncer à ce qui fait de vous un bon flic. Mais K-2 était différent. Pour lui, les flics venaient d'abord. Stride le respectait pour sa loyauté.

Lester Sawhill finirait peut-être par le convaincre que lui aussi se trouvait du côté des anges. Mais Stride n'y croyait pas. Non que Sawhill fût un mauvais homme. Stride savait qu'il était d'une moralité irréprochable. Un mormon, comme tant de hauts fonctionnaires à Sin City. Pas de café. Pas de tabac. Pas d'alcool. Et un tas d'enfants – au moins sept, se disait Stride, qui avait compté les photos disposées sur les rayonnages derrière le bureau. Mais Sawhill faisait passer Dieu et Las Vegas avant ses flics.

Stride ignorait comment Sawhill et les autres mormons parvenaient à survivre à Las Vegas. Ils pouvaient travailler dans les casinos, mais n'avaient pas le droit de jouer. Ils étaient pieux, dans une ville sans Dieu. Il trouvait cela bizarre et un peu hypocrite, comme le barman qui pense que boire est un péché, mais ne craint pas de regarder les autres avaler le poison.

Sawhill raccrocha.

— C'était le gouverneur Durand, précisa-t-il, pour le cas où Stride n'aurait pas compris. Cela devrait vous donner une idée des soucis que nous procure cet homicide.

— J'en suis conscient, répondit Stride.

— C'est une affaire qui intéresse beaucoup les médias, ajouta Sawhill. Le meurtre d'une célébrité. Notre service communication est déjà en train de répondre au pied levé aux questions de la presse du monde entier.

Stride n'avait aucun mal à traduire ce que Sawhill lui disait. Si le lieutenant avait su que l'affaire attirerait l'attention, il ne l'aurait jamais confiée à son canard boiteux, le flic mal dégrossi venu du Minnesota, et à son équipière transsexuelle. Pour rien au monde. Mais il était trop tard pour les virer. A moins que Stride ne fasse le con.

— A propos… poursuivit Sawhill. Vous transmettrez aux relations publiques toutes les demandes d'interview des médias, OK ? Vous avez une affaire à résoudre. Je ne veux pas vous voir perdre votre temps avec les journalistes. Cela vaut également pour Amanda.

Surtout pour Amanda, se dit Stride. Sawhill ne voulait pas qu'ils représentent la ville ni, pire encore, qu'ils monopolisent les projecteurs.

— Où en est l'enquête ? Il faut que je dise quelque chose au maire.

— Nous avons des images d'un suspect, répondit Stride. Il nous a laissé une empreinte digitale. Délibérément. Un geste assez gonflé. Et ça ne ressemble pas à un tueur à gages payé pour un contrat.

Sawhill plissa les yeux.

— Ses empreintes étaient dans la base de données ?

— Non. Et il est impossible d'avoir une bonne image de son visage. Il savait où se trouvaient les caméras. L'un dans l'autre, il a un sacré culot.

— Mais vous êtes sûr qu'il en voulait à Lane ? Ce n'est pas un malade qui tue au hasard ?

— Ce n'était pas un contrat classique. Mais au hasard ? Non. C'est à MJ qu'il en voulait. Il l'a suivi et il l'a tué.

— Vous avez un indice sur un mobile éventuel ? demanda Sawhill avec impatience.

— Drogue, jeu, femmes… Piochez là-dedans, vous avez votre mobile. Mais pour le moment, nous n'avons aucune raison de penser qu'il est mort pour un de ces trois motifs.

— Comment comptez-vous procéder ?

Sawhill était devenu inquisiteur, il cherchait une faiblesse, un prétexte pour enlever l'affaire à Stride.

— Nous dressons un portrait-robot avec ce que nous avons, qui se résume à peu de choses. L'Oasis passe au peigne fin les enregistrements effectués depuis un mois à l'entrée du casino. Il se peut que le tueur soit venu repérer les lieux, et il aura peut-être été moins prudent pour dissimuler son visage. Nous reconstituons les allées et venues de MJ le jour de sa mort. A l'aide du portrait-robot, nous essayons de savoir si quelqu'un aurait remarqué le suspect quand il l'a suivi. Amanda et moi interrogeons tous ceux qui connaissaient MJ ou qui l'ont vu récemment, au cas où il aurait fichu l'un d'eux en rogne. Et je veux parler à son père. Quelque chose n'allait pas entre eux. Ce n'est peut-être rien du tout, mais c'est le seul indice que nous ayons que quelque chose allait de travers dans sa vie de fêtard.

Sawhill secoua la tête.

— Il vaudrait mieux que je parle moi-même à Walker Lane.

— Pourquoi ? demanda Stride, en s'efforçant de dissimuler son irritation.

— Walker Lane est un homme très riche et très influent. Le gouverneur en personne lui a annoncé le meurtre de son fils. Je suppose que vous ne placez pas M. Lane parmi les suspects.

— Je n'ai aucune raison de le faire, dit Stride. Mais Walker et son fils se sont disputés. Nous pensons qu'ils se sont parlé, une heure avant que MJ ne soit assassiné. Il est possible que MJ soit impliqué dans quelque chose qui a entraîné sa mort, et Walker sait peut-être de quoi il s'agit.

Sawhill tambourina sur son bureau. Il acquiesça, l'air mécontent.

— D'accord, très bien. Vous l'interrogez. Mais demain, pas aujourd'hui.

Stride allait protester, mais Sawhill le coupa d'un geste de la main.

— Tâchons de respecter la douleur de M. Lane. Vous avez des tas d'autres pistes à suivre. Et allez-y doucement, inspecteur. C'est un homme puissant, qui vient de perdre son fils.

— Compris, dit Stride.

— Comment ça se passe, avec Amanda ?

Sawhill était impassible, mais Stride se demanda s'il ne souriait pas intérieurement.

— Pas de problème. Elle est intelligente. Je l'aime bien.

— Ah. Tant mieux.

Il semblait déçu.

Stride venait de rentrer du bureau de Sawhill quand Amanda passa la tête dans son cagibi.

— Nous avons de la visite, lui dit-elle vivement, les yeux pétillants. Karyn Westermark en chair et en os. Et quand je dis : en chair…

Stride la suivit jusqu'à la salle de réunion du troisième étage, dont les grandes baies donnaient sur le dédale de box qui constituait le bureau de la criminelle.

— Pourquoi l'avoir installée dans l'aquarium ? demanda Stride.

Amanda souriait. Stride comprit en approchant des baies vitrées. Karyn portait un chemisier de soirée blanc déboutonné. Les pans formaient un nœud assez lâche sous les seins, qui risquaient de déborder chaque fois qu'elle se penchait en avant. Stride remarqua que la plupart des flics présents avaient trouvé de bonnes raisons d'emprunter le chemin le plus long pour aller chercher des sodas à la cuisine – celui qui leur permettait de longer la salle de réunion.

Stride entra et demanda à Amanda de fermer les stores.

— C'est ça, donne-moi le sale boulot, murmura Amanda.

Karyn se leva et lui tendit la main au-dessus de la table, en lui offrant une vue imprenable sur son décolleté. Stride n'osait pas laisser ses yeux aller vers le bas. Il vit un léger amusement s'afficher sur son visage, comme si elle était ravie de ses efforts.

— Je m'appelle Karyn, dit-elle, en prononçant « Corinne ».

Stride ne connaissait pas très bien sa carrière d'actrice, mais Amanda l'avait briefé. Karyn était une vedette de séries télé en pleine ascension, qui essayait de faire le grand saut vers le cinéma. C'était la beauté hollywoodienne, avec de longs cheveux blonds qui tombaient nettement plus bas que ses épaules et brillaient comme un champ de blé en été. Elle avait le visage tout en longueur des mannequins et ses beaux yeux bleus reflétaient la vive intelligence de celle qui sait exactement quel pouvoir elle tire de son allure. Sous la table en verre, Stride aperçut une jupe rouge qui lui venait à mi-cuisses, et de longues jambes nues et lisses.

— Merci d'être venue nous parler, mademoiselle Westermark, lui dit-il. Je peux vous offrir une tasse de café ?

— Un *latte* léger sans mousse ferait l'affaire, répondit Karyn.

— Je crains que nous n'ayons que du café noir, de la poudre et des petites cuillers en plastique, rétorqua Stride, qui ajouta : La poudre, c'est pour blanchir le café.

Karyn sourit, mais son regard glacé n'exprimait pas la moindre reconnaissance.

— Pas de café.

— Je suis vraiment navré, pour MJ. Il semble que vous étiez très proches.

— Je ne pense pas que j'irais jusque-là.

— Non ? Nous savons que vous passiez pas mal de temps ensemble. Y compris la nuit dernière, à l'Oasis.

— Nous baisions, fit-elle en haussant les épaules. Nous nous retrouvions quand nous étions à Las Vegas. Soirées. Jeu. Baise. Rien d'autre.

— Avez-vous été choquée en apprenant qu'il avait été assassiné ? Juste après que vous l'avez quitté ?

— Bien sûr.

Stride n'avait pas l'impression qu'elle risquait d'éclater en sanglots.

— Vous avez une idée de l'identité de son assassin ? Et de son mobile ?

— Absolument pas, fit Karyn en secouant la tête.

— Quand vous étiez ensemble, vous alliez généralement à l'Oasis ?

— La plupart du temps. Mais il nous arrivait d'aller ailleurs. Le Hard Rock. Mandalay. S'il y avait un combat de boxe, ou un concert, nous y allions.

— Depuis combien de temps le connaissiez-vous ? demanda Stride.

— Deux ou trois ans. Je l'ai rencontré à une soirée à l'Oasis. Vous savez, il était jeune, mignon, et il jetait l'argent par les fenêtres. Comment ne pas l'aimer ? Il avait sa limousine, ce soir-là ; nous sommes allés faire une balade, et je crois que c'est là que tout a commencé.

— Vous avez fait l'amour avec lui ? demanda Stride.

Karyn se pencha. Ses seins frôlaient le dessus de la table. Elle souriait, et Stride apercevait le bout de sa langue vermeille.

— J'avais parié avec lui, à la soirée, que je pouvais le faire jouir en ne me servant que de mon téton droit.

Ne demande pas, ne demande pas, ne demande pas, se dit Stride.

— Qui a gagné le pari ?

Merde !

Les yeux de Karyn dansèrent. Il vit des points dorés dans un océan de bleu.

— Nous avons bu une bouteille de Krug, au Spago, cette nuit-là. La tournée de MJ.

Stride s'éclaircit la gorge. Il essayait de ne pas perdre le fil.

— C'était sérieux, entre vous ?

— Oh, vous voulez dire en vue d'un mariage ? Certainement pas. Je n'avais pas envie de signer un contrat prénuptial de quatre-vingts pages.

— MJ voyait d'autres femmes ?

— J'en suis convaincue.

— Par exemple ? demanda Stride.

— Je ne tenais pas le compte, inspecteur. La seule pour laquelle j'étais au courant, c'était Tierney Dargon.

Stride nota le nom.

— Que pouvez-vous me dire à son sujet ?

— Tierney aime se convaincre qu'elle fait partie de notre bande. Mais ce n'est qu'une serveuse de cocktails qui a eu de la chance d'épouser un riche et vieux comédien.

— Un comédien ? Vous voulez dire Moose Dargon ? demanda Stride.

— Exactement.

Stride avait entendu parler de Dargon, un acteur de variétés de l'époque de la bande à Sinatra, qui avait la réputation d'avoir été un mauvaìs garçon dans sa jeunesse. Il l'avait vu deux ou trois fois à la télévision. Il ne se souvenait pratiquement pas de son numéro, si ce n'est que l'homme avait des sourcils extraordinaires qui ondulaient sur son visage comme deux grosses chenilles. Il était loin d'imaginer que Moose vivait toujours.

— A quoi ressemble Tierney ? demanda-t-il, en pensant à la brunette sur la vidéo qu'il avait vue chez MJ.

— Cheveux bruns, plus ou moins bouclés. Maigre. Jolie.

Ce pouvait être la fille de la vidéo. Ou la moitié de la population féminine de Las Vegas.

— Moose doit avoir plus de quatre-vingts ans, dit-il. Quel âge a Tierney ?

— Vingt-cinq ans, peut-être, fit Karyn qui se mit à rire. Je suis sûre qu'il s'agissait d'un mariage d'amour, inspecteur.

— Tierney était là, hier soir ?

— Je ne l'ai pas vue. Mais MJ disait qu'elle lui collait aux basques. Il cherchait à se débarrasser d'elle. Elle a beau avoir un joli petit corps tout mince, ça reste une serveuse de cocktails.

— Moose Dargon savait que MJ couchait avec sa femme ?

— Il faudra demander à Moose, dit Karyn.

— Si MJ voyait d'autres femmes, qu'est-ce que vous tiriez de votre liaison avec lui ?

— Il était riche, répondit Karyn. J'aime mener la grande vie. En outre, dès que je me montrais avec lui, les paparazzi étaient là. Ma carrière n'est pas encore assez établie pour que je me permette de trouver cela fastidieux. J'en ai besoin.

— Mais il n'y avait pas de photographes, hier soir, dit Stride.

— J'étais arrivée en ville dans l'après-midi. Sans doute ne nous avaient-ils pas encore reniflés.

— Qui d'autre savait que vous seriez ensemble le soir ?

Karyn réfléchit.

— Mon assistante. Elle est à L.A. Et mes parents, à Boca Raton.

— A qui l'avez-vous dit, ici ?

— Eh bien, aux gens de l'Oasis, quand j'ai rempli ma fiche. J'avais aussi un garde du corps pour faire du shopping, l'après-midi. Je lui ai dit que je n'aurais pas besoin de ses services le soir. Et j'ai réservé chez Olives à nos deux noms.

— A qui MJ aurait pu en parler, d'après vous ?

— Je ne sais vraiment pas, inspecteur. Je ne connaissais pas bien les autres pans de son existence.

— Et la vidéo avec MJ et vous ? demanda Stride. Celle qui a circulé sur Internet. C'est arrivé comment ?

— Pourquoi je l'ai faite, vous voulez dire ? Ou voulez-vous que je vous dédicace votre exemplaire ?

— Non, je veux dire : comment se fait-il qu'on vous l'ait volée ?

Stride crut voir l'ombre d'un sourire sur les lèvres de Karyn.

— Je n'en ai aucune idée. Mais je suis très contente que ça soit arrivé. Me faire emmancher par-derrière sur ce petit film m'a valu plus d'articles dans la presse que si j'avais reçu un Oscar.

— Comment MJ a-t-il réagi en apprenant que cet enregistrement circulait un peu partout ?

— Super bien. Avant ça, personne n'avait entendu parler de lui.

— Parlons des fêtes privées dans les casinos. Il y avait de la drogue ?

Karyn plissa les yeux.

— Je commence à avoir l'impression qu'il va me falloir un avocat.

Amanda, à la porte, intervint dans la conversation.

— Nous sommes à Las Vegas, Karyn. Nous n'avons pas l'intention de vous agrafer, pour rien au monde. Il nous faut simplement de la vraie came. Ce qui est une façon de parler.

Karyn prit conscience de la présence d'Amanda. Elle la regarda longuement, avec attention, puis acquiesça.

— OK. Oui, bien sûr. Nous étions connus pour nous faire une ligne de temps en temps.

— Qui fournissait ? demanda Stride. Vous ou MJ ?

— Je ne veux pas savoir d'où ça vient, OK ? S'il y en a, eh bien, j'en prends pour le plaisir, comme tout le monde. Mais je n'achète pas, et je ne vends pas.

— Et MJ ?

— Trouver de la drogue n'a jamais été un problème avec MJ. J'ignore où il se fournissait.

— Des idées sur la question ?

Karyn haussa les épaules.

— Il y a toujours des parasites. Des gens en marge. Peut-être un chauffeur. Ou un loufiat. Quand vous avez autant d'argent que MJ et que vous menez la vie qu'il menait, vous n'avez pas à vous en faire pour ça. Ce sont ces gens qui vous trouvent.

— Ils ont trouvé MJ, la nuit dernière ?

— Pas que je sache.

— Quel genre de vie menait MJ ? demanda Amanda. Elle faisait de son mieux pour avoir l'air cool et blasée, mais Stride avait l'impression qu'Amanda était un peu trop éblouie par la présence de Karyn.

— Il était l'âme de la fête, répondit Karyn en la transperçant de son regard bleu. C'est génial, d'être sur la voie rapide, vous savez. Vous devriez vous joindre à nous, à l'occasion, inspecteur.

— J'en ai eu plus que vous ne pourriez prendre, dit Amanda en riant.

— Parce que vous êtes un trans ?

La stupéfaction d'Amanda la fit sourire.

— Vous pouvez duper des tas de gens, inspecteur. Mais une vraie femme voit la différence. Oh, ça ne me pose aucun problème. Beaucoup de gens, dans notre cercle, trouvent ça bandant.

Stride l'interrompit.

— MJ était peut-être l'âme de la fête, mais quelqu'un l'a suivi et lui a tiré une balle dans la tête. Ce qui veut dire que quelqu'un lui en voulait.

— Je ne sais pas de qui il s'agit, dit Karyn, en se détournant d'Amanda à contrecœur pour regarder

Stride. Avec MJ, c'était pain bénit. C'est lui qui payait les factures. Qui voudrait compromettre ça ?

— Il ne perdait jamais son sang-froid ?

— MJ ? Non. C'était un petit garçon. Il avait envie que tout le monde l'aime. La seule fois où je l'ai entendu se disputer avec quelqu'un, c'était avec son père.

— Son père est producteur de films au Canada, c'est cela ? demanda Stride.

— Sûr, comme Tom Hanks est acteur, répondit Karyn avec dédain. Tout le monde dans le métier connaît Walker Lane. Merde, je l'avoue, si je me suis collée à MJ, au départ, c'était parce que je pensais qu'il dirait un mot à son vieux en ma faveur. Mais je me suis vite rendu compte qu'à part lui prendre son fric, MJ ne voulait rien avoir à faire avec Walker.

— Il vous a dit pourquoi ?

— Non, mais il y avait toujours quelque chose. Ils se disputaient à propos de l'argent. Ils se disputaient à propos de la mère de MJ. Ils se disputaient parce que MJ vivait à Las Vegas. J'étais à l'appartement de MJ, il y a quelques semaines, quand Walker a appelé. MJ est devenu fou furieux. Il a balancé le téléphone contre le mur. Je ne l'avais jamais vu dans cet état.

— Savez-vous quand il a parlé à son père pour la dernière fois ? demanda Stride.

— Ouais. Hier soir.

— De quoi ont-ils parlé ?

Karyn haussa les épaules. Elle jouait avec un morceau de papier sur le bureau, elle en faisait une boulette qu'elle roulait entre deux ongles longs.

— Je ne sais pas. Mais MJ était saoul. Moi aussi. Nous avons fait une pause aux tables de black-jack, puis nous sommes montés dans ma suite pour prendre un peu de bon temps. J'avais besoin d'une bonne baise. Mais on avait à peine commencé quand le portable de MJ a sonné. C'était Walker. Ils se sont engueulés pendant quelques minutes, après quoi MJ n'était plus d'humeur. Alors je suis partie. Je lui ai conseillé de devenir adulte.

— Et puis ?

— Et puis rien. Je suis allée dans un club, et j'y suis restée jusqu'à presque cinq heures. J'ai appris que MJ était retourné aux tables et qu'il avait continué à boire. Puis qu'il était sorti chercher une pute. Mauvais choix, hein ? S'il était resté avec moi, tout ça ne serait pas arrivé.

Ouais, se dit Stride. Ou bien vous seriez morte, vous aussi.

— J'aimerais savoir à quel sujet MJ et son père se disputaient, dit-il.

— Je vous répète que je n'en sais rien. Vous devriez demander à Walker. Mais j'ai entendu MJ dire quelque chose à son père. C'est assez ironique, vu ce qui lui est arrivé.

— Que lui a-t-il dit ? demanda Stride.

Karyn le regarda avec un sourire félin.

— Il a traité Walker d'assassin.

7

Serena le sentit dès que Linda Hale la fit entrer chez elle, à Summerlin. Le chagrin.

Il flottait dans l'air, se répandait comme un virus. Il s'accrochait aux meubles, se rassemblait dans l'épaisseur de la moquette et déposait une pellicule trouble sur les lampes. Chaque pièce abritait un écho du deuil, manifeste et déchirant. Des jouets jonchaient encore le sol dans la chambre. Un ballon de football Wilson, taille enfant. Des jeux pour PlayStation. Un des tomes de la série *Harry Potter*. Personne ne les avait ramassés, Serena le savait, parce que personne n'aurait pu en supporter le contact. Le chagrin pouvait coller aux doigts.

Le pire, c'était le silence. La maison n'était pas censée être aussi calme. Un garçon de douze ans, ça fait du bruit. Ça crie. Ça monte le volume de la hi-fi. Mais il n'y avait plus aucun son.

Elles s'assirent de part et d'autre d'une table en chêne massif, dans la véranda contiguë à la cuisine, et qui donnait sur un petit jardin de cactus soigneusement entretenu. Mme Hale serrait son mug des deux mains. Des photos de famille – toute une vie de souvenirs – étaient étalées sur la table, sorties d'une vieille boîte à chaussures.

— Nous avons retrouvé la voiture du délit de fuite, lui dit Serena.

Mme Hale hocha la tête. Ce fut sa seule réaction. Elle contemplait les photos ; ses yeux brillants passaient de l'une à l'autre.

Elle avait trente-cinq ans environ, l'âge de Serena. Des cheveux blonds coupés court, une coiffure fonctionnelle pour une mère au foyer qui ne pouvait pas rester trop longtemps sous la douche avant d'aller récupérer Peter au foot. Elle n'avait pas besoin d'un maquillage abondant, mais elle portait des boucles d'oreilles en argent et une chaîne très fine autour du cou, également en argent. Elle avait remonté les poignets des manches de son élégant chemisier Kuhlman.

— Votre mari est cadre au Harrah's, c'est cela ? demanda Serena.

— Oui, répondit-elle doucement.

Son esprit restait fixé sur les photos. Sur le passé.

La maison était grande, pour une famille de trois personnes. Linda Hale la décorait au fil de ses fréquents voyages à Pottery Barn. Le moindre bibelot de porcelaine était soigneusement disposé et épousseté. Précise. Ordonnée. Elle avait sans doute eu du mal à habituer Peter à ranger ses affaires. Il devait la rendre folle, parfois.

Serena examina les photos. Elle en prit une, contempla les yeux étincelants d'un petit garçon. Il était à la plage.

Le regard de Linda Hale s'éclaira.

— C'est à Cocoa, sur la côte est de la Floride. Nous avons emmené Peter à Orlando, avec ma mère, il y a cinq ans.

Elle glissa une autre photo devant Serena.

— Le voici avec Mickey. Au début, il a eu très peur ! Puis il lui a fait un gros câlin.

D'autres photos. Peter sur un vélo muni de stabilisateurs, son père à côté de lui. Peter en tenue de football. La mère de Linda – la ressemblance était frappante – avec son petit-fils, à Noël. Mari et femme dans une chambre d'hôpital. Linda, l'air fatigué, tenant son bébé.

— Peter a l'air heureux, dit Serena.

Elle ne savait trop que dire.

— Très heureux, oui.

— Vous ressemblez beaucoup à votre mère, ajouta Serena.

Elle détestait ce genre de banalités, surtout avec une femme qui vient de perdre son fils.

— Oui, tout le monde nous le dit. Mais je ne suis pas aussi belle. Elle a un corps de danseuse, comme vous.

— Moi ? Oh, il y a dix ans, peut-être, fit Serena en souriant.

— Non, non. C'est vrai, je vous jure. Comme maman. Moi, je me contente de vieillir.

Elle fouilla dans la pile de photos de famille et en sortit un cliché de vingt centimètres sur vingt-cinq. C'était une photo de publicité en noir et blanc, d'une danseuse en costume de scène extravagant, de soie et de paillettes. Elle devait avoir vingt ans. C'était le portrait craché de Linda Hale.

— Vous voyez ? Quarante plus tard, ma mère peut encore avoir tous les hommes qu'elle désire. Elle ne s'en prive pas, d'ailleurs, ajouta-t-elle en riant.

— Votre père vit toujours ?

Elle haussa les épaules.

— Oh oui. Quelque part. Maman en est à son numéro quatre. Le numéro un, c'était il y a très longtemps. Beau-papa numéro deux était ce qui ressemblait le plus à un père. C'est une des raisons pour lesquelles mon mari et moi avons travaillé si dur pour élever Peter normalement. Et c'est pourquoi je suis restée à la maison pour m'occuper de lui.

Elle avala une gorgée de café et reposa sa tasse sur un sous-verre en bois. Elle redevint distante. Elle se pose des questions, pensa Serena. Elle parle à Dieu. Pourquoi nous, alors que nous avons fait tout ce qu'il fallait ? Y compris des sacrifices.

— Vous disiez que vous aviez retrouvé la voiture, dit Linda.

Serena vit que son état d'esprit avait changé. Le désespoir le cédait à la colère, sa mâchoire s'était durcie.

— Est-ce que ça signifie que vous savez qui a fait ça ?

— Ce n'est pas si simple.

— Je ne comprends pas.

— Le propriétaire de la voiture n'était pas au volant à l'heure où Peter a été tué. Il a un alibi. Quelqu'un a volé sa voiture, et l'a abandonnée après l'accident.

— Qu'est-ce que ça veut dire ?

— La première possibilité, c'est que Peter a été heurté par la voiture alors que le conducteur s'éloignait au plus vite ou, au contraire, fonçait quelque part. Une autre hypothèse, c'est que nous avons affaire à un psychopathe qui était en quête d'une victime. Dans ce cas, Peter se trouvait au mauvais endroit au mauvais moment. La dernière possibilité… c'est que Peter était la cible. On l'aurait tué délibérément.

— Mais c'est insensé ! Ce n'est qu'un petit garçon.

Serena acquiesça.

— Je sais. Nous devons envisager la possibilité que quelqu'un essayait de vous faire souffrir, *vous*. C'est pourquoi je dois vous demander s'il est possible que, votre mari et vous, vous ayez des ennemis.

— Des ennemis susceptibles d'assassiner notre enfant ? fit Linda en secouant la tête. Non, rien qui ressemble à ça, de près ou de loin.

— Je sais que c'est difficile à croire. Au Texas, une femme a engagé un tueur à gages pour se débarrasser de la concurrente de sa fille dans la troupe de majorettes. Les gens sont capables de tout. C'est pourquoi il est vital que nous connaissions le moindre conflit, même ceux qui vous sembleraient sans importance.

Linda se renfonça dans sa chaise.

— C'est absurde.

— Je sais que ça en a l'air. Mais s'il y a quelque chose…

— Mais il n'y a rien, rien du tout. Nous ne sommes qu'une famille moyenne. Nous vivons dans notre coin. Nous n'avons aucune activité publique. Mon mari est comptable, pour l'amour de Dieu !

— Il n'aurait pas découvert des choses anormales, récemment, à son travail ? Reçu des menaces ?

— Non, non. Ce n'est pas comme autrefois. Ce sont des compagnies cotées en bourse, contrôlées par l'Etat. Si un patron de casino ramasse une pièce de vingt-cinq cents par terre, vous la retrouverez quelque part dans un rapport financier. Tout est transparent.

— Et du côté privé ? demanda Serena. Je vous en prie, ne le prenez pas mal. Mais je dois vous poser la question. Y a-t-il des problèmes de drogue ? Des problèmes d'argent ?

— Désolée, mais je n'ai pas de vie secrète. Ce que vous voyez, c'est la seule réalité. De même pour mon mari.

— Etes-vous un couple heureux ? Avez-vous eu des

problèmes d'ordre sexuel ? Des liaisons ? Quelque chose de ce genre…

— Une fois par semaine, le vendredi soir. Cela nous satisfait tous les deux. J'espère que vous n'avez pas besoin de savoir quelle est notre position préférée.

— Je suis désolée, dit Serena. Je sais que c'est indiscret.

— Je ne vois vraiment pas comment notre vie sexuelle va vous aider à découvrir qui a tué Peter, fit Linda d'une voix aiguë.

— Je comprends votre impatience. Mais ce délit de fuite présente un caractère très inhabituel. La plupart des accidents de ce genre sont le fait de gens du quartier. Souvent de quelqu'un qui a bu. Le chauffard a peur, il fuit le lieu de l'accident. Au bout de quelques jours, un ami ou un parent le dénonce, ou il est envahi par un sentiment de culpabilité, et il se rend spontanément. Il n'y a pas de mobile. Pas de préméditation. Mais ce qui est arrivé à Peter ne ressemble pas du tout à un accident.

— Je m'en rends parfaitement compte, répliqua Linda, mais je ne peux pas vous aider. Nous n'avons aucun squelette dans nos placards. Si c'était le cas, je vous le dirais.

Serena la regarda dans les yeux. Elle n'y vit rien de suspect.

— Avez-vous des liens avec Reno ? Y êtes-vous allés récemment ?

— A Reno ? Pas depuis des années. Si j'ai envie de mettre une pièce de cinq cents dans une machine à sous, il y a assez de casinos ici. Pourquoi ?

— Nous pensons que le coupable était à Reno, il y a quelques semaines. Nous avons trouvé un reçu dans la voiture. Il y a peut-être un lien. Avez-vous des amis, ou de la famille, là-bas ?

— Non, je suis navrée.

Serena hocha la tête.

— Si quelque chose vous vient à l'esprit, ou s'il arrive quoi que ce soit d'inhabituel, j'espère que vous m'en informerez.

— Bien sûr. Mais je pense que vous vous trompez. Je ne vois pas pourquoi quelqu'un voudrait faire du mal, délibérément, à notre famille.

— C'est ce qui me fait peur, avoua Serena.

— Pourquoi ?

— Parce qu'il se pourrait que nous ne le trouvions pas avant qu'il tue quelqu'un d'autre.

8

Le dimanche soir, Stride et Serena rentrèrent chez eux séparément, un peu avant minuit. Stride était debout depuis presque vingt-quatre heures, mais il était encore trop imprégné de caféine pour se laisser choir sur son lit et s'endormir. Ils prirent à peine le temps d'allumer la lumière. Ils ressortirent, montèrent dans le Bronco de Stride et roulèrent en direction des collines, à l'ouest de la ville. C'était devenu un rituel nocturne. Ils suivirent Charleston Road jusqu'à la fin des maisons, là où la route commence à monter en serpentant vers Red Rock Canyon. Stride quitta la route pavée et grimpa une pente rocheuse jusqu'au plateau. Là, il fit demi-tour et se gara, portières et fenêtres ouvertes. L'air nocturne traversait la voiture. La vallée de Las Vegas s'étendait à leurs pieds. Les lotissements des banlieues, qui se développaient petit à petit et grignotaient le désert un peu plus chaque semaine, étaient plongés dans l'obscurité.

Même en juillet, quand la chaleur est féroce durant la journée, les nuits sont douces dans les collines – assez pour que la brise qui descend des pics derrière rende l'air supportable. Au début de l'automne, il y avait un soupçon de fraîcheur qui pouvait évoquer une soirée dans le Minnesota, mais sans l'odeur parfumée des pins.

Stride voyait la ville entière, littéralement, ses myriades de lumières s'étalant comme des lianes avant de disparaître dans le désert obscur. La ville était coupée en deux par la lueur rougeoyante du Strip, plus large et plus brillante que toute autre chose, telle une ceinture multicolore et éblouissante tendue sur le gros ventre de la ville.

Sans l'éclat du soleil, on voyait de très loin la vallée étinceler. Il n'y avait aucune trace orange de smog flottant au-dessus de la ville comme un anneau de fumée. Les casinos étaient des joyaux.

Stride se tourna vers Serena, dont la silhouette se découpait près de lui. C'était l'heure où ils n'étaient plus que tous les deux, paisibles, amoureux, libérés de la ville.

— Tu es beaucoup, beaucoup trop belle, dit-il.

— Si tu as envie de baiser, répondit-elle en riant, il va falloir trouver mieux que ça.

— C'était pourtant ma meilleure réplique.

Il sourit et lui caressa les cheveux. Quand ils rentreraient chez eux, il savait qu'ils seraient trop fatigués, et il avait envie de lui faire l'amour, maintenant.

Elle se pencha pour l'embrasser.

— Est-ce que nous n'avons pas démontré qu'il n'est pas prudent, pour un homme de quarante ans, de le faire dans un camion ? La dernière fois, tu t'es presque fichu le dos en l'air.

— Ça en valait la peine.

— Tu ne diras pas que je ne t'ai pas prévenu, lui dit-elle.

Serena passa son tee-shirt par-dessus sa tête. Ses cheveux en désordre étaient très sexy. Elle ôta son soutien-gorge et tendit ses épaules en arrière. Puis elle inclina son siège et entreprit d'ôter son jean. Elle avait la peau ferme, ses seins étaient d'un blanc laiteux. Il la chevaucha, sentit ses doigts sur ses vêtements.

Quelques minutes plus tard, il avait regagné son siège, trempé de sueur, et tout endolori.

— Ouille !

— Ton dos ?

— Le dos, les bras, les jambes.

— Je te l'avais dit.

Stride laissa pendre un pied hors de la voiture et le frotta sur le sol poussiéreux. Il fit le vœu qu'un scorpion ne soit pas en train de filer sous ses pieds, et qu'un serpent à sonnette ne choisisse pas ce moment pour se glisser hors des rochers. Ils étaient les véritables créatures de la nuit, qui n'obéissaient qu'à la nature, contrairement aux êtres humains, en contrebas, dans la vallée.

Serena était allongée près de lui, nue et échevelée. Elle n'arrangea même pas ses vêtements. Le regard vague, elle contemplait les collines. Elle toucha sa peau du bout des doigts, négligemment.

— Tu crois qu'on s'en lassera ?

— De faire l'amour tous les deux ?

— Ouais.

— J'espère que non.

— Je suis prête à remettre ça, lui dit-elle.

— A toi de jouer !

Serena fit mine de soupirer.

— Ça a fini par passer, avec Cindy ?

Stride sourit quand l'image de sa première femme apparut dans son esprit.

— Non. Elle était comme toi. Elle n'en avait jamais assez.

— Ah bon, je suis une obsédée sexuelle. Je suis simplement contente que le vagin ne soit pas comme les piercings.

Stride la regarda.

— Quoi ?

— Tu sais bien. Ça se referme quand on ne s'en sert pas.

Il éclata de rire. Serena l'imita. Sa tête atterrit sur l'épaule de Stride, qui l'enlaça. Ils restèrent là, en silence, pendant plusieurs minutes, laissant le vent les apaiser.

Le temps passant, il la sentit qui s'éloignait, comme toujours. Quand ils étaient proches l'un de l'autre, qu'elle se sentait en sécurité près de lui, elle retournait vers son passé et tirait un nouveau cadavre de son placard.

C'était un compliment, lui disait-elle. Elle n'avait jamais fait cela avec un autre. Ses secrets étaient comme des messages dans des bouteilles qu'elle avait jetées à la mer, il y avait bien longtemps. Aujourd'hui, le courant les ramenait une par une vers le rivage.

Il ne connaissait que des fragments de ce qu'elle avait vécu. Elle lui avait raconté, en termes cliniques, ce qui lui était arrivé quand elle était adolescente, comme un docteur qui lit le dossier médical de quelqu'un. Sa mère l'avait prostituée pour payer sa drogue. Elle était tombée enceinte, elle s'était fait avorter, elle s'était enfuie. Point final. Sauf que les histoires de ce genre n'ont jamais de fin.

— A quoi penses-tu ?

Serena prit un long moment pour répondre. Il se demanda si elle n'allait pas laisser tomber pour revenir à quelque chose de plus sûr, comme son boulot, la musique, ou les lumières dans la vallée.

— J'ai beaucoup pensé à Deirdre.

Deirdre était la fille avec qui elle était venue à Las Vegas quand elle s'était enfuie de Phoenix, à seize ans.

Serena ne lui en avait pas dit grand-chose. Seulement la manière dont elle était morte.

— Bizarre, non ? poursuivit-elle. Je n'avais plus pensé à elle depuis des années. Récemment, elle s'est introduite dans mes rêves. Dès que je m'endors, elle est là.

— Elle avait le sida. Ce n'était pas ta faute.

Serena se frotta les épaules, comme si elle avait froid.

— Le problème, c'est que je ne suis jamais allée la voir. Je n'aurais peut-être rien pu faire, mais je n'aurais pas dû la laisser mourir seule. Elle m'avait sauvée, là-bas, à Phoenix. Elle m'a aidée à m'enfuir. Je l'aimais, Jonny. Et je l'ai laissée mourir.

— Je vais devoir te répéter que ce n'est pas vrai ?

Elle haussa les épaules.

— Son souvenir revient me hanter. On pourrait croire que tout cela est fini, que ça n'a aucune importance. Mais je ne peux pas éclairer une partie de moi avec toi et éteindre le reste.

Stride fronça les sourcils.

— Qu'est-ce que je peux faire ?

— Je ne crois pas que tu puisses faire quelque chose.

— Alors une des possibilités est de m'éteindre, moi aussi, dit-il.

— Bien sûr. Mais ce n'est pas de cela que j'ai envie. Je dois juste apprendre à gérer tout ça. Et te garder près de moi.

— Je ne vais nulle part.

Elle se tourna vers lui, sceptique.

— Je sais ce que tu penses de Las Vegas. Je crains que tu ne détestes cette ville plus que tu ne m'aimes, moi. Tu retourneras dans le Minnesota, où se trouve ton cœur.

— Mon cœur est ici, avec toi.

Serena lui prit la main et lui embrassa le bout des doigts.

— Merci d'avoir dit ça.

Il n'était pas sûr qu'elle le croyait. Il n'était même pas sûr de le croire lui-même.

Il voulut la prendre dans ses bras, mais quelque part sur le tapis de sol de la voiture, sous le tas de leurs pantalons en désordre, le portable de Serena se mit à sonner. Elle rit, gênée et libérée à la fois, et chercha son appareil.

Stride entendit une voix d'homme. Serena s'éclaira.

— Hé, Jay ! Attends une seconde.

Elle couvrit le micro et chuchota à l'intention de Stride :

— Jay Walling est inspecteur à Reno, je le connais bien. Soixante ans, et très soigné de sa personne. Regarde trop de films de Sinatra.

Elle retourna à son téléphone.

— Jay, je suis avec un collègue. Je mets le haut-parleur.

Elle enfonça une touche et reprit :

— Jay Walling, je te présente Jonathan Stride, et vice versa.

— Comment va, Jay ? fit Stride.

— Très bien, merci. Hé, Serena, c'est l'homme avec qui tu joues à papa et maman ? Ou Cordy a-t-il enfin été arrêté pour attentat à la pudeur ?

Même dans l'obscurité, Stride sentit que Serena rougissait.

— Ça fait plaisir de voir que les rumeurs ont déjà traversé l'Etat, Jay. Oui, Jonny et moi ne formons plus qu'un. Et non, les femmes de Las Vegas ne sont toujours pas à l'abri de Cordy. Je peux te demander qui t'a parlé de nous ?

— Mon lieutenant, en fait, dit Walling. Il est très copain avec Sawhill.

— Génial. Vraiment génial.

— Ne sois pas vexée, ma chérie. Ma femme va être soulagée. Depuis que nous avons travaillé tous les deux ensemble, elle avait décidé de te trouver quelqu'un.

— Inutile de présenter ça comme un rêve irréalisable, fit Serena d'un ton sec.

— Absurde. Simplement, tu places la barre très haut. Félicitations, inspecteur Stride. Serena est une des personnes que j'aime le plus au monde, alors soyez gentil avec elle, ou je viendrai vous frotter les côtes.

Stride rit.

— Si tu ne la fermes pas, Jay, grogna Serena, c'est moi qui irai te frotter les côtes. Alors, as-tu remonté la piste du reçu qu'on a trouvé dans la voiture du délit de fuite ?

Walling gloussa.

— Six beignets Krispy Kreme et un Sprite. On sait au moins que ton suspect n'est pas diabétique.

— Très drôle.

— J'ai retrouvé le magasin. Mais le type a payé en liquide, et le patron ne se souvient de rien.

— Tu parles d'une surprise. Je m'y attendais. Merci d'avoir essayé.

— Il y a autre chose. Je me disais que tu pourrais prendre un avion pour Reno demain.

— Ah bon ? Pourquoi ?

— Parce que je n'aime pas les coïncidences, répondit Walling. Le jour où ton suspect a acheté sa dose de sucre à Reno, une femme a été assassinée, dans un ranch à quelques minutes de la ville. Egorgée.

9

Stride commença ses recherches sur Walker Lane. Le père de MJ n'avait pas de site officiel, mais des tas de sites *people* ressassaient les mêmes faits sans intérêt de sa carrière hollywoodienne, en épiçant leur dossier d'allusions à sa vie solitaire au Canada.

Il trouva quantité d'informations sur les débuts de Lane dans les années 1960, l'époque où ce producteur et réalisateur prodige fit fortune grâce au premier film qu'il finança. Depuis le début, Lane se préoccupait moins d'art que de gagner de l'argent. *Le Cerisier* mettait en scène une actrice débutante de quinze ans, une sorte de Hayley Mills avec des seins, dont les grands yeux et l'innocent sex-appeal séduisirent le public, en dépit d'un scénario boiteux – une vague histoire d'espionnage, avec une adolescente qui aide George Washington pendant la guerre d'Indépendance. Deux comédies familiales suivirent, qui remportèrent un succès considérable. Lane y gagna une réputation à la Frank Capra, celle du garçon qui transforme en or tout ce qu'il touche. Et comme il avait évité de s'associer à un grand studio, il en récolta lui-même les bénéfices.

Le scandale le rattrapa, à cause de ragots lui prêtant une liaison avec sa vedette mineure, depuis leur premier film. Lane nia, mais il ne pouvait cacher qu'il courait les soirées à Los Angeles et Las Vegas, laissant dans son sillage une série de photos le montrant au bras de starlettes.

Puis ce fut la grande disparition.

D'après ce que Stride apprit, cela se passa en 1967. Lane quitta Hollywood, partit au Canada et disparut presque totalement des regards du public. A distance, il continua à consolider sa réputation de personnage influent. Il lança et produisit une série de grands succès pendant les trois décennies qui suivirent, passant habilement de la comédie au drame au gré des goûts du public. Il devint un homme très puissant, capable de fabriquer des stars sans jamais mettre les pieds hors de sa propriété en Colombie britannique. Il avait été le producteur exécutif de deux des vingt plus gros films de tous les temps.

Il défendait farouchement son intimité. Les acteurs et metteurs en scène qui le rencontraient devaient signer un contrat de confidentialité. A l'instar de Howard Hughes, il semblait gérer son empire essentiellement au téléphone. Stride ne put trouver la moindre photo de Walker Lane datant de moins de vingt ans. Des rumeurs évoquaient une maladie handicapante qui le condamnait au fauteuil roulant, et une dégénérescence qui aurait ravagé son beau visage. (En voyant ses photos de jeunesse, Stride remarqua combien son fils lui ressemblait.) D'autres rumeurs faisaient état d'un scandale qui l'aurait obligé à quitter les Etats-Unis.

Walker Lane avait épousé une jeune actrice, au début des années 1980, après une audition pour un rôle dans un film de science-fiction qu'il produisait. Elle n'eut pas le rôle, mais elle eut Walker. MJ naquit deux ans plus tard. Aucune information ne transpira sur les rapports entre

Walker et son épouse d'une vingtaine d'années, mais quelque chose tourna court. Stride trouva des articles de 1990 faisant état du suicide de la jeune femme. Il n'y eut aucun monument, pas de photos montrant Walker Lane en proie au chagrin, ni de commentaires publics. La défunte aurait pu aussi bien ne pas exister.

Stride ne trouva rien qui laissât penser que Lane avait accordé des entretiens depuis des décennies. Ce n'était pas bon signe. Il avait du mal à croire que cet homme s'ouvrirait et discuterait de ses problèmes père-fils avec un flic de Las Vegas.

— Prêt pour ton gros plan ? lui demanda Amanda en se laissant tomber sur la chaise coincée dans un coin du box.

Elle avait l'air propre et reposée, ce qui le fit se sentir vieux. Il avait conduit Serena à McCarran où elle avait pris un vol matinal pour Reno, et deux tasses de café n'avaient pas suffi à évacuer la brume qui lui emplissait le crâne. Par ailleurs, son corps ressentait toujours les courbatures de leur séance amoureuse, torride et inconfortable, quelques heures plus tôt.

— J'aurai de la chance s'il prend mon appel, répondit-il.

— Cet homme vient de perdre son fils. Il doit avoir envie de savoir ce qui s'est passé.

Stride haussa les épaules.

— Peut-être. J'ai l'impression que Sawhill a dû supplier le gouverneur de lui donner le numéro de Lane. Personne n'a envie que je l'appelle.

— Sauf moi, parce que je veux entendre la voix de ce grand homme. Alors vas-y, décroche.

— Allons dans une salle de réunion.

Ils choisirent un petit bureau sans fenêtres et fermèrent la porte derrière eux. Stride avait pris une autre tasse de café, et Amanda avait un beignet et un verre de jus d'orange. Ils s'installèrent de part et d'autre de la table de conférence. Stride tira le téléphone vers lui. Amanda avait posé son bloc-notes devant elle. Stride enfonça la touche mains-libres et composa le numéro.

Il s'attendait à franchir cinq niveaux successifs de secrétaires, d'assistants et autres aides de camp. Mais Lane répondit presque immédiatement sur son poste personnel.

— Walker Lane.

Sa voix était bien celle qu'ils avaient entendue sur le répondeur de MJ, mais il parlait cette fois d'un ton neutre, sans émotion. C'était une voix terrible, râpeuse comme du papier de verre – celle d'un vieux mâtin qui essaie d'aboyer comme un chiot féroce.

Stride ne put s'empêcher de penser à une photo qu'il avait trouvée, montrant Walker Lane dans les années 1960. Exagérément grand, une tignasse blonde, des lunettes à la Clark Kent. Arrogant, comme s'il devait posséder le monde – ce qui était d'ailleurs plus ou moins le cas. Mais le prix qu'il avait payé pour ça était gravé dans sa voix.

Stride se présenta et en fit de même pour Amanda. Lane n'avait pas l'air surpris. Stride se demanda si le gouverneur l'avait prévenu de cet appel.

— Savez-vous qui a tué mon fils ? demanda-t-il.

Stride lui raconta ce qu'ils avaient découvert sur les enregistrements vidéo du casino, et les actions mises en œuvre pour retracer les faits et gestes de MJ.

— Nous nous demandions si vous aviez une idée de l'identité de l'assassin, ou des raisons pour lesquelles il voulait la mort de votre fils.

— Je n'en ai aucune idée. Je veux simplement que vous le trouviez.

— MJ vous a-t-il dit qu'il avait des problèmes ?

— Non.

— Connaissez-vous quelqu'un, à Las Vegas, dont il était particulièrement proche ?

— Non.

— Et les femmes ? Saviez-vous avec qui il était lié ?

— Je ne le lui ai jamais demandé.

Walker Lane ne gaspillait pas sa salive en mots inutiles. Stride réalisa qu'il devait abattre son jeu.

— Monsieur Lane, nous avons entendu le message que vous avez déposé sur son répondeur. Nous savons que vous lui avez parlé peu de temps avant qu'il soit assassiné. Il existait de toute évidence un désaccord important entre vous. Pouvez-vous nous dire de quoi il s'agissait ?

Cette fois, il y eut un long silence.

— C'est un problème d'ordre privé, inspecteur. Qui n'a rien à voir avec sa mort.

— Je comprends que vous pensiez cela, monsieur Lane, dit Stride en choisissant ses mots avec soin. Mais il nous arrive de découvrir des liens inattendus. Ou bien nous travaillons de manière plus efficace dès lors que nous excluons certaines hypothèses.

En d'autres termes, avait-il envie d'ajouter, *nous creuserons jusqu'à ce que nous trouvions.*

Lane ne mordit pas à l'hameçon. Il ne dit pas un mot. Le silence se prolongea, et Stride finit par renoncer.

— Depuis combien de temps MJ vivait-il à Vegas ?

— Depuis ses vingt et un ans, fit Lane d'un ton mécontent.

— Vous ne l'approuviez pas ? demanda Stride.

— Non.

Stride commençait à comprendre pourquoi ses films ne duraient jamais plus de quatre-vingt-sept minutes.

— Pourquoi ?

— Parce que cette ville est un égout, aboya Lane. Elle est immorale. C'est un cloaque. Il n'y en a que pour les camés et les pédés.

D'un geste désinvolte, Amanda fit un doigt d'honneur en direction du téléphone. Stride haussa les épaules.

— Quand êtes-vous venu ici, pour la dernière fois ? demanda-t-il.

— Le temps d'une vie, inspecteur.

— Beaucoup de choses ont changé depuis.

— Rien n'a changé. Absolument rien. Maintenant, si vous avez terminé, laissez-moi retourner à mon travail, et faites le vôtre. Trouvez qui a tué mon fils.

— J'ai encore quelques questions à vous poser, dit Stride.

L'impatience de Lane semblait faire crépiter la ligne téléphonique.

— Quoi ?

A court d'idées, Stride décida de changer brutalement de registre.

— MJ semblait s'intéresser de très près au projet de nouveau casino à côté de son immeuble. Le projet Orient, que lance Boni Fisso. Savez-vous pourquoi ?

— Je n'ai strictement *rien* à dire à propos de Boni Fisso, siffla Lane.

Stride et Amanda se regardèrent. Le nom de Boni avait touché une corde sensible.

— MJ était-il impliqué d'une manière ou d'une autre dans le projet Orient ? insista Stride.

Lane fit entendre un soupir dégoûté.

— MJ se fichait du *nouveau* casino, rétorqua Lane. Ce qui l'intéressait, c'était le Shéhérazade.

— Pourquoi ? demanda Stride.

Encore un silence prolongé.

— Le Shéhérazade. Quand j'ai appris qu'on allait le démolir, je me suis dit que tout cela serait enfin terminé.

Il se tut, mais Stride sentait que le barrage était en train de se fissurer. Lane avait envie de se confier.

— Boni ne pouvait pas simplement le raser au milieu de la nuit. Et laisser les gens découvrir, au réveil, un tas de décombres, avec les secrets du Shéhérazade à terre, prêts à être évacués. Non, il fallait qu'il en fasse une saloperie d'attraction touristique. Le gouverneur en personne appuiera sur le bouton. La moitié de la délégation du Congrès sera là pour applaudir. Comme s'il y avait de la noblesse là-dedans. Comme s'ils disaient adieu à quelque chose de sacré.

— Que s'est-il passé là-bas ? demanda Stride.

— Las Vegas m'a tué, voilà ce qui s'est passé, répliqua Lane. Et maintenant, cette ville a tué mon fils. Tous les deux. Mon Dieu, ça ne finira pas. Le vice vivra à jamais dans cette ville. Je croyais pourtant qu'il ne pourrait pas me rattraper et me détruire à nouveau.

Stride attendit qu'il eût fini. Il entendait l'homme haleter au bout du fil.

— Vous donnez l'impression de savoir pourquoi MJ a été tué. Ça a un rapport avec Boni Fisso ?

— Non, inspecteur, je ne sais pas pourquoi. Le passé est le passé, et je n'ai aucune raison de penser qu'il y ait le moindre rapport entre ce qui est arrivé jadis et ce qui vient d'arriver à MJ. Ou qu'il y ait le moindre rapport avec Boni. Je ne vois pas comment ce serait possible.

— Pourtant… commença Stride.

— Pourtant, vous avez envie de savoir. Vous êtes curieux. C'est votre truc. Mais je suis désolé. J'en ai déjà trop dit. Je ne peux rien dire de plus.

Amanda se pencha sur le téléphone.

— Mais si cela s'est passé il y a si longtemps, pourquoi ne pas nous le dire ?

— Non, ce n'est pas possible. Je suis triste de ce qui est arrivé à MJ. Je regrette de n'avoir pas été un meilleur père. J'ai assez de chagrin, sans avoir besoin d'aller déterrer les erreurs que j'ai commises quand j'étais un jeune imbécile.

— Nous savons que MJ vous a traité d'assassin, monsieur Lane, dit Stride.

— Oui, c'est vrai.

— Pourquoi ?

Lane soupira.

— Posez la question à Rex Terrell, inspecteur.

Stride se rappelait le message sur le répondeur, chez MJ. Il consulta rapidement ses notes.

« MJ, c'est Rex Terrell. Je croyais que nous pourrions échanger nos secrets. Je vous ai montré les miens. Et si vous me montriez les vôtres ? »

— Qui est Rex Terrell ? demanda Stride.

— C'est un journaliste, répondit Lane d'une voix méprisante. C'est lui qui a déniché toutes ces saloperies sur le Shéhérazade et mis des idées dans la tête de MJ. Demandez-lui de vous raconter ce que j'ai fait, et peut-être trouverez-vous un moyen de me tuer de nouveau. Je suis déjà mort à de nombreuses reprises, inspecteur. Pourquoi pas une fois de plus ?

10

La Malibu de location fonçait à toute allure, au sud de Reno. Au volant, Serena jouissait de l'air frais de la montagne qui circulait à travers la voiture. Elle monta le son de l'autoradio au point de faire vibrer les haut-parleurs.

« Je crois que le monde a besoin d'un verre », chantait Terri Clark avec son accent canadien.

Certains disaient que Serena lui ressemblait, le chapeau de cow-boy en moins. Elles étaient aussi grandes l'une que l'autre, avec les mêmes cheveux noirs soyeux. C'était peut-être pour cela que Serena l'aimait tant.

Serena réalisa qu'elle aussi aurait eu besoin d'un verre. Quand elle se passait la langue sur les lèvres, elle pouvait encore imaginer le goût de la vodka, alors qu'elle n'avait pas bu une goutte depuis plus de dix ans. Un verre, c'était absolument interdit, proscrit, *verboten*. Elle se disait que c'était sans doute la même chose pour Jonny et le tabac. Le désir pouvait revenir en un instant, avec une force à couper le souffle.

Le visage de sa mère lui apparut brusquement. Elle essaya de le repousser en contemplant par la vitre ouverte, au loin, le sommet du Mount Rose. Mais sa mère aurait pu aussi bien être en train de faire de l'auto-stop sur le bord de la route, comme dans un épisode de *La Quatrième Dimension*. Elle revenait régulièrement. Elle la suivait. Le pire de tout ce que sa mère lui avait infligé et qu'elle ne lui pardonnerait jamais, c'était de lui avoir transmis le virus de la dépendance. Le démon de sa mère, c'était la cocaïne. Celui de Serena, c'était l'alcool. Pendant deux années, un peu après ses vingt ans, elle avait bu jusqu'à l'engourdissement. Elle savait gré aux AA et à une foule d'inconnus de l'avoir aidée à s'en sortir.

C'était l'époque qui avait suivi la mort de Deirdre. Bizarre qu'elle n'ait pas commencé à boire quand elles avaient quitté Phoenix ensemble, quand le souvenir des mains infectes du dealer sur ses seins venait la hanter la nuit. Ou quand Deirdre s'était mise à coucher avec des hommes pour de l'argent et à l'encourager à faire de même. Non, ce n'était arrivé que plusieurs années plus tard, alors que Deirdre était sortie depuis longtemps de sa vie. Une semaine après son enterrement. Un verre en avait entraîné un autre, deux verres étaient devenus dix, et dix n'avaient pas tardé à se transformer en centaines.

Quelqu'un lui avait dit que Deirdre, à sa mort, pesait trente et un kilos. Serena frissonna. La fille qu'elle avait connue était si différente, si vivante. Des cheveux roux frisés. Une manière de s'habiller et une démarche que les hommes adoraient, comme ils adoraient le tatouage qu'elle avait à la naissance des fesses : un serpent qui semblait se tortiller de plaisir chaque fois que son tee-shirt remontait. Son teint clair n'était pas fait pour le soleil du Sud-Ouest. Sa pâleur lui donnait un statut à part dans une ville peuplée de corps bronzés. Nue, sous la douche, elle semblait presque rayonner.

La vérité, c'était que Deirdre et Serena n'avaient

jamais vécu dans le même monde. Deirdre était rapide dans une ville qui l'était tout autant, et ça lui convenait parfaitement. Les premières années, Serena lui était reconnaissante de l'avoir sortie de la gueule du loup, mais elle était destinée à s'en détacher tôt ou tard. Elle finit par quitter Deirdre et déménager.

Elles ne se parlèrent plus jamais. Après la mort de Deirdre, Serena fut littéralement écrasée par la culpabilité, qu'elle noya dans des bouteilles d'Absolut.

Elle se rappelait son étonnement en découvrant qu'elle pouvait laisser indéfiniment les bouteilles au freezer, que l'alcool devenait toujours plus froid, mais ne gelait jamais.

Trente et un kilos. Merde…

Suivant les instructions de Jay Walling, elle se gara sur le bas-côté, au bout d'un long chemin de terre à l'écart de la vieille Route 395, non loin de la maison où le meurtre avait été commis. Elle descendit de voiture pour profiter du silence. Elle n'entendait que quelques bruits secs et nets, comme le crissement du gravier sous ses pieds ou le grondement lointain d'un avion s'élevant au-dessus des collines, au-delà de l'aéroport de Reno. Un faucon tournoyait dans le ciel, balayant les champs du regard. A part cela, il n'y avait pas âme qui vive aux alentours.

Quelques vieux ranchs parsemaient la campagne recouverte d'une épaisse végétation. Des machines agricoles usagées gisaient çà et là, rouillées et inutiles, et des câbles téléphoniques pendaient entre les poteaux. Elle vit les hautes montagnes à l'ouest, les pins le long des pentes et les plaques de neige à proximité des sommets. Plus près, les contreforts, à présent auburn, verdiraient dès les premières pluies.

La maison qu'elle était venue voir était modeste : une

bâtisse grise d'un étage, un mobile-home garé sur le côté. Le voisin le plus proche se trouvait à huit cents mètres. Il y avait une grande prairie entourée d'une barrière blanche, où elle s'attendait à voir des chevaux, mais elle était déserte. Un vent léger agitait les arbustes. L'air sentait bon les fleurs sauvages.

Serena s'était acheté un grand gobelet de café dans une épicerie à quelques kilomètres de là. Elle le but tranquillement appuyée contre le capot de la voiture. Un quart d'heure plus tard, une Ford Taurus blanche se gara derrière elle. Elle brillait, comme si on venait de la laver. Serena se dit que Jay Walling prenait sans doute pour une insulte qu'une particule de saleté ait l'audace de se coller sur sa voiture. Elle le connaissait bien. Ils avaient travaillé ensemble sur une horrible affaire de meurtre, l'année précédente. On avait découvert dans le désert de Las Vegas un cadavre dont la tête avait réapparu dans le râtelier à boules d'un bowling de Reno. Qui a dit que les meurtriers n'ont pas d'humour ?

— Comment, Jay ? fit Serena quand il descendit de voiture. Qu'est-ce que c'est que cette merde d'oiseau sur ta veste ?

Il baissa les yeux, horrifié, et Serena éclata de rire. Walling portait un pardessus shearling noir qui avait dû coûter deux mille dollars, et il le dorlotait comme un nouveau-né. Il avait aussi un feutre noir qui lui donnait l'air d'un rescapé du Manhattan des années cinquante. Il était grand, avec un visage en longueur et une moustache au carré.

— Ton sens de l'humour me manquait, chérie, lui dit-il. J'espère que mon coup de fil nocturne n'a pas interrompu tes jeux érotiques avec l'inspecteur Stride. Je m'attendais vraiment à entendre ta messagerie.

— Dix minutes plus tôt, tu m'aurais entendue gémir.

— Ah, très bien.

Il avait l'air un peu gêné par les détails.

— Alors c'est sérieux ?

— Je crois, avoua Serena. Il a l'air de le penser également. J'essaie de ne pas tout bousiller.

Walling connaissait en partie l'histoire de Serena. Pensif, il hocha la tête.

— Eh bien, j'apprécie d'autant plus que tu sois venue. Tu peux m'en dire un peu plus sur ce fameux reçu ?

Serena lui résuma rapidement l'accident suivi d'un délit de fuite qui avait coûté la vie à Peter Hale. Elle lui raconta la découverte de la voiture de Lawrence Busby sur le parking du Meadows Mall.

— Le reçu se trouvait sous le siège du chauffeur.

— Aucun indice sur celui qui a volé la voiture ?

Serena secoua la tête.

— Dommage. Ton reçu vient d'une petite épicerie à moins de huit kilomètres d'ici. Deux heures environ après qu'on y a acheté ces six beignets Krispy Kreme, une femme a été assassinée dans ce ranch. Et le reçu réapparaît dans une voiture impliquée dans un délit de fuite à Las Vegas.

— Je n'aime pas ça.

— Moi non plus.

— Qu'est-ce qui s'est passé, ici ? demanda Serena avec un mouvement de la tête vers le ranch.

Walling tira sur sa moustache et ôta son chapeau. Il aplatit ses cheveux gris soigneusement coupés.

— Un meurtre brutal. Nous n'avons pas souvent d'affaires de ce genre. Albert Ford rentrait d'une partie de golf. Il a vu que la porte d'entrée était ouverte, et a trouvé sa femme par terre dans le couloir. On lui avait tranché la carotide. Pour ce que nous savons, elle aurait ouvert la porte, et le tueur l'aurait égorgée sur place. Sacrément dégueulasse.

— Mobile ?

— Nous n'en avons pas. Rien n'a été volé. On n'a même pas l'impression qu'il soit entré.

— Pas de témoins ?

Walling fit un geste vers les environs déserts.

— Ici ? Il n'y a pas beaucoup de voisins. A l'est, la route finit en cul-de-sac. Nous n'avons trouvé personne qui ait vu quoi que ce soit.

— Que savons-nous de la femme qui a été tuée ?

— Les Ford habitent à Reno depuis des générations. Des retraités. Albert Ford a vendu son élevage de chevaux il y a quelques années. Alice, sa femme, était enseignante. Ecole primaire. Elle a fait ses trente-cinq ans, et pris sa retraite plus ou moins en même temps que son mari.

— Une institutrice ?

— Exactement. Ça n'a aucun sens.

— Al est *clean* ?

Walling acquiesça.

— Ses copains de golf confirment son alibi. Alice était morte depuis plusieurs heures quand il l'a trouvée.

— Ils ont des enfants ?

— Quatre. Le benjamin a trente ans.

— Certains d'entre eux sont à Las Vegas ?

— Non. Deux à Los Angeles, un à Boise, le quatrième à Anchorage. Blancs comme neige. Alice a un frère à Reno, c'est tout pour le Nevada. Al est le seul survivant de sa famille.

— Je suppose que le frère n'est pas lié à la pègre, dit Serena.

Walling se mit à rire.

— Ancien directeur d'une agence d'adoption. Il vit en maison de retraite, maintenant.

— Nous avons donc un garçon de douze ans écrasé par une voiture et une institutrice égorgée, dit Serena. Aucun rapport entre les modes opératoires. Aucun rapport entre les lieux. Seul lien entre les deux affaires, quelques beignets. Nous sommes peut-être tout simplement sur la mauvaise voie, Jay.

— Sauf que les deux victimes ont quelque chose en commun, dit Walling.

— Ah bon ?

— On n'est pas fichus de trouver pourquoi quelqu'un voudrait leur mort.

11

Rex Terrell avait une demi-heure de retard.

Il était cinq heures. Stride et Amanda occupaient un box en coin chez Battista, devant un mur couvert de photos de célébrités traversant plusieurs décennies. Ils avaient eu le temps de chasser l'accordéoniste qui menaçait de leur jouer la sérénade, et de refuser le vin du patron accompagnant le dîner. Ils avaient fini par accepter deux bols de *penne* à la bolognaise, un cadeau de la maison.

Terrell avait choisi le lieu du rendez-vous, qui se trouvait dans une petite rue derrière Barbary Coast.

« L'essence de Las Vegas, avait-il dit. Un endroit de légende. »

Stride lui avait parlé en milieu d'après-midi, l'appelant sur le numéro qu'il avait laissé sur le répondeur de MJ. Rex Terrell était un journaliste free lance qui écrivait des articles « people » pour des périodiques comme *Las Vegas Magazine*. Stride voulait savoir ce qu'il avait dit à MJ Lane à propos de son père et du Shéhérazade.

Ils attendaient avec impatience. Amanda piqua quelques pâtes du bout de sa fourchette.

— Alors, c'est comment, le Minnesota ? demanda-t-elle.

Stride sourit.

— Tu envisages de te faire muter ?

— Qui sait ? Je sais que ça peut paraître bizarre, mais ça ne me déplairait pas de vivre dans un endroit un peu moins étrange. Bobby et moi, nous avons parlé de partir. Ce serait agréable d'être quelque part où tout le monde n'est pas au courant. Mon petit secret, tu vois.

Stride hocha la tête.

— Il fait froid, dans le Minnesota.

— Froid ? C'est un scoop ? Voici une info, Stride. Ce truc blanc, qui traîne là-haut pendant six mois de l'année ? C'est ce qu'on appelle de la neige.

— Ce n'est pas ce que je voulais dire. Je me fiche du temps. J'habitais au bord du lac Supérieur. De mon patio, je voyais aller et venir les gros cargos chargés de minerai.

— Pourquoi es-tu parti ?

Stride hésita. Il se demandait ce qu'il pouvait lui dire. Puis il réalisa qu'il faisait ce qu'il avait toujours fait. Comme tous les gens du Minnesota, il se fermait.

— J'ai commencé à me rendre compte que c'était un endroit froid. Les habitants du Minnesota sont difficiles à approcher. Ils ne te laissent pas entrer. Tu ne trouveras nulle part des gens aussi gentils, mais tu peux vivre avec eux pendant des dizaines d'années sans jamais les connaître vraiment de l'intérieur, ce qui compte vraiment. Ils ne s'ouvrent pas.

— Ça ressemble beaucoup à Serena, dit Amanda.

Stride secoua la tête.

— Comprends-moi bien. Je suis comme ça, moi aussi. Et… oui, Serena aussi. Mais nous avons été capables d'aller l'un vers l'autre comme peu de gens. J'ai découvert que j'aimais ça. Pour moi, ça valait donc la peine de déménager.

— Mais tu regrettes le Minnesota.

— Bien sûr.

— Et Vegas ? Si cette ville est trop étrange pour moi, j'imagine mal ce que ça doit être pour toi.

Stride jeta un regard panoramique sur le restaurant. Terrell avait raison. C'était Las Vegas dans toute sa gloire, kitsch et fric. Il pensa à Walker, qui disait que la ville était immorale. Il pensa à ses dirigeants, comme Gerard Plante, à l'Oasis, qui manipulaient calmement leurs clients. Mais il y avait aussi les montagnes, et les eaux bleues du lac Mead. Et Serena. Et il émanait de tout cela quelque chose d'irrésistible, de formidable.

Il leva les yeux et, Dieu merci, il n'eut pas besoin de répondre à Amanda.

Rex Terrell traversait le restaurant en leur faisant de grands signes, un bras passé autour des épaules du maître d'hôtel. Il était vêtu d'une chemise vert-jaune déboutonnée et d'un pantalon de soie noire hors de prix. Ses cheveux blonds passés au gel se dressaient en pointes irrégulières, et il portait de toutes petites lunettes noires. Il avait une trentaine d'années, était de taille moyenne et musclé. Il tenait un verre ballon plein d'un breuvage ambré qui déborda tandis qu'il se dirigeait vers eux.

— Rex Terrell, dit-il en leur tendant la main. Et vous êtes les inspecteurs ? Quel trip ! Une vraie enquête criminelle ! On se croirait dans *Les Experts* !

Stride lui serra la main, que Terrell avait moite, et se présenta. Amanda fit de même.

— Amanda Gillen ?

Rex ôta ses lunettes de soleil et se pencha vers Amanda.

— Oh, mon Dieu… je vous connais. Quelle

manchette délicieuse ! « Sexe et police. Avant l'opération, le flic déclare que son *équipement* ne sert à rien. »

Il gloussa, renversa encore un peu de sa boisson.

— Vous vous rappelez ?

— Allez vous faire foutre ! fit Amanda.

Terrell s'assit et s'empara d'une fourchette. Il piqua quelques pâtes dans le bol d'Amanda.

— J'étais de votre côté, de bout en bout. J'ai applaudi votre victoire. Et regardez-vous, vous êtes tellement sexy ! Les nouveaux pédés, ce sont les trans, rien à dire !

Stride vit le regard furieux d'Amanda. Elle serrait son verre d'eau avec une telle force qu'elle aurait pu le briser entre ses doigts.

— Vous poussez un peu, Rex, lui dit-il.

Terrell continuait à déblatérer.

— Ecoutez, ma belle, que diriez-vous d'un article dans *Las Vegas Magazine* ? On pourrait l'illustrer d'un dossier photo. Pas des nanas avec des bites, non, pas ce genre de choses – encore que ça fait vendre ! Non, quelque chose de très distingué, très érotique, du décolleté, peut-être un renflement au bon endroit. Là, je vous parle d'art.

Amanda saisit le menton de Terrell, et serra jusqu'à ce qu'il se taise. Elle l'attira vers elle d'un coup sec.

— Concentrez-vous, Rex. Ecoutez-moi bien. Je ne suis pas un monstre de foire. Je ne suis pas une attraction de cirque. Je suis Amanda. Je suis peut-être un peu différente de la plupart des gens, mais je ne veux rien d'autre que mener une vie normale. Et ce que je ne veux pas, c'est qu'on envahisse ma vie privée. Alors foutez-moi la paix. Sans quoi cette opération que j'ai préféré éviter, je vais vous la faire, sur-le-champ, avec un couteau à beurre. Compris ?

Elle repoussa Terrell qui se frotta la mâchoire.

— Oh, oh, oh ! fit-il, avant d'ajouter à l'adresse de Stride : C'est un drôle de pistolet. Mais j'aime ça. Vraiment.

— Si nous revenions à nos moutons ? fit Stride.

— Oh, absolument. Je renifle une histoire, ici. Le meurtre de MJ ? Je veux la fange.

Stride secoua la tête.

— Pas d'histoire, Rex. Tout ceci est absolument confidentiel. Et la conversation n'est pas à double sens. Vous nous dites ce que vous savez de MJ.

— Pour commencer, dites-nous où vous étiez samedi soir, ajouta Amanda.

— Vous croyez que c'est moi qui l'ai tué ? Comme c'est excitant ! Mais non. David et moi sommes allés au Gipsy à dix heures du soir, et nous y sommes restés pratiquement toute la nuit.

Il fit un clin d'œil à Amanda.

— Vous pouvez appeler David pour vérifier si ça vous chante. Mais pas votre équipier, ici présent, parce que David a une faiblesse d'ado pour les hommes costauds et taciturnes.

— MJ… souffla Stride.

— Que voulez-vous que je vous dise ?

— Comment vous êtes-vous rencontrés ?

— Il m'a appelé après la publication de mon article. Très fâché. Mais on ne peut pas lui en vouloir, hein ? Je veux dire, si c'était *mon* père…

— Quel article ? demanda Amanda.

Terrell mit une main sur son cœur.

— Le meilleur que j'aie jamais publié. J'étais persuadé qu'il me vaudrait des menaces de mort. Mais non, pas une seule. Je suis déçu. Je citais des noms, pourtant, ce que personne n'avait fait. Deux noms connus, en particulier. Walker Lane et Boni Fisso.

Stride se souvenait. Un exemplaire de ce magazine était posé sur la table de nuit de MJ, sous le journal qui parlait de l'implosion.

— De quoi était-il question dans cet article ? demanda-t-il.

— Il s'intitulait « Le sale secret du Shéhérazade ». Ça vous dit quelque chose ?

— MJ a traité son père d'assassin, dit Stride. C'est ce que vous disiez dans votre article ?

— C'est un assassin, vraiment. Scandaleux, n'est-ce pas ?

— Nous avons parlé à Walker Lane. Il affirme que vous avez mis des idées dans le crâne de MJ.

— Vous avez parlé à Walker ? Et il a parlé de *moi* ? Oh, c'est trop ! Walker Lane mentionnant Rex Terrell dans une conversation ! Mon Dieu, David va être dingue.

Stride et Amanda échangèrent un regard exaspéré.

— Racontez-nous cette histoire, dit Stride. La version courte, s'il vous plaît.

Terrell hocha la tête. Son verre était vide. Il l'agita en direction d'une serveuse.

— Le Shéhérazade était le premier fleuron de Boni Fisso. Mais c'était Vegas. Du vrai de vrai. Un peu comme Battista, ici. Authentique. Regardez la plupart des bars, en ville, de nos jours, c'est du pipeau. Oh, vous avez des photos de célébrités, évidemment, mais vous ne voyez que Tara Reid ou Lindsay Lohan, et dans dix ans les gens regarderont ces photos et ne sauront pas qui c'était. Sinatra, il était authentique. Alan King. Rose Marie.

— Rex… fit Stride, les dents serrées.

— Moi, je suis un gosse de Vegas, poursuivit Terrell.

C'est rare, vous savez. Je suis authentique. Aujourd'hui, tout le monde vient de Californie.

Amanda s'empara d'un couteau à beurre et commença à tapoter la lame sur sa main. Terrell blêmit.

— D'accord. Puisque c'est vous, je garderai les parties intéressantes. Revenons à 1967. Le Shéhérazade est l'endroit chaud de la ville. Au sommet, comme les Sands. La réputation de la boîte vient surtout de son cabaret, vous voyez ? Ils ont une danseuse étonnante. Amira Luz. Beauté latine, cheveux noirs… Une bombe sexuelle, sans mentir. Sa danse nue remplissait la salle tous les soirs. A l'époque, on pouvait voir des tonnes de nichons gigoter sur scène, mais c'était surtout du boulot de girls, à mourir d'ennui. Amira faisait un numéro de flamenco et se désapait comme une call-girl à mille dollars. Sexy, je vous dis.

— Et alors ? demanda Stride.

Terrell se pencha en avant.

— Alors, par une chaude soirée de juillet, on a retrouvé Amira au fond de la piscine attenante à la suite réservée aux gros flambeurs, sur le toit du Shéhérazade. Quelqu'un lui avait défoncé le crâne.

— Et vous pensez que c'était Walker Lane ?

— Absolument. Tout le monde le savait, mais personne n'allait dire un mot. Pas à l'époque.

Terrell croisa son index et son majeur.

— Boni Fisso et Walker Lane étaient comme les deux doigts de la main. Walker était au casino tous les week-ends. Il logeait précisément dans la suite pour VIP où Amira a été tuée. C'était un fêtard, il aimait côtoyer la pègre.

— Ça ne veut rien dire, fit Amanda.

Terrell prit un air faussement étonné.

— Oh, ne faites pas le coup de l'innocence. J'ai parlé

à des gens qui ont vu Walker au casino ce week-end-là. Mais la version officielle, c'était qu'il n'était pas en ville. Il n'était pas dans la suite. Allons ! Des gens m'ont dit qu'il était obsédé par Amira. Elle, elle n'était pas intéressée. Elle l'avait rembarré. Mais Walker ne voulait pas essuyer un refus d'une strip-teaseuse espagnole. Crac, dedans.

— Apparemment, dit Stride, la police n'était pas de cet avis. Walker n'a jamais été arrêté.

Terrell lâcha un soupir exagérément dramatique.

— La police ? Nous parlons de 1967, inspecteur. L'enquêteur chargé de l'affaire s'appelait Nick Humphrey. Boni avait ce Nicky dans sa poche. Tout le monde le savait. Boni a fait sortir Walker de la ville. La police a conclu qu'un fan s'était introduit dans le jardin en descendant par le local d'entretien du toit et avait tué la fille.

— Pourquoi Amira se trouvait-elle dans la suite ? demanda Amanda.

— On racontait qu'elle avait soutiré une clé à un employé de la réception, et qu'elle allait là-haut pour nager nue dans la piscine après ses shows, quand la suite était inoccupée. Encore une fois, c'est la version officielle. Comme si ça tenait debout.

Stride secoua la tête.

— Vous écrivez tout cela dans votre article ? Préparez-vous à un procès, Rex.

— Oh, nous avons un avocat qui relit chaque mot, répondit Terrell en roulant des yeux. Nous avons ajouté des tonnes de « peut-être » et de « paraît-il », et autres conditionnels du même tonneau. De toute façon, vous croyez vraiment que Walker a envie de donner encore plus d'importance à cette histoire en allant au tribunal ? Je ne pense pas. Walker veut qu'on l'oublie. Boni aussi, pour pouvoir construire son nouveau palais de baccarat pour chinetoques.

— Et MJ ? demanda Amanda. Comment cadre-t-il dans tout cela ?

— Attendez, chérie ! Mon cul est en train de vibrer. Saloperie de mobile. Je vous jure, il sonne si souvent que je pourrais avoir un orgasme si je le laissais dans mon short.

Il sortit de sa poche arrière un téléphone épais comme du papier à cigarette et consulta le numéro de l'appelant.

— Ah, encore elle. Aucune importance. Je ne sais quelle petite attachée de presse blonde. Elle n'a jamais rien d'intéressant à vendre. Baise probablement ses clients.

— Nous perdons du temps, Rex, dit Stride.

— Relax, inspecteur. Comme je l'ai dit, MJ m'a appelé après avoir vu l'article. Il voulait savoir quelles étaient mes sources, ce que je ne pouvais pas lui dire, sinon en lui suggérant de fouiller dans les archives de la bibliothèque publique. La plus grande partie de l'histoire se trouvait dans les colonnes mondaines de l'époque, pour peu que vous sachiez lire entre les lignes. Très excitant. Il m'a demandé si je pensais honnêtement que son papa avait tué la fille, et je lui ai dit que oui, honnêtement, je le pensais. Fin de la conversation.

— Mais vous l'avez appelé et vous avez laissé un message, le jour de sa mort, dit Stride.

— Bien sûr. Dans mon boulot, je donne un peu, on me donne un peu. Ce qui me fait penser que je vous donne beaucoup, les mecs, alors hein, n'oubliez pas les amis. Je me disais que MJ pourrait me communiquer des horreurs sur Karyn Westermark mais… quelqu'un l'a buté avant.

— Vous ne savez pas qui aurait pu avoir envie de le voir mort ? demanda Amanda.

— A part Walker et Boni ? fit Terrell en souriant. Non, MJ avait l'air assez cool. Plutôt parfum vanille, si vous voulez mon avis. Mais il papillonnait pas mal. Vous pourriez peut-être découvrir un mari jaloux.

— Qui, par exemple ? demanda Stride.

— Oh, je n'ai que des potins. Des rumeurs.

— Dites-nous ça, fit Amanda.

Terrell jeta un coup d'œil aux autres tables.

— Ce que je *sais*, c'est que la femme de Moose Dargon, la petite serveuse de vingt ans et quelques, s'affiche avec des tas de célébrités à l'Oasis et qu'elle aime la baise. Je me suis laissé dire qu'elle avait été impressionnée par la performance de MJ dans la vidéo salace avec Karyn. La rumeur prétend que Moose ne peut plus bander, même avec l'aide du Viagra. Et tout le monde sait que Moose a mauvais caractère. Jadis, il passait son temps en cellule, par ici, pour avoir tabassé des gens.

— Sa femme, c'est Tierney ? demanda Stride.

Il se rappelait que Karyn Westermark en avait parlé comme d'une des maîtresses de MJ.

— Tierney… grogna Terrell. Qu'est-il arrivé aux prénoms normaux ? Vous avez entendu, cet acteur hollywoodien qui s'est dit que c'était un truc d'enfer d'appeler sa fille Tinkle ?

— A quoi elle ressemble, Tierney ?

— Une brune. Un peu le genre écouvillon. Elle était dans *Playboy*, l'année dernière. Des seins comme les pyramides d'Egypte. Vous voyez le genre ?

Stride avait vu. Tierney et ses seins en poire étaient sur la vidéo, à l'appartement de MJ. Il se demanda comment quelqu'un comme Moose Dargon réagirait s'il voyait sa femme forniquer devant une caméra, et si cela suffirait pour qu'il fasse appel à un tueur professionnel.

— Que pouvez-vous nous dire d'autre sur Moose ? demanda-t-il.

— Même avec un pied dans la tombe, fit Terrell, il est drôle à se tordre. Il est quasiment en retraite, mais il s'occupe de soirées de charité, de levées de fonds pour le gouverneur, ce genre de choses. Ses blagues dans le registre dégueulasse sont à hurler de rire.

— Il a toujours mauvais caractère ?

Le visage de Terrell s'éclaira. Il se pencha pour murmurer :

— Comme dans « Serait-il capable de faire sauter le crâne de MJ pour le punir d'avoir défoncé la petite Tierney » ? Quelle idée délicieuse ! Et ce serait rudement ironique, voyez-vous.

— Pourquoi ? demanda Stride.

— Parce que Moose était un habitué du Shéhérazade, dans les années soixante. Et devinez qui il sautait, à l'époque ? Amira Luz en personne.

12

Sawhill parlait au téléphone avec le gouverneur Durand.

Stride et Serena s'assirent face au grand bureau du lieutenant, pendant que ce dernier léchait à distance les bottes du gouverneur. Cordy était adossé au mur, les mains dans les poches. Amanda était là, elle aussi, et Stride réprima un sourire en la voyant taquiner Cordy. Mine de rien, elle s'approchait de lui et Cordy, offusqué, reculait en s'efforçant de rester à distance respectable. Soudain elle inspira à fond, ce qui eut pour effet de gonfler ses seins, et étira paresseusement les bras vers le haut. Cordy ne put s'empêcher de la mater.

Sawhill vit le manège, lui aussi. Il claqua des doigts dans leur direction.

— Je suis en réunion avec mon équipe, dit-il au gouverneur, d'un ton désinvolte et familier. Non, non, je vous assure que l'enquête ne se poursuivra pas dans cette direction. Vous pouvez le faire savoir.

Stride n'aimait pas beaucoup cela. Sawhill le regardait franchement en prononçant ces mots. Il comprit, la mort dans l'âme, qu'il allait avoir les mains liées.

Tout le monde dans le service savait que Sawhill avait de grands projets, et des vues sur le poste de shérif.

Stride devait reconnaître que le lieutenant connaissait les règles du jeu et savait de quels soutiens politiques il avait besoin pour enfoncer la concurrence. Le shérif en fonction avait annoncé qu'il ne se représenterait pas l'année suivante. Au moins deux autres flics de la police municipale, plus vieux et plus gradés que Sawhill, laissaient entendre qu'ils feraient campagne pour le poste. Mais aucun n'était parvenu à écarter Sawhill. L'élection d'un shérif se gagne moins grâce aux votes que grâce aux soutiens, et Sawhill avait passé dix ans à entretenir des amitiés haut placées.

Il savait surtout que les grands titres de journaux sur des meurtres avaient un effet politique déplorable. Il raccrocha et prit le *Sun* de Las Vegas daté du mardi.

— J'ai deux meurtres à la une, leur dit-il. Le gouverneur n'aime pas ça. *Je* n'aime pas ça. C'est pourquoi je voulais vous voir tous ici. Je veux que vous m'expliquiez ce que vous comptez faire pour que ces deux affaires disparaissent de la une des journaux.

Il disait cela comme si les quatre inspecteurs prenaient plaisir à s'exposer au feu des projecteurs.

— Allez-y, Serena, poursuivit le lieutenant en baissant ses lunettes pour la regarder au-dessus de ses verres en demi-lune. Mettez-moi au parfum sur le meurtre de Reno. Dites-moi s'il y a un lien avec le délit de fuite et la mort de ce gosse, à Summerlin.

— Alice Ford, une institutrice, a été égorgée dans son ranch. Jay Walling et moi avons passé une heure et demie avec le mari de la victime. Nous n'avons pas trouvé de lien entre Alice Ford à Reno et la famille de Peter Hale à Summerlin. Il n'y a pas le moindre soupçon d'un mobile commun pour les deux victimes.

— Alors il n'y a peut-être pas de lien, conclut Sawhill. Vous parlez d'un axe important entre Reno et

Carson City. C'est certes un trou perdu comparé à Las Vegas, mais des milliers de voitures circulent chaque jour sur cette route. Ce n'est pas parce que notre suspect a acheté des beignets là-bas, le jour où Alice Ford a été assassinée, que c'est lui qui l'a tuée.

— Je n'aime pas les coïncidences.

— Moi non plus, mais elles existent. A part le reçu que vous avez trouvé, je ne vois rien qui relie les deux affaires.

— C'est vrai, admit Serena.

— Pourquoi pas un tueur à gages ? suggéra Amanda, à l'autre bout de la pièce. Il pourrait s'agir de deux contrats différents, et vous êtes tombés sur un élément permettant de les rapprocher.

— Ouais, c'est possible, dit Serena. Mais qui engagerait un pro pour tuer un gosse de douze ans et une institutrice en retraite ?

D'un geste tranchant de la main, Sawhill interrompit la conversation.

— Laissons Reno s'occuper de Reno, dit-il à Serena. Le crime qui m'intéresse, il est ici. Qu'avez-vous d'autre ?

Cordy s'éclaircit la gorge, poussa un cri perçant et fit un bond, comme si une tarentule lui rampait sur le pied.

— Quelque chose ne va pas, Cordy ? demanda Sawhill.

Cordy rougit furieusement.

— Non, rien, murmura-t-il. Excusez-moi.

Stride voyait bien qu'Amanda s'efforçait de rester impassible, tandis que Cordy tentait de retrouver son calme.

— Nous avons de nouveau passé le quartier au peigne fin, à Summerlin. Je me suis dit que puisque nous savions que c'était une Aztek, nous pourrions rafraîchir la mémoire des voisins. Ce truc est tellement laid, comment auraient-ils pu ne pas le voir ?

— Et alors ?

— On a gagné le gros lot. Une voisine s'est rappelé avoir vu une Aztek bleue garée en face de chez elle quelques minutes avant l'accident. Ce qui veut dire que notre type était à l'affût. Il en voulait au môme.

— Le témoin a vu le chauffeur ? demanda Sawhill.

Cordy secoua la tête.

— La femme était à l'étage. Elle ne voyait même pas s'il y avait quelqu'un dans la voiture.

— Quelle est la prochaine étape ?

— Jay Walling m'a envoyé une pile de reçus du magasin qui a vendu ces Krispy Kreme, dit Serena. Tous les achats par carte de crédit au cours des deux mois qui ont précédé l'achat des beignets et du Sprite. Plus d'autres clients qui se sont trouvés dans le magasin une heure avant ou après notre homme. J'aurai besoin d'un peu d'aide pour donner les coups de fil.

Sawhill acquiesça.

— Nous cherchons également d'autres accidents mortels avec délit de fuite, dans les quartiers sud-ouest, où un enfant aurait été impliqué, poursuivit Serena. Ce type n'en est peut-être pas à son coup d'essai. Et nous étendons nos enquêtes d'antécédents à la famille et aux amis. Quelqu'un pourrait en vouloir à Peter ou à ses parents.

— Soyez discrets, lui rappela Sawhill, qui tendit un doigt maigre vers Cordy. Vous aussi, Cordy.

Serena et Cordy opinèrent. Stride savait que c'était son tour.

— Inspecteur Stride, vous êtes nouveau dans le service. Mais le gouverneur Durand connaît déjà votre nom.

— J'en suis flatté, répondit Stride d'un ton aimable.

Serena lui donna un coup de pied.

— Vous ne devriez pas. Il a tracé plusieurs points d'exclamation en face de votre nom. Walker Lane l'a appelé, pour se plaindre que vous semblez plus vous intéresser à un meurtre commis il y a quarante ans qu'à l'assassin de son fils.

— Quand j'ai parlé à Walker, je ne savais rien du meurtre d'Amira Luz. C'est lui qui nous a orientés vers Rex Terrell.

Sawhill grogna.

— Rex Terrell a tendance à confondre *Las Vegas Magazine* et le *National Enquirer*. Ses spécialités, ce sont les potins et les saletés. Ça n'a pas sa place dans cette enquête.

— Un meurtre a bel et bien été commis au Shéhérazade.

— Oui, Stride, je connais cette affaire, merci.

— Je voudrais parler à l'inspecteur qui a mené l'enquête à l'époque. Nick Humphrey. Il vit toujours ?

— Oui, mais ce serait du temps perdu.

Sawhill se pencha en avant et ôta ses lunettes.

— Ce que Rex Terrell ne vous a sans doute pas dit, c'est que le meurtre d'Amira Luz a été résolu.

Stride hésita. Il n'avait pas encore sorti le dossier sur la mort d'Amira.

— Vous avez raison. Je l'ignorais.

— L'assassin s'est suicidé, fit Sawhill d'un ton cassant. C'était un obsédé, un type qui la harcelait. Un joueur invétéré de Los Angeles, sans emploi. On l'a trouvé pendu dans son appartement, à L.A., un mois après l'assassinat d'Amira Luz. Un mur de sa chambre était couvert de photos de la fille. Et il avait une facture du Shéhérazade, datée de la nuit où elle a été tuée. J'imagine que Rex a oublié de vous raconter ça.

Stride sentit le sang lui monter au visage.

— Il y a toujours des choses qui ne sont pas claires. Terrell affirme qu'il a parlé à des gens qui ont vu Walker à Las Vegas ce jour-là. Après quoi il a quitté le pays et il n'est presque jamais revenu depuis. Pourquoi ?

— Peut-être parce qu'il aime le bacon canadien. Peut-être parce qu'il a toujours voulu s'engager dans la police montée. Je n'en ai aucune idée, inspecteur, et je m'en fous. Walker Lane n'a tué personne.

— MJ pensait le contraire.

— MJ se trompait. Rex Terrell se trompait. *Vous* vous trompez. Il n'y a aucun lien avec la mort de MJ, parce qu'il n'y a pas de mystère ici. Passons à autre chose. C'est clair ?

— Parfaitement clair, acquiesça Stride.

Mais il avait toujours des doutes. Il voulait bien admettre que Rex Terrell leur avait raconté une histoire à dormir debout, qui contenait plus de fiction que de vérité. Si des rumeurs malveillantes avaient poursuivi Walker Lane après la mort de la fille, il pouvait certes avoir décidé de quitter la ville, même s'il était innocent. Cependant, un autre nom avait surgi au milieu de l'histoire, comme un canard en plastique à la surface de l'eau d'une baignoire.

Boni Fisso.

Boni, le propriétaire du Shéhérazade, qui avait des liens à la fois avec Amira Luz et Walker Lane.

Boni, qui était en train d'investir deux milliards de dollars dans le projet de casino l'Orient. *Ça valait bien un meurtre*.

Sawhill n'était pas stupide. Il lisait dans les yeux de Stride.

— Vous n'avez pas l'air convaincu, inspecteur. Alors dites-moi quel lien il peut exister entre la mort d'Amira Luz et le meurtre de MJ Lane ?

Stride secoua la tête.

— Je n'en vois pas, avoua-t-il.

— Bien. Cherchons une théorie plus plausible pour expliquer le crime. J'espère que vous en avez une à nous proposer.

— Nous savons que MJ couchait avec Tierney Dargon.

— La femme de Moose ?

Stride se demanda combien de Tierney Dargon il y avait à Las Vegas.

— Nous avons trouvé une vidéo, dans l'appartement de MJ, où ils apparaissent tous les deux. Et nous en avons entendu parler par Karyn Westermark et par Rex Terrell ; leur liaison n'était pas un secret.

Sawhill se renversa en arrière sur son siège et tira sur son menton pointu.

— Moose est dingue. Il a toujours été dingue. Je crois qu'il est capable de se foutre en rogne au point de tuer quelqu'un. A plusieurs reprises, il n'en a pas été loin.

— Sauf qu'il ne s'agit pas d'un meurtre commis sous le coup de la colère, remarqua Amanda en se penchant au-dessus du bureau. Il était prémédité.

— Et à moins d'avoir rajeuni de plusieurs dizaines d'années et perdu une cinquantaine de kilos, ce n'est pas lui qui l'a commis, ajouta Stride.

— Peut-être a-t-il engagé quelqu'un, dit Sawhill. Vous interrogerez Tierney ?

Stride acquiesça.

— Et les archives vidéo du casino ? Est-ce que nous avons d'autres images du tueur ?

— Non. Ou alors, s'il est déjà venu, il n'avait pas la même allure que samedi soir, dit Stride.

— Parfait, tenez-moi au courant.

Sawhill les congédia d'un signe et décrocha son téléphone. De l'autre main, il saisit la balle antistress posée sur son bureau et se mit à la pétrir. Stride se prit à espérer qu'il était un peu plus délicat avec les seins de sa femme.

— Je veux que vos équipes travaillent jour et nuit sur ces deux affaires. Il faut qu'elles quittent la une des journaux. Ou attrapez-moi les coupables. Stride, je ne veux pas que vous parliez de nouveau à Walker Lane sans me consulter au préalable.

— Compris.

Les quatre inspecteurs sortirent à la file. Stride ferma la porte derrière lui. Cordy jeta un regard assassin à Amanda, qui lui fit un clin d'œil et un petit geste d'invite de l'index. Cordy partit sans demander son reste.

— Qu'est-ce que tu lui as fait ? demanda Stride.

— Je lui ai pincé le cul, fit Amanda en gloussant.

13

Amanda se rendit à la limite sud de l'aéroport McCarran et se gara sur un parking d'où elle pouvait regarder les jets atterrir sur la piste 25 Gauche. Elle avait pris sa vieille Toyota plutôt que la Spyder, qu'elle réservait aux week-ends et aux trajets hors de la ville. Elle régla sa radio sur la fréquence de la tour de contrôle et écouta les contrôleurs du ciel bavarder avec les pilotes. Le vol United Airlines de San Francisco, dans lequel se trouvait Tierney Dargon, devait atterrir une demi-heure plus tard.

Quelques autres fanas d'avions étaient garés à proximité. Certains établissaient des listes de vols à l'atterrissage et au décollage, et les cochaient au fur et à mesure. Amanda n'allait pas jusque-là. Elle aimait simplement assister au spectacle dans sa voiture, avec un café au lait et une cigarette. Elle ne fumait pas beaucoup, plus maintenant, mais elle s'autorisait une cigarette quand elle allait à l'aéroport. Elle en gardait un paquet dans la boîte à gants pour l'occasion. Quelque chose dans la fumée et le café sucré, le rugissement des réacteurs et l'odeur de kérosène semblait interrompre l'écoulement du temps, créant une sorte d'hypnose qui lui permettait de laisser son esprit vagabonder. Elle n'amenait même pas Bobby. C'était son endroit à elle.

Elle l'avait découvert quand elle était arrivée de Portland, cinq ans plus tôt. A l'époque où elle s'appelait Jason Gillen, un bon flic de l'Oregon qui allait devenir un bon flic de Vegas. A l'époque où elle pensait au suicide. Elle se revoyait, assise au même endroit, son arme posée sur le siège à côté d'elle, à se demander si elle aurait le cran de le faire. Avant de comprendre qu'il ne fallait aucun cran pour fuir. Le courage, c'était de s'accrocher, de défier les gens qui avaient peur d'elle parce qu'elle ne fonctionnait pas comme eux.

C'est ainsi que Jason était mort. Et qu'Amanda était née.

Elle ôta la cigarette de sa bouche, souffla la fumée par la fenêtre et sourit en voyant l'anneau de rouge à lèvres sur le filtre blanc.

Les gens pensaient toujours qu'il s'agissait de sexe. Que pour être elle-même, elle avait besoin de se comporter comme une folle. Que si elle avait fait ça à son corps et si elle avalait des hormones tous les jours, c'était parce qu'elle était obsédée par le sexe. Ils ne la croyaient pas, quand elle leur répétait que Bobby et elle étaient plutôt conservateurs, dans et hors de la chambre à coucher. C'étaient eux, les autres, qui étaient obsédés par le sexe. Elle les émoustillait. Elle les excitait. Hommes et femmes, sans distinction. Ils voulaient savoir comment elle le faisait, dans quelles positions, et si elle le faisait souvent. Ils avaient envie de la voir. De la goûter.

Les pires, c'étaient les machos, ceux des services de police. Les gens comme Cordy. Elle leur tapait sur les nerfs – eux qui étaient si virils. Ils avaient tellement peur de découvrir qu'elle les excitait qu'ils partaient en courant quand elle approchait. Au début, ça l'ennuyait. Désormais, elle s'en amusait. C'était sa manière de leur montrer qu'elle avait des couilles, qu'elle ne fuirait pas. Peut-être aussi une façon de leur rendre la monnaie de leur pièce.

Elle savait que les plaisanteries n'avaient pas cessé. Elles étaient simplement plus discrètes, parce que les huiles avaient ordonné aux flics de se tenir à carreau. Les accords en justice avec des montants à sept chiffres obligeaient les gens à bien se tenir, en tout cas devant elle. Mais personne ne voulait d'elle. Elle le savait. Ils l'avaient ignorée, parlaient dans son dos, avaient attendu qu'elle prenne le fric et qu'elle s'en aille. Sa décision de rester les avait stupéfiés.

Elle s'était inquiétée, à propos de Stride. Elle pouvait s'arranger avec les autres pour l'essentiel, mais un mauvais équipier peut vous rendre la vie infernale. Le pire, c'est qu'il s'agissait d'un plouc, d'un type du Midwest. Elle voyait les habitants du Midwest comme des gens à l'esprit étroit, prompts à juger autrui. Elle se disait qu'il la considérerait comme une extraterrestre. Elle s'était plantée. Et avait compris ce que Serena voyait en lui. Il était séduisant, pas de doute là-dessus, mais il donnait aussi l'impression d'une grande générosité. Passé l'effet de surprise, il la traitait comme une personne comme les autres. Il était curieux – comme tout le monde –, mais elle sentait qu'il avait du respect pour ce qu'elle avait dans le crâne, pas seulement pour ce qu'elle avait entre les jambes.

C'était rare.

De l'autre côté de la clôture, un 737 de la Southwest Airlines se dressa avec élégance et s'élança vers le ciel. Amanda savait que la plupart des passagers rentraient chez eux le porte-monnaie plus léger qu'à l'arrivée, qu'ils laissaient derrière eux le monde du fantasme pour retourner vers la réalité. A ses yeux, cela ressemblait à la liberté. Un jour, peut-être qu'elle prendrait le fric, grimperait avec Bobby dans la Spyder et s'en irait. Non parce qu'elle n'en pourrait plus, mais parce qu'elle avait juste envie d'être quelque part où personne ne la connaissait, où les gens ne la dévisageraient pas.

Bobby le méritait, lui aussi. Il ne lui racontait sans doute pas la moitié des saloperies qu'il subissait parce qu'il vivait avec elle, ni des insultes qu'il devait accepter. Il restait pourtant près d'elle, et il dormait à ses côtés depuis plus de trois ans. Elle n'avait pas voulu faire l'amour avec lui pendant des mois, au début, persuadée qu'elle le perdrait dès qu'il découvrirait la vérité. Quand elle le lui avait enfin avoué, elle l'avait perdu, en effet, pendant deux ou trois semaines, le temps qu'il fasse le point avec ses propres sentiments. Puis il était revenu, et il était resté, sans lui demander d'être autre chose qu'elle-même.

Elle n'avait jamais eu envie de subir l'opération, de faire le dernier pas. Elle avait peur que quelque chose échoue, que les organes ne fonctionnent pas, qu'elle soit privée de plaisir. Elle n'avait pas besoin de ça pour se sentir femme. Mais elle avait voulu le faire pour Bobby, pour être un peu plus *normale* à ses yeux. Il avait refusé ; il ne voulait pas, sauf si elle le désirait pour elle-même. Elle l'aimait encore plus depuis cela.

Cela semblait si excitant de s'enfuir avec lui, un jour, d'échapper à toute cette cruauté. San Francisco, peut-être. La ville d'où venait Tierney. Personne ne ferait attention à eux, là-bas. Pas dans la ville gay.

Amanda écrasa son mégot à l'extérieur de la voiture. Elle rit d'elle-même et secoua la tête. Elle vivait autant dans le fantasme que les gens dans l'avion. La vérité, c'était qu'elle ne partirait jamais.

La radio fit entendre un grésillement. Le vol 1 580 d'United Airlines avait l'autorisation d'atterrir.

Amanda démarra. Tierney Dargon était de retour.

Elle repéra Tierney dans la zone des bagages. Elle se tenait à l'écart de la foule, un téléphone portable calé entre l'oreille et l'épaule. Elle était jolie, d'une minceur à faire peur, avec un chemisier rose ample qui laissait ses seins ballotter, et un pantalon collant, rose aussi. Mis à part son corps digne de Vegas, elle ne faisait aucun effort pour séduire. Une masse de boucles brunes flottait en liberté sur ses épaules. Elle ne portait ni maquillage ni bijoux, sauf un bracelet en or qu'elle faisait tourner nerveusement d'une main. Elle avait le blanc des yeux injecté de sang.

Amanda voulut s'approcher, mais elle se heurta à un Samoan géant en chemise hawaiienne. Un garde du corps. Elle lui montra discrètement son insigne. L'homme lui demanda d'attendre, se dirigea vers Tierney d'un pas lourd et lui parla à l'oreille. La fille toisa Amanda, murmura quelques mots au Samoan, et retourna à son téléphone.

— Mme Dargon demande si elle peut vous parler dans sa limousine, fit le garde du corps. Elle est garée à l'extérieur. Il y a un portrait de M. Dargon sur la portière.

Amanda haussa les épaules.

— OK, fit-elle.

Elle n'eut aucun mal à trouver la limousine. Le Samoan avait prévenu le chauffeur, qui l'attendait devant la voiture, portière ouverte. Il avait une soixantaine d'années. Il mit le doigt à sa casquette noire en l'invitant à monter.

— Il y a du champagne, si vous le désirez. Nous avons aussi des muffins. Mais, s'il vous plaît, ne prenez pas le muffin de flocons d'avoine aux myrtilles. C'est le préféré de Mme Dargon.

— Elle est au régime ? remarqua Amanda en souriant.

Le chauffeur se mit à rire, mais ne répondit pas. Il ferma la portière derrière elle. Elle n'était jamais montée dans une de ces voitures extra-longues. Elle se glissa sur la banquette en cuir et chercha une position confortable. Un téléviseur était encastré dans un coin, vers l'avant, avec une chaîne hi-fi et un lecteur de DVD sur des étagères. Il diffusait le clip d'un groupe de rap, son coupé. Dans le coin opposé, Amanda vit un frigo et un plateau de verre circulaire avec des pâtisseries, des fruits, une bouteille de champagne ouverte ainsi qu'une carafe de jus de fruits.

Un portrait de Moose Dargon, sur velours noir, était cousu au milieu du siège, à gauche d'Amanda. Il avait vingt ans de moins que maintenant, des cheveux noirs bouclés en bataille, des sourcils épais comme des chenilles, et un gros nez couperosé. Amanda gloussa, incrédule.

Elle décida de s'asseoir sur le visage de Moose. Des tiroirs étaient encastrés sous les sièges. Elle jeta un coup d'œil par la fenêtre de la voiture, puis ouvrit le tiroir qui se trouvait entre ses jambes.

Pas de surprise. De la drogue. Et une boîte de six capotes. Amanda s'empara du sachet de cocaïne.

Elle sentit la voiture tanguer lorsque le chauffeur en descendit. Quelques secondes plus tard, la portière arrière s'ouvrit et Tierney se glissa à l'intérieur. Elle s'assit sur la banquette en face d'Amanda et repoussa les mèches qui lui tombaient sur le visage. Elle ne souriait pas.

— Il s'agit de MJ, hein ?

Elle parlait d'une voix de petite fille, qui donnait l'impression qu'elle était encore plus jeune que son âge.

Amanda acquiesça.

— Désolée, je dois avoir l'air horrible, s'excusa Tierney. J'ai été vraiment bouleversée par ce qui s'est passé.

— Non, vous êtes très bien.

Tierney eut un sourire gêné.

— C'est gentil de me dire ça.

Amanda trouva cela étonnant. A Las Vegas, même un meurtre ne vous dispensait pas de paraître à votre avantage.

— J'imagine que vous avez trouvé la vidéo, ajouta Tierney.

— Oui, en effet.

— Mon Dieu. Je me demande comment j'ai pu être aussi stupide. Mais MJ pensait que c'était excitant d'être filmé. Si elle circule, Moose va me tuer.

Amanda leva un sourcil.

— J'ai entendu dire qu'il avait mauvais caractère.

— Non, non, je ne parlais pas au sens propre. Moose ne lèverait jamais la main sur moi. Mais il serait bouleversé, humilié. Je n'ai jamais voulu ça.

Elle était sur la défensive. Amanda décida d'essayer autre chose.

— Quand êtes-vous partie à San Francisco ?

— Dimanche matin. Dès que j'ai appris la nouvelle, pour MJ. Ma famille est là-bas. J'ai dit à Moose que j'avais envie de passer quelque temps avec mes parents. Mais je suis surtout restée à l'hôtel, en ville, et j'ai pleuré. Je ne voulais pas que Moose me voie dans cet état. Il se serait demandé pourquoi.

Elle était au bord des larmes. Amanda réalisa que contrairement à Karyn Westermark, Tierney n'était pas indifférente. Elle ressentait vraiment quelque chose pour MJ.

— Vous étiez amoureuse de lui ?

— De qui, de Moose ? demanda Tierney, qui avait mal compris. Oh, je sais ce que tout le monde pense. Qu'il voulait avoir une bimbo au bras, et que j'en voulais à son argent. Ce n'est pas cela. Nous nous soucions vraiment l'un de l'autre.

— Il a vraiment beaucoup d'argent, remarqua Amanda.

Moose vivait à Lake Las Vegas, une enclave protégée de l'autre côté des montagnes.

— Bien sûr, mais je m'en fiche. Je suis avec lui parce qu'il est drôle, et doux. Et il me traite avec gentillesse. Avant lui, je n'étais rien.

— Et MJ ?

Avant de répondre, Tierney regarda longtemps, d'un air absent, l'écran de télévision.

— J'ai vingt-quatre ans, OK ? fit-elle comme si cela suffisait à tout expliquer.

— Vous avez la réputation d'être une fêtarde. Beaucoup de rencontres.

— Eh bien, ce sont des conneries, rétorqua Tierney, contrariée, en plissant le front. Je n'ai couché qu'avec quelques types. Récemment, MJ était le seul.

Amanda pensa à la boîte de capotes qu'elle avait trouvée dans le tiroir, sous la banquette.

— Moose était au courant pour MJ ? Ou pour les autres ?

— C'était plutôt « je ne demande rien, ne me dis

rien ». Il sait qu'il y a des choses qu'il ne peut pas me donner.

— Et s'il l'avait découvert ? Moose a envoyé pas mal de gens à l'hôpital, en son temps.

— C'était il y a des années ! Il a presque quatre-vingts ans, pour l'amour de Dieu !

— Mais pourrait-il engager quelqu'un pour faire passer son message ? Il ne veut peut-être pas vous faire de mal, à vous. Mais à MJ ?

— Vous croyez que Moose a fait tuer MJ ? Impossible ! Premièrement, il ne ferait pas une chose pareille. Je vous l'ai dit, nous avons un arrangement. Deuxièmement, il ne savait pas que je couchais avec MJ.

— Allons, Tierney, gronda Amanda. Ne soyez pas naïve. Ça se savait. Nous ne vous avions pas reconnue sur la vidéo. Nous avons demandé à quelqu'un avec qui MJ pouvait coucher, et votre nom est le premier qui a été cité.

Tierney en resta bouche bée.

— Oh, merde. Ce n'est pas possible !

— Vous étiez amoureuse de MJ ?

— Amoureuse ? Oui, un peu, sans doute. Quoi que vous pensiez, je ne couche pas avec des gens qui m'indiffèrent.

— Eh bien, si Moose a cru que vous éprouviez quelque chose pour MJ, il a pu se dire qu'il était vulnérable. Que vous risquiez de le quitter.

— Vous vous trompez, insista Tierney. Moose sait parfaitement que je ne ferais jamais ça. Il est malade. Le cancer. Il ne lui reste pas beaucoup de temps à vivre, et il sait que je resterai à ses côtés. MJ était… eh bien, c'est vrai que je me demandais, pour l'avenir… Pour après.

Amanda avait du mal à décider si Tierney était une fille solitaire et gentille, ou une fieffée aventurière dont les yeux étaient fixés sur sa prochaine prise. Si elle jouait la comédie, elle était excellente.

— Vous saviez que MJ couchait avec Karyn Westermark ?

Tierney serra les lèvres.

— Oui.

— Ça vous dérangeait ?

— Nous avons fait une partie à trois, une fois. Ça m'a fait flipper. J'ai décidé de ne pas recommencer. MJ, lui, aurait bien voulu.

— Etiez-vous avec MJ samedi matin ?

— Oui. Vendredi soir, aussi.

— Pourquoi êtes-vous partie, samedi ?

— J'avais quelque chose de prévu avec Moose samedi soir. Une réception.

— Où ça ?

Amanda nota les détails que lui donna Tierney.

— Vous êtes restée avec Moose sans interruption ? A-t-il donné ou reçu des appels sur son portable ?

Tierney secoua la tête.

— Il était là pour faire des ronds de jambe. C'était une soirée politique pour le gouverneur. Il est en campagne pour sa réélection, vous savez. J'ai passé toute la soirée avec Moose.

— Vous saviez que MJ était avec Karyn ce soir-là ?

— Je m'en doutais, fit-elle d'un air sombre.

— Vous semblez jalouse.

Tierney jouait avec une de ses boucles, qu'elle enroulait autour de son doigt.

— Karyn joue en première division. Je le sais bien. Je ne suis qu'une serveuse de cocktails qui s'est trouvée au bon moment au bon endroit. J'essaie de m'adapter à MJ et son entourage, mais je n'y parviens pas. Pas vraiment. Je sais qu'ils se moquent de moi.

— Alors pourquoi traîner avec eux ?

— Est-ce que j'ai le choix ? Mes anciens amis ont beaucoup de mal à se faire à ce que je suis devenue. A cause de Moose. Vous savez, la maison au bord du lac, les gardes du corps, la limousine. Peu importe que je n'aie pas changé. Si vous êtes jeune et que vous avez de l'argent, vous finissez toujours à l'Oasis. Et vous retombez sur les mêmes petites cliques. C'est comme au collège.

— Avec quelle clique évoluait MJ ?

— Celle de Karyn. C'est comme cela que je l'ai rencontré. Il y a six mois environ, il était au casino avec elle. Karyn a été adorable avec moi. J'ai compris plus tard que c'était parce qu'elle voulait que nous couchions tous les trois ensemble. J'ai accepté parce que j'aimais bien MJ. C'est après cela que nous avons commencé à sortir ensemble, lui et moi.

— Comment Karyn le prenait-elle ?

Tierney haussa les épaules.

— Je suppose qu'elle s'en fichait. Elle continuait à coucher avec MJ quand elle en avait envie, fit-elle d'un ton légèrement amer.

— Karyn prétend que MJ s'apprêtait à vous laisser tomber.

— Elle a dit ça ? fit Tierney, ébranlée. C'est impossible. Je n'y crois pas. MJ n'aurait jamais fait ça.

— Savez-vous qui aurait pu souhaiter la mort de MJ ?

— Non, pas du tout. Je n'en ai pas la moindre idée. Mais pas Moose. Certainement pas.

— Savez-vous si MJ avait quelque chose à voir avec Boni Fisso ? demanda Amanda. Ils se connaissaient ?

— Boni ? Pas que je sache. Il n'en a jamais parlé.

— Et Moose ? Il connaît Boni ?

— Bien sûr. Moose jouait tout le temps au Shéhérazade, autrefois.

Amanda n'était pas sûre que cela signifiait quelque chose. Mais c'était un homme versatile, en dépit de son âge et de son état de santé. Si quelqu'un comme Moose avait besoin d'un tueur à gages, il était facile d'imaginer qu'il s'adresserait à Boni.

Elle remercia Tierney et allait ouvrir la portière, mais Tierney lui prit le bras, qu'elle serra doucement. Sa main semblait toute petite.

— Est-ce que cela doit être rendu public ? MJ et moi ?

— Je ne peux rien promettre, dit Amanda. Comme je vous l'ai dit, c'est déjà un secret de Polichinelle.

Tierney hocha la tête. Son regard se posa sur le tiroir, à l'autre bout de la limousine. Il n'était pas tout à fait fermé. Elle jeta un coup d'œil à Amanda, puis se détourna.

— Vous avez pris mes trucs, hein ?

— Ouais, lui dit Amanda. Mais je ne suis pas de la brigade mondaine. Ils iront à la poubelle. Vous savez, Tierney, ce ne sont pas mes oignons, mais vous ne semblez pas taillée pour prendre la voie express. Vous devriez peut-être envisager de changer de vie.

— Merci.

Tierney jeta un regard blasé sur l'intérieur de la limousine.

— Croyez-le ou non, fit-elle avec un demi-sourire, une partie de moi préférerait être encore en train de servir des cocktails au Venetian. Il est plus facile, parfois, d'être dehors et de regarder à l'intérieur.

Stride se renversa en arrière sur la chaise en bois inconfortable et s'étira. Il avait les muscles du dos noués, tendus et froissés. Il avait mal derrière les yeux. Il les ferma, espérant dompter sa migraine. Il fixait le lecteur de microfiches depuis trois heures, louchant devant des images floues, vieilles de quarante ans, avec l'impression d'être lui-même transporté en 1967. L'année où Amira Luz avait été assassinée. Sachant comment les choses avaient tourné, il avait eu une impression bizarre en parcourant les titres de journaux de l'époque. Les filles des publicités étaient devenues de vieilles dames. Il vit une photo de Robert Kennedy. Tout le monde avait une cigarette aux lèvres.

Les choses pourtant n'étaient pas si différentes, alors. Las Vegas flottait déjà au-dessus du temps, corrompue et quelque part incorruptible. Il vit des articles sur la misère dans laquelle vivaient les Noirs à North Las Vegas et, quelques pages plus loin, des encarts publicitaires pour les artistes noirs qui tenaient la vedette sur le Strip. Il vit des noms du passé, à la fleur de l'âge : Red Buttons, Milton Berle, Ann-Margret. La minijupe était à l'honneur. Le dernier James Bond, *On ne vit que deux fois*, était sorti durant l'été. Sean Connery était cool.

Stride essaya d'imaginer à quoi ressemblait la vie à cette époque. Avec le recul, elle semblait démodée, comme les mannequins dessinés au crayon et les couleurs délavées des photos. Sophistiquée, mais naïve. Il en ressentit une certaine nostalgie. Le regret du bon vieux temps. Mais la nostalgie n'est rien d'autre que la tristesse sur le temps passé. Le bon vieux temps n'est pas si bon. Il vit les titres des articles sur les grèves, sur les scandales liés à la corruption. La mort d'un parrain de la mafia à New York, à des milliers de kilomètres, faisait la une des journaux de Las Vegas. Les rumeurs de tragédies voisinaient avec la vieille magie noire de Frank, comme l'ombre des nuages passant dans le ciel.

Il prit la copie du premier article qu'il avait imprimé. Il était daté du 18 juin.

LE RETOUR TRIOMPHAL D'AMIRA

A peine rentrée d'un séjour de travail de six mois à Montmartre, à Paris, la danseuse espagnole Amira Luz a reçu samedi soir un accueil frénétique de la part du public massé au Shéhérazade, où elle présentait un nouveau spectacle osé, « Flamme ». Comme d'autres spectacles en vogue dans les cabarets des casinos, « Flamme » déploie un cadre somptueux de girls aux seins nus, et intègre un numéro comique délirant de Moose Dargon, grand habitué du Strip. Mais la vraie vedette est Amira Luz. Le clou de son spectacle est un strip-tease sur fond de flamenco. La scène est éclairée par des dizaines de bougies, et le seul accompagnement musical est celui d'une guitare, tandis qu'elle arrache peu à peu son torride costume espagnol rouge…

Stride trouva un autre article, datant celui-là de la troisième semaine de juillet. Amira était en première page.

LE STRIP CHOQUÉ PAR LE MEURTRE D'UNE DANSEUSE

La police de Las Vegas a confirmé aujourd'hui qu'Amira Luz, la vedette du show à succès « Flamme », au Shéhérazade, a été assassinée dans la nuit de vendredi à samedi dans une suite de luxe de ce casino bien connu. La police est avare de détails, mais des sources internes au casino nous ont informés que le corps de la danseuse a été retrouvé très tôt samedi matin, dans une piscine attenante à un penthouse, le crâne fracassé. Luz était apparue sur scène pour la dernière fois vendredi soir, durant l'ultime représentation de « Flamme ».

L'inspecteur Nicholas Humphrey refuse de spéculer sur le mobile du crime, ou de dévoiler le nom d'éventuels suspects. Dans une déclaration préparée à l'avance, M. Boni Fisso, le propriétaire du casino, a fait part de sa « profonde tristesse » devant la mort de Mme Luz, et a promis sa « totale coopération avec la police pour retrouver le malade mental qui a profané notre propriété privée pour perpétrer ce crime odieux ».

Dès le lendemain de la mort d'Amira Luz, Boni préparait le terrain pour faire porter le chapeau à quelqu'un de l'extérieur. Stride voulait parler à Nick Humphrey.

Alors qu'il relisait l'article, Stride sentit que quelqu'un lui massait les épaules. Il leva les yeux au moment où Serena se penchait vers lui.

— C'est l'idée que tu te fais d'un rendez-vous pour déjeuner ? lui lança-t-elle. A la bibliothèque ?

— N'arrête pas, je t'en prie. Ça me fait un bien fou.

Les doigts de Serena continuèrent à lui pétrir le dos. Par-dessus son épaule, elle vit les articles de journaux et la pile de boîtes de microfiches.

— J'ai peut-être mal compris, fit-elle d'un ton taquin. Sawhill n'avait pas dit que l'affaire était close ?

— Ah bon ? répondit Stride en souriant. C'est moi qui ai dû mal comprendre.

Serena tira une chaise sur la moquette grise usée et s'assit près de lui. Stride remarqua que plusieurs hommes présents dans la salle la regardaient.

A mi-journée, la foule des habitués se composait presque entièrement d'hommes, sans emploi, en blue-jean et casquette de base-ball. Certains feignaient de lire le journal. Les autres regardaient simplement dans le vide.

— Trouvé quelque chose ? demanda Serena.

Stride haussa les épaules.

— Il faut savoir lire entre les lignes. Ce sont surtout des rumeurs et des sous-entendus. Il y avait une rubrique à scandale, à l'époque, avec des allusions à peine voilées à ce qui se passait. C'est là, je crois, que Rex Terrell a piqué beaucoup de détails pour alimenter son article.

— Comprends-moi bien, Jonny. J'ai confiance en ton intuition. Mais je ne suis pas sûre de voir le lien. Comment peux-tu partir d'un meurtre commis en 1967, théoriquement résolu, et tracer une ligne qui te mène à la mort de MJ ?

— Tu as sûrement raison. Mais je suis comme toi. Je n'aime pas les coïncidences.

— Lesquelles ?

Stride se renversa sur sa chaise.

— Voici ce que j'ai. MJ se met à fouiner dans le meurtre d'Amira Luz, parce qu'il a lu dans un article de *Las Vegas Magazine* que son père est le coupable. Un peu plus tard, MJ est assassiné à son tour. Le meurtre d'Amira a eu lieu dans un casino qui appartenait à Boni Fisso, soupçonné à tort ou à raison d'avoir des liens avec la pègre, le même Boni qui lance cette année un projet de développement immobilier de deux milliards de dollars. Comment je m'en sors ?

— Tu as toute mon attention, dit Serena. Première question : qui est Amira Luz, et pourquoi a-t-elle été assassinée ?

Stride hocha la tête.

— Amira était une danseuse nue. Excellente dans sa catégorie, si j'en crois les journaux. On la disait espagnole, mais j'ai trouvé une bio qui affirme qu'elle ne l'était qu'à moitié. Son père était un diplomate espagnol. Sa mère, une blonde explosive, était la fille d'un député texan. Quand Boni Fisso ouvre le Shéhérazade, fin 1965, Amira est une petite danseuse de vingt et un ans, un régal pour les yeux. Elle joue dans un spectacle construit autour d'un comique. Devine lequel ?

— Moose Dargon ?

— Exactement. Encore une coïncidence intéressante. Bref, Amira remporte un succès colossal. En mai 1966, elle a son propre show, du style Lido, où elle est accompagnée par une chorus line de débutantes. A la fin de l'année, Amira va danser à Paris, où elle reste six mois. Ou peut-être est-elle là-bas pour préparer son prochain spectacle. En tout cas, le 27 juin, elle est de retour à Las Vegas. Elle lance au Shéhérazade un tout nouveau show, « Flamme ». Elle y est plus formidable que jamais.

— Jusqu'à ce que quelqu'un la tue, dit Serena.

— Exact. Quelques semaines après la première de « Flamme », Amira est assassinée dans une suite en penthouse au Shéhérazade. Moose, lui, a fini comme faire-valoir dans le nouveau spectacle d'Amira, et il a perdu son contrat de soliste. J'imagine qu'il n'en était pas particulièrement heureux.

— Continue, dit Serena.

— Voyons maintenant du côté de Walker Lane. Il est à Vegas au printemps pour le tournage d'un film, et il tombe amoureux de cette ville. Il ne tarde pas à en devenir un habitué, au point de venir en avion, de Los Angeles, tous les week-ends. Son point de chute préféré est le Shéhérazade. Walker est très lié à Boni Fisso. Et

Rex a raison : les échotiers informent leurs lecteurs, en juin, que Walker a l'œil sur « une beauté latine que l'on voit régulièrement sur la scène de Vegas ». Amira.

— Alors, quelle est la théorie ? demanda Serena. Qu'est-il arrivé à Amira ?

— Essaie ceci. Walker s'emporte, dans sa suite, quand Amira le repousse. A moins qu'une séance de sexe violent ne tourne mal. Elle meurt. Boni aide à blanchir Walker et trouve un pigeon à Los Angeles pour porter le chapeau.

— Pourquoi Walker reste-t-il au loin après que la police a clôturé l'affaire ?

— Je ne sais pas. Boni avait peut-être un arrangement secret avec les flics interdisant à Walker de remettre les pieds à Vegas. En tout cas, tout ça était de l'histoire ancienne… jusqu'à ce que Rex Terrell exhume toute l'affaire et ramène à la surface les vieilles rumeurs à propos d'Amira, Walker et Boni. C'est alors que MJ en entend parler et commence à poser des questions.

— Et se fait tuer.

Stride opina.

— Je reviens toujours au projet de Boni de faire sauter le Shéhérazade et d'y bâtir à la place le complexe Orient. La dernière chose dont on a besoin, quand on gère tant de fric, c'est de sortir un squelette qui se trouve depuis quarante ans dans le placard. Comme le meurtre d'Amira.

— Excuse-moi de revenir là-dessus, fit Serena, mais Sawhill ne veut pas que tu poses des questions sur cette histoire. Que vas-tu faire ?

— Poser des questions sur cette histoire.

Serena se mit à rire.

— Tu pourrais devenir le flic le plus rapidement

engagé et le plus rapidement renvoyé de la police municipale de Las Vegas. Allez, sortons d'ici, et tu m'invites à déjeuner.

— D'accord.

Stride ramassa ses documents et les fourra dans la poche de sa veste. Il empila les boîtes de microfiches dans un équilibre incertain.

— Tu peux prendre cet exemplaire de *Las Vegas Magazine* ? C'est le numéro avec l'article de Rex Terrell.

Serena s'empara du magazine. Un Post-it dépassait d'une page intérieure. Elle l'ouvrit.

— Voilà Amira, lui dit Stride.

C'était une grande photo noir et blanc, prise dans les années soixante. Amira portait une robe noire espagnole très sexy. Ses cheveux noirs retombaient sur son visage luisant de transpiration, et elle relevait sa jupe d'une main pour révéler une jambe nue et musclée. Derrière elle, en blanc, une autre danseuse était figée dans une pose identique.

Stride posa les boîtes devant le bibliothécaire. Il se retourna. Serena n'avait pas bougé. Elle regardait fixement le magazine qu'elle tenait ouvert devant elle.

— Qu'est-ce qui se passe ?

Serena semblait ne pas l'entendre. Au bout d'un moment, elle lui montra la photo.

— La fille en blanc, derrière Amira. C'est la grand-mère de Peter Hale. Le petit garçon qui a été écrasé par le chauffard.

DEUXIÈME PARTIE

Claire

14

Ça avait été un jeu d'enfant de pénétrer dans la voiture.

L'homme attendait à l'arrière de la Lexus, dans la pénombre du parking souterrain du Fashion Show Mall. Son revolver, un Sig .357, était posé sur le siège à côté de lui.

La Lexus se trouvait près de l'entrée de Nieman's. Evidemment. Sa proie était une femme élégante. Soixante-quinze ans, veuve. Elle se garait sur un emplacement « handicapés », parce qu'elle avait de l'arthrite aux jambes. Grâce aux vitres fumées, on ne pouvait le voir à l'intérieur. Mais lui voyait à l'extérieur. Il la verrait arriver.

Il aperçut son propre visage dans le rétroviseur. Il contempla ses traits sombres. Ses épais cheveux noirs. Son menton lourd. Et ses yeux, d'un brun si profond que l'iris se confondait avec la pupille. A cause d'eux, les gens avaient peur de lui. Comme si, en plongeant dans ses yeux, on se retrouvait à l'intérieur d'un placard noir, sans lumière, et que les murs se refermaient sur vous.

Il ressemblait à ses yeux. Dénué d'émotion. Concentré sur son objectif.

Mais cela n'avait pas été le cas quand il s'était agi du

gosse. Peter Hale. Il avait ressenti quelque chose, en dépit de son entraînement, en dépit des soldats qui lui avaient appris à regarder la douleur et la mort comme dans un microscope. Méthodiquement.

Cette fois-là, il avait modifié ses plans en cours de route, ce qu'il ne faisait *jamais*. Il avait changé de cible.

Son plan, c'était la mère. Au lieu de quoi il avait pris l'enfant.

Personne, sauf lui-même, ne pourrait savoir. Mais ça le tracassait. Il n'aimait pas l'idée qu'il était un être de colère, comme autrefois, susceptible de commettre des erreurs. Lui, c'était un stratège, un homme de terrain.

Il vit s'ouvrir les portes menant à l'ascenseur, et la vieille dame apparut, les bras chargés de sacs. Elle marchait avec précaution. Chaque fois qu'elle posait le pied droit, la douleur la faisait grimacer. Il l'observait. Elle ne le vit pas, ni quand elle approcha de la voiture et mit ses sacs dans le coffre, ni quand elle farfouilla à la recherche de ses clés devant la portière côté conducteur. Même pas lorsqu'elle ouvrit sa portière et introduisit son corps frêle dans l'habitacle. Elle claqua sa portière. Il se trouvait juste derrière elle, et il la regardait. Il l'entendit respirer, puis soupirer.

Elle se pencha pour introduire la clé de contact, non sans mal. Quand elle y parvint enfin, le moteur se mit à tourner au ralenti et une musique légère se répandit dans l'habitacle. Elle s'installa, posa la tête contre le dossier, et se détendit.

C'est alors qu'elle regarda dans le rétroviseur.

Il lui avait déjà posé la main sur le visage, étouffant son hurlement. Il ne la menaça pas avec son revolver. Ce n'était pas nécessaire. Il se contenta de se pencher en avant, et lui parla à l'oreille d'une voix douce, apaisante.

— On va faire un petit tour.

Il ne voulait pas qu'elle tombe raide morte, victime d'une crise cardiaque. Il avait besoin qu'elle soit calme pour lui faire franchir le poste de contrôle à Lake Las Vegas. C'est là qu'elle vivait, seule, dans une maison où il pourrait attendre la nuit en toute sécurité.

S'il ne s'était agi que de la fille, il existait des moyens plus simples de l'atteindre. Elle assistait à des fêtes dans les casinos. Elle fréquentait le sauna. Il pouvait la surprendre dans n'importe lequel de ces endroits. Mais son but était de lui envoyer un message.

Je peux frapper n'importe où.

Je viens te chercher.

15

Linda Hale leur avait dit de prendre Bonanza Road vers l'est et de rouler jusqu'à ce qu'ils aient envie de devenir mormons. C'est là qu'habitait sa mère.

Sa mère, la grand-mère de Peter, qui avait dansé avec Amira Luz.

Stride ne comprit l'allusion aux mormons que lorsqu'ils prirent l'avenue. Bonanza Road s'interrompait à la limite des montagnes de l'est, à moins d'un bloc d'un temple géant dont on apercevait les flèches blanches du bout de la vallée. Dans le quartier du temple s'alignaient des maisons luxueuses, avec des Jaguar garées dans les allées, des jardins de rocaille ornés de grands cactus et des piscines d'eau bleu clair.

Helen Truax, la mère de Linda, occupait une maison en stuc blanc presque en face du temple, avec une vue sur la vallée, que Stride estima à deux millions de dollars. Selon Linda, sa mère n'était pas mormone, et elle adorait l'idée que ses pieux et richissimes voisins connaissent son passé.

Quand elle leur ouvrit la porte, Stride se dit que Helen Truax ne ressemblait à aucune des grands-mères qu'il avait eu l'occasion de rencontrer. Elle avait glissé sur ses épaules un peignoir blanc diaphane qui révélait un maillot de bain turquoise. Bien qu'elle fût pieds nus, elle était au moins aussi grande que lui. A soixante ans, elle aurait pu prétendre qu'elle en avait vingt de moins.

— Entrez, je vous en prie.

Elle sourit à Stride. Ses dents étaient parfaitement blanches. Elle tenait un verre ballon contenant du vin blanc, et elle avait les yeux bleus les plus obscènes qu'il ait vus de sa vie.

— Votre fille nous a dit que vous aviez un corps de danseuse, lui dit Serena. Elle avait raison.

— J'aimerais pouvoir vous dire qu'il est d'origine, répondit Helen en riant, mais ce n'est pas le cas. Dès que ça pend et que ça plisse, je fais retendre.

Elle prit ses seins magnifiques dans ses deux mains en coupe.

— Sans la chirurgie, ces chéris me tomberaient sur les pieds.

Quand elle tourna les talons, son peignoir très court permit à Stride de mater ses fesses. Serena lui donna un coup de coude dans les côtes.

La décoration était très sobre : de grands murs blancs presque vides, une moquette couleur miel qu'on retrouvait d'une pièce à l'autre. Les œuvres d'art venaient d'Italie – surtout du verre soufflé et des huiles à forte dominante terre de Sienne. Dans le grand couloir qui menait à l'arrière de la maison, Stride remarqua au mur une série de photos encadrées : Helen en costume de scène avec Sinatra ; Helen avec Wayne Newton…

Helen avec Boni Fisso.

— Helena Troy, dit-elle. Hélène de Troie. C'était mon nom d'artiste.

— On dirait que vous connaissiez toutes les grandes vedettes, dit Stride.

— Vegas était une petite ville, à l'époque. Dans le

milieu du spectacle, tout le monde se connaissait. Le monde était notre scène. Les touristes pressaient le nez contre la vitre, comme des gosses. Ils auraient bien voulu avoir un peu de notre glamour.

— Ce n'est plus le cas aujourd'hui ? demanda Stride.

— Oh non ! Les années 1960 étaient notre âge d'or. Aujourd'hui, il n'y a plus que des entreprises. C'est Disneyland, et Minnie Mouse a les seins nus. Il ne reste rien du charisme de la ville. Même les célébrités qui y vivent sont vulgaires. Je regrette le bon vieux temps.

Elle les précéda dans une salle de séjour qui donnait sur la vallée, avec une grande cheminée encastrée dans le mur de pierre. Stride vit un petit bar à droite et, derrière, un étalage d'objets en cristal reflété par un miroir. A la suite d'Helen, ils franchirent une porte-fenêtre et sortirent sur un patio à ciel ouvert. Elle tira trois sièges autour d'une table en verre et orienta le parasol pour les protéger du soleil.

Stride remarqua deux transats côte à côte au bord d'une piscine d'une quinzaine de mètres. Deux séries de traces de pas séchaient au soleil de l'après-midi. De toute évidence, Helen avait un hôte qui n'était pas invité à assister à l'entretien.

— Linda était bouleversée quand elle m'a appelée, dit Helen. A l'entendre, vous pensez que je suis indirectement responsable de la mort de Peter.

— Non, rien de tel, assura Serena. Nous essayons de découvrir s'il existe un lien entre la mort de Peter et le meurtre de MJ Lane, le week-end dernier.

— Qui cela ? demanda Helen.

Voyant leur surprise, elle ajouta :

— Vous allez sans doute me trouver démodée, mais je ne me sers de mon téléviseur que pour visionner de vieux films. Et je ne lis pas les journaux. Trop de mauvaises nouvelles.

— MJ Lane a été assassiné près de l'Oasis, expliqua Stride. C'était le fils de Walker Lane.

Helen parut mal à l'aise.

— J'ai connu Walker Lane. Mais c'était il y a quarante ans, et je ne vois pas quel rapport il pourrait avoir avec la mort de Peter.

— En moins d'une semaine, dit Serena, deux meurtres ont été commis dans des circonstances bizarres. Les deux victimes étaient liées à des gens qui avaient fréquenté le Shéhérazade en 1967, ou plus précisément…

— Qui étaient en relation avec Amira Luz, acheva Helen.

— Vous avez parlé à Rex Terrell, n'est-ce pas ? demanda Stride. Il vous cite, dans l'article qu'il a écrit pour *Las Vegas Magazine*, comme une des personnes dont la carrière a profité de la mort d'Amira.

Helen acquiesça.

— Et si vous nous racontiez ce qui s'est passé ?

Helen regarda vers la vallée, puis elle se tourna vers Stride.

— Je mène une vie agréable. Mon mari est un avocat international, qui gagne beaucoup d'argent. Et il est souvent en voyage. Je suis sûre que vous comprenez.

Elle savait que Stride avait remarqué les traces de pas.

— C'est une chose de cancaner avec un journaliste, poursuivit-elle. C'en est une autre de témoigner pour la police. Nous parlons d'un meurtre commis dans un casino appartenant à Boni Fisso. Boni a le bras long, et il a bonne mémoire.

— Avez-vous reçu des menaces ? demanda Serena.

Croyez-vous que quelqu'un, en tuant votre petit-fils, vous envoie un message ?

— Je n'ai aucune nouvelle de qui que ce soit, et certainement pas de Boni. Je ne vois aucun lien possible entre la mort de Peter et le passé.

— C'est pourquoi nous devons savoir ce qui s'est passé en 1967, lui dit Stride. Pour trouver ce lien.

— C'est peut-être la seule façon de découvrir qui a tué Peter, ajouta Serena.

— Peter… Je n'arrive pas à me faire à sa mort. Je n'ai jamais été une femme très sentimentale. Je ne suis pas de celles qui s'imaginent qu'on s'attache pour la vie. Demandez à mes ex-maris. Mais j'aimais ce petit garçon.

Elle se mordit la lèvre.

— Je haïssais Amira. J'étais jalouse d'elle, de façon maladive. Je dois avouer que je me suis réjouie de sa mort. Mais j'avais à peine vingt et un ans. J'étais dévorée d'ambition, et Amira se trouvait sur mon chemin.

— Comment était-elle ? demanda Serena.

— Amira ? Elle était scandaleuse.

— Comment cela ?

Helen leur fit un sourire en coin.

— Vous êtes trop jeunes, tous les deux, pour comprendre cette époque. C'était la révolution sexuelle, mais l'influence des années cinquante était encore très forte. Les chapeaux ridicules, les lunettes noires qui nous donnaient l'air de bibliothécaires, les minijupes si courtes qu'on nous voyait la chatte, alors que nous étions censées rester vierges jusqu'au mariage…

Elle rit, visiblement ravie que son langage puisse les surprendre.

— Il y avait beaucoup de fesse, à l'époque. Le Lido

au Stardust, les Folies au Trop, Minsky's au Slipper. Tout le monde avait les seins nus, mais c'était fade. Ça n'empêchait pas qu'on nous mette sous pression. Certains conseillers municipaux, à Henderson, s'imaginaient que quelques nichons sur une scène allaient entraîner la fin de notre civilisation. Personne ne les écoutait, heureusement. Je vous l'ai dit, la nudité était assez innocente.

Elle but une gorgée de vin.

— Mais Amira est arrivée. Avec le recul, j'avoue qu'elle avait quelque chose de spécial, quelque chose que je n'avais pas. Elle était totalement dépourvue d'inhibitions. Boni a décidé qu'elle serait la danseuse soliste de notre spectacle, et elle a fait sensation. Personne n'avait jamais rien vu de pareil. Amira ne faisait pas de strip-tease. Elle ne dansait pas. Elle aurait pu aussi bien se masturber sur scène. Même pour 1967, mes chéris, c'était scandaleux.

— Comment était-elle, en tant que personne ? demanda Stride.

— Froide. Ambitieuse. Egoïste.

Helen passait un ongle peint sur le bord de son verre.

— Vous trouvez que je suis dure ? J'avoue que j'avais un préjugé contre elle, parce qu'elle me traitait comme de la merde. Elle faisait pareil avec les autres. Nous, les danseuses, nous étions copines, on se souciait les unes des autres. Mais pas Amira. Elle ne s'intéressait qu'à elle-même.

— Savez-vous comment elle est arrivée à Vegas ? Comment elle a débuté ?

— Si vous étiez une fille avec des étoiles plein les yeux, vous aviez le choix entre deux endroits. Hollywood et Las Vegas. Je ne crois pas qu'Amira avait envie d'être une vedette de cinéma. Elle avait besoin de la foule. Elle aimait se produire devant un public. Et elle était folle de sexe. Vegas était l'endroit rêvé pour elle.

— Mais il ne suffit pas d'arriver en ville pour devenir une star, dit Serena.

— La première chose qu'Amira a faite, ça a été de coucher avec Moose, et il l'a prise dans son spectacle. Ça lui a donné un public. Son sex-appeal a fait le reste.

— Comment s'est-elle retrouvée dans le lit de Moose ?

— Moose n'était pas très difficile à atteindre, fit-elle en riant. Il m'a confié plus tard qu'Amira était le meilleur coup qu'il ait jamais eu. Bien entendu, il n'avait pas compris que la petite pute s'apprêtait à le poignarder dans le dos en lui piquant son show !

— Il ne devait pas être content, dit Stride.

— Il était furieux ! Ce qui, dans le cas de Moose, veut beaucoup dire. Quand Boni lui a annoncé qu'il serait simple faire-valoir comique dans « Flamme », il a saccagé sa loge. Boni a dû lui envoyer Leo pour le raisonner.

— Leo ?

— Leo Rucci. Le bras droit de Boni. C'est lui qui gérait le casino au quotidien.

— Qu'a-t-il dit à Moose, d'après vous ?

— Leo a dû lui dire que, s'il ne la fermait pas, il se retrouverait à la rue et aurait besoin de se faire refaire le visage.

— Alors Moose en voulait vraiment à Amira, dit Stride.

— Comme la plupart d'entre nous. Amira se fichait de ceux qu'elle débinait pour parvenir à ses fins.

— Elle avait un petit ami, un amant ? demanda Stride. Après Moose, je veux dire.

— Pas que je sache. En fait, je ne crois pas vraiment

qu'elle ait eu beaucoup d'amis. Quand elle n'était pas en scène, Amira traînait rarement au casino. Nous autres, nous aimions jouer et boire avec les vedettes. Amira, elle, faisait son numéro et disparaissait. Elle était inaccessible. Les hommes la désiraient d'autant plus.

— Parlez-nous de Walker Lane, dit Stride. On a entendu dire qu'il aurait bien voulu sortir avec elle, lui aussi.

Les yeux d'Helen pétillèrent.

— C'est de *moi* qu'il a d'abord eu envie.

— Vous avez couché avec lui ? demanda Serena.

— Une fois. Il tournait son film sur Vegas, ce printemps-là. *Nuits de néon*. Vous vous en souvenez ? On l'a rapidement oublié, mais il a fait beaucoup d'argent à sa sortie. Plusieurs scènes ont été tournées au Shéhérazade. Je crois qu'en l'espace de quelques mois il a baisé toutes les danseuses.

— Amira en faisait partie ?

Helen secoua la tête.

— Elle n'était pas rentrée de Paris, à l'époque. C'est plus tard, quand « Flamme » a démarré, que Walker s'est mis à en pincer pour elle. Tous les week-ends, il venait par avion de Los Angeles, et il était toujours au premier rang. Comme un petit chien. Mais, pour autant que je sache, Amira ne lui a pas adressé la parole.

— Il y a un pas important entre un amour non payé de retour et le meurtre, remarqua Serena. Il semble que Moose avait un meilleur mobile. Ou vous-même, en l'occurrence.

— C'est vrai, reconnut Helen. Encore une fois, nous n'avons pas quitté la ville juste après le meurtre. Pourquoi pensez-vous que le bruit a couru que Walker n'était pas à Vegas ce soir-là ? Boni le couvrait. Mais Walker était là. Je l'ai vu, à la première représentation.

— Racontez-nous ce qui s'est passé ce soir-là, dit Stride.

— Je ne sais pas. Pas vraiment. Nous avons donné « Flamme » deux fois. A huit heures et onze heures. Amira était des deux représentations. Elle est partie vers une heure. Je l'ai vue quitter les coulisses. Rien d'inhabituel. Mais le lendemain matin, tout le casino savait qu'elle avait été assassinée.

— Vous avez vu Walker à la seconde représentation ? demanda Stride.

— Non. D'habitude, il assistait aux deux représentations. Ce soir-là, il n'était qu'à la première.

— Vous l'avez vu au casino après ?

— Je ne l'ai plus jamais revu. Point final. Plus jamais.

— Qu'avez-vous fait après la dernière représentation ? demanda Serena.

— Je suis allée dans une chambre de l'hôtel. Leo m'a rejointe, et nous avons mouillé les draps pendant une heure.

— Leo Rucci ? Le directeur du casino ?

— C'était le titre qu'il se donnait. Directeur. Il était surtout le gorille au service de Boni. Il « dirigeait » les gens en les brutalisant, en les menaçant, en les tabassant au besoin.

— Dans ce cas, pourquoi coucher avec lui ?

— Pour commencer, j'étais ambitieuse, comme Amira. Je savais que, le jour où on lui proposerait plus de fric ailleurs, j'aurais une chance de décrocher le premier rôle. Je me disais que Leo pourrait glisser un mot à Boni en ma faveur, et c'est ce qu'il a fait.

Elle cligna de l'œil.

— Il y avait autre chose. Leo avait la plus grosse bite que j'aie jamais vue. Vingt-trois centimètres, et épaisse comme une saucisse. Je ne pouvais me le faire qu'après le show, parce que j'aurais été incapable de danser après avoir été pénétrée par ce machin-là, dit-elle d'un ton neutre.

Stride sentit le sang lui monter au visage. Serena vint à son secours en demandant :

— Combien de temps Leo est-il resté avec vous ?

— Une heure environ. Il était près de deux heures du matin. En temps ordinaire, je pouvais compter sur lui pour remettre le couvert deux ou trois fois, mais il a dû partir.

— Pourquoi ? s'enquit Serena.

— Mickey l'a appelé. Il y avait un problème.

— Qui est Mickey ?

— Un des maîtres nageurs. Il y avait des étudiants qui venaient travailler pendant les vacances pour se faire du fric et baiser les épouses pendant que les maris étaient aux tables de jeu. Mickey a expliqué à Leo qu'un poivrot cherchait la bagarre près de la piscine. Leo est allé casser le nez du bonhomme.

— C'était ainsi qu'il réglait la plupart de ses problèmes ? demanda Stride.

— Ouais. Il était immense, un vrai joueur de rugby. Deux ou trois fois, il m'a giflée, et j'ai cru que j'allais y rester.

— Vous avez entendu parler de cette bagarre, par la suite ?

— Absolument pas. Le lendemain, il n'y en avait que pour Amira.

— Vous avez revu Leo cette nuit-là ?

— Non, je ne l'ai revu que le lendemain.

— Il vous a parlé du meurtre ?

— Il m'a seulement dit de fermer ma gueule et de ne

pas poser de questions. Les autres filles ont reçu le même message.

— Et le flic qui menait l'enquête, Nicholas Humphrey. Vous lui avez parlé ?

— Bien sûr. Il nous a toutes interrogées, toujours en présence de Leo. Personne n'a rien dit. Si vous voulez mon avis, Nick n'avait pas l'air trop dépité. Je ne suis pas sûre que la vérité l'intéressait vraiment.

— Vous le connaissiez ?

— C'était un habitué du Shéhérazade. On faisait appel à lui de temps en temps, pour protéger des vedettes.

— Il lui est arrivé de s'occuper de la sécurité de Walker Lane ?

— Il est possible que Nick l'ait dépanné pendant le tournage des *Nuits de néon*, mais je n'en suis pas sûre.

Helen se pencha vers eux. Quelques gouttes d'eau tombèrent de son maillot de bain sur la table du patio.

— Je peux vous poser une question ? En quoi est-ce que tout ça me concerne ? Ou Peter ?

— Notre première idée, c'était que quelqu'un essayait de vous faire taire, dit Serena.

— Mais personne ne m'a menacée, insista Helen.

Stride la regarda attentivement. De près, son âge était visible, malgré ses efforts pour le camoufler. Il voyait aussi le vice. Beaucoup de vice. Mais pas de tromperie. Pas de peur.

— Pour le moment, avoua-t-il, nous ignorons qui fait quoi, et pourquoi. Mais soyez prudente. Tant que nous ignorons à quel jeu joue l'assassin, nous ne savons pas quel sera son prochain coup.

16

Stride avait l'impression d'être sur le toit du monde. Les sommets rouge-orangé, arides et déchiquetés, se découpaient contre un ciel bleu qui semblait aussi inaccessible que le paradis. Les traînées creusées par l'érosion semblaient avoir été sculptées au flanc des collines avec un couteau.

Même si le soleil déclinait, on sentait qu'il pourrait facilement devenir féroce. Stride se rappelait, l'été dernier, la façon dont il avait cuit sans la brise et les tempêtes qu'il avait connues au Minnesota. Ici, pas de son et lumière avec tonnerre et éclairs, pas de douce humidité. Rien qu'un four, réglé au maximum et programmé pour chauffer pendant trois mois.

Il jeta un dernier coup d'œil à la maison d'Helen.

— Comment est-elle, au plumard, d'après toi ? demanda-t-il à Serena.

— A mon avis, mieux que tu ne pourrais supporter.

— Bien dit.

Son téléphone sonna.

— Sawhill.

Stride l'imagina en train de pétrir sa balle antistress.

— Bonjour, lieutenant.

Serena passa un doigt devant sa gorge.

— Cordy m'a dit que, selon vous, il existe peut-être un lien entre le meurtre de MJ et la mort de Peter Hale, dit Sawhill.

— On dirait.

Stride lui expliqua comment ils avaient découvert le lien entre Helen Truax et Walker Lane, et ce qu'Helen leur avait appris à propos d'Amira Luz.

— Je croyais vous avoir dit que l'enquête ne devait pas se poursuivre dans cette direction.

Stride choisit ses mots avec précaution.

— En effet, lieutenant. J'en ai tenu compte. Ce n'était rien de plus que de la curiosité professionnelle. C'est vraiment par hasard que Serena a reconnu la grand-mère du petit garçon sur une photo dans *Las Vegas Magazine*.

— De la curiosité professionnelle, vraiment, répéta Sawhill, comme s'il goûtait un vin aigre. Vous croyez que je vais avaler cette histoire, inspecteur ?

— Pas une seconde, répondit Stride.

Sawhill se mit à rire.

— Parfait. Les flics qui me prennent pour un con, je les vire. Mais je respecte celui qui suit son intuition, même s'il risque de se brûler les doigts. Ce qui peut encore vous arriver, Stride.

— J'en suis conscient.

— Et le meurtre de Reno ?

— Serena a parlé à Jay Walling. Rien n'indique pour le moment qu'Alice Ford, la femme qui a été assassinée, ait le moindre rapport – elle ou sa famille – avec Amira ou le Shéhérazade. Mais il continue à creuser.

Tout en parlant à Sawhill, Stride entendit sonner le téléphone de Serena. Il la vit prendre l'appel.

— Pour l'instant, poursuivit Sawhill, nous tenons la presse à l'écart. Compris ?

— D'accord.

— Mes instructions sont toujours valables. Je ne veux pas que vous parliez à Walker Lane sans mon autorisation.

— Normal.

Il ne précisa pas que le nom de Walker Lane figurait de nouveau sur sa liste, à côté d'un autre qui risquait de rendre Sawhill dingue : Boni Fisso. Cette enquête avait tout pour provoquer une tornade politique, qui risquait d'aspirer les gens dans son tourbillon.

— Qu'allez-vous faire maintenant ? demanda Sawhill.

— Je veux parler à Nick Humphrey. Le flic qui a mené l'enquête sur la mort d'Amira.

— Parfait, je vous donne son adresse.

Stride entendit un bruit de clés, puis Sawhill lui indiqua une adresse à North Las Vegas qu'il nota dans son carnet.

— Attention où vous mettez les pieds, inspecteur. Je vous laisse faire, car on dirait que votre intuition est juste. Mais ne laissez pas la bride sur le cou à votre curiosité professionnelle.

Sawhill raccrocha. A quelques mètres de Stride, Serena faisait de même.

— Un sursis, lui dit-il. Sawhill pense que le lien est ténu, mais il ne nous demande pas d'arrêter. Enfin, pas encore.

— C'est un fieffé menteur, fit Serena en souriant.

— Quoi ?

— Je viens de parler à Cordy. Le lien n'a rien de ténu. L'Aztek est passée au labo. On a trouvé une magnifique empreinte digitale à l'intérieur du pare-brise avant. Elle est identique à celle que vous avez trouvée sur la machine à sous de l'Oasis. C'est le même homme.

— Sawhill était au courant ?

— Cordy sort de son bureau.

— Et dire que j'ai été poli avec lui !

Ils montèrent en voiture et prirent la longue ligne droite de Bonanza Road pour regagner la ville. Les résidences cossues disparurent derrière eux tandis qu'ils suivaient la vallée, remplacées peu à peu par les mornes lotissements des classes moyennes, derrière leurs murs gris. A un feu rouge, Stride se tourna vers Serena. Ils travaillaient de nouveau sur la même affaire. Comme pour le meurtre de Rachel Deese, l'été précédent, quand ils avaient fait connaissance.

— Ainsi, c'est le même tueur, dit la jeune femme. Et il laisse sa carte de visite sur chaque scène de crime.

— Jay Walling a fait une recherche d'empreintes, à Reno ?

Serena acquiesça.

— Aucune correspondance.

— Alors il n'y a peut-être pas de rapport.

— A moins que le tueur ait laissé le reçu intentionnellement, pour que nous fassions le lien avec le meurtre d'Alice Ford.

— Sauf que Helen et Walker Lane sont cités dans l'article de Rex Terrell. Tous les deux ont un lien avec Amira Luz. Pour ce que nous savons, ce n'est pas le cas des Ford.

— Tu crois que l'article aurait tout déclenché.

— Personne ne s'est soucié d'Amira pendant toutes ces années, jusqu'à ce que Rex se mette à fouiner. Il a peut-être attiré l'attention de quelqu'un.

17

Alors qu'ils remontaient l'allée menant chez Nick Humphrey, une forme blanche jaillit de la maison la plus proche. Ils s'arrêtèrent. Un terrier écossais se rua vers eux, dansa sur ses pattes postérieures et se roula sur le dos. Serena, en riant, caressa le ventre du chien qui fermait les yeux, aux anges.

Un vieux Noir sortit de la maison voisine et vint vers eux en boitant.

— Désolé !

Le terrier sauta aux jambes de son maître qui se baissa et le prit dans ses bras.

— Tu fais une fichue gardienne, grommela-t-il.

La petite chienne lui lécha le visage.

— Elle est adorable, dit Serena.

— Ouais, elle aime les gens. Je m'appelle Harvey Washington. Vous venez voir Nicky ?

Ils acquiescèrent.

— Il est sans doute en train de regarder la chaîne du sport. Moi, je préfère la chaîne Histoire. J'adore les émissions sur les dinosaures.

Il posa la chienne à terre.

— T'aurais pas voulu vivre à cette époque-là, hein,

Missy ? T'aurais fini comme amuse-gueule pour un T-Rex !

Missy n'avait pas l'air convaincu. Elle avança la patte vers la jambe de Serena et se laissa tomber sur le dos.

— Tu ne dois pas offrir ton ventre comme ça, la gronda Harvey. Tu ne veux tout de même pas qu'on pense que tu es une fille facile ?

Harvey avait des cheveux gris frisés et un gros nez. Sa peau ridée pendait comme un vêtement trop grand.

— Vous connaissez Nick depuis longtemps ? lui demanda Stride.

— Oh oui, depuis des années. Bien avant que nous emménagions ici.

— Vous étiez dans la police, vous aussi ? demanda Serena.

— Non, rien de tel. Mais je vois que vous êtes flics, tous les deux. Vous en avez l'allure.

Les yeux d'Harvey pétillaient. Stride se demanda s'il avait souvent eu affaire à la police. Il n'aurait pas voulu être un Noir, à Las Vegas, autrefois.

— Je ne veux pas vous retarder, dit Harvey. Je suis sûr que vous avez du pain sur la planche. Demandez à Nick s'il prend bien son Lisinopril. Il a une hypertension à faire sauter les bouchons de champagne !

Il les salua en agitant la patte de sa chienne, qu'il avait reprise dans ses bras, et s'éloigna d'un pas traînant.

Un petit avion passa au-dessus de leurs têtes avec un bruit monocorde. Ils n'étaient pas loin de l'aéroport de North Las Vegas. Nick Humphrey vivait dans un lotissement un peu à l'écart de Cheyenne Avenue. Il y avait encore pas mal de terrains disponibles dans le quartier. On entendait au loin des bulldozers qui creusaient le sol pour donner naissance à un autre lotissement identique – des pavillons bon marché et sans âme, du même beige insipide, alignés comme les éléments d'un jeu de construction abstrait. Stride était triste de constater que Humphrey n'avait pas pu s'offrir mieux après avoir fait carrière dans la police.

Stride et Serena sonnèrent à la porte d'entrée. Humphrey répondit immédiatement, comme s'il les attendait. Il les regarda d'un œil soupçonneux. Stride lui dit qui ils étaient et expliqua qu'ils voulaient lui parler d'une vieille affaire. Humphrey resta impassible.

— Amira Luz, précisa Stride.

— Ça ne m'étonne pas.

Il leur fit signe d'entrer.

Humphrey avait des cheveux blancs taillés en brosse et portait le bouc. Quand il lui serra la main, Stride constata qu'il avait une poigne de fer. Il portait un jean et des chaussons, mais pas de chemise, et un peignoir en tissu éponge vert fermé lâchement à la taille. Il les précéda dans un petit salon, laissant dans son sillage une odeur de baume musculaire.

— Je vous offre une bière ? Si on m'interroge, je dirai que vous avez bu de l'eau minérale.

Ils refusèrent, ce qui ne l'étonna pas.

— Pas de problème. De toute façon, personne ne croira qu'il y a de l'eau minérale dans cette maison.

Son salon évoquait le logement d'un vieux garçon sans ordre ni organisation. Des flacons de médicaments et des canettes de bière jonchaient une table basse, dont le bois verni était rayé et taché par les ronds humides. Des livres et des journaux étaient empilés sur le sol. Stride prit place sur un canapé, et le sommier distendu grinça sous les coussins. De la bourre s'échappait des accoudoirs dont le tissu à fleurs était déchiré.

Stride aperçut sur la table basse une vieille balle de

base-ball. Il la prit et vit qu'elle portait un autographe griffonné à l'encre bleue passée. *Willie Mays*.

— Elle doit valoir un paquet, dit-il.

— On n'a pas le droit de posséder des jolies choses ?

— Je n'ai pas dit cela.

— Je les collectionne, grogna Humphrey.

Il s'installa dans un vieux fauteuil de cuir inclinable.

— J'ai appris que Sawhill dirigeait la criminelle.

— Exact, dit Serena.

— Sin City est dirigée par un tas de mormons, remarqua Humphrey avec une moue. C'est pas une foutue rigolade, ça ? Mais j'imagine que, partout ailleurs, ce sont les Indiens qui ramassent le fric du jeu. A vous de choisir.

— Vous avez travaillé avec Sawhill ? demanda Serena.

— Bien sûr. Ambitieux, malin. La politique en premier, Dieu juste après. J'ai entendu dire qu'il visait le poste de shérif, l'année prochaine.

— Ouais, mais le bruit court que le shérif soutiendra un autre candidat.

— N'en soyez pas si sûre. Un des frères de Sawhill est un assistant proche du gouverneur, sa sœur fait de la communication politique et a travaillé sur la dernière campagne du maire. Et leur vieux, Michael Sawhill, a beaucoup investi dans les casinos. Toute la famille est dans le coup.

— Vous n'aviez pas l'air surpris que nous soyons venus vous parler d'Amira Luz, dit Stride.

— J'ai vu l'article dans *Las Vegas Magazine*. Ce morveux de Terrell m'a pratiquement accusé d'en croquer. J'ai appelé un avocat, qui m'a dit que je ne pouvais pas faire grand-chose. Dommage. Un procès en diffamation aurait pu m'aider à payer quelques travaux dans cette maison.

— Pas mal de gens, à l'époque, semblaient penser que Walker Lane était impliqué dans le meurtre, dit Serena.

Humphrey haussa les épaules.

— On n'a rien trouvé contre lui. Et des tas de preuves montraient que ce type de Los Angeles avait fait le coup.

— Walker était à Las Vegas ce soir-là, dit Stride.

— Je le sais bien. C'est cette saleté d'article qui prétend que nous n'étions pas au courant. Mais j'avais six témoins affirmant que Walker Lane avait quitté la ville avant la deuxième représentation du show. Il avait pris la route de Los Angeles, en voiture.

— Ces témoins auraient pu mentir ?

— Bien sûr qu'ils auraient pu. Cependant, leurs histoires concordaient.

— Avez-vous parlé personnellement à Boni Fisso des événements de la nuit ? demanda Stride.

Humphrey s'agita, mal à l'aise.

— Boni, parler aux flics ? Ç'aurait été étonnant. J'ai eu affaire à Leo Rucci. C'était lui le combinard en chef, l'homme de main de Boni. Tout passait par Leo.

— Nous avons appris que Leo Rucci avait été appelé pour mettre fin à une bagarre pendant la nuit du meurtre. Vous avez enquêté là-dessus ?

— Une bagarre ? Jamais entendu parler. Rucci n'y a jamais fait allusion. Son alibi, c'est qu'il était en train de s'envoyer une des danseuses, qui a confirmé. En outre, Rucci n'avait pas l'habitude de mettre fin aux bagarres, c'est plutôt lui qui les provoquait.

— Vous vous souvenez d'un maître nageur, un certain Mickey ? C'est lui qui aurait appelé Rucci. Vous lui avez parlé ?

— Nan… Des beaux mecs, autour de la piscine, il y en avait treize à la douzaine.

Humphrey se leva.

— Faut que j'aille pisser, dit-il. La prostate. Saloperie. Elle doit avoir la taille d'une orange.

Il sortit. Stride se leva.

— Vieillir, quelle horreur ! fit-il en secouant la tête.

— C'est toi qui le dis ! dit Serena avec un sourire taquin.

Il pensait de temps en temps à leur différence d'âge. Presque dix ans. Il s'inquiétait du jour où elle se demanderait ce qu'elle fichait avec un vieux type comme lui. Il ne se sentait ni plus vieux ni plus jeune que ses quarante-cinq ans, mais il n'était pas un surhomme.

Serena, elle, était dans la fleur de l'âge. Cependant, elle se sentait vieille du côté de l'âme et c'était ce qui les maintenait ensemble.

Il examina le salon d'Humphrey, en quête d'indices sur ce dernier. Les suppléments Sports de plusieurs journaux – pas seulement de Las Vegas, mais aussi de Los Angeles, Chicago et New York – traînaient par terre près du fauteuil inclinable. Stride en déduisit que Humphrey passait sans doute beaucoup de temps à mettre les chances de son côté, pour ses paris.

Le fauteuil empestait le menthol. La maison tout entière était froide et humide, comme si les fenêtres étaient fermées depuis trop longtemps. Il détecta aussi un reste d'odeur d'épices.

— Regarde ça, lui dit Serena.

Elle était en train d'examiner des photos encadrées sur le mur. Des clichés de publicité pour les vedettes de jadis à Las Vegas, semblables à ceux que Stride avait vus chez Battista. Il reconnut Dean Martin, Elvis et Marilyn Monroe.

— Toutes signées, précisa Serena.

Stride haussa les épaules.

— Il collectionne les souvenirs. C'est ce qu'il nous a dit.

— Oui, fit Serena. Mais elles lui sont dédicacées, à lui.

Stride s'approcha du mur. Serena avait raison. Chacune des photos portait le nom de Nick et un message personnel au-dessus de la signature de la vedette.

— Helen nous a dit qu'il faisait des petits boulots de garde du corps, dit Stride.

— Regarde ce qu'a écrit Marilyn.

Stride se pencha pour voir de plus près la photo. Sur l'épaule nue de la star, on pouvait lire au marqueur noir : « Quelle nuit, Nicky ! J'avais besoin de toi, et tu étais là. Baisers affectueux, MM. »

— Une sacrée fille, dit Humphrey, derrière eux.

Il tenait un verre ballon presque rempli de ce qui semblait être du whisky.

— Allons, Nick, lui dit Stride. Vous pouvez vous en sortir avec Willie Mays et Dean Martin. Mais pas avec Marilyn. Je ne marche pas.

Humphrey prit un air suffisant. Il posa son whisky et fouilla dans une pile de livres sur une table basse. Il en prit un et le lança à Stride. C'était une biographie de Marilyn.

— Après la page 72, il y a un cahier photo. Avec la reproduction d'une lettre qu'elle a écrite à DiMaggio. Regardez, et dites-moi si ce n'est pas la même écriture.

Stride et Serena trouvèrent la page en question et levèrent la vieille lettre de Marilyn devant la photo accrochée au mur. Stride dut admettre que les deux écritures étaient identiques.

Humphrey se laissa tomber dans son fauteuil, reprit son whisky et les regarda en souriant, très content de lui.

— Maintenant, vous allez me dire pourquoi vous êtes venus ? Je ne crois pas que la police municipale ait les moyens de déterrer des meurtres commis il y a quarante ans.

Stride et Serena se rassirent. Stride se surprit à jeter des coups d'œil vers la photo de Marilyn. Il avait la conviction que Humphrey les menait en bateau.

— Deux parents proches de gens mentionnés dans l'article de Rex Terrell ont été assassinés en moins de deux semaines, dit Serena. Le même suspect. Nous voulons savoir si ces meurtres sont liés à la mort d'Amira Luz.

— Quarante ans, c'est un peu long pour décider de se lancer dans une vendetta, répondit Humphrey.

— Tout de même, vous devriez prendre des précautions, suggéra Stride. Et conseiller à votre famille de faire de même.

Humphrey haussa les épaules.

— Jamais marié. Pas d'enfants. La lignée s'arrête avec moi.

— Vous avez une idée de l'identité ou des mobiles du tueur ?

— J'espère que vous ne me soupçonnez pas. Un serial killer du troisième âge, voilà qui ferait un sacré coup de théâtre !

— Qu'en pensez-vous ? demanda Stride.

— Vous avez déjà cité son nom. Boni Fisso. Il est sur un gros coup immobilier, non ? Plusieurs milliards de dollars ?

— C'était notre première hypothèse, acquiesça Stride. Boni pourrait avoir eu peur qu'on ne découvre la vérité sur la mort d'Amira. Nous nous sommes dit qu'il envoyait peut-être un signal à des gens impliqués dans l'affaire, à l'époque.

— Boni ne s'emmerderait pas à les avertir, dit Humphrey. Il les ferait simplement disparaître.

Le vieil inspecteur secoua la tête, comme s'il avait déjà réfléchi à tout ça. Stride comprit qu'il avait été un bon flic. Ce qui rendait encore plus suspectes les lacunes dans l'enquête sur la mort d'Amira.

— Prenons les choses dans l'autre sens, dit Humphrey. Quelqu'un cherche peut-être à saboter le nouveau casino géant de Boni, pour venger Amira. Alors il commence par tuer des gens. Il vous laisse des miettes pour que vous remontiez la piste.

Des miettes, se dit Stride. Comme des empreintes digitales.

— Amira avait de la famille ?

— Je n'ais rien trouvé à l'époque. Ni frères ni sœurs. Ses parents étaient morts. Mais il n'est pas nécessaire que ce soit un proche d'Amira. Boni, en son temps, s'est fait beaucoup d'ennemis.

— Si vous avez raison, ce type a l'air de croire qu'il reste beaucoup de choses à découvrir sur la mort d'Amira.

— Il se trompe. Nous avons clos l'affaire.

— Ecoutez, Nick, avança prudemment Serena. Ne prenez pas mal ce que je vais vous dire. Le bruit court que vous étiez un habitué du Shéhérazade. Vous y avez fait pas mal de petits boulots…

Humphrey lui jeta un regard aussi froid que la glace qui flottait dans son verre.

— Et alors ?

— Alors, les règles étaient différentes à l'époque. Ce que nous nous demandons, c'est…

— Vous vous demandez si j'en croquais, la coupa Humphrey. Merde ! Vous êtes aussi cons que Rex Terrell.

— Personne n'a dit cela, répliqua Serena. Mais cette affaire soulève des tas de questions, et vous semblez trop malin pour ne pas vous les être posées. Nous voulons savoir si vous avez subi des pressions.

L'ancien flic baissa les yeux sur son verre et avala d'une seule gorgée ce qui restait de whisky.

— Il n'y a pas eu de pressions, fit-il d'une voix rauque.

Stride perçut un mouvement du coin de l'œil. Harvey Washington, le voisin, se tenait à l'entrée du salon, son chien dans les bras. L'animal se tortilla pour sauter à terre.

— Pourquoi tu ne leur dis pas la vérité, Nick ? Nous sommes vieux. Personne ne lâcherait plus un kopeck pour notre histoire, maintenant.

Humphrey ne montra aucune surprise.

— Merde, Harvey, je pourrais encore avoir des ennuis. Nous pourrions tous les deux avoir des ennuis.

Secouant la tête, Harvey posa son chien. Celui-ci traversa la pièce en trottinant, sauta sur les genoux d'Humphrey et se mit en boule, prêt pour la sieste. Serena fronça les sourcils.

— Ce chien est à *vous* ?

— Est-ce que vous allez finir par nous dire ce qui se passe ? lâcha Stride.

Harvey croisa les bras et attendit. Humphrey grattait la tête du chien, refusant obstinément de lever les yeux.

— Fais comme tu veux, Harvey.

— Oh, ne sois pas ridicule !

Harvey prit une chaise branlante près du mur.

— Oui, il y a eu des pressions, dit-il en s'asseyant. Mais pas comme vous croyez. Nicky n'a jamais touché un dollar. Il y allait doucement à cause de moi.

Stride ne comprenait pas.

— A cause de vous ?

— Nous vivons ensemble depuis presque cinquante ans.

Humphrey soupira du fond de son fauteuil.

— Leo Rucci était au courant. Je ne sais pas comment. Ces types savaient tout sur tout le monde. Il m'a fait comprendre que si je poussais l'enquête dans la mauvaise direction, le service saurait que j'étais pédé. Ça m'aurait coûté mon poste.

— Et la mauvaise direction, c'était Walker Lane ? demanda Stride.

Humphrey écarta les bras.

— Qu'est-ce que vous croyez ? Je savais que ça sentait mauvais. Mais j'étais baisé.

— C'était plus que ça, ajouta Harvey. Nick me protégeait. Il aurait perdu son boulot, et je me serais retrouvé en taule. La loi et moi, on n'a pas toujours vu les choses du même œil.

Stride regarda Marilyn Monroe qui lui souriait, sur le mur.

— Vous êtes faussaire, devina-t-il.

— Artiste, corrigea Humphrey.

Harvey baissa la tête, l'air modeste.

— Plus jeune, il m'est arrivé de tirer profit de ce don que j'ai.

— Plus maintenant ? demanda Stride en prenant la balle de base-ball signée Willie Mays.

Harvey sourit.

— De temps en temps, je fais un cadeau à Nicky. C'est un jeu entre nous. Je vends parfois mes œuvres sur eBay, et ça me rapporte pas mal. Mais je les présente comme des imitations, pas comme des originaux.

— Et je suis sûre que vos acheteurs sont aussi

honnêtes que vous quand ils les revendent, insinua Serena.

— Ce n'est pas mon problème, rétorqua Harvey d'un ton enjoué.

Stride n'en croyait pas ses oreilles. Un flic pédé, dont le partenaire était un escroc. Quelqu'un – Walker Lane ? – avait tué impunément, et un pauvre type était mort à Los Angeles pour clore l'affaire. Et quarante ans plus tard, quelqu'un commettait une nouvelle série de meurtres.

— Leo Rucci vit toujours ? demanda-t-il.

— Oui, dit Humphrey. Mais le cerveau, c'était Boni. Il est le seul à savoir ce qui s'est réellement passé cette nuit-là.

— Sauf que Boni ne nous parlera pas, sauf si nous avons un mandat, et si une demi-douzaine d'avocats décortiquent nos questions une à une, dit Stride.

— Le père de Sawhill pourrait peut-être lui donner un coup de fil, suggéra Humphrey. Pendant des années, le vieux a monté des opérations financières pour Boni et pour bon nombre de propriétaires de casino.

— Sawhill a des liens avec Boni ? demanda Stride.

— Vegas est un village.

— Vous pourriez parler aussi à la fille de Boni, intervint Harvey.

Serena lui jeta un regard surpris.

— J'ignorais que Boni avait une fille.

— Claire Belfort. Elle a pris le nom de sa mère. Claire et Boni se sont disputés, il y a des années. Elle chante du folk dans une boîte, sur le Boulder Strip.

— Pourquoi nous aiderait-elle ?

Humphrey haussa les épaules.

— Je ne prétends pas qu'elle le fera. Mais si quelqu'un peut vous amener Boni, c'est Claire.

18

L'homme gara la Lexus sur la route du lac, devant une maison aux fenêtres obscures. Les propriétaires des lieux étaient sûrement en ville pour la soirée, ou peut-être en croisière dans les îles grecques. Les habitants de Lake Las Vegas pouvaient se permettre d'aller n'importe où, et de faire ce qu'ils voulaient.

Il importait peu qu'il y eût des gens à l'intérieur. S'ils regardaient dehors et voyaient une Lexus garée devant chez eux, ils n'auraient aucune raison d'avoir des soupçons. Ils se diraient qu'un voisin faisait une balade nocturne. Après tout, aucun étranger ne pouvait être là. Personne d'extérieur ne pouvait entrer sans franchir le poste de sécurité, sur la rive sud du lac.

La vieille dame avait joué son rôle à la perfection. Elle avait souri au gardien, comme si personne ne la menaçait d'un revolver, assis sur le siège arrière. Elle avait relevé sa vitre et franchi la barrière, comme elle le faisait presque tous les jours. Le seul indice révélateur était le tremblement incontrôlé de ses doigts sur le volant. Ce n'était pas la maladie de Parkinson, comme on aurait pu le croire chez cette femme âgée. C'était la terreur.

Il avait passé la fin de l'après-midi chez elle, en sa

compagnie, en regardant sa peur augmenter d'heure en heure. Attachée et bâillonnée sur une chaise, les yeux écarquillés, elle suivait du regard ses allers et retours à la fenêtre. Quand il fit nuit, il était prêt. Il savait qu'elle s'attendait à ce qu'il la tue. Il se demanda si son cœur avait repris un rythme normal lorsqu'il était sorti de la maison, était monté dans la Lexus et avait disparu.

Il n'alla pas loin. Il parcourut quelques rues et s'arrêta là où les propriétés les plus importantes touchaient le lac. Il choisit un endroit d'où il pouvait observer la grande maison.

Il attendit.

Il avait envie d'une cigarette, mais il n'osait pas ouvrir les vitres teintées de la voiture. Il valait mieux qu'elle semble vide, pour le cas où quelqu'un passerait à proximité. Presque immobile, il surveillait la grande maison, notait les lumières qu'on allumait et éteignait tour à tour d'une pièce à l'autre, apercevait parfois des silhouettes se mouvant derrière les rideaux. Il prit une paire de jumelles miniature et s'assura qu'ils étaient bien là tous les deux. Rien que tous les deux.

De temps en temps, son regard glissait de l'autre côté du lac. Les lumières des hôtels-casinos brillaient comme celles d'un royaume de conte de fées.

Il se concentra sur sa tâche. Il l'avait déjà fait maintes fois, et il n'était pas du tout nerveux. Mais cette défaillance, avec le gosse, continuait à le tarauder. Il s'était laissé envahir par la colère, et ses émotions avaient pris le dessus. Avec les autres, il n'y avait pas eu de problème. Il ne devait pas y en avoir, cette fois non plus. Pas avec ce qui lui restait à faire dans les prochains jours.

Dans le rétroviseur, quelque chose bougea. Des phares. Une longue limousine noire dépassa sans bruit la

Lexus, continua le long de la route et monta l'allée de la maison qu'il surveillait. Le chauffeur ne coupa pas le moteur, n'éteignit pas les phares, ne klaxonna pas. Quand on était en mission chez les célébrités, il fallait être là à l'heure dite.

La porte de la maison s'ouvrit.

Il leva ses jumelles et regarda l'homme sortir de la maison et se diriger vers la portière arrière de la grande limousine. Le chauffeur s'était empressé de descendre et attendait près de la portière, souriant, la main à la casquette.

La portière se referma. Puis la porte de la maison. Il suivit des yeux la limousine qui quittait l'allée, dépassait la Lexus et repartait par la route du lac.

Il attendit encore dix minutes, dans le silence et l'obscurité. La rue était déserte. Il démarra enfin, sans allumer ses phares, et la Lexus parcourut sans bruit la courte distance qui la séparait de la grande maison. Il mit la voiture au point mort et tira le frein à main, mais laissa le moteur tourner. Ce ne serait pas long. Il était surpris d'apprendre les erreurs que commettent certains professionnels. Couper le moteur, par exemple, et découvrir au retour que la voiture refuse de démarrer. Un détail qui pouvait coûter entre vingt-cinq ans et la perpétuité.

Il regarda une dernière fois dans les rétroviseurs et descendit de voiture. Dans sa main droite, le Sig était presque invisible.

En remontant l'allée, il eut une vague hésitation, qu'il s'efforça de neutraliser. Puis il comprit. Il la connaissait. La plupart du temps, il avait en face de lui des inconnus, des gens dont il ne savait rien. Mais il avait été avec elle, et il l'aimait bien. Il lui semblait qu'elle était perdue – une victime, un peu comme lui. Il atteignit l'énorme porte d'entrée, en bois massif et cuivre, et se dit qu'elle devait avoir l'air toute petite dans ce décor monumental.

Au bout du compte, ça n'avait aucune importance. Tôt ou tard, tout le monde est une victime. C'est ce que la voix lui disait. Celle qui avait toujours été là, et qui le guidait.

Amira.

Il sonna. Quelques secondes passèrent. Noyé dans la lumière du porche, il était mal à l'aise. Il dissimulait son arme derrière sa cuisse droite.

Elle ouvrit la porte non sans mal, puis sourit en le reconnaissant. Son visage n'exprimait aucune crainte.

— Oh, salut ! dit-elle de sa voix de petite fille.

Jolie. Vulnérable.

— Vous n'avez pas eu le message ?

Ce furent ses dernières paroles. Lorsqu'elle vit le revolver, elle n'eut qu'une fraction de seconde pour passer de la confusion à la peur, puis ce fut fini. Quand on a des doutes, on ne peut se permettre la moindre hésitation. Dix secondes plus tard, il était dans la Lexus, les vitres baissées pour évacuer l'odeur âcre de la fumée, et il roulait en direction de la ville.

19

Serena commanda une bouteille d'eau gazeuse et une coupe de champagne. Elle trouva une table pour deux non loin de la scène et donna vingt dollars au garçon pour qu'il enlève la deuxième chaise.

Elle détestait se retrouver seule dans un casino. Elle passait la soirée à repousser les avances des poivrots et à regarder les gens boire, ce qui lui rappelait qu'elle n'y avait pas droit. Mais Stride avait suggéré que Claire, la fille de Boni, serait plus en confiance en tête à tête avec une autre femme, dans le décor décontracté du club.

Les casinos du Boulder Strip attiraient surtout une clientèle locale – des gens qui estimaient que leurs chances étaient meilleures loin de Las Vegas Boulevard (ce qui était peu probable) et qu'ils pouvaient flamber davantage, avec plus d'à-côtés, quand les mises étaient moins élevées (ce qui était vrai). Serena savait que Cordy était un pilier de Sam's Town, le casino le plus important du Boulder, à quelques kilomètres au nord. Bon an mal an, il laissait plusieurs milliers de dollars dans leurs mains avides, mais en retour ils le traitaient comme un roi.

La boîte où chantait Claire n'appartenait pas à la même catégorie que des établissements plus importants comme Sam's Town, Arizona Charlie ou Boulder Station, et elle n'était pas liée à un hôtel. Le Limelight se dressait à l'extrémité sud de la nationale, dans un quartier désert où l'on trouvait encore des hectares de terrains vagues parsemés de parkings pour mobile-homes, de sex-shops et de boutiques de prêteurs sur gages. De rares lotissements commençaient à se développer aux limites de la zone, les faubourgs grignotant peu à peu le désert.

Le Limelight avait pris la place d'un casino depuis longtemps fermé, un tripot où l'on buvait de la bière en jouant des pièces de cinq cents, où des bagarres éclataient tous les soirs, où des joueurs au bout du rouleau flambaient leurs derniers dollars. Personne n'avait regretté sa disparition. Le Limelight n'était pas très chic, mais c'était un des rares établissements de la ville à proposer des concerts country pour le prix de quelques verres. Stride et elle y étaient venus deux ou trois fois. C'était à peine plus qu'un bar – une salle de jeu miniature avec quelques tables et des machines à sous, un cabaret oppressant aux murs peints en vert, un bar tout en longueur avec des machines à Vidéo Poker et une cinquantaine de tables rondes serrées les unes contre les autres devant une scène étroite.

Serena sirotait son eau minérale en regardant la salle se remplir. Visiblement, Claire Belfort avait une certaine réputation. Serena s'était dit que l'argent de Boni avait joué un rôle important dans la carrière de sa fille. Elle n'en était plus si sûre. Le Limelight était un bouge, mais il attirait de vrais amateurs de musique.

A neuf heures, les musiciens de Claire prirent place sur la scène. C'était une formation country classique, avec violon, basse, batterie et steel guitar. La salle fut plongée dans l'obscurité, tandis que des projecteurs suspendus au plafond éclairaient la scène. Le groupe commença avec un air triste et mélancolique. Serena reconnut une de ses chansons préférées – « You'll Never Leave Harlan Alive » –, une élégie amère sur la condition des mineurs du Kentucky. Serena avait entendu Patty Loveless la chanter, et Patty était un modèle difficile à dépasser.

Puis une voix s'éleva dans les coulisses, une voix rauque capable de s'enrouler autour des mots et d'exprimer toute la douleur du monde. Avec cette voix, Claire aurait pu chanter le blues. Elle était forte, pleine d'émotion, avec des nuances que Serena n'avait perçues que chez les chanteuses country les plus mûres. Une voix si triste, si hypnotique que Serena en trouvait le son presque excitant, irrésistible, comme le chant d'une sirène.

Claire apparut dans un coin de la scène et s'avança dans la lumière. Elle continuait à chanter, tandis que les applaudissements éclataient, avant de laisser la place aux « Chut ! » des spectateurs qui voulaient écouter les paroles. Elle avait de longs cheveux blond vénitien, un visage anguleux, à la fois imparfait et séduisant, avec des fossettes et même une petite marque de naissance dans le pli de l'une d'elles. Ses yeux bleus au regard perçant respiraient l'intelligence. Elle portait une chemise de soie rose qui tombait par-dessus son pantalon (et dont les trois boutons du haut étaient ouverts), un pantalon noir qui moulait ses jambes minces, et des talons aiguilles extrafins. La lumière faisait miroiter ses boucles d'oreilles en or.

Elle vint tout au bord de la scène, juste au-dessus de Serena, et chanta l'histoire poignante d'un vieil homme qui retournait à la mine pour nourrir sa famille, et finissait par y laisser la vie, comme tant d'autres. La musique était obsédante. Serena était sous le charme. Leurs regards se croisèrent, et un courant passa entre elles. Serena mit cela sur le compte de son imagination, mais c'était réel, et intense.

La chanson s'acheva. Claire murmura les derniers vers, encore et encore, comme un fantôme. Serena se leva pour l'applaudir. Elle vit Claire rougir. Elle vit aussi qu'elle se nourrissait de l'énergie du public.

Claire chanta une autre ballade country, un air rockabilly qui donnait envie de taper du pied, puis un pot-pourri de reprises de bluegrass. C'étaient des chansons tristes qui parlaient de perte, de mort et de résignation, et qui auraient sonné faux chez une artiste moins douée.

Le regard de Claire revenait sans cesse à Serena. Ce n'était pas l'effet de l'imagination de celle-ci. Quand leurs regards se croisaient, les lèvres de Claire formaient un petit sourire qui n'exprimait ni humour ni ironie, mais une complicité. Comme si Claire chantait pour elle. En tout cas, c'était ce qu'elle ressentait.

Serena se rendit compte que Claire était en train de la séduire.

C'était une sensation qu'elle n'avait pas connue depuis des années. Elle avait l'impression d'être ivre, alors qu'elle ne buvait que de l'eau. La musique et la fumée l'étourdissaient. La voix de Claire était comme des mains douces caressant son corps.

C'était électrisant.

Une heure plus tard, Claire ouvrit la porte de sa loge avec le même sourire mélancolique. Quand elle reconnut Serena, elle lui adressa un regard curieux.

— Je m'appelle Serena Dial. Je suis inspecteur de la brigade criminelle, police de Las Vegas. J'aimerais vous parler.

En entendant ces mots, la plupart des gens se figent. Claire se contenta de hausser un sourcil. Elle ouvrit un peu plus la porte et Serena entra.

La loge était petite et triste. Le sol était recouvert d'un lino jauni. Le plafond était constitué de panneaux de mousse tachés d'humidité, et des moules à tarte en aluminium posés par terre recueillaient les gouttes qui tombaient avec un tintement musical. Les costumes de Claire étaient accrochés à un portant à roulettes. A droite, un canapé convertible et une table de jeu entourée de chaises. Au fond, un frigo, un lavabo et des toilettes.

Claire désigna le canapé et la table de jeu.

— Choisissez.

Serena prit une chaise.

— Je vous sers un verre ? demanda Claire. J'imagine qu'il serait malvenu de vous offrir un joint.

Serena rit et secoua la tête. Claire sortit une bouteille d'eau du réfrigérateur et se laissa tomber à son tour sur une chaise, ses longues jambes étendues devant elle, un coude sur la table. Elle déboucha la bouteille de ses doigts fins et délicats.

— Serena Dial. C'est un joli nom.

— Merci.

Claire se pencha en avant et passa les doigts dans les cheveux noirs de Serena.

— J'aime aussi vos cheveux. Quel shampooing utilisez-vous ?

Serena le lui dit, un peu gênée, consciente qu'il s'agissait d'un produit bon marché.

Claire se renversa sur sa chaise.

— Je crois que les inspecteurs de police ne parlent pas de ce genre de choses. Vous êtes dure à cuire, hein ?

Comme tous les flics. Est-ce que vous ne devriez pas être grosse et mal habillée, au lieu d'être si belle ?

— C'est mon allure après les heures de service. Pendant la journée, je suis grosse et je ne porte que du nylon.

Claire sourit.

— Vous avez aimé mon spectacle ?

— Je vous trouve incroyable, répondit sincèrement Serena. Je me demande pourquoi vous n'êtes pas à Nashville.

— Eh bien, n'est-ce pas ça, le glamour ?

Elle cueillit au vol une goutte qui tombait du plafond.

— Je ne le fais pas pour l'argent. Ici, je peux chanter ce que je veux, quand je veux. A Nashville, on essaierait de me contrôler.

— Comme votre père, dit Serena.

Claire fit la moue.

— Oui, comme mon père. Est-ce que je suis censée être impressionnée parce que vous le connaissez ? Ce n'est pas un secret.

— Mais vous n'en faites pas état.

— Non, c'est vrai. Sans doute préfère-t-il ça, lui aussi. C'est pour cela que vous êtes ici ? Pour parler de Boni ?

— En partie, acquiesça Serena.

— Et l'autre partie ? demanda Claire qui avala une gorgée d'eau.

— Pour vous dire que vous êtes peut-être en danger.

— Très intrigant. Vous êtes chargée d'assurer ma protection ?

— Ce n'est pas une plaisanterie. Deux personnes sont mortes.

Claire hocha la tête.

— Je ne pensais pas à une plaisanterie, Serena. Mais

pourquoi voudrait-on me tuer ? Parce que je suis la fille de Boni ? Nous sommes peut-être brouillés, mais il faudrait être dingue pour tenter une chose pareille. Je connais mon père et, comme vous êtes flic, vous devez le connaître aussi. Boni n'en ferait qu'une bouchée. Il le torturerait. Il finirait dans un champ de maïs.

— Je ne crois pas que ça empêche l'assassin de dormir.

Serena lui parla des meurtres de Peter Hale et de MJ Lane, et des recherches qui les avaient conduits à la mort d'Amira Luz, quarante ans plus tôt.

— Vous avez entendu parler d'Amira ? ajouta-t-elle.

— Non, dit Claire. Boni n'y a jamais fait allusion. Mais je ne suis née qu'à la fin de cette année-là.

— Et Walker Lane ?

— Je sais qui c'est, bien sûr, mais c'est tout. J'ignorais qu'il avait quelque chose à voir avec mon père.

— Pourquoi êtes-vous brouillée avec Boni ?

Claire ne répondit pas. Elle but une gorgée d'eau, puis elle prit une des mains de Serena et la retourna, la paume vers le haut. Serena n'essaya pas de la retirer. Du bout de l'index, Claire traça une ligne depuis la paume jusqu'au poignet de la jeune femme. Elle avait le doigt humide, à cause de la condensation sur la bouteille.

— Je lis dans les lignes de la main, vous savez ? dit-elle d'un ton malicieux.

Serena joua le jeu.

— Que voyez-vous ?

— Eh bien, nous savons déjà que vous êtes dure.

— Exact.

— Vous êtes flic, alors je vais éviter de spéculer sur votre ligne de vie. Votre ligne d'amour est brisée, j'ai le regret de vous le dire.

— Ah bon ?

— Absolument. Je vois aussi que vous avez eu une liaison passionnée avec une femme, quand vous étiez jeune.

Serena retira sa main d'un mouvement brusque.

— Bordel, qu'est-ce que c'est que cette histoire ?

Claire leva les deux mains en signe de reddition.

— Doucement, OK ? Je plaisantais, fit-elle avant d'ajouter : Mais il me semble que j'ai touché une corde sensible.

Serena réalisa que son cœur battait à se rompre.

— Vous m'avez surprise, c'est tout.

— Ne vous inquiétez pas, répondit Claire d'une voix douce. Je lisais mes propres lignes de la main. C'est toute mon histoire. Je suis lesbienne, au cas où vous ne l'auriez pas remarqué.

— Boni désapprouve ?

— C'est une partie du problème.

— Une partie seulement ?

Claire soupira.

— J'ai passé les vingt-huit premières années de ma vie sous sa coupe. Comme tout ce qui se trouve près de lui. Je suis son seul enfant, et il voulait que je marche sur ses traces. J'ai décroché un master en gestion hôtelière à l'université de Las Vegas. J'aurais pu lui succéder le jour où il aurait décidé de passer la main. C'est ce que je voulais, moi aussi. J'ai hérité de son ambition.

— Qu'est-ce qui s'est passé ?

Le visage de Claire n'exprimait aucune émotion.

— Il a dû choisir entre moi et ses affaires. Les affaires sont passées en premier. Pas vraiment une surprise.

Serena eut l'impression qu'elle dissimulait quelque chose.

— Et votre mère ?

— Elle est morte en me mettant au monde. J'ai toujours été seule avec Boni. Du moins jusqu'au jour où je suis partie. J'ai décidé que je voulais être moi-même, pas un clone de mon père.

— Vous avez l'air d'une dure à cuire, vous aussi.

— Je vous l'ai dit, je faisais mon propre portrait. De toute façon, c'est arrivé il y a plus de dix ans, et nous nous sommes à peine parlé depuis. De temps en temps, il me fait des appels du pied, mais je refuse qu'il m'achète. Ça le rend dingue. Je suis la seule personne au monde qu'il n'ait pas réussi à dominer.

Serena se doutait que Claire ressemblait à son père. Têtue. Dominatrice. Ils avaient dû avoir des disputes titanesques. Que Claire ait tenu bon l'impressionnait. C'est ce qu'elle-même avait dû faire, tout au long du chemin difficile qui l'avait menée de sa mère à Deirdre. Face aux gens qui avaient promis de la sauver, et qui l'avaient trahie.

— Vous ne me facilitez pas la tâche, soupira Serena.

— Demandez-moi ce que vous voulez. Mais je pourrais vous demander certains de vos secrets, moi aussi.

— Je dois parler à votre père. Nous pensons qu'il sait ce qui se passe, et pourquoi. Si ça a un rapport avec ce qui est arrivé à Amira, il est probablement seul capable d'assembler les pièces du puzzle.

— Et vous voulez que je l'appelle.

— Exact.

— Je suis désolée, Serena. Je ne suis pas prête.

— Je comprends. Mais des vies sont en jeu. La vôtre, peut-être.

— Vous croyez vraiment que je suis en danger ? demanda Claire.

— Oui.

— Il faut que je réfléchisse… Je ne peux pas vous répondre maintenant.

— N'attendez pas trop longtemps, la pressa Serena.

Elle lui tendit une carte de visite. Claire s'en servit pour tapoter la table.

— A vous de me dire une chose.

— D'accord.

— Je ne me suis pas trompée ?

— A mon sujet, vous voulez dire ?

Serena savait parfaitement de quoi elle parlait.

— Ça ne vous regarde pas.

— J'avais oublié, vous êtes une dure à cuire.

Claire se leva et s'étira langoureusement, les bras au-dessus de la tête.

— Je vais prendre une douche.

Serena fit mine de se lever à son tour.

— Je vais y aller.

— Non, pas de problème, répondit Claire. Nous pouvons continuer à parler.

Elle s'approcha de la porte de la loge et tourna le verrou. Elle commença à déboutonner sa chemise, la laissant bâiller.

— Vous chantez ? demanda-t-elle.

— Moi ? Non. Quand j'essaie le karaoké, la salle se vide !

— Comment vous exprimez-vous, alors ?

— Je fais de la photo, dit Serena. Des photos du désert.

Claire ôta ses boucles d'oreilles dorées, les posa sur la table, puis se passa les mains dans les cheveux.

— J'aimerais les voir, fit-elle.

Elle fit glisser sa chemise sur ses épaules. Elle ne portait pas de soutien-gorge. Ses seins étaient parfaits, des globes blancs aux tétons dressés. Elle tira doucement sur les manches et se tourna pour suspendre la chemise à un cintre. Elle avait le dos luisant de transpiration.

— Voulez-vous que nous dînions ensemble ? demanda-t-elle sans se retourner.

— Désolée, mais c'est impossible.

Claire baissa son pantalon noir, libérant ses fesses, ses cuisses et, enfin, ses jambes. Elle ne portait plus qu'un string noir.

Elle se retourna.

— Dommage.

Serena savait qu'elle aurait pu dire quelque chose, faire une plaisanterie, s'en aller. Mais elle restait là sans bouger, sans même respirer. Claire ôta son string, exposant un mont de Vénus presque entièrement rasé – elle n'avait plus qu'un petit carré de poils clairs et frisés. Elle resta ainsi un moment avant de disparaître dans la salle de bains. Serena entendit couler la douche.

Elle se leva. Elle regarda la porte de la loge, fermée à clé, sachant qu'elle aurait dû partir. Mais Claire revint dans la pièce, une serviette dépliée sur ses épaules – assez longue pour couvrir ses seins mais pas le reste de son corps nu.

— L'eau met une éternité à chauffer, dit-elle.

Serena opina, la bouche sèche.

Claire s'approcha à quelques centimètres d'elle.

— Tu peux me rejoindre.

— Non. Je ne peux pas faire ça.

— Tu es très belle.

— Toi aussi, tu es très belle, répliqua Serena sans réfléchir.

— J'aimerais te revoir.

— Je suis hétéro.

— Quelle importance ? Quand quelqu'un m'attire, je me fiche que ce soit un homme ou une femme.

— Je suis avec quelqu'un, dit Serena, avant d'ajouter : Avec un homme.

— Mais je t'attire, moi aussi.

Serena avait envie de nier, mais elle n'en fit rien.

— Ecoute… Ça n'arrivera pas.

Claire lui toucha le visage.

— Ne te dissimule pas derrière lui. Tu as un secret maintenant.

— Je suis désolée, fit Serena en s'écartant.

— Tu as envie de moi. Quel mal y a-t-il à cela ?

Le portable de Serena sonna. Elle eut un mouvement de recul, comme si la pièce était envahie par les flammes, puis sortit l'appareil de sa poche. Quand elle entendit la voix de Stride, une vague de culpabilité la submergea. Elle ne pouvait pas croire ce qu'elle était en train de faire. Ce dont elle avait envie. Pas depuis Deirdre.

— Quoi ?

Elle était si excitée qu'elle parlait d'une voix rauque. Stride la ramena immédiatement sur terre.

— Il y a eu un nouveau meurtre.

20

Amanda fixait le corps de Tierney Dargon. Elle dut refouler ses larmes, ce qui l'étonna. Pendant des années, elle s'était cuirassée contre la mort, mais les corps qu'elle voyait jour après jour étaient rarement ceux de gens qu'elle avait connus vivants. Amanda avait rencontré Tierney si récemment qu'elle se rappelait encore son parfum et croyait entendre sa voix aux intonations de petite fille. Elle l'aimait bien. Elle était triste.

Le visage zébré de sang, Tierney écarquillait les yeux sous l'effet de la surprise et de la peur. Un trou béant s'ouvrait dans son front. Morte dans le vestibule de son immense maison, sans avoir eu le temps de réagir ou de hurler, comme Alice Ford à Reno. Elle avait ouvert la porte, elle avait vu le visage de la mort, et… *bang* !

Amanda regarda à l'intérieur du manoir. Même de son vivant, Tierney devait donner l'impression de n'y être pas à sa place. Elle était jeune, et c'était la maison d'un vieil homme riche. Moose en avait fait un mausolée à la gloire de son passé – étagères couvertes de trophées, affiches de spectacles datant de plusieurs décennies, photos de lui-même sur scène. Le salon était décoré comme un casino cossu, avec de hautes colonnes romaines, du liséré or, un piano à queue et – très impressionnant – une piscine intérieure à l'étage, avec un fond transparent pour que les visiteurs, en levant les yeux, puissent en voir l'eau bleue. Moose possédait une des plus belles maisons de Lake Las Vegas, dans le lotissement de MiraBella, contigu au golf et au lac artificiel du complexe hôtelier, avec vue, au loin, sur le paysage lunaire des collines du désert.

Personne ici n'hésitait à ouvrir sa porte, même à un inconnu. Une seule route étroite permettait d'accéder à MiraBella et aux autres lotissements luxueux de la rive sud, et un poste de garde était censé tenir à l'écart les étrangers et les curieux.

Comment le tueur avait-il réussi à franchir celui-ci ?

— Où est Moose ? demanda Amanda à un agent en uniforme.

Elle se hérissa en voyant son regard dégoûté. Rien ne changerait jamais.

— Le garde à l'entrée affirme qu'il est sorti en limousine vers six heures, dit-il. Je suppose que quelqu'un essaie de le localiser.

— Vous supposez ?

Le flic haussa les épaules.

— Ne supposez pas. Trouvez-le, et tenez-moi au courant.

— Bien, *monsieur*, répondit le flic d'un ton aigre avant de s'éloigner.

Il y avait un avantage à se faire assassiner dans un endroit comme Lake Las Vegas, où les crimes sont très rares. Un cadavre attirait immanquablement l'attention. La police avait été prévenue par un voisin, qui avait entendu le coup de feu. Etant chasseur, l'homme savait faire la différence entre le bruit d'un revolver et celui d'un fusil. Quand il s'était rendu sur place, il avait trouvé la porte grande ouverte et Tierney juste à l'intérieur.

Le portable d'Amanda sonna. C'était Stride.

— Où es-tu ?

— Je me suis garé à l'extérieur, près de ta voiture. Je croyais que tu ne te servais pas de la Spyder pendant le service ?

— D'habitude, je ne le fais pas, fit Amanda. Mais j'adore rouler sur les routes de montagne. Et alors ?

— Rejoins-moi ici, tu veux bien ?

L'estomac noué par l'inquiétude, Amanda claqua son téléphone et se dirigea vers la porte d'entrée. Après avoir dépassé deux techniciens de la police scientifique, elle entendit un des hommes chuchoter dans son dos. L'autre se mit à rire. Elle leur lança un regard furieux, contourna le corps de Tierney et déboucha dans l'air brûlant. Les enquêteurs examinaient l'allée à la loupe. Elle dut faire un grand détour par le jardin de rocaille et dépasser le groupe de véhicules de patrouille, à la limite du ruban jaune délimitant la scène du crime. Au-delà de la maison, il n'y avait plus que l'obscurité profonde du lac et les lumières scintillantes du complexe hôtelier sur la rive opposée.

Stride était appuyé à son Bronco, garé à côté de la Spyder, vingt mètres plus loin. Il se trouvait sous un réverbère, les bras croisés. Quand elle le rejoignit, il lui désigna de la tête la portière de la voiture de sport. Amanda jura.

La Spyder avait été vandalisée. Quelqu'un avait gravé le mot PERVERS, en lettres énormes, sur la carrosserie.

— Je ne voulais pas que tu sois seule quand tu découvrirais ça, lui dit Stride.

— Les salauds, murmura Amanda. Ça ne s'arrêtera jamais. Merci de m'avoir prévenue.

— J'ai demandé autour de moi, dit Stride. Ils prétendent n'avoir rien vu.

— Tu parles !

Amanda passa le doigt sur la peinture rayée. D'une certaine manière, c'était comme un viol. Comme un aperçu de ce qu'ils lui feraient s'ils la coinçaient.

— Ne te laisse pas abattre par ces saloperies, Amanda.

— Ce serait bien la première fois.

Pourtant, elle se demandait jusqu'à quand elle pourrait le supporter. Peu importait combien de fois elle avait fait ses preuves, ils continueraient à la provoquer jusqu'à ce qu'elle décide de partir. Elle regarda le mot inscrit sur la voiture. PERVERS. Ce n'était pas une plaisanterie, ni une simple moquerie. C'était primitif et odieux.

— Ça va ? fit Stride.

Elle secoua la tête. Non, ça n'allait pas.

— Si j'avais arrêté le tueur en série de Green River, ils auraient fait des articles sur la taille de ma bite. Merde, mais est-ce que c'est vraiment une si grosse affaire ?

Stride rit. Amanda réalisa ce qu'elle venait de dire et rit à son tour, se libérant d'un peu de sa tension.

— Oui, c'est une grosse affaire, dit-elle d'un air entendu. Je sais ce qu'ils pensent. Ce qui fait mal, c'est qu'on me le balance constamment à la figure.

Pendant quelques secondes, elle s'apitoya sur son sort. Stride attendit, sans la presser, et elle lui en fut reconnaissante. Elle se rappelait ce que Serena lui avait dit : Stride avait surgi de nulle part et était devenu vital pour elle. Amanda se sentait un peu dans le même état d'esprit. Pas de malentendu : elle aimait Bobby, et elle savait que Stride aimait Serena. Mais elle se sentait moins seule au sein du service depuis qu'il était là – comme si elle avait enfin trouvé un allié, un ami. Cela ne lui était pas arrivé depuis l'époque où elle était encore Jason. Ses amis d'alors s'étaient détachés d'elle l'un après l'autre.

— Dis-moi, Stride… Pourquoi tu ne me détestes pas, toi aussi ?

— Amanda, cette question n'est pas digne de toi.

— Tu as raison. Ce n'est pas moi qui l'ai posée, mais quelqu'un d'autre.

Stride se concentrait de nouveau sur le boulot.

— Tu disais que Tierney avait un garde du corps ? Où était-il ?

— Qui ça, le Samoan ? Je crois qu'il était juste engagé à la journée. Il n'y avait personne dans la maison.

— Il ne devrait pas y avoir du personnel à demeure dans une baraque comme celle-là ? Un majordome, six bonniches et quelques jardiniers pour arroser les rochers ?

— Non, d'après le voisin qui a découvert le corps. Il m'a dit que le personnel n'était là que le jour. Apparemment, Moose aime se balader à poil la nuit.

— Merci d'avoir gravé cette image dans mon esprit.

— Je me demande comment le tueur est arrivé jusqu'ici. Il est évident qu'il n'est pas venu à pied de l'autoroute en pleine nuit.

— Il existe une liste des véhicules qui entrent et qui sortent ?

Amanda acquiesça.

— J'ai demandé aux agents de retrouver toutes les voitures qui sont mentionnées dans le rapport de la sécurité, à commencer par celles qui sont sorties après l'heure du meurtre.

— Il a de nouveau laissé la douille ?

— Oui, une .357, comme pour MJ. Je parie que si nous récupérons la balle, le labo établira que c'est la même arme. Mais je doute qu'on en ait besoin. Il n'essaie même pas de couvrir ses traces. Je vais leur demander de faire une recherche d'empreintes digitales, pour le cas où il nous aurait laissé un autre souvenir.

— Trois meurtres, dit Stride. Quatre, s'il y a un lien avec Reno. Le rythme s'accélère.

Amanda vit que des phares s'approchaient d'eux. Quand la voiture passa sous le premier réverbère, elle reconnut la limousine où Tierney Dargon l'avait reçue.

— Moose, dit-elle en montrant la voiture.

Stride comprit à quoi le fantaisiste devait son surnom. Moose. L'Elan. Il était incroyablement grand, et semblait tout en jambes, tel un magicien de cirque sur des échasses. Ses cheveux, exceptionnellement noirs et drus pour un homme de son âge, lui retombaient sur le visage. Assis sur la banquette face aux deux policiers, les coudes calés sur les genoux, il cachait son visage derrière ses longs doigts grêles pareils à des tentacules. Son smoking semblait trop grand pour lui. Son nœud papillon dénoué pendait comme une chauve-souris écrasée devant sa chemise blanche froissée.

— Ma belle petite fille, gémit-il. J'aurais dû la laisser là où elle était. Je suis un beau salaud d'égoïste. Je voulais quelqu'un pour s'occuper de moi. Pour m'enterrer. Maintenant, c'est moi qui vais devoir l'enterrer.

Il leva vers eux un regard égaré. Stride remarqua les célèbres sourcils, épais et extravagants, que Moose pouvait remuer à la demande. Il lui suffisait de les faire danser pour que le public s'étouffe de rire. Stride l'avait vu à la télévision, presque vingt ans plus tôt, dans un de ses monologues. Il avait un humour volontiers cynique, à base de blagues sur l'alcoolisme, le divorce et les crises cardiaques, inspiré de sa propre vie. Et ses sourcils rendaient tout plus léger, comme s'ils étaient deux poupées jumelles et lui, leur ventriloque.

Mais ce soir-là, ils étaient immobiles comme des chiens au repos.

— Pouvez-vous nous dire où vous avez passé la soirée, monsieur Dargon ? lui demanda Stride d'un ton poli, quoique ferme.

Moose reprit lentement ses esprits. Il semblait abruti de chagrin, mais Stride avait été trop souvent abusé par de soi-disant veuves éplorées. Et Moose était un comédien professionnel.

— Je me suis produit à une soirée de levée de fonds, dit-il en montrant, au revers de son smoking, le badge pour la réélection du gouverneur Durand.

— Pourquoi Tierney n'y est-elle pas allée avec vous ?

Un des sourcils de Moose s'agita brièvement.

— Quand j'ai un spectacle, je suis un vrai ours. Je ne parle à personne, ni avant ni après. Tierney aurait dû rester seule à une table pleine d'avocats qui l'auraient bassinée avec leurs histoires de jurys et d'experts tout en matant ses seins. Elle aurait détesté ça.

— Qui d'autre savait qu'elle serait seule à la maison ? demanda Stride, en appuyant très légèrement sur « autre ».

— Je n'en sais rien. D'habitude, Tierney sort de son côté quand j'ai un spectacle. Elle est jeune. Aujourd'hui, elle avait décidé de rester à la maison et de regarder un film.

— Elle a parlé de ses projets à quelqu'un ?

— Seulement à l'agence qui s'occupe de la sécurité. Elle les a appelés vers midi, pour leur dire qu'elle n'aurait pas besoin de garde du corps ce soir.

Stride jeta un coup d'œil vers Amanda, qui gribouillait dans son carnet. Il questionna Moose à propos de Premium Security, l'agence dont il utilisait les services. Il se souvint que Karyn Westermark disposait également d'un garde du corps quand elle se trouvait à Vegas. Il nota de se renseigner sur l'agence qui assurait sa sécurité.

— Connaissiez-vous MJ Lane, monsieur Dargon ? fit Amanda en se penchant vers lui.

Moose resta impassible.

— Le fils de Walker ? Le garçon qui a été assassiné le week-end dernier ? J'ai connu son vieux dans les années soixante. MJ, je ne le connaissais pas. Pourquoi ?

— Nous n'allons pas tourner autour du pot, lui dit Amanda. Tierney avait une liaison avec lui.

— Oh !

Moose renversa la tête en arrière, fixant le plafond de la limousine.

— Je vois. Vous pensez que je suis un homme jaloux trompé par sa femme. D'abord j'ai tué son amant, puis ma femme.

— On dit que vous avez un fichu caractère.

Moose leur adressa un sourire triste. Ses sourcils ondulèrent. Stride remarqua la pâleur, le teint gris, le visage décharné et les os dessinant la forme du crâne. Il avait déjà vu cela quand Cindy, sa femme, se mourait du cancer.

— Autrefois, c'est sûr. Mais nous étions tous des

mauvais garçons. Nous buvions, nous sortions, nous étions incontrôlables et c'est ainsi qu'on nous aimait. Je pissais dans les fontaines du Caesars. Je harcelais les minets jusqu'à ce qu'ils me donnent un coup de poing, puis je leur cassais la gueule. Je dansais sur les tables de black-jack. Ça faisait partie du spectacle. Quand j'allais trop loin, on me jetait dans une cellule, le temps de dessaouler, et le matin je partageais les œufs au bacon des flics. Je les connaissais tous par leur prénom, et j'étais invité à la plupart des fêtes d'anniversaire de leurs gosses.

— Vous voulez dire que la bagarre, c'était pour la galerie ?

— Je dis que je faisais ce que tout le monde attendait de moi. Mais j'ai quatre-vingts ans, inspecteur. Je suis près de la sortie. Je n'ai pas épousé Tierney pour le sexe. Même pas non plus pour m'afficher avec une jeune et jolie nana. Croyez-le ou non, on s'aimait bien. Nous étions amis. Je l'encourageais à voir des hommes jeunes si elle en avait envie. Je ne lui demandais pas les détails. J'ignorais donc qu'elle avait une liaison avec MJ, ou avec quelqu'un d'autre.

Stride essayait de déceler une fausse note. Il n'en trouva pas.

— Vous vous souvenez d'Helena Truax ? demanda-t-il. Son nom de scène était Helen Troy.

— Bien sûr. Elle était danseuse au Shéhérazade.

— Vous la connaissiez bien ?

— Assez pour boire un verre avec elle de temps en temps. Rien de plus. C'était la copine de Leo Rucci, alors je me tenais à l'écart. Pourquoi me parlez-vous d'elle ?

— Il y a moins de deux semaines, son petit-fils a été tué par un chauffard. Puis le fils de Walker Lane. Et maintenant, votre femme. La même personne est sûrement responsable de ces trois meurtres.

Moose se redressa.

— Vous pensez que tout cela a un rapport avec le Shéhérazade ?

— Vous êtes cités tous les trois dans l'article que Rex Terrell a consacré au meurtre d'Amira Luz. Vous avez parlé à Terrell ?

Moose contracta les sourcils, dégoûté.

— Moi ? Parler à un misérable ver de terre comme Rex Terrell ? Jamais de la vie.

— Il affirme que vous, Helen et d'autres ont tiré profit de la mort d'Amira.

— Je ne nierai pas que je n'étais pas fâché de voir cette petite pute morte et enterrée. Elle s'était foutue de ma gueule, se servant de moi pour approcher Boni, avant de me balancer un coup de pied dans les valseuses.

— Helen prétend que vous lui avez dit qu'Amira était le meilleur coup que vous ayez jamais eu, dit Stride.

— Ce n'était pas un secret. Nous couchions ensemble. Et ces Espagnoles ont le sang chaud. Mais elle se servait de moi pour monter les échelons, et elle ne valait pas mieux qu'une putain.

— Où étiez-vous le soir où elle a été tuée ? glissa Amanda.

Moose se mit à rire.

— Ivre. En prison. Je vous l'ai dit, ça m'arrivait souvent à l'époque. Avec le recul, ça me fait un bon alibi.

— Alors vous ne savez pas ce qui s'est passé cette nuit-là ?

— Rien de plus que les rumeurs.

— Vous pensez à Walker Lane ? demanda Stride.

Moose hocha la tête.

— Tout le monde pensait que c'était lui qui avait fait le coup. L'autre obsédé tombait à pic. Il fallait un pigeon aux flics. J'étais content d'avoir un alibi, sinon j'aurais fait un coupable idéal.

— Vous pensez aussi que Walker a fait le coup ?

— Ça semble logique, dit Moose. Mais ça m'a surpris.

— Pourquoi ?

— Je n'aurais jamais cru que Walker aurait les couilles pour le faire. Il était gentil. Il aimait danser avec le diable, mais ce n'était qu'un fils à papa. Il fallait du cran pour tuer Amira. Après ce qu'il a fait, c'est étonnant qu'il soit encore en vie.

— Que voulez-vous dire ? demanda Stride.

— La plupart des gens l'ignoraient. Moi, je le savais parce que je connaissais Amira. Elle me l'avait dit, juste pour me narguer. Et Walker aurait dû le savoir. Il aimait son numéro, il ne manquait aucune de ses prestations. Mais Leo Rucci avait dû lui dire que les privilèges consentis aux flambeurs ne s'étendaient pas à Amira.

— Pourquoi ?

Les sourcils de Moose exécutèrent une petite danse.

— Amira Luz était la propriété exclusive d'un homme. Celui auquel personne ne devait se frotter. Boni Fisso.

21

Serena se gara dans l'allée devant chez eux. Elle ne descendit pas de voiture. Elle éteignit son portable et resta assise dans le noir.

Elle se rappelait la première fois avec Deirdre. Elle avait dix-huit ans. Serena était sous la douche et faisait défiler ses souvenirs, en espérant que l'eau finirait par monter plus haut que sa bouche et qu'elle se noierait. A Phoenix, elle se lavait toujours après que Blue Dog, le dealer de sa mère, en avait fini avec elle. Une douche brûlante, tiède, puis froide.

Elle ne savait pas exactement depuis combien de temps elle était là, sous sa douche. Gelée. Perdue. Elle avait l'impression d'être tétraplégique, consciente de son environnement mais incapable de se mouvoir ou de réagir, impuissante à mettre fin à ce qui lui arrivait. Obligée de remonter dans le passé et de le regarder défiler. Comme si, depuis qu'elle avait fui Phoenix deux ans plus tôt, elle n'avait échappé à rien, et restait déchirée par un hurlement silencieux.

Puis elle sentit que quelqu'un venait de s'introduire dans son cocon. Deirdre était là, juste derrière elle, peau nue contre peau nue. Les lèvres contre son oreille, Deirdre roucoulait, encore et encore : « Tout va bien, ma chérie. » Les mains de Deirdre encerclèrent son ventre et serrèrent doucement, la couvant, la protégeant. Serena se laissa aller contre elle. Le barrage de la peur et de la honte commençait à se fissurer. Serena sanglota. Tout son corps tremblait et elle avait froid au-delà de toute expression, elle était gelée jusqu'aux tréfonds de l'âme – excepté la chaleur de Deirdre, derrière elle. Plus les larmes coulaient, plus Deirdre la tenait et l'apaisait.

« Tout va bien, ma chérie. »

Serena se tourna et enfonça la tête dans le creux de l'épaule de Deirdre. Cette dernière, qui la tenait toujours serrée contre elle, la laissa pleurer tout son saoul. Elle ne savait pas combien de temps elles étaient restées ainsi, tandis qu'elle sortait péniblement de sa caverne inondée pour retrouver la lumière. La douche coulait toujours. L'eau était froide, mais elles étaient brûlantes. Quand Serena se décida enfin à regarder Deirdre dans les yeux, elle se sentit libérée. Euphorique, elle contempla son visage humide, si beau, et se laissa engloutir par l'amour et la gratitude, qui se transformèrent en passion. Deirdre fit le premier pas et Serena ne l'arrêta pas. Leurs lèvres se joignirent. Leurs corps glissants semblaient fusionner. Elle sentit que Deirdre jouissait de son contact, et plus Deirdre réagissait, plus Serena s'efforçait de lui donner du plaisir. En l'embrassant. En lui caressant le creux du dos. En écoutant son murmure, qui la suppliait d'aller plus loin. En glissant les doigts en elle, partout, devant et derrière, profonds et curieux. En désirant grimper en elle.

Dans son souvenir, il lui semblait qu'elles glissaient, qu'elles coulaient de la douche jusqu'au lit. Elle revit les heures qu'elles passèrent ensemble tandis qu'à l'extérieur la nuit tombait, se faisant l'amour à l'infini dans le lit grinçant, un lit d'une personne où Serena, d'habitude, dormait seule. Puis, quand elles se furent enfin rassasiées mutuellement, elles sombrèrent dans le sommeil, épuisées, enlacées.

Elles couchèrent ensemble pendant six mois. Serena savait que Deirdre avait envie que ça continue. Serena aussi, au début. Elle avait peur des hommes et se sentait en sécurité dans les bras de Deirdre. Elle n'avait pas de mère, et Deirdre jouait aussi ce rôle-là. Cela lui suffit pendant quelque temps.

Mais tandis qu'elle retrouvait sa confiance en elle, Serena réalisait que leurs relations reposaient sur du sable. Elle aimait Deirdre, mais elle n'avait plus envie d'être sa maîtresse. Elle avait envie de savoir ce qu'elle pouvait construire pour elle-même, toute seule, sans s'appuyer sur personne ni demander à quiconque de la secourir.

Elles se disputèrent à ce sujet. Deirdre devenait hystérique. Serena finit par comprendre que c'était Deirdre qui avait peur, qui avait besoin d'amour et qui craignait les hommes. C'était Deirdre qui ne pouvait pas vivre sans Serena.

Mais Serena y mit fin. C'est alors que commença la nouvelle vie de Deirdre. Le plongeon dans la prostitution et la drogue. Elle avait toujours cru que Deirdre faisait cela pour la faire revenir, pour le lui jeter au visage. Serena se sentait coupable. Deirdre avait été à ses côtés aux pires moments de sa vie, et Serena lui avait tourné le dos quand elle avait eu besoin d'elle. Elle l'avait laissée mourir sans même aller la voir, sans essayer de la réconforter.

Quand Claire s'était avancée sur la scène, Serena avait vu Deirdre. Quand Claire l'avait touchée, elle avait senti les mains de Deirdre. Elles n'avaient rien de commun, mais qu'importe. Claire avait raison. Serena avait envie d'elle. Elle avait eu envie de suivre Claire sous la douche, de se déshabiller, de l'embrasser, de la toucher, et de faire à nouveau l'amour avec Deirdre. De lui dire combien elle regrettait. De lui dire que tout irait bien.

« Tout va bien, ma chérie. »

22

— Et maintenant ? demanda Amanda.

Ils se trouvaient devant la maison de Moose.

— Je rappelle Walker Lane demain matin, dit Stride. Je me fous de ce que dira Sawhill.

— Walker n'avouera jamais qu'il a tué Amira.

— Non, mais il sait peut-être qui est derrière tout ça. Il ne s'agit pas d'une vengeance aveugle. C'est personnel.

— Si Walker a tué Amira, pourquoi Boni ne l'a-t-il pas liquidé ? En supposant que Moose ne ment pas quand il nous dit qu'Amira était la maîtresse de Boni.

— Tuer quelqu'un de la famille, c'est une chose. Mais un P-DG et une vedette comme Walker… c'est nettement plus difficile à dissimuler. Si Walker Lane avait été assassiné, ou s'il avait disparu, les gens se seraient posé des questions.

— Walker a bel et bien disparu, dit Amanda. Il est parti au Canada.

Stride opina.

— Peut-être fuyait-il Boni. Peut-être le fuit-il encore aujourd'hui.

Le portable de Stride sonna. Il s'attendait à recevoir

un appel de Serena. Mais il ne reconnut pas le numéro de l'appelant.

— Stride, fit-il.

Une voix d'homme lui répondit, monocorde, inexpressive. Quelqu'un qu'il ne connaissait pas.

— Vous l'avez trouvée ?

Stride comprit. Immédiatement. Depuis l'instant où il avait vu le tueur laisser une empreinte à leur intention, à l'Oasis, il se doutait que cet instant finirait par arriver. L'homme trouverait un moyen d'établir le contact. D'en faire une affaire personnelle.

Il claqua vivement des doigts pour attirer l'attention d'Amanda. Elle lut sur son visage, tandis qu'il lui montrait le téléphone. Il enfonça la touche du haut-parleur.

— Nous sommes chez Moose, dit-il.

— Pas elle, dit la voix, impatiente. Pas la fille.

— De qui parlez-vous ?

Il regarda Amanda, et ses lèvres articulèrent silencieusement : « Une autre victime ? »

— Il faut agir vite, inspecteur. Je n'ai pas le temps de vous donner les indices à la petite cuiller. Je suis sorti dans une Lexus métallisée. Cela devrait vous aider.

Stride s'attendait à ce que son interlocuteur exulte, mais il n'en était rien. Il n'avait pas l'air cinglé, ni monstrueux.

— Pourquoi m'appelez-vous maintenant ?

— Je fais votre boulot à votre place, inspecteur. Je vais arrêter un assassin.

— Pourquoi commettre des meurtres pour arrêter un tueur ? Ces gens, ceux que vous avez tués, ils étaient innocents. Pourquoi ne pas venir nous voir et nous dire ce que vous savez de la mort d'Amira ? Nous laisser lui rendre justice.

— Comme vous le faites depuis quarante ans ? rétorqua l'homme.

— Vous avez tué un petit garçon, fit Stride d'une voix sèche. C'est pire que tout ce qui s'est passé à l'époque.

Il y eut un long silence. Apparemment, Stride avait touché une corde sensible. A l'autre bout du fil, l'homme avait le souffle plus rapide, oppressé.

— Vous ne comprenez pas ce qui s'est passé à l'époque, répondit-il enfin.

— Alors expliquez-moi. Et dites-moi ce que tout cela a à voir avec vous.

Son interlocuteur n'était pas un vieux. Tout au plus quelqu'un de son âge. Il était impossible qu'il ait participé aux événements qui s'étaient déroulés au Shéhérazade.

— Vous êtes toujours là ? ajouta-t-il, car l'homme ne lui répondait pas. Allô ?

Le silence se prolongea. Stride regarda son téléphone. La communication était coupée. L'autre avait raccroché.

Il enfonça le bouton de rappel. Le numéro sonna, mais personne ne décrocha.

— Merde ! Il y a un autre corps.

Mais cette victime-là était vivante.

Une demi-heure plus tard, ils trouvèrent Cora Lansing, une veuve de soixante-quinze ans, ligotée à une chaise en noyer dans la salle à manger de sa maison, proche de la propriété de Moose. On l'avait bâillonnée avec du ruban adhésif. Elle avait les yeux écarquillés par la peur, et ses intestins s'étaient relâchés, répandant une terrible puanteur dans la maison parfumée à la lavande. Mais on ne lui avait fait aucun mal.

Ils firent venir une équipe médicale. On lui donna de

l'oxygène et on décolla l'adhésif avec précaution. Cela la démangeait et elle arracha le résidu poisseux à petits coups d'ongles nerveux. Elle était maigre et fragile comme un oiseau, mais elle était hors d'elle, même après avoir pris une douche et changé de vêtements. Pour la calmer, Stride lui servit un grand verre de cognac qu'il avait trouvé dans sa réserve d'alcools.

Elle leur raconta son histoire. Après avoir fait des courses chez Nieman's, elle avait trouvé un inconnu dans sa Lexus. L'homme l'avait obligée à prendre la route des collines jusqu'à l'entrée de Lake Las Vegas, côté rive sud, et il s'était caché à l'arrière pendant qu'elle saluait le gardien. Il lui avait fait comprendre que si elle essayait d'alerter ce dernier, il les tuerait tous les deux.

Elle l'avait conduit chez elle. Il l'avait attachée, bâillonnée, et il avait attendu que la nuit tombe. Puis il était parti dans la Lexus.

— Vous avez vu à quoi il ressemblait ? demanda Stride.

— Certainement, répondit Cora sans hésiter, à la surprise de Stride. Je n'oublierai jamais son visage.

L'excitation s'empara de Stride, mêlée à un peu d'inquiétude.

— Qu'on fasse venir un dessinateur du bureau.

Il contempla Cora, se posant la question qu'il n'oserait jamais formuler à voix haute : *Bon Dieu, pourquoi êtes-vous encore en vie ?*

— Vous pouvez me le décrire ?

Cora décrivit rapidement un homme qui ressemblait à celui qu'Elonda avait vu à l'arrêt du car avant le meurtre de MJ. Un peu plus petit que Stride, mince mais très costaud, des cheveux bruns coupés court et un visage osseux. Ou bien il s'était rasé la barbe, ou bien celle qu'il portait le samedi soir était un postiche. Cora leur fournit suffisamment de détails pour que le dessinateur de la police puisse en faire un portrait utilisable.

— Il vous a dit quelque chose ? Sur son identité, ou les raisons pour lesquelles il se conduisait ainsi ?

— Pas un mot. Il n'a presque pas parlé. Mais il était très dur, très effrayant.

Stride la remercia et chargea une femme en uniforme de lui tenir compagnie jusqu'à l'arrivée du dessinateur. Il sortit du salon, puis de la maison. Il regrettait que le coup de fil du tueur n'ait pas duré plus longtemps, car il n'était pas sûr que l'homme le rappellerait. Il avait dit ce qu'il avait à dire, invitant Stride à se mettre en chasse. Mais en chasse contre quoi ?

Amanda le rejoignit.

— Tu n'as pas l'air content, remarqua-t-elle. Est-ce que ce n'est pas ce qu'on appelle une ouverture ? Une piste ? C'est une bonne chose, non ?

— Nous ne l'avons que parce qu'il nous l'a donnée, dit Stride. Il aurait pu tuer cette femme, et nous n'aurions pas le moindre foutu indice. Maintenant, il veut que nous sachions à quoi il ressemble. Pourquoi ?

— Peut-être parce que c'est un salopard arrogant. Ce ne serait pas le premier serial killer à se faire choper à cause de son ego surdéveloppé. Regarde le fameux BTK. Ils ne l'auraient pas pincé, à Wichita, s'il ne s'était pas mis à écrire aux journaux, trente ans plus tard.

Stride secoua la tête.

— Il sait qu'il prend un risque. Il sait que nous pouvons le retrouver. Tous les journaux vont publier son visage.

— Il peut aussi penser qu'il a suffisamment effacé ses traces et que ça n'a aucune importance.

— Je ne crois pas, Amanda. Je suis sûr qu'il a effacé

ses traces, mais je ne pense pas qu'il nous offrirait quelque chose d'aussi énorme si ça ne faisait pas partie de son plan. Bon Dieu, il aurait pu tuer Tierney en ville, n'importe quand. Il n'avait pas besoin d'élaborer un plan pour forcer la sécurité, ici. Et il est certain qu'il n'avait pas besoin de nous donner son visage.

— Il frimait, suggéra Amanda.

Stride y réfléchit un moment. Il entendait à nouveau la voix du tueur. Calme, concentrée. Déplorant de devoir leur donner des indices à la petite cuiller. Comme si la police empiétait sur son planning.

— Ou bien il nous envoyait un message.

23

Le mercredi matin, Serena trouva Stride dans son fauteuil pivotant, les pieds calés sur son bureau en contreplaqué.

— Salut, étrangère.

Elle dormait depuis longtemps lorsqu'il était rentré chez eux, et il était reparti à l'aube sans la réveiller.

— Salut toi-même.

— Tu devrais essayer le petit déjeuner énergétique du tueur.

Voyant qu'elle ne comprenait pas, Stride fit un geste vers le bureau. Serena rit en voyant le sachet de beignets Krispy Kreme et le grand Sprite en bouteille plastique.

Elle entra et prit une chaise. Stride vit qu'elle n'était pas à l'aise.

— Ça ne va pas ?

Il apprécia qu'elle n'essaie pas de lui mentir avec un sourire forcé.

— Il s'est passé quelque chose hier soir, dit-elle.

— Oh ?

— Je ne suis pas prête à en parler, ajouta-t-elle après une brève hésitation.

Stride était un bon joueur de poker. Il resta impassible.

— Je devrais m'inquiéter ? demanda-t-il.

— Non. Peut-être. Je ne sais pas.

Elle secoua la tête.

— Ça ne t'avance pas beaucoup, hein ? Désolée.

— Je serai là quand tu seras prête, lui dit-il. Mais ne me repousse pas.

— Tu n'auras pas cette chance, lui dit Serena.

Elle lui fit un clin d'œil, histoire de détendre l'atmosphère. Stride se sentit un peu mieux.

Amanda entra alors, une liasse de documents à la main.

— Voici notre suspect, dit-elle.

Elle leur donna à chacun d'eux un exemplaire du portrait-robot que le dessinateur de la police avait dressé d'après la description de Cora Lansing. Stride fut frappé par les yeux de l'homme, sombres mais remarquablement expressifs.

— Nous avons envoyé des agents interroger de nouveau le voisinage, là où les meurtres ont eu lieu, pour le cas où quelqu'un le reconnaîtrait. J'ai également faxé le portrait à Jay Walling, à Reno. Sawhill tient une conférence de presse ce matin.

Stride sourit. Il savait que Sawhill aimait se trouver sous le feu des projecteurs. Il ferait comme si ce portrait était le fruit d'un brillant travail d'enquête de sa division, alors que c'était un cadeau du tueur.

— Tu as appelé Walker ? demanda Amanda.

— Sawhill m'a demandé d'attendre quelques heures, le temps pour lui de s'entretenir avec les politiciens. Je lui ai dit que si je n'avais pas de nouvelles à midi, je décrochais mon téléphone.

— Et Boni ? Nous avançons, de ce côté-là ?

— Tu as parlé à Claire ? demanda Stride en se tournant vers Serena.

Elle acquiesça.

— Ils sont brouillés. Je ne crois pas qu'elle l'appellera. Mais elle n'a pas complètement fermé la porte.

— A quoi ressemble-t-elle ? demanda Amanda.

— Farouchement indépendante. Elle ne semble pas se soucier du danger. C'est une chanteuse exceptionnellement douée. Et séduisante. Je crois qu'elle est destinée, comme son père, à obtenir ce qu'elle veut.

— L'article de Rex mentionnait plusieurs autres personnes, reprit Stride. Elles, ou leurs familles, pourraient être en danger. Il faut retrouver Leo Rucci, aussi. Il était le bras droit de Boni au Shéhérazade, et il couchait avec Helen.

— Il est déjà sur ma liste, dit Amanda. Je pourrais peut-être l'interroger aussi sur le meurtre d'Amira.

— Ouais, je suis sûr que c'est un grand bavard. Si possible, essaie d'en savoir plus sur cette bagarre, la nuit du meurtre. Et ce gosse, Mickey.

— D'accord.

Stride se tourna vers Serena.

— Pouvez-vous, Cordy ou toi, vérifier une piste pour nous ? Tierney faisait appel aux services de l'agence Premium Security. Je ne sais pas si Karyn Westermark s'en servait elle aussi, mais elle nous a dit qu'elle avait un garde du corps, l'après-midi, avant de retrouver MJ. Il serait bon de leur montrer un portrait du suspect. Il a peut-être eu accès à l'agenda des victimes.

— C'est comme si c'était fait.

Serena prit une poignée d'exemplaires du portrait puis elle sourit à Amanda, se pencha et embrassa longuement Stride.

— Ça va mieux ? demanda-t-elle.

— Ça va mieux.

Elle lui fit un clin d'œil et sortit.

— A ta place, je l'attaquerais pour harcèlement, le taquina Amanda.

— Pas de danger !

Sur le bureau, le téléphone sonna. Stride décrocha. Après le baiser de Serena, il était encore un peu essoufflé.

— Stride.

— C'est Walker Lane, inspecteur. Je crois comprendre que vous voulez me parler.

Stride reconnut la voix sifflante. Il se renversa en arrière dans son siège et tenta de rassembler ses idées.

— C'est exact, monsieur Lane. Vous avez quelques minutes ?

Il y eut un long silence, au bout de la ligne. Avec Walker, il en avait l'habitude.

— J'ai une autre idée. Je me disais que nous pourrions nous voir.

— Vous venez à Las Vegas ? demanda Stride, surpris.

— Non, non. Vous savez ce que je pense de cette ville. Je vous envoie mon avion privé, inspecteur. Vous pourrez embarquer à McCarran à deux heures, il vous amènera à Vancouver. Est-ce que ma proposition est acceptable ?

24

La secrétaire de Leo Rucci informa Amanda que son patron passait tous ses mercredis à jouer au golf. Amanda s'attarda assez longtemps à Henderson pour découvrir que Rucci possédait dans le Nevada et la Californie du Sud une affaire prospère – une chaîne de garages spécialisés dans les vidanges express. Il était multimillionnaire, divorcé, et il avait un fils dont l'occupation principale, comme pour MJ, semblait être de dépenser l'argent de papa.

Il n'était pas difficile de dire qui avait mis Rucci sur les rails. Une grande photo était accrochée au mur, à la réception, où on le voyait en compagnie de Boni Fisso, à l'inauguration officielle de son premier garage de vidange.

Mais Rucci n'était plus le bienvenu dans les casinos de Boni, ni dans aucun autre. Il était fiché au Livre noir, la liste dressée par la Commission des jeux du Nevada, des personnes dont les liens avec le crime organisé et autres activités illégales leur interdisent d'approcher le moindre casino de l'Etat, fût-ce pour se servir des toilettes. D'après Nick Humphrey, Rucci avait accepté de tomber pour le compte de Boni quand le FBI, dans les années soixante-dix, avait fait une descente au

Shéhérazade, en quête de preuves d'évasion fiscale. Boni avait été blanchi. Mais les fédéraux avaient besoin d'un bouc émissaire, et Leo avait joué ce rôle. Il avait purgé cinq ans de prison pour fraude fiscale, mais n'avait jamais dit un mot contre son patron.

A sa libération, au début des années quatre-vingt, Boni l'aida à se lancer dans des affaires légitimes : le prix de la loyauté.

Entre Henderson et la I-15, Amanda fit sa pause habituelle pour boire un café et fumer une cigarette sur le parking proche de l'aéroport. Elle regarda les avions, tout en réfléchissant plus sérieusement que d'habitude à l'idée de lâcher son boulot et de quitter la ville. Bobby et elle avaient eu une longue conversation, cette nuit-là, après son retour de Lake Las Vegas. Il ne se couchait jamais avant son retour. Une attention adorable. Quand il vit l'insulte gravée sur la portière de la Spyder, il piqua une crise de rage et déclara qu'il irait protester à la mairie. Il en avait assez du harcèlement. Elle aussi. Elle savait que cela ne changerait jamais. Tant qu'elle resterait à Las Vegas, elle serait un monstre, haï et rejeté.

Le problème, c'était qu'elle adorait son boulot. Elle n'aimait pas l'idée de quitter la ville pour fuir les persécutions.

Elle écrasa son mégot et prit la route du golf des Badlands, à la limite nord-ouest de la ville. L'employé de la boutique d'accessoires lui apprit que Rucci et trois autres joueurs se trouvaient quelque part sur le Diablo Neuf, et il l'autorisa à prendre une voiturette pour les rejoindre. Pendant le trajet, elle tomba de nouveau amoureuse de la ville, comme toujours. Les fairways étaient d'un vert luxuriant, disposés en bandes étroites au milieu des domaines immenses et des broussailles dorées du désert, et parsemés de petits bunkers d'un blanc éclatant. Les montagnes de roche rouge surplombaient le paysage à deux kilomètres à l'ouest. La température frôlait les 30 °C, mais le vent violent sur son visage la rafraîchissait.

Elle trouva Rucci et ses trois partenaires sur le green, près d'un des derniers trous. Le vent portait au loin leurs rires grossiers. Elle attendit que, le jeu fini, ils retournent vers leurs propres voiturettes, puis s'approcha et se gara derrière eux. Elle descendit de son véhicule, le portrait-robot à la main.

— Leo Rucci ?

Les quatre hommes s'immobilisèrent et l'examinèrent d'un air soupçonneux. Un des plus jeunes glissa une main sous son coupe-vent. Amanda se demanda s'il était armé. Rucci les retint d'un geste et s'approcha d'elle en faisant tournoyer son club. Il était de toute évidence le mâle dominant de la bande. Bien qu'il approchât de soixante-dix ans, il était imposant, le crâne rasé, avec un cou de taureau. Il portait des lunettes de soleil, une chemisette Tehama noir et anthracite, et un short kaki. Amanda n'avait aucun mal à l'imaginer jeune, brisant des crânes pour le compte de Boni.

— Ouais, c'est moi. Pourquoi ? Qui êtes-vous ?

— Amanda Gillen, brigade criminelle de la police de Las Vegas.

Le visage de Rucci resta impassible.

— Qu'est-ce que vous voulez ?

Amanda lui tendit le portrait-robot.

— J'aimerais que vous me disiez si vous reconnaissez cet homme.

Rucci prit la feuille de papier sans la regarder, en fit une boule et la jeta. Le vent l'emporta au loin.

— Non. Jamais vu.

— Merci de l'avoir regardé avec attention, dit Amanda.

— Je n'aime pas les flics. Ça veut dire que je ne vous aime pas. Vous cherchez à coffrer quelqu'un. Faites ça sans moi.

— Cet homme pourrait essayer de vous tuer, dit Amanda. Vous, ou votre fils.

Rucci sortit de sa poche une balle de golf. Il la prit entre ses deux énormes mains, doigts entrelacés. Les coudes écartés, il serra. Il avait les doigts tout rouges, mais les muscles de son visage ne se contractèrent pas, comme s'il ne faisait aucun effort. Amanda entendit un craquement quand l'enveloppe de la balle se déchira. Rucci ouvrit la main, arracha l'écorce de la balle puis jeta les débris loin de lui.

— Personne ne se frotte à Leo, chérie. Si quelqu'un me cherche, je n'ai pas besoin de votre aide.

— Et votre fils ? demanda Amanda. Vous protégez ses arrières, aussi ?

— Gino, mon garçon, est capable de prendre soin de lui.

— Eh bien, vous feriez mieux de le prévenir que quelqu'un pourrait lui peindre une cible dans le dos. Trois personnes sont mortes, dont un petit garçon. Toutes les trois avaient des liens de parenté avec des gens qui ont connu le Shéhérazade et Amira Luz. Comme vous, Leo. Ce qui veut dire que vous ou Gino pourriez être les prochains sur la liste.

— Merci du conseil, inspecteur.

Rucci fit demi-tour et retourna vers ses trois acolytes, impassibles.

— Hé, Leo, le rappela Amanda. Qui a tué Amira ?

Rucci s'immobilisa. Puis il se retourna et s'appuya sur son putter.

— Un cinglé, un type de L.A. Pourquoi vous ne posez pas la question à Nick Humphrey ? C'est lui, le flic qui a mené l'enquête.

— Certaines personnes pensent que Walker Lane a tué Amira.

— Certaines personnes pensent que Castro a tué Kennedy. Ce n'est pas pour ça que c'est vrai.

— Il aurait fallu que Walker ait pas mal de couilles pour tuer Amira. Elle était la maîtresse de Boni, non ? Walker le savait ?

Rucci se précipita vers Amanda avec un grognement horrible, brandissant son putter comme s'il allait lui en donner un coup. Amanda recula, machinalement.

— Boni Fisso a fait plus pour cette ville que tous les flics et les politiciens réunis. Compris ? Alors ne vous avisez pas de déconner à son sujet en ma présence, OK ? Un pet de Boni Fisso vaut plus pour Las Vegas que tout ce que vous ferez jamais.

Amanda s'était ressaisie. Elle s'avança vers Rucci. Elle mesurait quinze centimètres de moins que lui, et elle savait foutrement bien qu'il pouvait la casser en deux sans le moindre effort. Mais elle approcha son visage tout près du sien.

— Où étiez-vous quand Amira a été assassinée ?

— Vous savez où j'étais, répliqua Rucci en souriant pour la première fois. Et vous savez ce que je faisais. J'étais en train de sauter une des danseuses. Quand j'ai eu fini avec elle, elle pouvait à peine marcher droit. Vous aimeriez peut-être savoir l'effet que ça fait, inspecteur.

— Peut-être que je me contenterais de vous les couper et de m'en servir comme presse-papiers, Leo, fit Amanda en lui rendant son sourire. Parlez-moi de la bagarre qui a eu lieu cette nuit-là.

— Quelle bagarre ?

— Helen, la danseuse avec qui vous étiez au lit, dit que vous avez reçu un appel d'un des maîtres nageurs. Un jeune, un certain Mickey. Il y avait une bagarre d'ivrognes, dehors, et vous êtes allé y mettre fin.

Rucci secoua la tête.

— Helen se trompe. Elle devrait la fermer et éviter de parler aux flics, si elle sait ce qui est bon pour elle.

— Vous menacez un témoin, Leo. Vous allez le regretter.

— Je n'ai pas besoin de menacer qui que ce soit. Il n'y a pas eu de bagarre. Il n'y a pas eu de coup de fil. La mémoire d'Helen est naze. Ce sont des choses qui arrivent. C'est une vieille femme, maintenant, qui marche au Botox et à la chirurgie plastique. On avait souvent des ivrognes un peu trop bruyants ; je leur cassais le nez et les renvoyais là d'où ils venaient. Mais pas cette nuit-là.

— Vous pensez que Mickey nous dirait la même chose ?

— Si vous le trouvez, posez-lui la question, dit Rucci.

— Vous savez où je peux le trouver ?

— Sûr. J'ai gardé le contact avec tous les jeunes crétins qui passaient un été au casino pour aider les filles à ôter leur bikini.

— Son nom de famille ?

— Mouse, fit Rucci en souriant. Mickey Mouse.

Il regagna sa voiturette d'un pas lourd et rangea avec brutalité le putter dans son sac. Les quatre hommes s'éloignèrent dans leurs véhicules. L'un d'eux se retourna vers Amanda et lui fit un doigt d'honneur.

Elle leur rendit leur salut.

25

Serena laissa Cordy prendre le volant de sa PT Cruiser pour se rendre au siège de Premium Security. Côté passager, elle fixait le paysage, en essayant de savoir ce qui dominait son état d'esprit du moment. Elle s'en voulait de revenir sans cesse au passé, elle était embrouillée à propos de ses sentiments pour Claire, follement amoureuse de Jonny, et excitée comme une puce. Elle avait le choix.

Cordy écoutait une station de radio hispanique. Il tambourinait sur le volant, au rythme énervant et assourdissant d'une chanson à laquelle Serena ne comprenait rien. Au bout d'un moment, n'en pouvant plus, elle éteignit la radio.

— Qu'est-ce qui te tracasse, *mama* ? demanda Cordy.

— Rien. Disons que je ne suis pas d'humeur à faire *La Bamba*, OK ?

— Ouais, bien sûr. Puisque tu le dis.

Ils s'arrêtèrent à un feu rouge. Cordy continuait à fredonner la chanson.

— Dis-moi, Cordy. Ça se passait bien, entre Lavender et toi. Pourquoi tu as tout gâché ?

Cordy fit un signe vers sa vitre. Une joggeuse brune

tout en jambes se trouvait au carrefour. Elle sautillait sur place en attendant que le feu passe au vert.

— Tu vois cette fille ? Cette *muchacha* sexy ? Il me suffit de la regarder pour la déshabiller dans ma tête. De quelle couleur sont ses mamelons ? Quel genre de slip porte-t-elle ? Un bikini, un string, peut-être rien du tout. Puis je me demande ce qu'elle aime, au lit. Elle, je pense que…

— Ça suffit, le coupa Serena.

Cordy haussa les épaules.

— C'est toi qui m'as posé la question.

A la satisfaction de Serena, il laissa tomber le sujet. De toute façon, elle n'avait pas besoin des conseils d'un homme. Ce qui la préoccupait pour le moment n'avait rien à voir avec le sexe. Enfin, pas uniquement.

Elle se demandait si elle était bisexuelle. Elle n'y avait pas pensé depuis des années. Même quand elle était avec Deirdre, elle ne pensait jamais à elles comme à un couple de filles, mais plutôt comme à deux amies qui se servaient du sexe pour se réconforter mutuellement. Elle n'était jamais sortie avec d'autres femmes. Jusqu'à Jonny, ses expériences avec les hommes avaient été chaotiques dans le meilleur des cas, mais elle mettait cela sur le compte des défenses agressives qu'elle avait élevées pour se protéger, après l'enfer qu'elle avait vécu à Phoenix.

Elle se dit qu'il ne s'était rien passé avec Claire. Mais elle ne pouvait pas mettre ça sur le compte de sa volonté. Quand Claire avait tenté de la séduire, elle avait failli céder. Seul le coup de fil de Jonny avait cassé l'ambiance et lui avait fourni un prétexte pour s'en aller.

— Nous y voici, fit Cordy en entrant sur une petite aire commerciale crade de Spring Mountain Road.

Le centre commercial donnait l'impression qu'un

coup de vent violent pourrait l'abattre. Ils se trouvaient à quelques kilomètres à l'ouest de Las Vegas Boulevard.

Serena fronça les sourcils.

— Premium Security, c'est ici ?

Cordy lui montra un panneau sur la porte vitrée qui leur faisait face. Le nom de l'agence était indiqué à la peinture blanche écaillée. Les vitrines étaient peintes en noir, de sorte que personne ne voyait l'intérieur. Serena prit note mentalement des autres occupants du petit lotissement – un snack, un marchand de pièces détachées automobiles et un prêteur sur gages exposant des armes de poing.

— Pas très reluisant, dit-elle.

— Mmmm…

Ils descendirent de voiture et s'approchèrent de la porte. Elle était fermée. Il y avait un bouton de sonnette, que Serena enfonça plusieurs fois. Elle se pencha pour regarder à travers les vitrines teintées. On ne voyait rien, mais elle se dit qu'ils étaient sans doute filmés. Quelques secondes plus tard, elle entendit un léger déclic. Elle poussa la porte. Ils entrèrent dans un sas oppressant d'un mètre cinquante sur un mètre cinquante, qui donnait sur une autre porte fermée. Elle ne s'était pas trompée : une caméra était pointée sur eux.

Une voix de femme retentit dans un haut-parleur au-dessus de leurs têtes.

— Veuillez fermer la porte extérieure.

Cordy obtempéra. Ils entendirent deux verrous se mettre en place. Il essaya de tirer la porte : elle était bloquée de l'intérieur. Ils étaient coincés.

— Que puis-je pour vous ? fit la voix désincarnée.

Serena expliqua qui ils étaient et leva son insigne devant la caméra. Il y eut un autre déclic. La porte intérieure s'ouvrit devant eux.

Ils entrèrent dans une salle d'attente étonnamment luxueuse, qui ne collait pas du tout avec l'environnement et le reste du centre commercial. Des haut-parleurs diffusaient en sourdine la musique d'un grand orchestre. Un grand vase de jonquilles jaune vif trônait sur un bureau en merisier, derrière lequel était assise une petite femme blonde. Serena décela une bouffée de parfum.

— Veuillez prendre un siège, leur dit la femme avec un grand sourire. M. Kamen sera à vous dans un instant.

Serena et Cordy s'enfoncèrent dans un canapé rembourré qui sembla les avaler. Des numéros récents de *The Economist*, du *New York Times* et de *Variety* s'étalaient sur la table devant eux. Ils attendirent presque dix minutes avant de voir s'ouvrir, derrière la réceptionniste, une porte donnant sur un bureau. Un homme en sortit et se dirigea vers eux pour les accueillir. Ils parvinrent non sans peine à s'extraire du canapé, et lui serrèrent la main.

— David Kamen, président de Premium Security.

Il portait un pull de laine à col roulé noir et un pantalon gris. Il devait avoir trente-cinq ans. C'était un grand et bel homme, avec des cheveux blond-roux et des taches de rousseur qui évoquaient la Californie du Sud. Il portait des lunettes noires d'un modèle démodé depuis si longtemps que Serena se dit qu'elles devaient être de nouveau « branchées ».

Kamen les fit entrer dans son bureau, dont la décoration était aussi agréable que celle de la réception. Serena remarqua l'épaisseur de la porte, qui se ferma derrière eux avec un bruit étouffé.

— Avant que nous nous asseyions, puis-je voir vos pièces d'identité, s'il vous plaît ?

Serena et Cordy lui montrèrent leurs insignes, que

Kamen étudia avec soin. Il les leur rendit avec un sourire poli, et les invita d'un geste à s'installer autour d'une table ronde en chêne marqueté. Là aussi, il y avait des jonquilles.

— Nous avons dans notre équipe plusieurs anciens de la police de Las Vegas, les informa Kamen.

Serena acquiesça, et mentionna deux noms. Elle tenait à ce que Kamen sache qu'ils s'étaient renseignés.

— Vous étiez tireur d'élite, hein ? lui demanda Cordy en montrant une photo accrochée au mur.

On y voyait Kamen en tenue de camouflage, un fusil à la main. C'était une des seules photos exposées sur le mur recouvert d'un papier peint sombre et métallisé.

— Afghanistan, acquiesça Kamen.

— Un tireur d'élite avec des lunettes ? demanda Serena.

Kamen lui fit un clin d'œil.

— Bien joué. J'ai une vue parfaite. Plus que parfaite. A cause des lunettes, les gens croient le contraire, et ça m'arrange bien. En outre, elles sont chouettes, vous ne trouvez pas ?

— Entre descendre des barbus et assurer la protection des mannequins à Vegas, il y a un sacré chemin, dit Cordy. Comment êtes-vous arrivé là ?

— J'ai été recruté.

Kamen croisa les mains en souriant, sans donner de détails. Ce n'était pas le genre d'homme à se livrer spontanément. Il attendait qu'ils continuent, affichant un air poli, mais il jeta un coup d'œil vers la pendule posée sur la table.

Cordy mit la main à la poche de sa veste pour en sortir le portrait-robot, mais Serena lui toucha légèrement le bras pour retenir son geste. Elle voulait savoir ce qu'ils pouvaient obtenir de cet homme avant de lui mettre sous les yeux le visage du tueur.

— Vous savez que Tierney Dargon a été assassinée hier soir, dit-elle.

— Bien sûr. C'est terrible.

— Votre compagnie assurait sa protection, non ? demanda Serena.

— Mme Dargon faisait souvent appel à notre personnel quand elle se trouvait à Las Vegas. Moose est très riche, et ils s'inquiétaient des risques de kidnapping. Mais ils se sentaient en sécurité à l'intérieur de Mira-Bella. Quand ils s'y trouvaient, ils ne faisaient pas appel à nous.

— Dommage, hein ? fit Cordy. J'ai l'impression qu'ils auraient dû avoir des gars de chez vous.

Kamen ne répondit pas.

— Tierney vous a appelés, hier, pour annuler une mission ? demanda Serena.

— Oui, en effet.

— En quoi consistait le job ?

— Elle comptait passer la soirée dans un des casinos du Strip. Un de mes hommes devait aller la chercher et l'escorter. Elle nous a appelés vers midi. Finalement, elle préférait rester chez elle. Elle n'avait donc pas besoin de nos services.

— Vous lui avez parlé en personne ?

Kamen secoua la tête.

— Non, c'est notre réceptionniste qui a pris l'appel.

— Je parie que vous travaillez pour des tas de vedettes, dit Cordy. Vous devez en voir de toutes les couleurs. J'imagine que vous êtes tenus au secret professionnel.

— Nous sommes très discrets.

— Et cette vedette de la télé ? Celle qui a tourné le

clip porno avec MJ Lane. Vous avez déjà travaillé pour elle ?

— Oui, Karyn Westermark est notre cliente, admit Kamen.

— Mais pas MJ Lane ?

— Non.

— Et samedi dernier ? demanda Serena. Un de vos hommes accompagnait Karyn ?

Kamen acquiesça.

— Mlle Westermark nous a contactés en arrivant en ville. Blake, un de nos hommes, l'accompagnait quand elle est allée faire du shopping, l'après-midi. Elle préfère un soutien discret, c'est-à-dire que nous restons à l'arrière-plan. Nous intervenons en cas de besoin, mais nous ne sommes pas visibles.

— Blake était encore avec elle samedi soir ?

— Non. Elle l'a congédié au moment de rejoindre MJ. J'espère que vous ne suggérez pas, ajouta Kamen, que l'un de nos hommes pourrait être impliqué dans cette série de meurtres. Ou que nous avons communiqué à quelqu'un des informations sur l'emploi du temps de nos clients.

— Nous cherchons simplement des liens, dit Serena. Deux des victimes sont en relation avec la même agence de sécurité ; ça a éveillé notre curiosité.

— Nous avons des centaines de clients, inspecteur, dont un grand nombre des personnes les plus célèbres de la ville. Si quelqu'un décide d'assassiner des célébrités, ou des gens qui leur sont proches, il y a de fortes chances qu'on trouve un lien avec nous. Rien d'extraordinaire à cela.

Serena savait qu'il avait raison. Filer les célébrités à Vegas, c'était comme tirer sur des poissons dans un tonneau. Il y en avait partout.

Elle lui soumit les autres noms – Linda et Peter Hale, Albert et Alice Ford – et constata, sans surprise, que ces familles de la classe moyenne n'avaient aucun lien avec Premium Security. Kamen semblait soulagé.

— Est-ce que d'autres de vos clients célèbres auraient un rapport avec le Shéhérazade ? demanda Serena.

Elle lut l'hésitation dans son regard.

— Je suis sûr qu'il y en a des tas, répondit-il prudemment. Pourquoi ?

— Il pourrait exister un lien entre les victimes et ce casino.

— Quel genre de lien ? demanda Kamen.

— Nous ne pouvons pas encore en faire état publiquement, dit Serena. J'ai l'impression que vous vous faites prier, monsieur Kamen.

Il faisait la moue, silencieux, et l'observait avec intensité. Mal à l'aise, Serena eut le sentiment que c'était le regard qu'il réservait à ses victimes, à travers le viseur de son fusil.

— Monsieur Kamen ? insista-t-elle.

— A proprement parler, nous n'avons aucun lien avec le Shéhérazade.

— A proprement parler ? répéta Cordy en se penchant vers lui. Et sinon ? Des liens pas très propres ? Expliquez-nous ça, Dave.

Kamen donnait l'impression qu'il aurait préféré mâcher du verre pilé.

— Cette agence appartient à M. Fisso.

— Boni Fisso est le propriétaire de Premium Security ? demanda Serena.

— Il possède des tas d'affaires, dit Kamen. Fabrique de machines à sous. Publicité. Vêtements de golf. Il n'a aucun rôle direct dans le déroulement quotidien de nos opérations. Il est simplement actionnaire.

Cordy lui fit un grand sourire, qui mit en valeur ses dents étincelantes.

— Vous êtes donc en train de nous dire que vous et vos gars, vous ne faites jamais de boulots privés pour M. Fisso ? Par exemple, apprendre à des tricheurs qu'ils se frottent au type qu'il ne faut pas ?

— Nous ne faisons rien de tel, dit Kamen sans desserrer les lèvres.

Serena n'y crut pas une seconde. Pour Boni Fisso, contrôler une agence de sécurité était un excellent moyen de disposer de gars costauds et de faire couvrir des activités plus louches par une entreprise ayant pignon sur rue. Cela expliquait également l'emplacement minable, qui assurait à l'agence un maximum de discrétion.

Elle se demanda si les secrets de certaines célébrités parvenaient aux oreilles de Fisso, et s'il s'en servait pour accroître son influence ou exercer certains chantages.

Mais elle savait aussi qu'ils n'avaient pas assez d'éléments pour obtenir un mandat qui leur permettrait d'avoir accès aux archives et de creuser la question. Pour le moment en tout cas, Kamen et Boni pouvaient dormir tranquilles.

— Si quelqu'un d'autre se fait tuer, et si nous découvrons que des informations en votre possession auraient pu l'empêcher, je vous jure qu'on prendra le temps de se pencher comme il faut sur Premium Security, dit-elle. C'est clair ?

Elle avait parlé d'une voix glacée, dure, même si elle savait que c'était une menace en l'air.

— Bien sûr, inspecteur.

Kamen n'était absolument pas intimidé.

Cordy sortit de la poche de sa veste un exemplaire du portrait-robot et le lui tendit au-dessus du bureau.

— Le moment est venu de tout nous dire, Dave.

— Nous aimerions que vous examiniez ce portrait-robot, et que vous le montriez à vos hommes, ajouta Serena. Si quelqu'un a vu cet homme, nous voulons en être informés sur-le-champ. Et demandez-leur d'avoir l'œil, pour le cas où ils le verraient tourner autour de vos clients.

— Naturellement, dit Kamen.

Il déplia le portrait-robot, l'étala à l'envers, le défroissa avec les pouces. Puis il le retourna, et les yeux sombres du tueur le fixèrent.

Serena vit Kamen blêmir.

26

Stride n'était jamais monté à bord d'un jet privé. Ça le changeait de la classe « bétaillère », où l'on a les genoux relevés sous le menton pendant la plus grande partie du vol. La cabine du Gulfstream disposait de sièges pour huit personnes – des fauteuils inclinables cossus, couleur ivoire, qui semblaient aspirer le corps dans le cuir et la mousse de leurs coussins. Il était le seul passager. Seul avec les deux pilotes et une hôtesse d'une quarantaine d'années qui sourit en voyant son air intimidé. Il avait le choix : il pouvait s'asseoir à table pour dîner, ou se prélasser devant un luxueux home vidéo proposant de la musique et des films. Quand Joanne, l'hôtesse, lui annonça le menu, il décida de s'installer à la table, de lire le *Wall Street Journal* et de regarder, quarante mille pieds plus bas, le désert laisser la place aux Rocheuses. Pendant quelques minutes, il se glissa sans mal dans la peau d'un multimillionnaire, découvrant qu'il ne serait pas difficile de s'habituer à ce mode de vie.

Après déjeuner, il s'installa dans un fauteuil avec une tasse de café noir très fort, au goût de fumée, exactement comme il l'aimait. Joanne lui apprit à se servir de la télécommande et il trouva sur le satellite une station de musique country qu'il régla à la puissance maximale. Il se dit que c'était sans doute la première fois qu'on entendait, à bord de cet avion, Tracy Byrd chanter « Watermelon Crawl », mais Joanne eut la gentillesse de ne pas se plaindre. Il avait l'intention de relire ses notes sur l'affaire et de creuser plus avant le résultat de ses recherches sur Walker Lane. Mais, en dépit du café, le déjeuner copieux et le roulis de l'avion au-dessus des montagnes agirent comme un sédatif. Plusieurs jours de tension et d'insomnie eurent raison de lui. Il finit par renverser son siège et fermer les yeux.

Son rêve le ramena dans le Minnesota. Il se trouvait sur la plage, devant sa vieille maison, sur l'étroite bande de terre séparant le lac Supérieur des eaux calmes du port. Il était assis sur un fauteuil de plastique sale et regardait les vagues s'écraser sur le rivage. Cindy, sa première femme, était à côté de lui, dans un fauteuil semblable au sien. Ils se tenaient la main. Chaque main est différente au toucher. Il pouvait sentir celle de Cindy et les arêtes de sa bague en émeraude qui lui égratignaient la peau. Elle ne disait rien. Une partie de lui savait que c'était un rêve, et pourtant il avait envie d'entendre à nouveau le son de sa voix, qui s'était effacé dans son souvenir, au fil des années. Mais elle restait silencieuse, elle le regardait, elle l'aimait. Finalement, dans son rêve, il s'endormit. A son réveil, il était seul sur la plage. Le fauteuil de Cindy avait disparu, de même que les enfants qui jouaient avec les vagues et couraient sur le sable. Au large, le cargo chargé de minerai mouillé – le genre de bateau sur lequel le père de Stride avait travaillé jusqu'au jour où une tempête d'hiver l'avait précipité dans le lac – avait disparu, lui aussi.

Stride fut réveillé par un trou d'air. Montgomery Gentry, à la radio, chantait « Gone ». Parti. Exactement l'impression que lui laissait son rêve. D'être parti depuis longtemps.

Joanne lui annonça qu'ils étaient prêts à atterrir. Stride regarda, par le hublot, les pics couverts de neige qui surplombaient les gratte-ciel du centre de Vancouver. Il savait pourquoi il avait rêvé de Cindy. Ils étaient venus à Vancouver ensemble, plusieurs années auparavant, lors d'une croisière en Alaska. Après la croisière, ils avaient passé un week-end dans cette ville. Un séjour magique, à courir côte à côte au petit matin dans Stanley Park noyé dans le brouillard, ou à manger du crabe Dungeness acheté au marché de Granville Island, assis sur un banc au bord de l'eau, entourés de mouettes affamées. Il s'était dit, pendant ce voyage, qu'il n'avait jamais été aussi heureux. Peu de temps après leur retour, la disparition d'une adolescente, Kerry McGrath, avait été le point de départ d'une des enquêtes les plus sombres de sa carrière. C'est au milieu de cette enquête que sa belle Cindy avait été la proie du cancer. Cela avait été si rapide et si épouvantable qu'à la fin il la reconnaissait à peine. Il avait compris plus tard que, pendant le séjour à Vancouver, le cancer était déjà là. Stride s'était demandé ce que cela était censé lui apprendre sur la vie. Mais désirait-il vraiment le savoir ?

Il était impatient de revoir Vancouver. Il aimait la ville, et il voulait faire face à ses démons, ou peut-être simplement se complaire en leur compagnie. Dès l'atterrissage, il réalisa que ça ne se passerait pas ainsi. Aucune voiture ne l'attendait pour le conduire auprès de Walker Lane. Mais un hélicoptère était prêt à décoller, dès qu'il eut montré patte blanche au fonctionnaire des douanes qui se présenta à l'avion. L'hélicoptère s'éleva très vite et, tournant le dos à la ville, il prit au sud, vers les îles de la baie au nord de Victoria. Stride était un peu nerveux à l'idée de ne pas se trouver dans un hydravion mais dans une coquille qui tomberait et sombrerait comme une pierre si son rotor cessait de tourner. Du moins le temps était-il calme et le ciel sans nuages. Le vol lui sembla long, mais il ne dura qu'une vingtaine de minutes, avant qu'il n'aperçoive les îles parsemant l'eau bleue au-dessous d'eux. Il vit les villages de pêcheurs et les larges rangées de chênes et de sapins recouvrant les collines et s'étirant vers les étroites plages de galets. Alors qu'ils survolaient une des îles plus petites, le pilote entama sa descente et frôla dangereusement la cime des arbres. De l'autre côté de la crête, sur la rive nord de l'île, Stride découvrit soudain une clairière et une grande propriété qui s'étendait jusqu'à la plage. L'eau venait clapoter presque jusqu'au pied des fenêtres surplombant le détroit. La maison était de style victorien, avec de multiples pignons et une grande tour surmontée d'un toit conique. Les couleurs sombres et gothiques dominaient.

Le pilote survola la résidence et posa doucement l'hélicoptère sur un cercle de béton au milieu des jardins, derrière la maison. Dès qu'il eut coupé le moteur, Stride descendit de l'appareil. Une assistante l'accueillit et le guida à travers un labyrinthe d'arbres taillés et de fontaines jusqu'à une véranda luxueuse pleine de meubles anciens, et carrelée de céramique couleur crème brûlée.

— M. Lane vous rejoindra dans un instant, lui dit la femme avant de le laisser seul.

Stride se tenait près des ouvertures, là où il pouvait sentir le vent de mer glacial qui parcourait l'île. Il se demanda comment était Walker Lane. Il ne connaissait de lui que quelques photos prises plusieurs dizaines d'années auparavant, quand il ressemblait beaucoup à son fils MJ, les cheveux en désordre, dégingandé, comme un gosse dont les membres se sont allongés trop vite. Il était déjà millionnaire à l'époque, et au fil des ans il était devenu milliardaire. Stride n'avait jamais rencontré de milliardaire. Après avoir entendu la voix de Walker au téléphone, il imaginait un homme sévère, de haute taille, à la majestueuse chevelure grise, vêtu d'un pull-over et tenant des deux mains un verre de porto.

Il avait raison pour le pull-over mais se trompait sur tout le reste.

— Bienvenue au Canada, inspecteur, fit Walker en entrant dans la véranda.

Il se déplaçait dans un fauteuil roulant qu'il dirigeait de la main droite, à l'aide d'un joystick.

— Je suis heureux que vous ayez accepté de venir jusqu'ici pour me voir.

Stride le dévisagea. Il reconnaissait la voix, forte comme la tempête, mais pas l'homme qui se trouvait devant lui. La moitié du visage de Walker était bizarrement immobile, comme s'il en avait perdu le contrôle après une attaque. Son œil droit était fixe, et il fallut quelques instants à Stride pour comprendre que c'était un œil de verre. Son nez avait été brisé et reconstruit. Quand il souriait, on voyait ses dents parfaites. Stride se dit qu'elles étaient fausses, elles aussi.

— Vous ne vous attendiez pas à cela, n'est-ce pas ? lui demanda Walker d'un ton flegmatique.

Stride était trop surpris pour répondre. Il tendit la main à Walker, qui la lui serra. Du moins avait-il une poigne puissante et solide.

— Je ne fais pas de publicité pour mon handicap, inspecteur. J'espère pouvoir compter sur votre discrétion. La plupart des gens qui viennent ici doivent signer un accord de confidentialité. Je ne vous le demanderai pas, parce que je veux avoir confiance en vous, et je veux que vous ayez confiance en moi.

Stride était encore troublé par l'aspect de Walker, et par l'œil de verre qui semblait si extraordinairement réel.

— Je comprends, dit-il.

— Vous savez qui a tué mon fils ? demanda Walker, d'un ton plein de sous-entendus.

Stride retrouvait l'homme impatient qui lui avait parlé au téléphone.

— Oui, nous le savons.

Stride vit la surprise apparaître dans l'œil valide de Walker. Il sortit le portrait-robot du mince classeur qu'il avait pris avec lui.

— Nous ne l'avons pas encore arrêté, mais nous connaissons son visage. Voici l'homme qui a tué MJ.

— Montrez-moi cela.

Stride lui tendit le portrait, que Walker prit avec empressement. Il le tint de la main droite, assez loin pour que son œil puisse faire le point.

— Vous le connaissez ?

— Non, fit Walker en secouant la tête, déçu. Ce visage ne me dit rien.

— Je vous laisse ce portrait-robot.

Walker retourna la feuille de papier et la posa sur ses genoux.

— Voulez-vous faire le tour du propriétaire avant que nous continuions ? Peu de gens viennent jusqu'ici, vous savez.

Stride avait traversé la moitié du continent pour rencontrer cet homme, et il était curieux de découvrir son domaine. C'était le genre de foyer qu'il n'aurait sans doute plus jamais l'occasion de visiter.

— Pourquoi pas ? dit-il.

— Bien.

Walker fit pivoter son fauteuil et le précéda. Ils quittèrent la véranda pour entrer dans le corps principal de la maison. Bien que le mobilier fût ancien, elle disposait d'un équipement électronique sophistiqué. Tout était contrôlé par ordinateur et actionné depuis le tableau de commande fixé sur le fauteuil de Walker. Fenêtres, lampes, portes, rideaux, lucarnes, tout pouvait être ouvert, fermé, allumé et éteint d'un simple clic sur le clavier. Ils passèrent d'une pièce à l'autre. Chacune semblait appartenir à un palais européen, immense et décorée avec recherche, aussi stérile qu'une salle de musée. Stride savait que la maison ne pouvait avoir plus de vingt ou trente ans, mais elle donnait l'impression d'être une relique d'un siècle passé. On avait le sentiment qu'elle était inhabitée.

Bien que la maison fût chauffée, un peu de l'humidité naturelle s'insinuait dans les murs, et la chaleur semblait se dissiper vers les plafonds élevés. Stride frissonna et boutonna son veston. En quelques mois à peine, se dit-il, il avait oublié l'habitant du Minnesota insensible au froid pour devenir un homme du désert qui gelait dès que la température descendait au-dessous de 27 °C.

— Je quitte très rarement cette île, lui dit Walker. Je suis sûr que vous le savez. Mais je peux pratiquement tout faire d'ici. Je vois presque tous les films qui sortent.

Il guida Stride dans une salle de projection grandeur nature. Une rampe d'accès lui permettait de rejoindre le centre de la pièce avec son fauteuil. Ils auraient pu se trouver dans le multiplexe le plus moderne de Las Vegas. Stride réalisa que la salle de projection était sans doute toujours déserte, que Walker s'y installait, seul, pour analyser les films les uns après les autres. Il commençait à avoir pitié de lui.

Walker lut dans ses pensées.

— Ne vous en faites pas pour moi, inspecteur. Je ne suis pas Howard Hughes, vous savez. Des gens me rendent visite constamment. Acteurs, metteurs en scène, monteurs, agents. Je m'implique à fond dans tous les aspects de chacun de mes films. Pendant le tournage, je me fais envoyer les rushes par Internet, je les visionne et je transmets mes commentaires sur le plateau le lendemain matin.

— Pourquoi ne pas y aller ? demanda Stride.

— Premièrement, je n'en ai pas besoin. Je peux le faire d'ici et, vous l'avouerez, je dispose d'un des plus beaux décors naturels de la planète.

Stride acquiesça. C'était vrai. Quand ils passaient devant une fenêtre, il apercevait l'île, le détroit ou les jardins, et chaque vue était un cadre paradisiaque.

— Deuxièmement, je suis très attaché à mon intimité. Je ne suis pas un noceur. Plus maintenant. Pour parler franchement, je sais que mon apparence met les gens mal à l'aise. Je déteste cela. Ceux qui viennent ici me connaissent assez pour ne pas être gênés par l'homme que je suis, et ils respectent mon vœu de solitude.

Ils traversèrent le salon et se rendirent à l'avant de la maison, où des portes-fenêtres donnaient sur la baie, puis sur une passerelle qui descendait vers le hangar à bateaux, en contrebas. Stride vit au large un ferry qui faisait route vers Victoria. Le domaine était entouré d'arbres ; plusieurs aigles tournoyaient dans le ciel.

— C'est magnifique, dit-il.

— Merci, inspecteur.

Walker semblait avoir vu que le compliment était sincère, et cela lui faisait plaisir.

— Vous voulez savoir, pour MJ, n'est-ce pas ? A quel point les choses allaient mal entre nous ?

— Oui, en effet, avoua Stride.

Walker fit rouler son fauteuil jusqu'au bord du balcon. Il suffisait de se pencher pour voir les vagues clapoter doucement sur les rochers.

— Cela vous surprend-il que tant de femmes aient envie de m'épouser ?

— Pas du tout.

De son œil unique, Walker lui lança un regard entendu.

— Très aimable, inspecteur. Mais c'est mon argent, bien sûr. Les actrices – bon Dieu, c'est aussi le cas de plein d'acteurs – semblent n'avoir aucun problème avec les fauteuils roulants et l'apparence physique quand elles pensent à tout le fric qu'il y a sur mes comptes en banque. Elles me disent que c'est l'amour qui importe. Il faut vraiment être de Los Angeles pour vouloir faire croire une chose pareille.

Les deux hommes se mirent à rire.

— Mais la mère de MJ était différente. Une comédienne épouvantable. Toute la bonne volonté du monde, mais aucun talent. Je pense que le réalisateur devait avoir deviné que nous aurions des atomes crochus, elle et moi : il ne me l'avait certainement pas envoyée pour la qualité de son audition. Ou peut-être pensait-il simplement que j'avais besoin d'un bon coup. Elle voulait jouer dans le film dont j'étais en train d'organiser le casting, et elle était prête à tout pour en être. Je dis bien : à tout. Quand j'ai refusé, elle s'est effondrée, en larmes. Elle était très instable, mais elle avait quelque chose d'étrangement attendrissant. Une vraie petite orpheline. Je crois que j'avais besoin de quelqu'un dont je pourrais prendre soin. Beaucoup de gens à Hollywood ont été surpris d'apprendre notre mariage. Je pense qu'on pourrait dire que nous étions dépendants l'un de l'autre.

— Je comprends, dit Stride.

Il pensa à Andrea, sa seconde femme. Leurs relations avaient été semblables à cela. Deux personnes qui ont besoin l'une de l'autre, mais qui ne s'aiment pas.

— Puis MJ est né. Je n'ai pas compris qu'elle sombrait dans une profonde dépression. On ne parlait pas beaucoup de ces choses-là à l'époque. Je pensais qu'elle ne m'aimait plus, et qu'elle n'aimait pas son fils. J'étais complètement idiot.

Stride avait lu des articles sur Walker. Sa femme s'était tuée quelques années après la naissance de MJ.

— Je crois que je connais la suite, dit-il.

— Oui, les journaux ont parlé de son suicide. Mais vous ne savez pas *pourquoi*, inspecteur. MJ a fini par comprendre, ou c'est ce qu'il a cru. Il a deviné que ma femme ne pouvait pas soutenir la concurrence. Elle était fragile, paranoïaque, et je n'ai fait qu'aggraver les choses. Parce que je ne pouvais me libérer du passé, vous voyez. MJ a compris ça, aussi. C'est pourquoi cette histoire, avec le Shéhérazade, était si pénible pour lui.

Stride sentit que ses sentiments se modifiaient quand il entendit le nom. Shéhérazade. Il oublia ses sentiments personnels, et son cœur se durcit. C'était dommage, car il se rendait compte qu'il aimait bien Walker Lane.

— Vous avez dit que votre femme ne pouvait soutenir la concurrence. Que voulez-vous dire ? Et de quoi ne pouviez-vous vous libérer ?

Walker soupira.

— Oui… c'est pour cela que vous êtes venu, n'est-ce pas ? Pour entendre la véritable histoire.

Il fit pivoter son fauteuil et lui montra la tour qui dominait la maison.

— Vous la voyez, inspecteur ?

Stride leva les yeux, sans comprendre. Il ne voyait que des toits pointus et de la pierre, et des dizaines de fenêtres donnant sur la baie. Il voyait la tour se dresser au-dessus d'eux, et un balcon circulaire tout en haut, semblable à un belvédère.

— Je ne… commença-t-il.

Soudain, son regard se posa sur les pierres, différentes des autres, dans le mur de la tour. Elles étaient du même gris ardoise, mais on avait sculpté une lettre dans chacune d'elles. D'autres pierres les séparaient, de sorte que le mot qu'elles formaient s'étendait d'un bord à l'autre de la tour. Les pluies du Pacifique en avaient érodé les arêtes pendant des années, mais Stride pouvait encore lire l'inscription : AMIRA.

Il regarda Walker. Il ne comprenait pas. Perdu dans ses pensées, le producteur contemplait les cinq lettres de son œil unique comme s'il pouvait les caresser.

— Vous avez baptisé votre propriété de son nom, murmura Stride. Pourquoi ?

— Pourquoi ? Vous n'êtes pas romantique, inspecteur.

— Vous l'avez *tuée*, dit Stride.

Cela lui avait échappé.

Walker secoua la tête. Il ne semblait pas fâché. Simplement amoureux, et brisé.

— Non, non. Jamais de la vie. Vous ne comprenez pas ? Plutôt me tuer, moi. Il m'est arrivé très souvent d'y penser, rien que pour être avec elle. *J'aimais* Amira.

Elle m'aimait. Nous allions nous marier, cette nuit-là. La nuit où Boni Fisso l'a assassinée.

Quand ils regagnèrent la véranda, Stride vit que le ciel sans nuages s'était couvert de taches noires. Le temps changeait rapidement, dans la région, passant de la pluie au soleil et vice versa. Le crachin commença à tremper le jardin et à laisser des traînées sur les vitres. Il faisait plus froid. Walker appela un domestique qui empila quelques bûches dans la cheminée et fit démarrer un feu qui ne tarda pas à réchauffer la pièce. Il ouvrit une bouteille de vin et Stride, levant ses inhibitions, en accepta un verre. Walker dégusta le pinot noir, le regard plongé dans le feu.

— Je voudrais pouvoir vous décrire le Vegas de cette époque-là. Je crois que la ville avait beaucoup en commun avec le Hollywood des années trente. Elle était jeune, électrique, séduisante. Des millionnaires côtoyant des girls. Des artistes de music-hall jouant aux dés au casino à deux heures du matin. Tout le monde sur son trente et un, bijoux et smokings, comme pour aller à l'Opéra. Je me rappelle, j'avais l'impression que tout le monde était magnifique. Que tout le monde était riche. C'était une illusion, bien sûr. Un tour de passe-passe. C'est ce que la ville faisait le mieux. Vous ne pouviez pas entrer dans un casino sans vous faire piéger. Peut-être parce que le monde réel semblait si éloigné. Il suffisait de parcourir cent mètres, dans n'importe quelle direction, et il n'y avait plus que le désert, un terrain vague parfait. Je me souviens que je prenais cette route à deux voies pour nulle part. Je roulais pendant des heures dans l'obscurité, sans voir le moindre reflet lumineux. Tout à coup, il y avait un rougeoiement, comme un incendie sur l'horizon… Vous passiez la crête d'une colline et vous tombiez sur cette île de néon surgissant de la nuit.

— Helen Truax dit que la ville avait un vrai charisme, à l'époque.

— Elle a raison. C'est exactement cela.

— Helen était une des danseuses qui se produisaient avec Amira.

— Ah bon ? fit Walker en secouant la tête. Je ne me la rappelle pas.

— Son nom de scène, c'était Helena Troy. Elle prétend qu'elle a couché avec vous.

Walker eut l'air embarrassé.

— Je n'en doute pas. Je jouais le jeu. J'étais jeune et riche, et j'aimais coucher avec des tas de filles. Et Vegas me séduisait, comme tant d'autres.

— Et Amira ?

— Oui, elle aussi. Elle m'a séduit. Vous avez entendu parler de « Flamme » ?

Stride acquiesça.

— Aucune description ne peut lui rendre justice, dit Walker. Je crois que je suis tombé amoureux d'Amira la première fois que j'ai vu ce spectacle. J'avais eu des tas de bons coups, mais Amira était différente. Je suis tombé amoureux. Eperdument amoureux. Je me flatte peut-être, mais je crois que l'inverse était vrai. Si ça se trouve, elle en avait simplement après mon fric, ou elle cherchait une porte de sortie, mais, non, je crois qu'elle m'aimait, aussi passionnément que je l'aimais.

— Elle était la maîtresse de Boni, non ?

Le visage de Walker – sa partie mobile, en tout cas – se fit douloureux.

— J'étais stupide, n'est-ce pas ? Naïf. Je jouais avec des gangsters, et je faisais comme si je me trouvais dans un de mes films. Les durs à cuire en costume et chapeau mou avaient vraiment l'air d'être des acteurs. Mais c'était réel.

— Que s'est-il passé ?

— Nous avons cru que nous pouvions garder le secret, dit Walker. Personne ne devait savoir que nous nous aimions avant que nous soyons loin, et mariés. Je n'étais pas très fort pour cacher mes sentiments. J'étais jeune, et l'amour se lisait sur mon visage. Tout le monde savait. Ils savaient, quand je débarquais pour assister à son show, chaque week-end. Boni savait aussi, bien sûr. Leo Rucci m'a expliqué la situation. Il m'a dit qu'Amira appartenait à Boni, comme une chaise, ou un chien. Cela me rendit fou furieux, mais je fis comme si c'était un béguin, rien de plus. De nous deux, Amira était la meilleure actrice. Au point de ne jamais me regarder en public. Elle déclara à Boni que si je posais une main sur elle, elle me ficherait KO. Ce qui avait bien fait rire Boni, me dit-elle. Nous pensions nous en tirer. Après le spectacle, au milieu de la nuit, elle montait discrètement dans ma suite, sur le toit, et nous étions ensemble. C'était notre secret.

— Il n'y a pas beaucoup de secrets à Vegas.

— Non. Plus tard, je compris que Boni avait sans doute mis la suite sur écoute. Nous nous étions crus très malins. Alors qu'il avait toujours su ce qu'il y avait entre nous.

— Racontez-moi ce qui s'est passé cette nuit-là.

— Cette nuit-là... murmura Walker. Cette nuit horrible...

Il leva la main droite et toucha le côté gelé de son visage. Il le frotta comme s'il pouvait sentir quelque chose.

— Après son dernier show, nous devions partir en

Europe. Nous avions prévu de nous marier et de voyager pendant six mois autour du monde.

— Boni était au courant ?

Walker acquiesça.

— Lui et moi avions passé la soirée ensemble, dans son bureau. Cela nous arrivait souvent. J'ai toujours pensé que Boni était un type charmant. Nous avions bien bavardé ce soir-là. Mais le temps passait, et quelque chose ne tournait pas rond. Il était tard, je savais qu'Amira m'attendait dans ma suite et je voulais la rejoindre. Mais Boni trouvait des prétextes pour que je reste, et je passais mon temps à regarder la pendule. Puis Leo Rucci est arrivé. L'exécuteur des basses œuvres de Boni. Il m'avait toujours fait peur, ce type-là, parce qu'on savait que, sous le costume trois-pièces, ce n'était qu'un voyou et une brute. Boni lui a demandé de me raccompagner à ma suite. J'ai protesté, mais Boni a insisté. Quand je suis parti, Boni m'a embrassé sur les deux joues. Je me rappelle ce qu'il m'a dit. « Que Dieu soit avec toi, Walker. » C'est alors que j'ai su.

Stride ne disait rien. Il pensa au jour où il se trouvait sur le balcon de l'appartement de MJ, et où il s'était penché pour regarder la suite en penthouse du Shéhérazade.

— Leo m'a suivi dans la suite. J'ai essayé de l'arrêter, il s'est contenté de rire. Je m'attendais à y trouver Amira, mais tout était silencieux. Je me suis dit qu'elle était venue et repartie. Et puis… j'ai vu que la porte du patio était ouverte. J'ai eu un horrible pressentiment. Je suis sorti.

Walker s'étrangla.

— Elle était dans la piscine. L'eau était rouge, trouble. Je ne pouvais rien faire d'autre que la fixer. Je ne pensais qu'à une chose : c'était moi qui l'avais tuée. En tombant amoureux d'elle.

— Qu'est-ce qu'ils vous ont fait ? demanda Stride, qui devinait la réponse.

Walker baissa les yeux, regarda ses jambes inutiles dans le fauteuil.

— Leo m'a conduit au sous-sol et m'a fait monter dans une limousine. Il m'a dit qu'on me conduisait à l'aéroport, que je devais quitter la ville et ne jamais revenir. Mais cela ne leur suffisait pas, bien entendu. Les deux types de la voiture… ils ont fait un détour dans le désert. Savez-vous ce qu'on ressent, inspecteur, quand on vous brise les genoux avec une batte de base-ball ? Qu'on vous fracture le crâne avec un coup-de-poing américain ? J'aurais donné tout l'or du monde pour qu'ils m'achèvent. Mais ils ont veillé à ce que ça n'arrive pas. Boni ne voulait pas que je meure. Il voulait que je sache ce qu'il m'avait fait.

Walker Lane, le milliardaire, se mit à pleurer dans son fauteuil roulant.

Stride était de plus en plus furieux.

Furieux contre Boni Fisso, qu'il n'avait jamais rencontré. Furieux contre Las Vegas pour toutes les vies que cette ville avait détruites. Il ressentait une affinité bizarre avec le tueur du portrait-robot, qui essayait de rendre justice à Amira, à sa manière immorale. Stride réalisa que le meurtrier avait toujours eu une longueur d'avance sur eux.

Il ne s'était jamais agi de Walker.

Il s'agissait de Boni.

27

— Il s'appelle Blake Wilde, dit Serena à Stride. C'est en tout cas le nom qu'il utilise. Il est garde du corps chez Premium Security. Le patron de l'agence, David Kamen, l'a reconnu d'après le portrait-robot. C'est notre suspect, et il a disparu.

Il faisait nuit. Stride se trouvait dans le hangar privé de Walker, à l'aéroport de Vancouver. Il attendait le retour du Gulfstream. Le jet avait été retenu au sol à Denver par le mauvais temps. Il pleuvait aussi sur la côte, maintenant.

— Depuis combien de temps travaille-t-il chez Premium ? demanda Stride.

— Quelques mois. Kamen prétend qu'ils ont fait une enquête d'antécédents sur Blake et qu'ils n'ont rien trouvé. Mais son dossier personnel a disparu. Ils disent que Blake doit l'avoir volé. Je me demande si c'est Kamen qui l'a détruit.

— Tu crois qu'ils se connaissaient ?

— Kamen a été militaire. Tireur d'élite dans les marines, dans le Golfe. J'ai donné quelques coups de fil. Le bruit court qu'il avait des liens avec une foule de groupes au Moyen-Orient, y compris des trafiquants et des mercenaires. Si tu étais Blake Wilde, et si tu avais envie de te poser à Las Vegas, est-ce que tu n'irais pas rendre visite à un vieux copain ?

— La question est de savoir pourquoi Blake est venu à Las Vegas, dit Stride.

— Pour tuer des gens.

— Je sais, mais pourquoi ? Pourquoi lui ? Pourquoi maintenant ? Je suppose qu'il a donné une fausse adresse.

— Une maison à Boulder City, dit Serena. Une famille de mormons, cinq gosses, un beagle. N'ont jamais entendu parler de Blake Wilde.

— Son numéro de sécurité sociale ?

— Celui d'un môme, à Chicago. Mort à l'âge de cinq ans.

— Il a dû toucher un salaire, dit Stride.

— Il encaissait ses chèques chez des prêteurs sur gages locaux. Jamais deux fois le même. Ça lui coûtait dix pour cent de la somme, mais sans caméra, et sans questions.

Par la porte du hangar, Stride regardait la pluie.

— Ainsi, ce type était avec Karyn Westermark samedi après-midi ? C'est lui qui assurait sa sécurité ?

— Pas mal, hein ? répondit Serena. Ça explique son déguisement, ce soir-là. Ce n'est pas pour nous qu'il cherchait à se dissimuler. Il ne voulait pas que Karyn le reconnaisse.

— Quid de Tierney Dargon ?

— Oui, Kamen dit qu'il a également travaillé pour elle. Il n'a pas eu de problèmes pour lui faire ouvrir sa porte, à Lake Las Vegas.

Stride avait du mal à croire qu'ils étaient si proches de la solution. Et pourtant, il avait l'impression de ne rien avoir du tout.

— Il doit y avoir autre chose, dit-il. Des notes de

frais ? Quelque chose avec un numéro de carte de crédit ou de compte en banque ?

— Que dalle, dit Serena. Tous les documents qu'il leur a fournis étaient faux. Du beau boulot, d'ailleurs. J'ai appelé Harvey Washington, le voisin de Nick Humphrey. Demander à un faussaire comment trouver un autre faussaire, tu vois ? Il m'a donné deux ou trois noms. Des arnaqueurs du coin. Cordy interroge aussi quelques-uns de ses indics dans la rue. Mais notre homme est malin. Je parie qu'il n'a pas fait faire tout ça dans la région.

— Il a sans doute en réserve une identité de rechange, dit Stride.

— Nous contactons tous les gens dont il a été garde du corps. Nous les prévenons, pour le cas où il se montre, et nous les interrogeons pour savoir si Blake aurait lâché quelque chose sur sa vie personnelle quand il était avec eux. Où il fait ses courses, où il mange, tout ce qui nous permettrait de restreindre le champ des recherches.

— Le portrait-robot est diffusé à la télé ?

— Ouais. Nous avons des appels, mais rien de solide jusqu'ici. Qu'as-tu obtenu de Walker Lane ?

Stride passa rapidement en revue sa journée avec Walker, et ce que ce dernier lui avait dit sur les liens entre la mort d'Amira et Boni Fisso.

— Tu le crois ? demanda Serena.

— Ça se tient dans les deux sens, dit Stride. Ou bien Walker a vraiment tué Amira, et Boni l'a fait passer à tabac pour le punir. Ou bien c'est Boni le méchant et il s'en est pris aux deux autres parce qu'ils s'apprêtaient à partir ensemble. C'est la version de Walker, et je pense qu'il dit la vérité. Ce type est riche comme Crésus, et il semble avoir peur de Boni.

— Il y a autre chose, dit Serena. Premium Security appartient à Boni.

Stride secoua la tête. Les tentacules de Boni Fisso serraient la gorge de tous ceux qui étaient impliqués dans cette affaire.

— Ce qui signifie que David Kamen a déjà tout raconté à Boni.

— Tu peux en être sûr, dit Serena. Je me demande si notre suspect, Blake Wilde, savait que la boîte appartenait à Boni. Cela faisait peut-être partie du plan : s'immiscer dans une de ses compagnies fantômes.

— Je pense que Blake Wilde connaît Boni foutrement mieux que nous. Il faut que nous parlions à Boni. Il doit savoir de quoi il retourne. Tout nous ramène à lui. Peut-être aussi à son projet Orient.

— Sawhill prétend qu'il a essayé de nous aider à le voir, dit Serena. Il a même demandé à son père d'appeler Boni. Sans succès. Nous n'aurons rien de plus qu'un entretien avec l'avocat de Boni.

— Bordel ! jura Stride. Je ne vais pas arrêter ce fils de pute. J'adorerais ça, mais je ne peux pas. Il n'est pas suspect pour ces meurtres, alors pourquoi ne veut-il pas nous parler, nom de Dieu ? Le seul meurtre qu'il a commis, d'après ce que nous savons, date d'il y a quarante ans, et il est intouchable pour ça.

— Boni s'arrange pour garder les mains propres, dit Serena.

— Il ne reste qu'un moyen. Il faut que tu parles de nouveau à Claire.

Serena garda le silence, pendant un moment anormalement long.

— Je ne crois pas que ça marchera, dit-elle enfin. Elle ne voudra pas lui parler.

— Tu disais qu'elle n'avait pas complètement fermé la porte. Nous avons besoin de son aide.

— C'est une perte de temps, insista Serena.

Stride ne comprenait pas.

— Tu es capable de convaincre n'importe qui de faire n'importe quoi. Où est le problème ?

— Claire m'a fait des avances.

— La belle affaire ! fit Stride, en riant presque. Des mecs te font tout le temps des avances. Si elle devient trop familière, je t'autorise à la flanquer à terre.

Il essayait de comprendre ce qui lui échappait, et pourquoi cela perturbait Serena à ce point. Puis la lumière se fit.

— A moins que tu aies cédé à ses avances…

— Non… dit-elle avant d'ajouter, embarrassée : Pas vraiment.

— Pas vraiment ? C'est un peu comme quand on dit « un peu enceinte ».

— Il ne s'est rien passé… Mais j'avais envie qu'il se passe quelque chose. J'étais prête à sauter dans son lit. C'est ce qui me faisait le plus peur. Oh merde, je ne peux pas croire que je suis en train de te raconter ça.

Stride ne savait comment réagir. Il voulait que son cerveau rattrape ses émotions, mais il n'avait aucune idée de ce qu'il ressentait. Trahi. Jaloux. Excité. Un peu de tout ça.

— Qu'est-ce que tu es en train de me dire, Serena ?

Il s'était embarqué dans une conversation à laquelle il n'était pas préparé, et la dernière chose dont il avait envie, c'était de la poursuivre au téléphone, à des milliers de kilomètres de distance.

— Je ne sais pas ce que je suis en train de te dire.

Sa voix était noyée dans les parasites. Il dut tendre l'oreille.

— Il y a des tas de choses que tu ignores à mon sujet. Il y a des tas de choses que, moi-même, j'ignore à mon sujet.

— Tu t'en fais un peu trop. Tu as baissé ta garde. Tu n'es pas de glace.

— C'était plus facile quand c'était le cas, dit-elle.

— Alors dis-moi une chose, demanda-t-il. Est-ce que tu m'aimes ?

Il retint son souffle. Tout à coup, il n'était pas sûr de ce qu'elle allait lui répondre.

— Oui.

— Est-ce que Claire a changé quelque chose à ça ?

— Non, ce n'est pas ça. Et maintenant je dois la revoir.

Stride réfléchit un instant.

— Tu sais que tu peux utiliser le béguin qu'elle a pour toi pour la convaincre d'appeler Boni.

— Bien sûr. C'est ce que je dois faire. Mais j'ai peur que ça me dépasse.

— Elle t'attire tant que ça ?

— Ouais.

Stride regardait le brouillard qui formait des halos autour des lumières de l'aéroport. Son sentiment de déracinement n'avait jamais été aussi fort. Il avait envie de s'en aller, de marcher sous la pluie torrentielle et de disparaître quelque part.

— Ecoute… je ne peux pas te dire ce que tu dois faire.

Il parlait dans le vide. Le signal s'était dissous dans la pluie. Pour le moment, ils se trouvaient dans des univers différents. Il savait que l'attente allait être longue, comme le vol qui le ramènerait là-bas, à travers le ciel noir.

28

— Bonjour, Serena, dit Claire. Je suis heureuse que tu m'aies appelée.

Serena se faufila pour entrer dans le petit studio, remarquant au passage le parfum au chèvrefeuille de Claire. Leurs regards se croisèrent.

— Désolée de venir si tard, dit Serena. On m'a dit, au Limelight, que c'était ton soir de repos.

— Tu ne me déranges pas. Je suis seule, avec un peu de lecture.

L'éclairage de l'appartement était tamisé. Plusieurs bougies brûlaient, qui diffusaient une odeur de vanille. Il y avait une couverture sur le canapé, là où Claire s'était assise avec son livre. Une lampe Tiffany, sur la table basse, produisait la lumière suffisante pour lire. Un verre de vin blanc à moitié plein était posé sur la table basse. Des haut-parleurs dissimulés autour de la pièce diffusaient une douce musique de jazz.

— J'aime beaucoup ton appartement, remarqua Serena.

Il était petit mais chaleureux, avec une ambiance un peu démodée, sans métal ni formes modernes. Les meubles en bois semblaient anciens, mais dans un état remarquable. Serena se demanda si Claire les avait elle-même restaurés. Il y avait des objets de valeur dans tous les coins, boîtes de bois marqueté, anges de cristal, animaux de pierre.

— Je te sers un verre de vin ?

— Non, je ne bois pas, fit Serena, avant d'ajouter tranquillement : Si je commence, je serai incapable de m'arrêter.

— Je comprends. Excuse-moi. De l'eau minérale ?

— Oui, merci.

Claire disparut dans la cuisine, et Serena s'assit sur la causeuse. Elle savait qu'elle jouait à un jeu dangereux. Elle allait livrer des informations, des secrets qui dévoileraient qui elle était. C'était sa stratégie. Claire l'aimait bien. Si elle pouvait placer leurs relations en équilibre sur une corde raide – proches mais pas trop –, Claire ferait peut-être ce qu'elle lui demanderait. Elle appellerait Boni.

Serena savait que les équilibristes tombent parfois de haut. Elle se rappelait ce qu'une de ses amies divorcées lui avait dit à propos des liaisons. Tu veux savoir jusqu'où tu peux approcher de la ligne rouge sans la traverser, et un jour tu tournes la tête, et tu découvres qu'elle est à un kilomètre derrière toi. Serena se demanda si elle avait commis une erreur, en croyant qu'elle pouvait obtenir de Claire ce qu'elle voulait, sans se perdre elle-même.

Claire revint de la cuisine et lui tendit une flûte de champagne qu'elle avait remplie d'eau gazeuse. Elle s'était également servi un autre verre de vin. Claire se réinstalla sur le canapé, les jambes pliées sous elle. Elle semblait détendue, très à l'aise dans son corps, comme une chatte. Elle portait un jean usé et un pull décolleté en satin noir. Elle était pieds nus.

— Je te dois des excuses, dit-elle à Serena.

— Ah bon ?

— Pour t'avoir fait du rentre-dedans. Ça ne me ressemble pas, d'être si effrontée. J'ai dû te faire penser à un requin, mais je ne suis pas comme cela d'habitude.

Serena se demanda si c'était vrai ou si c'était seulement la phase deux de l'entreprise de séduction.

— Je ne m'y attendais pas, c'est tout.

— Je suis désolée. C'est la faute de mon imagination romanesque. Je pensais qu'il y avait quelque chose entre nous.

Tandis qu'elle parlait, ses yeux ne quittaient pas Serena, sans ciller. Elle avait une voix douce et engageante, comme le saké chaud qui coule doucement dans la gorge et affaiblit vos défenses.

Serena savait que la balle était dans son camp. Il fallait qu'elle dise quelque chose. Qu'elle nie. Au lieu de quoi elle sautilla un peu plus près de la ligne rouge.

— Tu ne t'es pas trompée.

Claire n'eut pas l'air surpris. Elle but une gorgée de vin.

— J'en suis ravie.

— Mais il ne se passera jamais rien entre nous, ajouta Serena.

— Non ? fit Claire en feignant de faire la moue.

— Non.

— Dommage.

Claire la contempla pensivement, les doigts tambourinant négligemment sur son verre de vin.

— Qui était-elle ?

— De qui parles-tu ?

— La fille à qui je te fais penser, fit Claire avec un sourire entendu. Quelque part dans ton passé, il y a eu une fille. J'ai la modestie de croire que je ne suis pas assez remarquable pour que les femmes hétéros sautent par-dessus les barrières en me voyant.

— D'accord. Oui, il y a eu quelqu'un d'autre, avoua Serena. Il y a longtemps.

— Pourquoi ne m'en parles-tu pas ?

Serena inspira. C'était ce qu'elle voulait, l'occasion d'entraîner Claire dans son histoire. Construire une complicité entre elles. Mais il était facile d'oublier où s'arrêtait sa stratégie et où commençait sa propre catharsis. Pendant des années, elle avait eu envie de parler de Deirdre à quelqu'un, mais elle ne l'avait jamais fait. Pas à son analyste. Pas même à Jonny. Elle lui en avait dit quelques mots, mais pas l'entière vérité.

Serena posa son verre, et les mots coulèrent comme un torrent. Ses souvenirs étaient très nets, en dépit des vingt ans écoulés depuis les faits. Elle raconta à Claire sa rencontre avec Deirdre, de deux ans son aînée, à Phoenix, lors d'un dîner où elles travaillaient toutes deux comme extras. Tandis que les sévices imposés par sa mère et son dealer Blue Dog étaient de plus en plus atroces, Deirdre avait pris une importance vitale pour elle. Elle lui avait offert une porte de sortie. C'est elle qui lui avait tenu la main pendant son avortement – une opération horrible, effectuée beaucoup trop tard. Elles avaient envisagé de les tuer tous les deux, Blue Dog et la mère de Serena. Mais l'idée de la liberté était plus séduisante. S'échapper, partir, s'en aller. Les deux jeunes filles s'étaient enfuies à Vegas. Elles vivaient ensemble, travaillaient, sortaient. Elles étaient les meilleures amies du monde, avant de devenir plus que des amies.

Des amantes. Au fil des années, Serena avait trouvé différentes manières de justifier cela, ou de faire comme s'il s'agissait d'autre chose. Mais elles étaient bel et bien amantes. Serena réalisa, en racontant son histoire, qu'elle avait envie de ressentir à nouveau ce pouvoir sexuel. Elle avait envie d'être celle qui exciterait Claire, et elle savait, en regardant cette dernière bouger les jambes sur le canapé, qu'elle ne lui était pas indifférente. Elle pouvait avoir cette femme. Elle pouvait amener Claire à lui faire tout ce qu'elle voudrait. Elle pouvait lui donner à son tour tout ce qu'elle demanderait.

C'était une sensation grisante, comme si elle s'était remise à boire.

Même quand elle lui raconta qu'elle avait quitté Deirdre, et le cycle destructeur qui avait abouti à la mort de son amie, elle ne se sentit pas au bord des larmes, comme c'était le cas d'habitude. Elle était forte, parce qu'il fallait qu'elle le soit.

— C'est beaucoup de culpabilité à assumer, lui dit Claire quand elle se tut enfin. Mais j'ai oublié, tu es dure.

— J'étais cruelle.

— Tu crois que tu peux obtenir le pardon de Deirdre en faisant l'amour avec moi ? demanda Claire.

Elle était trop intelligente pour qu'on la fasse marcher et elle ajouta :

— Ce n'est pas possible. Je ne le veux pas.

— Que veux-tu ? demanda Serena.

Claire ne se laissa pas démonter.

— Je veux que tu tombes amoureuse de moi.

— Cela n'arrivera pas, dit Serena, bien qu'elle eût presque le souffle coupé en entendant Claire le dire si calmement. Je n'étais pas amoureuse de Deirdre. Nous couchions ensemble, mais je n'ai jamais été amoureuse d'elle.

— Je ne suis pas Deirdre.

Claire repoussa ses cheveux blond vénitien, mais une mèche retomba et lui recouvrit un œil.

— Et toi, que veux-tu, Serena ?

— Je veux que tu nous introduises auprès de ton père, Jonny et moi. Voilà ce que je veux. Je ne veux rien d'autre.

Claire la regarda, comme si elle l'avait toujours su.

— Et si je dis oui ? Tu accepteras de passer la nuit avec moi ?

Serena pensa à Jonny, et au poker. Elle resta impassible, alors même que le plus petit souffle de vent aurait suffi à la faire tomber de sa corde raide et la faire atterrir dans les bras de Claire.

— Non. De toute façon tu as dit que ce n'était pas ce que tu souhaitais.

— Je crois que tu n'es pas si dure que ça, finalement, dit Claire. Je crois que si je t'embrassais maintenant, nous finirions par faire l'amour. Mais tu espères que je n'essaierai pas de le savoir.

Elles jouaient au jeu de celle qui céderait la première. Serena s'efforça de s'armer de courage et de ne pas ciller.

— Je veux que tu appelles Boni, répéta-t-elle.

Claire se pencha langoureusement vers la table basse. Serena vit qu'il y avait là un téléphone portable. Claire l'ouvrit d'un geste, repoussa de nouveau ses cheveux en arrière et la regarda longuement, avec intensité.

— Tu sais combien c'est difficile, pour moi ?

— Oui.

— Tu ne sauras jamais ce qu'il m'a fait. A quel point il m'a trahie.

— Je comprends. Un jour, peut-être, tu me le diras.

Claire enfonça une touche. Le numéro de Boni était toujours enregistré sur son appareil. Il était plus de minuit, mais son père répondit immédiatement.

— C'est Claire, dit-elle, sans quitter des yeux Serena qui se trouvait devant elle, sur la causeuse. Je veux que tu fasses quelque chose pour moi.

29

Un ascenseur express aux parois de verre fumé à l'épreuve des balles les emmena au penthouse de la tour nord des Charlcombe Towers. L'antre de Boni.

Tandis qu'il regardait le sol s'éloigner à une vitesse étourdissante, Stride pensait à MJ. Celui-ci avait vécu dans la même tour que Boni Fisso, celle qui donnait sur le casino où la vie de son père avait été détruite. Où la maîtresse de Walker Lane était morte sous la lueur de l'enseigne du Shéhérazade. Stride se demanda si MJ avait jamais rencontré Boni, s'il avait jamais eu la moindre idée du conflit de titans qui l'avait opposé à son père. Guère étonnant que Walker ait souhaité si désespérément que son fils déménage.

Il observa Serena. Très calme, elle regardait fixement le Strip. Sur tout le trajet du retour, bercé par le bourdonnement du Gulfstream, il s'était demandé comment il se sentait vis-à-vis de Claire et Serena. Il ne le savait toujours pas. Il s'attendait presque à ce qu'elle soit partie. Quand il était arrivé chez eux au milieu de la nuit, elle était là, couchée mais éveillée. Sans même qu'il lui pose la question, elle avait lâché qu'il ne s'était rien passé. Elle lui avait fait l'amour, plus intensément, plus passionnément que jamais, et il n'avait pu s'empêcher de se demander si l'attirance de Serena pour Claire n'était pas en train de déborder dans leur lit.

Même si c'était le cas, il ne s'en plaindrait pas.

Les portes de l'ascenseur s'ouvrirent dans un glissement.

Ils pénétrèrent dans une petite entrée brillamment éclairée. Un mur blanchi à la chaux leur barrait le chemin et, en son milieu, une immense double porte en chêne. Le sol était également blanc : du marbre brillant et immaculé. Stride compta quatre toiles originales, alignées sur le mur, de part et d'autre des portes. Elles étaient signées du peintre réaliste Andrew Wyeth, l'auteur de la série des « Helga ». Elles devaient avoir pour fonction de calmer les visiteurs qui attendaient d'être admis dans le saint des saints. Peut-être servaient-elles en outre à faire comprendre que Boni aimait le raffinement, pas seulement l'argent. Si Steve Wynn pouvait exposer des Picasso au Bellagio, Boni pouvait avoir sa galerie, lui aussi.

Stride connaissait les légendes qui circulaient à propos de Boni, mais il était difficile de faire la part de la vérité et de la calomnie. Telle la rumeur qui prétendait qu'il avait dressé un rat pour bouffer les couilles des tricheurs au casino. Après quoi il faisait manger les fientes du rat aux prétendus voleurs. Pour Stride, ça ressemblait fort à une légende urbaine. Une autre histoire disait que la moitié des hommes politiques de l'Etat avaient travaillé dans ses casinos quand ils étaient jeunes et ambitieux, et que Boni possédait leur âme. Celle-ci était sans doute vraie.

Rex Terrell avait publié dans *Las Vegas Magazine*, un an plus tôt, un long portrait de Boni. Bonadetti Angelo Fisso était né à New York au milieu des années vingt. Le père gagnait des clopinettes en conduisant des camions à

Manhattan, mais il s'était débrouillé pour envoyer son fils aîné à Columbia. (Grâce à l'aide, prétendit-on, de patrons de la pègre.) Quand il quitta l'université, Boni était diplômé en droit et en gestion, intelligent, bien élevé et réputé honnête. Il échappa à la mobilisation grâce à une surdité de soixante-dix pour cent à une oreille. Au lendemain de la Seconde Guerre mondiale, il profita du boom économique pour acheter et revendre des affaires tout au long de la côte Est. Des rumeurs persistantes affirmaient que ses investissements étaient financés par la pègre et que ses entreprises servaient à blanchir l'argent du crime. Plusieurs générations d'agents du FBI dépensèrent beaucoup d'argent du contribuable pour essayer de prouver qu'il était sale. Au bout du compte, ils n'avaient pu que rabrouer des petits poissons de l'empire de Boni. Des gens comme Leo Rucci.

Boni était arrivé à Las Vegas en 1955. Il prit le contrôle de plusieurs casinos bas de gamme auxquels il ajouta des chambres d'hôtel, des spectacles pimentés et des entraîneuses à moitié nues pour les transformer en machines à profit. Il se dota aussi d'une image de philanthrope, construisit des hôpitaux, finança des espaces verts, et offrit des cours à l'université aux enfants de ses employés les plus fidèles. En public, c'était un saint, jamais en retard d'un sourire ou d'une plaisanterie. La partie la moins aimable se déroulait dans les coulisses. Des cadavres disparaissaient dans le désert. Il y avait des dents arrachées, des os brisés. Le rat engraissait, pour ceux qui croyaient à cette histoire.

Le Shéhérazade était le joyau de sa couronne. C'était la première de ses propriétés, qu'il avait bâtie lui-même à partir de rien. Dès son inauguration, en 1965, il attira certains des artistes les plus cotés du moment. Boni avait déjà compris ce que découvriraient les générations à venir d'hommes d'affaires de Vegas : la ville devait se renouveler sans cesse, se réinventer à tout moment. Il ne laissa jamais le Shéhérazade s'étioler. Il monta des nouveaux spectacles, dénicha des nouvelles vedettes. Comme Amira et « Flamme ». Il trouva de nouveaux moyens de choquer et de séduire le public. Et l'argent coula à flots.

Stride avait vu des photos de la femme de Boni – la mère de Claire –, avec qui il avait eu une relation aussi brève que tumultueuse. Eva Belfort était une blonde magnifique, aristocratique, une lointaine cousine de la famille royale française. En l'épousant, Boni se dotait d'une aura de prestige européen. La vérité, c'était qu'Eva, comme tout le reste dans la vie de Boni, avait été achetée. Sa famille possédait un château dans la vallée de la Loire. Elle allait le perdre, obligée de payer des arriérés d'impôts, quand Boni, qui faisait la tournée des vignobles, rencontra Eva. La famille retrouva bientôt son lustre et Boni partit avec sa fiancée-trophée. Une riche héritière venue d'une lointaine province française, forcée de vivre dans la version Tempête de sable de l'Enfer. Rex Terrell racontait qu'Eva avait mauvais caractère, et que le goût de Boni pour les danseuses provoqua de féroces scènes de ménage. Stride se demandait si Eva avait entendu parler d'Amira.

Mais cela n'avait pas beaucoup d'importance. Leur mariage – le seul mariage de Boni – ne dura que trois années. Eva ne survécut à Amira que de quelques mois. Elle mourut en couches, et Boni resta seul avec sa fille unique, Claire.

Stride et Serena attendirent presque dix minutes dans l'entrée de la suite de Boni. Puis la double porte s'ouvrit soudain avec un léger clic et glissa silencieusement vers l'intérieur. Une jolie jeune femme, cheveux bruns relevés en chignon et tailleur-pantalon sur mesure, s'avança pour les accueillir.

— Inspecteur Dial ? Inspecteur Stride ? Entrez, je vous prie. Nous sommes navrés de vous avoir fait attendre.

Elle les fit entrer dans un salon qui semblait aussi vaste qu'un terrain de football. Une immense baie vitrée occupait toute la paroi nord, dominant le Strip. A l'ouest et à l'est, on apercevait les montagnes.

— M. Fisso vous rejoindra dans quelques instants. Nous avons préparé un petit déjeuner. Servez-vous, je vous prie.

Une porte s'ouvrait dans un mur capitonné de cuir et donnait sur le reste de l'appartement. La jeune femme disparut de l'autre côté et les laissa seuls. Stride contempla le buffet. Il réalisa qu'il était affamé. Sur l'immense bureau d'acajou, on avait disposé de quoi nourrir vingt personnes. Il prit une assiette, étala du fromage à tartiner sur un demi-bagel, et recouvrit le tout de saumon fumé. Il se servit un verre de jus d'orange et fit de même pour Serena.

La pièce était décorée dans le rude style western. On y voyait des toiles de peintres de l'Ouest, comme Remington, et une sculpture dont le motif s'inspirait du rodéo. Stride avait du mal à imaginer Boni Fisso, natif de Manhattan, avec un chapeau de cow-boy. Il s'apprêtait à lancer à Serena une plaisanterie à ce sujet, lorsqu'il découvrit que Fisso était entré sans bruit dans la pièce.

Fisso lut dans ses pensées.

— Au fond d'eux-mêmes, tous les hommes sont des cow-boys, inspecteur. Moi, je suis un cow-boy italien. Vous connaissez les westerns spaghettis ? Eh bien, c'est tout moi.

Il se mit à rire, produisant un profond meuglement guttural qui résonna dans la grande pièce.

Pour un homme de plus de quatre-vingts ans, il se mouvait avec une élégance et une vitesse remarquables. Il leur serra la main et les emmena vers la grande baie vitrée, où il montra le panorama d'un geste ample du bras.

— Regardez cette ville ! Bon Dieu, quel endroit ! Vous savez ce qu'on dit : toute ville de carrure internationale doit être traversée par une rivière. Quelle connerie ! Notre ville, elle est traversée par la poussière, les yuccas et les serpents à sonnette. Le seul fleuve ici, c'est l'argent. Je préfère ça à toutes les ordures et les têtes de poissons qui flottent sur les eaux du Missouri et de l'Hudson.

— Le bon vieux temps ne vous manque pas ? lui demanda Stride. Tous ceux qui l'ont connue alors ont l'air de penser que Vegas était bien mieux dans les années soixante.

— Bon Dieu, certainement pas ! Il est certain que j'aimerais avoir le corps et la moitié de l'énergie que j'avais à l'époque. C'est ce que nous pensons tous, hein ? Et puis j'ai perdu des tas d'amis. Tout le monde vieillit. Vous connaissez le dicton. *Tempus fuck it, tempus fugit.* Mais c'est là que réside la beauté de cette ville. Elle est toujours jeune. Balayez le passé et au boulot ! La magie, inspecteur, c'est ce que vous connaissez quand vous êtes jeune. Je vous garantis que, dans quarante ans, les vieux expliqueront à quel point ils regrettent le Vegas des années 2000.

Boni se versa une coupe de champagne.

— Allez-y, vous deux, mangez, mangez ! Bon Dieu, je parle comme ma grand-mère.

C'était indiscutable : Boni était charmant. Stride

devait faire des efforts pour se rappeler que cet homme ne réfléchirait pas deux fois avant d'ordonner un meurtre si cela arrangeait ses affaires. Il pensa à Walker, aujourd'hui dans un fauteuil roulant après avoir été laissé pour mort par les nervis de Boni. A Amira et à son crâne fracassé.

Boni l'observait, de ses yeux bleus étincelants. Stride se dit que l'homme savait exactement à quoi il pensait. Tous ceux qui entraient dans cette pièce et voyaient Boni pour la première fois avaient sans doute la même idée.

— Remplissez vos assiettes, leur dit Boni, et asseyons-nous.

Lui-même s'installa dans un fauteuil de cuir rouge. Stride remarqua que le siège était très bas, de sorte que Boni pût reposer ses pieds bien à plat sur le sol. Il était petit, moins d'un mètre soixante-dix. Le fauteuil se trouvait sur une estrade, plus haut que les canapés qui l'entouraient. C'était son trône. Stride s'attendait presque à devoir baiser un anneau de rubis.

Boni était vêtu tout en noir. Il portait un pull à col roulé, un blazer ébène sur mesure, et un pantalon au pli impeccable. Le cuir de ses souliers vernis luisait comme un miroir. Il ressemblait beaucoup au Boni qu'on voyait sur des photos prises plusieurs décennies auparavant, à l'époque où son crâne couvert de cheveux noirs commençait à se dégarnir. Ses cheveux étaient gris, maintenant, et son front, marbré de taches de vieillesse. Il avait de vraies poches sous les yeux, et au menton la barbe ombreuse de la fin de la journée qu'aucun rasoir n'aurait pu faire disparaître. Mais il avait bonne mine, l'air costaud, le regard vif et perçant, et une dentition de vedette de cinéma.

A condition que le film soit *Les Dents de la mer*, se dit Stride.

— Monsieur Fisso… commença Serena.

— Oh, je vous en prie. Appelez-moi Boni. Boni. Bon Dieu, ne me donnez pas l'impression d'être un vieil homme.

Stride vit que Serena avait du mal à l'appeler par son prénom. Mais elle fit un effort pour le cacher.

— Boni, d'accord. Je m'appelle…

— Pas besoin, pas besoin, l'interrompit Boni à nouveau. Serena Dial. Vous êtes de Las Vegas, en provenance de Phoenix, si je suis bien informé.

Il parlait d'un ton léger, mais Stride avait l'impression que Boni aurait pu débiter le passé de Serena dans le moindre détail, peut-être mieux qu'il aurait pu le faire lui-même.

— Et vous, poursuivit Boni en se tournant vers lui, vous êtes le petit nouveau. Vous venez du Minnesota ? Il y a des lacs, là-bas. Je vous demanderais bien ce que vous venez foutre dans le désert, mais je crois que c'est évident.

Il lui fit un clin d'œil et regarda Serena. Ce qui était évident, c'est qu'il savait tout de leurs relations. Stride se demanda si ça venait de Sawhill.

— Je dois vous remercier, dit Boni à Serena. Je n'avais pas parlé à ma fille depuis des années. C'était agréable d'entendre sa voix. Dans le temps, je croyais qu'elle vivrait ici, et qu'elle dirigerait mon empire avec moi. Cette fille a un sens des affaires que je n'ai rencontré chez personne d'autre. Bon Dieu, elle doit tenir ça de son vieux, non ? Sa mère, Eva, elle pouvait vous en remontrer, mais elle était plus douée pour dépenser de l'argent que pour en gagner. Non, ma petite Claire, c'est le génie de la famille, je ne lui arrive pas à la cheville.

— Pourquoi vous êtes-vous éloignés l'un de l'autre ? demanda Serena.

Le visage de Boni se durcit.

— Un inspecteur de police qui s'inquiète de mes valeurs familiales ! Très aimable. Mais vous n'êtes pas venus pour m'aider à recoller les morceaux avec Claire, n'est-ce pas ?

— Non. Simplement, je…

— Ecoutez, Claire et moi, nous ne voyions pas du tout mes entreprises du même œil. Elle est donc partie chanter ses chansons tristes, simplement pour me contrarier. Et pour vivre dans ce petit appartement, alors que je sais parfaitement qu'elle a gagné des millions en bourse.

Boni regarda Serena, qui ne put dissimuler sa surprise.

— Elle vous a sans doute dit que c'était parce qu'elle aime coucher avec des filles. Ce n'est pas une manière de faire très catholique. J'aurais été plus heureux de la voir épouser un solide gaillard comme l'inspecteur Stride, ici présent. Je lui ai organisé plusieurs tête-à-tête avec de beaux garçons. Où est le péché là-dedans ? Mais non, je dois parler de Claire en confession tous les dimanches ; que Dieu me vienne en aide. Le père D'Antoni me demande régulièrement de ses nouvelles, il veut savoir si elle a l'intention de revenir sur le chemin de Dieu. Si vous voulez mon avis, je crois qu'il a surtout envie de connaître les détails.

— Vous l'avez entendue chanter ? demanda Serena.

— Oui. Elle est géniale. Cette fille pourrait régner sur Nashville si elle décidait d'y aller. Mais elle ne le fera jamais. C'est une pure créature de Vegas.

Boni se carra dans son fauteuil et dégusta une gorgée de champagne.

— Mais nous devons parler d'autre chose, hein ? Claire m'a dit que vous vouliez avoir avec moi une conversation officieuse, sans ces putains d'avocats autour de nous. Je dois respecter ça. Je suis moi-même avocat, et je dois avouer que la plupart d'entre eux pourraient coller sur leur bureau un perroquet dressé pour répondre : « Non, non, et non. » Et il faudrait payer le perroquet mille dollars de l'heure. Bon, il n'y a pas d'avocat ici, inspecteurs. Rien que nous trois. Cette conversation n'a jamais eu lieu. Pigé ?

Stride et Serena acquiescèrent.

— La raison qui nous amène ici… commença Stride.

— La raison qui vous amène, c'est que vous essayez de coffrer un meurtrier. Et vous avez besoin de mon aide.

— Exact.

— J'ai vu le portrait-robot dans les journaux. Je ne peux rien pour vous. Désolé.

— Il a travaillé pour votre compagnie, répondit Serena. David Kamen l'a engagé à Premium Security. Je suis sûre que vous le savez, parce que je suis sûre que Kamen vous a appelé.

— Oui, il m'a appelé, mais ça ne change rien du tout. Je n'ai jamais vu ce Blake Wilde, et j'ignore où vous pouvez le trouver. J'aimerais vous aider.

— Vous êtes conscient que Claire pourrait être sa prochaine cible, lui dit Serena.

— Je ne suis pas idiot, inspecteur, fit Boni d'un ton sec.

Ses yeux bleus fixèrent Serena, et il ajouta :

— Je fais surveiller Claire en permanence. Même si elle ne le sait pas, je la protège toujours.

— Est-ce que Blake fait partie des gens que vous avez payés pour la *protéger* ? rétorqua Serena.

Boni ne répondit pas. Apparemment, Serena avait touché une corde sensible.

— Puis-je parler franchement, monsieur Fisso ? intervint Stride.

— Absolument, inspecteur.

— Ce n'était pas dans les journaux, mais vous saviez sans doute avant nous que tous ces meurtres avaient un point commun. Le Shéhérazade. Plus précisément, Amira Luz. Blake Wilde, ou quel que soit son vrai nom, semble résolu à venger la mort d'Amira, parce qu'il croit qu'elle n'est pas morte comme la presse et la police l'ont prétendu. Il est très possible qu'il ait raison. Mais nous ne sommes pas ici pour rouvrir l'enquête sur le meurtre d'Amira Luz. L'affaire est close.

— Vraiment ? Je crois savoir que vous avez beaucoup enquêté à ce sujet, inspecteur. J'ai même entendu dire que vous aviez rendu visite à mon vieil ami Walker Lane.

— Vous savez qu'il est dans un fauteuil roulant, dit Stride. Depuis cette nuit-là.

— C'est terrible. Il a eu un accident de voiture, non ? Une bonne leçon pour ceux qui boivent avant de prendre le volant.

— Ce n'est pas ce que dit Walker.

— Ah bon ?

— Il affirme que vous l'avez fait passer à tabac. Estropié. Pour le punir d'avoir essayé de vous prendre votre maîtresse.

— Je suppose qu'il m'accuse aussi d'avoir tué Amira, répondit Boni, très calme.

— Oui, en effet.

— Naturellement. J'aimais beaucoup Walker, inspecteur, mais il s'est montré très imprudent. Quand on commet des erreurs aux conséquences désastreuses, on essaie souvent de faire porter le chapeau à quelqu'un d'autre.

— Alors vous n'avez pas fait assassiner Amira ?

— Bien sûr que non.

— Non ? Est-ce qu'elle n'était pas votre propriété ? Est-ce qu'elle ne vous appartenait pas ?

— Tss tss... Amira n'appartenait à personne. A personne. Surtout pas à Walker. Je crois que cela le frustrait énormément.

— Vous voulez dire que c'est Walker qui a tué Amira ? demanda Stride.

— Pour autant que je sache, elle a été assassinée par un cinglé d'admirateur. Walker n'était pas là quand elle est morte. Il avait déjà pris la route de Los Angeles. Je crois même que, par une de ces coïncidences de la vie, c'est arrivé au moment où il a eu son accident.

— Et je suis sûr que si nous creusons assez profondément, nous trouverons un rapport de police sur l'accident, dit Stride.

— J'en suis sûr. Mais encore une fois, en quarante ans, des choses peuvent s'égarer.

— Et les dossiers des employés du Shéhérazade, à l'époque ? Ils sont égarés, eux aussi ?

— Pourquoi ? demanda Boni. Qui cherchez-vous ?

— Un gosse qui était employé à l'hôtel cet été-là, comme maître nageur. Un certain Mickey.

Boni regarda Stride, l'air surpris.

— Et pourquoi vous intéressez-vous à un type comme ça ?

— Le soir de la mort d'Amira, il a appelé le directeur de votre casino, Leo Rucci, à propos d'une bagarre à l'extérieur. Je voudrais en savoir plus.

— Eh bien, je suis désolé, inspecteur. Les vieux dossiers du personnel se trouvent dans un entrepôt, quelque part en ville, à moitié bouffés par les blattes. Mais quand nous engagions des étudiants pour l'été, je demandais en général à Leo de les payer en liquide. Ça ne valait pas le coup de s'embêter avec la paperasserie et les impôts.

Stride avait l'impression d'affronter un très vieil élan armé d'une énorme paire de bois, et décidé à briser des crânes toute la journée.

— Pourquoi Blake Wilde serait-il si déterminé à venger Amira, si sa mort ne présentait rien d'extraordinaire ? demanda Serena.

— C'est un serial killer. Vous savez mieux que moi ce qui se passe dans la tête d'un type pareil.

Boni ne put s'empêcher d'afficher un petit sourire narquois.

— Si nous savions pourquoi il fait cela, dit Stride, il serait plus facile de le trouver. Et je crois que vous, vous savez pourquoi.

— Vous l'avez déjà dit, inspecteur, non ? Il a des opinions erronées sur ce qui est arrivé à Amira.

Stride secoua la tête.

— Ecoutez, je sais que vous voulez être le premier à l'avoir. Vous voulez l'attraper et régler cette affaire avec lui à votre manière.

Stride fit une pause. Il nota que Boni ne le contredisait pas.

— L'essentiel est que l'un de nous lui mette la main dessus au plus vite, avant qu'il ne tue quelqu'un d'autre. Si vous l'arrêtez, très bien, nous ne le saurons jamais. Mais je ne crois pas que vous verriez un inconvénient à ce que nous l'attrapions avant vous.

— Trouvez mieux que ça, dit Boni.

Le masque glissait. Un reflet métallique. Stride savait qu'il avait raison. C'était une course, et il fallait que Boni gagne. Pas seulement pour serrer Blake, mais pour le faire disparaître discrètement et le plus vite possible de la une des journaux. Si Blake était arrêté, qui sait ce qu'il pourrait raconter ? Qui sait ce qu'il savait ? Ses accusations suffiraient à attirer l'attention sur Boni et pourraient éloigner certains investisseurs du projet Orient.

Il ne les aiderait pas.

— Et si vous n'étiez pas assez rapide, Boni ? demanda Serena. S'il atteignait Claire le premier ? Est-ce que ça vaut le coup de prendre le risque ?

Il y eut un silence. Boni rumina cette hypothèse.

— Où Kamen l'a-t-il trouvé ? demanda Serena.

— Ça ne vous avancerait pas, dit Boni. Wilde était mercenaire en Afghanistan. David utilisait ses services de temps en temps pour des opérations qui n'apparaissent pas dans les livres. Il était très bon. Peur de rien. Impitoyable. Mais ce n'est que du vent. Faux noms. Pas de CV.

— Y a-t-il d'autres hommes qui ont travaillé avec Kamen et qui pourraient connaître Blake ?

Boni secoua la tête.

— Pas question que je vous donne ça. Pas question que David vous le donne.

Stride savait qu'il pourrait creuser certaines pistes militaires. Mais si Wilde était un franc-tireur, l'état-major ne serait pas plus enclin que Boni à lui donner des informations.

— Alors dites-nous pourquoi, fit-il.

Il regardait Boni, dont le cerveau tournait à plein régime. Pour cet homme, tout relevait de l'arithmétique. Une somme algébrique de débits et de crédits. La valeur de l'information. Stride crut d'abord que Boni allait refuser de répondre, une fois de plus, mais le vieil homme se pencha en avant, les mains sur les genoux.

— Je vous le dis, et nous arrêtons là.

Serena et Stride acquiescèrent.

— Amira, elle n'était pas vraiment chaste, vous voyez ce que je veux dire. Dès qu'elle est arrivée en ville, elle a couché avec Moose. Une fille maligne. Moose avait de l'influence. Elle n'a pas tardé à se retrouver meneuse de revue dans un de nos spectacles. Puis elle est partie à Paris, OK ? Un contrat spécial. C'est là qu'elle a mis au point l'idée de « Flamme ».

Boni semblait jouir de la confusion qu'il lisait sur leurs visages.

— Le problème, c'est qu'elle n'était pas à Paris. Elle était enceinte. Elle voulait garder le secret. Je l'ai donc éloignée pendant quelques mois, et elle a eu son gosse.

Un bébé, se dit Stride. Un bébé secret. Les problèmes les plus ardus, parfois, sont vraiment les plus simples. Blake Wilde était *le fils d'Amira*.

— Qu'est devenu le bébé ? demanda Stride.

— Adoption, dit Boni. Amira ne pouvait plus différer son retour. C'était mortel, pour elle, de rester seule là-haut. « Flamme » devait triompher.

— Moose était au courant ? demanda Serena.

— Personne n'était au courant.

Quelque chose turlupinait Stride. Un élément se déplaça et, comme dans un séisme, une pièce du puzzle se mit en place.

— Vous avez dit « là-haut ». Où l'aviez-vous envoyée ?

— Un de mes associés avait des bungalows à Reno, près du lac. Des tas de filles de Vegas allaient là-bas quand elles avaient ce genre de problèmes.

Stride et Serena se regardèrent.

— Reno, répétèrent-ils.

TROISIÈME PARTIE

Blake

30

— Cette affaire m'aura permis de te voir deux fois en une semaine, dit Jay Walling quand Serena descendit de sa voiture de location, devant la maison de retraite proche du centre de Reno.

L'inclinaison de son feutre noir lui donnait un air effronté.

— Je suis verni.

— Va te faire voir, Jay, répondit Serena d'un ton enjoué.

Elle remonta la fermeture Eclair de son blouson de cuir. Il faisait froid, en ville, avec le vent violent qui venait de la montagne, et les rafales de neige. A Las Vegas, une vague de chaleur automnale faisait exploser les thermomètres, mais là-haut, à Reno, on eût dit que c'était déjà l'hiver. Le ciel était noir anthracite, et les montagnes avaient l'air de mauvaise humeur.

— Il s'appelle William Borden, dit Walling. Le frère d'Alice Ford.

Dès qu'ils avaient eu connaissance du lien entre Blake et Reno, il ne leur avait pas fallu longtemps pour trouver ce qui leur manquait depuis le début – de quoi établir un lien entre le meurtre d'Alice Ford dans son ranch de Reno et les assassinats perpétrés à Las Vegas.

Ils avaient découvert que le frère d'Alice avait dirigé pendant trente ans une association sans but lucratif qui s'occupait de services familiaux dans le nord du Nevada. Son travail consistait notamment à organiser des procédures d'adoption confidentielles pour les enfants de danseuses enceintes, comme Amira.

— Tu as trouvé quelque chose sur cette agence ? demanda Serena.

— Si j'en crois les types de Carson City, ce sont des saints. Un budget modeste, beaucoup de petits dons annuels, pas de plaintes significatives. Ils font du bon boulot.

— Borden dirigeait l'agence à l'époque où Amira Luz a accouché ?

Walling acquiesça.

— Depuis 1960. Il l'a dirigée jusqu'à son départ en retraite. Il est au bout du rouleau, maintenant, avec des problèmes cardiaques. Il est entré ici l'année dernière.

Serena examina la maison de retraite – un cube de béton blanc sale de deux étages – et se sentit un peu déprimée. Ils n'étaient pas très loin des vastes et vieilles demeures qui dominaient les eaux agitées de la Truckee, mais ils auraient pu aussi bien se trouver sur une autre planète. A l'intérieur, c'était encore pire. Les infirmiers faisaient de leur mieux, décoraient les murs avec des dessins d'enfants, et arboraient de larges sourires, mais cela n'en restait pas moins un endroit où des gens usés venaient attendre la mort. Ils virent un homme diabétique amputé de ses membres. Une femme qui tremblait violemment sous l'effet d'une maladie de Parkinson à un stade avancé. Des gens au regard vide, à l'esprit lointain. Serena eut un fort sentiment de claustrophobie.

Ils trouvèrent William Borden dans le salon du premier étage. Il y avait un téléviseur dans un coin de la pièce. Une dizaine de personnes agglutinées sur des canapés et des fauteuils roulants suivaient la rediffusion d'un épisode de *Friends*. Une infirmière leur montra Borden. Il était à l'écart, à l'autre bout de la pièce, dans un fauteuil roulant, un livre posé sur les genoux.

Ils se présentèrent, approchèrent des chaises et s'assirent devant lui. Serena ôta son blouson. L'endroit était une vraie fournaise.

— Je suis vraiment désolée, pour votre sœur, lui dit-elle.

Elle remarqua que son livre s'intitulait *Familles. Comment faire son deuil*. Elle se demanda si quelqu'un était jamais parvenu à « faire son deuil ». Surtout dans le cas d'une mort violente. Borden avait le regard lointain.

— Je me sens terriblement coupable…

Il parlait d'un ton professoral, réfléchi et un peu pontifiant. C'était un homme de petite taille, avec une barbe grise et des cheveux argentés qui avaient vraiment besoin d'être coupés. Il portait un pyjama bleu clair et des pantoufles.

— Je crois que c'était l'intention de cet homme. Infliger la culpabilité et la douleur. Je n'ai pas encore revu Al. Je me demande même s'il me rendra visite, car il a perdu sa femme à cause de moi.

— Ce n'est pas votre faute, monsieur Borden, dit Walling.

— Ah non ? fit Borden en haussant les épaules.

— Nous aimerions savoir si vous pouvez identifier l'homme qui a peut-être tué votre sœur, dit Serena.

Elle allait lui tendre un exemplaire du portrait-robot, mais Borden le repoussa d'un signe.

— Pas besoin de ça. Je sais qui c'est. Quand M. Walling m'a appelé, j'ai su exactement qui c'était.

En dépit de la chaleur qui régnait dans la pièce et de la

couverture de laine étalée sur ses genoux, Borden frissonna.

— Il se fait appeler Blake Wilde, dit Serena.

Borden secoua la tête.

— Ce nom ne me dit rien. Mais je suis sûr qu'il en a changé plusieurs fois au fil des années. Quand je l'ai connu, il s'appelait Michael Burton. C'était il y a plus de vingt ans.

— J'aimerais vraiment que vous regardiez le portrait-robot, dit Serena.

Borden soupira. Il prit la feuille de papier, qu'il contempla avec un malaise évident. Finalement, il ferma les yeux et hocha la tête.

— La dernière fois que je l'ai vu, il n'avait que seize ans. C'est lui, indiscutablement. Ces yeux. Le reste du visage a vieilli, mais ces yeux, ils sont tels qu'ils étaient.

Il entendit des gloussements, du côté du groupe rassemblé devant le téléviseur. Il fronça les sourcils.

— Voilà à quoi ça se résume, vous voyez... cet endroit. On rassemble les mourants comme du bétail, et on attend qu'ils crèvent l'un après l'autre. Comme c'est ironique ! J'ai passé ma vie à essayer d'améliorer l'existence d'enfants. Je n'ai jamais trouvé le temps de me marier et d'avoir des enfants à moi. Au lieu de quoi je finis mes jours ici, le cœur malade, et personne ne vient me rendre visite, à l'exception de ma sœur. Et maintenant elle est morte. A cause de l'erreur que j'ai commise. Une seule erreur, horrible, en trente ans.

— Blake – ou Michael – était le fils d'Amira Luz ? demanda Serena.

— Je ne sais vraiment pas. Je ne l'ai jamais su. Je ne rencontrais jamais la mère.

— Dites-nous ce qui s'est passé, suggéra doucement Walling.

— Un homme est venu me voir, expliqua Borden. C'était au printemps 1967. Après les heures de bureau. Il avait un bébé, vraiment petit, âgé tout au plus de quelques jours. Il me dit que la mère était incapable de s'occuper de lui et me demanda de trouver un foyer pour le petit garçon.

— Vous savez qui était cet homme ?

Borden secoua la tête.

— Il ne m'a pas donné de nom. Il était grand, avec un cou de taureau. Très intimidant.

Serena se dit que cela aurait pu être Rucci. Mais les gorilles ne manquaient pas, à l'époque, dans les casinos.

— Et vous avez pris le bébé sans poser de questions ?

— Cela arrivait tout le temps. A Vegas, les filles couchaient avec les flambeurs et se retrouvaient enceintes. Il fallait qu'elles s'en débarrassent rapidement. Chaque mois on voyait arriver une autre fille, un autre bébé. Tout le monde aujourd'hui a la nostalgie de cette époque. Mais il valait mieux être blanc et riche. Personne ne voulait savoir ce qui se passait derrière le rideau. Un racisme virulent. Des femmes maltraitées. Des enfants rejetés.

— Alors vous avez pris le bébé ? demanda Serena.

Borden acquiesça.

Walling se pencha vers lui et lui murmura à l'oreille :

— Je ne dis pas que vous n'êtes pas un bon citoyen, monsieur Borden, mais… est-ce que de l'argent changeait de mains ?

Borden regarda le plafond.

— Oui, il y avait de l'argent, aussi. Ces gens payaient toujours avec générosité. Mais je vous garantis que pas un cent n'allait dans ma poche. Tout était pour l'agence. Ça nous a permis plusieurs fois de nous sortir de passes difficiles.

— Et la famille ? Elle ne posait pas de questions ?

— Tout était anonyme, alors. Pour eux, ce n'était pas extraordinaire. Ce n'était pas comme aujourd'hui, où beaucoup de mères biologiques gardent le contact avec leurs enfants, longtemps après qu'ils ont été adoptés.

Walling lissa le chapeau qu'il tenait à la main.

— Je ne comprends pas, monsieur Borden. Si vous ne saviez pas d'où venait le bébé, et si la famille adoptive l'ignorait aussi, comment ce type a-t-il découvert qu'Amira Luz était sa mère ? Et pourquoi s'est-il livré à ce sale petit jeu en assassinant votre sœur ?

Borden eut l'air peiné. Il inspira plusieurs fois.

— Comment il a su pour Amira, je l'ignore. Mais la vengeance… eh bien, il y a longtemps qu'il a commencé.

— Expliquez-vous, dit Walling d'un ton sec.

— Je vous ai dit que j'avais commis une erreur. Une erreur terrible. Je ne parle pas d'avoir accepté le bébé, ni d'avoir pris l'argent. Si c'était à refaire aujourd'hui, je le referais. Mon boulot consistait à protéger les enfants.

— Alors quoi ? demanda Walling.

Serena regardait les yeux de Borden. Elle comprit tout à coup ce qui s'était passé. Elle-même avait connu cela. La chaleur de la pièce commença à l'étouffer. Le mot plana entre eux, attendant que quelqu'un le prononce.

Maltraitance.

— Mon erreur était dans le choix de la famille, dit Borden.

Walling avait compris, lui aussi.

— Qu'ont-ils fait au garçon ?

— Il faut que vous compreniez, dit Borden.

Serena se dit qu'il essayait de justifier sa décision à ses propres yeux.

— Placer les enfants dans des familles d'accueil, ce n'est pas une science exacte. Nous décidons au mieux, en nous basant sur les entretiens. Mais de temps en temps, il y a des problèmes. A l'époque, je l'avoue, j'étais jeune et présomptueux. J'avais un doctorat en psychologie infantile. Je croyais être capable de juger une famille adoptive et de décider en quelques minutes si elle collait ou pas. Je ne savais pas alors tout ce que j'ai appris depuis.

— La famille Burton ne collait pas, dit Serena.

Borden secoua la tête.

— Le mari, peut-être. C'était un type bien, courageux, de la petite classe moyenne. Ils étaient mariés depuis cinq ans. Voulaient désespérément un enfant. La femme, Bonnie, était très impatiente. J'ai cru qu'ils feraient de bons parents. Je n'ai pas vu les signes. Sachant ce que je sais aujourd'hui, je suis sûr que Bonnie elle-même avait subi des sévices de la part d'un de ses parents. Elle a repris là où ils s'étaient arrêtés. Si le garçon ne m'a pas menti, Bonnie était extraordinairement cruelle.

— Vous ne faisiez pas de visites de suivi ? demanda Walling.

— Si, bien sûr. Tout semblait aller bien. Vous devez comprendre, monsieur Walling, que je ne parle pas de sévices physiques. De coups. De violence. Je parle de sévices sexuels. Bonnie Burton a imposé des relations intimes à son fils adoptif dès son plus jeune âge.

Serena eut l'impression que le plafond s'abaissait, comme s'il allait l'écraser contre le sol. Elle revit sa propre mère et Blue Dog vautré sur elle, sur le lit. Elle transpirait abondamment.

— Et il n'y avait pas que le sexe, poursuivit Borden. Elle le terrorisait, afin de le dominer. Elle exerçait un contrôle absolu sur son psychisme. S'il résistait, elle lui infligeait des choses indescriptibles.

— Par exemple ? demanda Walling.

Serena n'avait vraiment pas envie d'entendre les détails.

— Le garçon m'a raconté que Bonnie l'enfermait parfois dans la salle de bains, nu, dans l'obscurité. Puis elle lâchait... des choses sous la porte.

— Des choses ?

— Des cafards, surtout.

— Oh merde, lâcha involontairement Serena. Vous n'étiez pas au courant de tout cela, à l'époque ? Le mari ne savait pas ?

— Non, je ne savais rien. Nos contacts avec les familles s'interrompent quand les enfants sont petits. Et le mari... s'il savait, il n'a rien fait pour que ça cesse. J'espère qu'il ne savait pas.

— Comment l'avez-vous appris ? demanda Serena.

Le visage de Borden se contracta. Les pensionnaires, devant la télévision, rirent à nouveau.

— Je ne l'ai su que des années plus tard. Le garçon est entré chez moi par effraction, au milieu de la nuit. Il m'a ligoté. Au début, je ne savais absolument pas qui c'était. Je croyais qu'il voulait me cambrioler. Après m'avoir attaché, il s'est assis près de mon lit. Il m'a expliqué qui il était. Il voulait retrouver sa mère.

— Ça l'obsédait déjà, à l'époque, dit Serena.

— Oh oui. Il considérait que sa mère biologique était une victime, comme lui. Au moment où il subissait les sévices, il avait élaboré un lien imaginaire avec elle. Il m'expliqua qu'elle venait parfois lui murmurer des choses. Lui dire que tout irait bien. Lui demander de la retrouver.

Serena eut de nouveau l'impression que la pièce se

mettait à tourner. Elle était furieuse après elle-même. Furieuse de laisser son propre passé se faufiler dans le présent. Ce passé la contaminait.

— Il vous a parlé des sévices qu'on lui a infligés, pendant que vous étiez attaché ? demanda Walling.

Borden acquiesça.

— Dans le moindre détail. Vous vous demandez s'il aurait pu inventer tout ça ? Je vous assure que non. J'ai eu l'occasion d'interroger des milliers d'enfants. Je connais les mensonges, les fantasmes, et ça, ce n'était ni l'un ni l'autre. Quoi qu'il ait fait depuis, quoi qu'il soit devenu, ce garçon a subi dans cette maison des tortures indicibles.

— Comment était-il ? demanda Serena. Il était violent ?

— Violent ? Oui. Mais ce n'était pas une violence incontrôlée. Il n'était pas furieux, ni agressif. Il était calme, cruel. Ce n'était même pas, à mon avis, de la cruauté délibérée. Il avait géré sa souffrance en se coupant de la douleur, en détachant ses émotions de ce qui se passait autour de lui. Je sais que ça peut paraître bizarre, mais il était… très concentré. Très professionnel. Très mûr pour son âge. La violence n'était qu'un outil pour obtenir ce qu'il voulait.

— Et ce qu'il voulait, c'était sa vraie mère, dit Serena.

Elle imagina Blake petit garçon et réalisa qu'elle comprenait sa façon de réagir. Il était devenu une sorte de banquise, exactement comme elle. Il s'était gelé. Enfermé à l'intérieur de lui-même.

— Exactement. Malheureusement pour moi, je n'ai pas pu la lui donner.

Walling plissa les yeux.

— Qu'est-ce qu'il vous a fait ?

Calmement, Borden déboutonna sa veste de pyjama. Sur son torse desséché, on voyait la grande cicatrice, semblable à une fermeture Eclair, de son opération à cœur ouvert. Mais d'autres cicatrices couvraient son thorax, par dizaines, petites mutilations rondes semblables à des gommes à crayon.

— Il a commencé par me poser des questions sur l'adoption. Quels dossiers nous gardions. Où l'on pouvait les retrouver. Au début, j'ai menti, je lui ai dit que nous n'avions plus de dossiers de cette époque-là, que tout avait été perdu dans un déménagement. Il savait que je mentais. Il fumait, en m'interrogeant. Chaque fois que je lui donnais une mauvaise réponse, il me brûlait avec sa cigarette. La douleur était indescriptible. Il n'y prenait toutefois aucun plaisir. C'était froidement clinique. Il infligeait de la douleur pour obtenir ce qu'il voulait. Des réponses.

— Vous lui avez dit la vérité ? demanda Serena.

— Très vite. Mais il a mis beaucoup de temps à admettre qu'il n'existait aucune trace de son adoption, que je ne savais rien de sa mère biologique. J'ai décrit du mieux que ma mémoire me le permettait l'homme qui avait apporté le bébé. Mais seize ans plus tard, ça ne pouvait pas lui être très utile. Je lui ai dit ce que j'avais toujours soupçonné : que l'affaire sentait l'odeur de la pègre. Mais un fugitif de seize ans au milieu du Nevada n'allait pas briser le mur du silence chez les patrons de casino.

— Alors vous ne croyez pas que c'est à ce moment-là qu'il a découvert l'histoire d'Amira ? s'enquit Serena.

— Je ne vois pas comment il aurait fait. J'ignore toujours comment il a trouvé. Moi-même je n'en savais rien, avant que vous ne me le disiez.

— Eh bien, admettons qu'il a tout découvert, d'une

façon ou d'une autre. Pourquoi, selon vous, fait-il cela ? Quelles sont ses intentions ?

Borden baissa les yeux et fixa le portrait qu'il tenait à la main. Il resta silencieux un long moment. Serena vit soudain qu'une larme coulait sur sa joue. Il l'essuya. Elle se demanda s'il pleurait pour lui, pour sa sœur, ou pour le garçon qu'il avait accidentellement condamné à une vie de tourments. Pour les trois peut-être.

— Il veut se venger, certainement. Se venger, et venger sa mère. Il lui rend justice.

— Mais pourquoi des parents, des membres de la famille ? demanda Walling. Pourquoi pas seulement les gens qui auraient joué, d'après lui, un rôle dans la mort d'Amira ?

— Dans son esprit, il est plus douloureux de perdre un membre de sa famille, dit Borden. Ça correspond à son propre chagrin. Il peut s'y reconnaître. Il veut que les gens qui lui ont pris sa mère sachent ce que c'est que de perdre sa famille. Comme cela a été le cas pour lui. Et pour Amira, aussi.

— D'après ce que nous savons, Amira était heureuse de s'être débarrassée du gosse, dit Serena.

— Peut-être, mais il n'en sait rien. Et je suis sûr qu'il ne le croirait pas.

— Mais vous n'avez pas tué Amira, remarqua Walling. Pourquoi commencer par vous ?

Borden secoua la tête.

— Il ne s'agit pas seulement des gens qui l'ont tuée. Mais de tous ceux qui l'ont *trahie*. Dans son esprit, j'étais le premier. J'ai séparé la mère et l'enfant. C'était évident, quand il est venu chez moi. Il me reprochait de l'avoir pris… et de l'avoir placé chez les Burton.

— Nous devrions parler aux Burton, dit Serena à Walling.

Une partie d'elle détestait l'idée de se retrouver face à une mère coupable de sévices. L'autre partie avait envie de s'en prendre à cette femme.

— Ce sera difficile, coupa Borden. Quand le garçon est venu chez moi cette nuit-là, il s'enfuyait. Il quittait la ville. Avant de partir, il avait incendié la maison de ses parents adoptifs. En les laissant à l'intérieur.

31

Blake se rappelait très clairement comment il avait découvert la vérité à propos d'Amira.

C'était un accident. Certains auraient pu appeler cela un miracle. Pour un million de raisons différentes, il aurait pu ne jamais savoir. Mais il s'était trouvé là, le magazine était là, et il sentait la vérité frémir dans son corps comme de l'acide brûlant dans ses veines. La vie tient parfois à un fil ténu.

Quelques mois plus tôt, il se trouvait dans la salle d'attente d'un dentiste de Cancún, dont la spécialité n'était pas l'extraction des dents ni les caries, mais l'approvisionnement en cocaïne des touristes américains. Le dentiste avait commis la grosse erreur de détourner de l'argent appartenant à des gens placés plus haut que lui dans la chaîne de distribution. Des gens qui détestaient les voleurs. La mission de Blake était simple. Séparer le dentiste de deux de ses incisives.

En attendant le départ du dernier patient, Blake découvrit que le dentiste entretenait une autre passion. Le jeu. C'était sans doute la raison pour laquelle il avait eu besoin de taper dans la caisse aux dépens de ses patrons. La salle d'attente était pleine de revues de Las Vegas, du Mississippi et de Monte Carlo – y compris un numéro récent de *Las Vegas Magazine.* Le hasard voulut que ce fût le numéro contenant l'article de Rex Terrell sur Amira Luz et le Shéhérazade.

Un fil très ténu.

Blake ouvrit le magazine. Il vit sa mère qui le fixait, sur une photo vieille de quarante ans. Il n'y eut pas l'ombre d'un doute dans son esprit. Regarder Amira, c'était regarder un miroir, et voir ses propres yeux. Il n'avait pas besoin qu'on le lui dise. Il n'avait pas besoin d'analyse d'ADN. Il *savait.* Le lien qui les unissait semblait sauter de la page du magazine et pénétrer dans ses os.

Quand il lut l'article, les pièces du puzzle se mirent en place, confirmant ce que la photo lui disait. Les mois qui manquaient dans la biographie d'Amira – les mois où elle était censée avoir dansé à Paris – correspondaient à la période où Blake était né. *Mais tu n'étais pas à Paris, hein ? Tu étais à Reno. Une fille perdue mettant son bébé au monde.*

Même le lien avec la pègre était là, exactement comme le type de l'agence d'adoption le lui avait dit.

Boni Fisso.

Juste là, dans cette salle d'attente de dentiste, sa mère lui demandait de retourner là d'où il venait, dans le Nevada, où il avait fait le vœu de ne plus remettre les pieds. Elle criait pour demander justice.

Il laissa le dentiste de Cancún sur le sol de son cabinet, évanoui sous l'effet de la douleur, le visage baignant dans le sang qui coulait de sa bouche. Blake rinça les deux dents et les mit dans sa poche, en guise de porte-bonheur. Souvenirs du jour où sa vieille quête s'achevait, et où la nouvelle commençait. Il était déjà en train d'établir la liste des gens qui allaient payer pour leurs péchés. Leurs péchés contre Amira et son fils.

Il passa discrètement la frontière séparant le Texas du Mexique. Ce n'était pas difficile. Il avait consacré une grande partie de sa vie à chercher des moyens de franchir des frontières, dans des pays comme la Colombie, l'Afghanistan, le Nigeria et l'Irak. Il avait endossé des dizaines d'identités – cela lui était facile, vu qu'il n'avait aucune identité réelle. Son propre passé s'arrêtait à Reno, le jour où il avait ligoté ses parents adoptifs et les avait aspergés d'essence, eux et leur maison. Il était sorti, avait craqué l'allumette et regardé la maison des horreurs devenir la proie des flammes. Il avait entendu leurs hurlements pitoyables tandis que le feu grimpait les marches à toute vitesse pour les rejoindre, comme un limier guidé par une odeur forte. Il avait inspiré à fond, reniflant l'air tandis que leurs chairs commençaient à cuire, puis s'était enfui.

Une nouvelle vie. Presque vingt-cinq ans passés à courir.

Il avait été anéanti en découvrant que la piste pour retrouver sa mère était un cul-de-sac. L'homme de l'agence d'adoption l'avait supplié, en larmes, le torse brûlé, de le croire : il avait été un bébé de la pègre, venu de nulle part. Et Blake avait fini par le croire. Une partie de lui aimait le mystère qui en découlait. Il trouvait assez approprié d'être un homme de nulle part, sans passé, littéralement. Mais le désir de connaître la vérité ne l'abandonna jamais. Sa mère non plus ne l'abandonna pas : à l'intérieur, dans sa tête, elle lui parlait. Elle le guidait. Ils étaient liés par un cordon ombilical qui ne se rompit jamais.

Blake ne s'attarda pas aux Etats-Unis. Il avait seize ans, mais on pouvait lui en donner un peu plus de vingt. Quand les Etats-Unis envahirent la Grenade, il y débarqua avec quelques autres mercenaires venus de

Louisiane, attirés par l'odeur de l'argent. C'est là qu'il découvrit qu'il y avait toujours des gens prêts à payer quelqu'un pour faire un boulot. Il n'avait pas besoin d'une identité ; personne ne le lui demandait. Il était intelligent, impitoyable et anonyme. Ils n'en demandaient pas plus, et ils payaient bien.

Après la Grenade, il passa au Nicaragua. Puis en Afrique. Il fit le tour du globe, se déplaçant dans l'ombre. Il avait passé la quasi-totalité de la décennie précédente au Moyen-Orient, où les risques étaient infiniment plus élevés... ainsi que les primes, par conséquent. Il aimait le défi que cela représentait, mais il se lassa de travailler avec des fanatiques et de souffrir du désert. Il s'installa au Mexique, vendit ses services aux cartels quand il avait besoin d'argent frais, et finit par apprécier le vent du golfe et les femmes bronzées qui venaient sur la côte.

Il considérait qu'il était en préretraite. Il avait beaucoup d'argent, à l'abri dans une banque offshore. Il acceptait encore des contrats de temps à autre, habituellement ceux qui lui permettaient de rester sur la côte. Lui qui n'avait jamais eu de foyer se sentait chez lui au soleil et au bord de l'eau. Un défilé de jeunes femmes anonymes, touristes ou autochtones, suffisait à satisfaire ses besoins sexuels. Il acheta une maison. Il apprit à pêcher et à faire la cuisine. Le mercredi soir, il buvait de la Corona et jouait au poker avec des dockers et des serveurs.

Mais le coin noir et vide au fond de son âme restait obscur. La lumière n'y brillait jamais. Des choses s'y mouvaient, invisibles, avec des froissements et des claquements. Et toujours, montant de l'obscurité, *sa* voix. Sa mère, qui murmurait, lui parlait d'un travail inachevé. Il se rendit compte qu'il était devenu paresseux et satisfait. Il risquait de se ramollir. Il ne pouvait se le permettre. Pas encore. Après un été sans travailler, lors duquel il avait beaucoup bu et baisé une femme différente chaque nuit, il alla sur la plage, devant sa maison, et réalisa qu'il n'était pas prêt à se retirer. Quelque chose le poussait en avant. Plus tard, il comprendrait que c'était une main, quelque part, qui le guidait. Un travail inachevé.

Quelques mois plus tard, il était dans le cabinet du dentiste, à contempler le visage de sa mère. S'il avait cessé de travailler, il ne l'aurait jamais retrouvée. Quand il lut l'article, sentant la rage s'emparer de lui, il sut qu'on l'avait conduit en ce lieu, à ce moment-là. Cela devait se passer ainsi. Il rentrait chez lui.

A Las Vegas, Blake trouva un appartement bon marché dans un quartier déshérité, situé du mauvais côté d'un mur de pierres effritées marquant la séparation entre les classes inférieures et les nantis de Cashman Field. Il pouvait s'offrir beaucoup mieux, mais il voulait disposer d'une cachette dans un coin où les gens ne se souviennent jamais du visage de leur voisin, et où personne ne parle aux flics.

Il y avait un code dans les bas-fonds. Surveille tes arrières. Occupe-toi de tes oignons.

Il dévora tout ce qu'il put trouver sur Amira Luz, passant des heures à lire tout ce qui la concernait. Il surfa sur Internet et trouva sur eBay un film piraté, à l'image granuleuse, d'une représentation de « Flamme ». Blake le visionna un nombre incalculable de fois. Cloué sur place, il regarda sa mère se déshabiller devant un public de mateurs. Elle le séduisit, comme elle le faisait avec tout le monde. Il mémorisa le spectacle dans le moindre détail, et commença même à reconnaître d'autres personnes présentes dans le cabaret, et d'autres danseuses. C'était comme si l'article du magazine prenait vie.

Helena Troy. Le regard qu'elle jetait à Amira, à un certain moment... La jalousie et la haine à l'état pur s'inscrivaient sur son visage.

Moose Dargon. Ivre, sur scène, entre les danses. Ses sourcils se serrant et se déployant comme des voiles noires. Des blagues salaces. *Quand Dieu a créé Amira, il ne s'est pas reposé le septième jour. Il s'est branlé.*

Walker Lane. Juste le haut de son crâne, au premier rang, plus grand que ceux qui l'entouraient. Mais Blake sentait qu'il haletait quand Amira était en scène. Tel était l'effet du désir. On le voyait rien qu'à la façon dont l'homme inclinait la tête.

Leo Rucci. Planant dans les coulisses, côté cour, comme un loup. Blake sentait son appétit à la façon dont il regardait les girls. *Un cou de taureau*... L'homme qui avait arraché Blake des bras d'Amira.

Il commençait à avoir l'impression de les connaître tous. Comme s'il pouvait se glisser derrière l'écran et se retrouver dans la salle du cabaret, sentir les parfums, les odeurs de brillantine et de fumée. Comme s'il pouvait se mêler à eux, vêtu d'un smoking qui lui aurait permis de se tenir un peu plus droit, de se pavaner plus naturellement que les autres. Comme s'il pouvait enlever Amira à la scène et partir avec elle dans le désert au volant d'une Coronet décapotable, le vent faisant flotter ses cheveux noirs. Comme si le monde entier était un film en noir et blanc.

Plus il s'enfonçait dans le passé, plus il lui était facile d'élaborer un plan pour le présent. Il avait en outre un atout supplémentaire. David Kamen se trouvait à Las Vegas. Le tireur d'élite de Kaboul, qui trempait dans les magouilles du théâtre afghan. Blake avait accompli des tas de missions tordues pour Kamen, et celui-ci lui était redevable. Il ne tarda pas à avoir un emploi qui lui permettait d'approcher les gens qu'il avait envie de voir de près.

Une pièce après l'autre, la partie se mit en place.

Le soir qui précéda son départ pour Reno, il s'assit dans le noir et regarda une fois de plus la copie de « Flamme ». Il gardait les dents du dentiste, ses amulettes porte-bonheur, dans une boîte posée sur le téléviseur. Il les prit et les fit sauter dans sa main en visionnant la cassette. Il était agité, impatient de commencer. En regardant le film, il pensait que lui-même, bébé, se trouvait alors entre les mains cruelles de Bonnie Burton pendant qu'Amira était en scène. Blake ne ressentait plus aucune colère. Le lendemain, il allait commencer à égaliser le score.

Mais il savait qu'il ne dormirait pas cette nuit-là. Il était à cran. Il avait besoin de se calmer les nerfs, de se maîtriser avant de faire face à ce qui l'attendait. La longue route vers Reno. Les quelques secondes de violence chez Alice Ford. Il sortit de chez lui et alla boire un verre et fumer une cigarette dans un club où il était déjà allé plusieurs fois. Le Limelight.

Quelques semaines plus tard, il avait du mal à croire que la partie était presque finie.

Il était assis dans sa voiture, une berline marron banale, sur un parking dans une rue au nord d'un club de strip-tease à succès, proche du Stratosphere. Il faisait nuit, mais la rue était éclairée par les néons. Dans son rétroviseur, il voyait l'autre voiture, la décapotable, garée derrière le club. Une heure et demie s'écoula. Blake se dit que l'homme ne tarderait pas à apparaître. Il examinait attentivement les clients qui entraient et sortaient du club.

Sa vitre était baissée. Il fumait. Toutes les quelques minutes, une putain s'approchait de la voiture, se penchait à l'intérieur, les seins pointés en avant, et le racolait. Blake se contentait de lui souffler sa fumée au visage, et la fixait jusqu'à ce qu'elle se décide à reculer, nerveuse et effrayée. Il se demanda si l'une d'elles le reconnaîtrait, d'après le portrait-robot diffusé à la télévision. Il doutait que ce fût possible dans la voiture sombre. Il se dit aussi que ces filles n'allaient sûrement pas courir chercher un flic.

A onze heures et demie, l'homme sortit du club. Il était impossible de le manquer. Il était jeune et obèse, le ventre débordant de son pantalon gris. Il portait une chemise blanche et une cravate de couleur vive dénouée, si longue qu'elle pendait entre ses jambes. Il était grand. Il dominait la petite blonde qui s'accrochait à son bras, et dont la robe rose moulait étroitement les atouts. Tous deux titubaient, visiblement ivres. Cela ne les empêcha pas de grimper dans la décapotable.

Blake vit que le garde du corps, qui était resté appuyé au mur du club pendant que l'homme se trouvait à l'intérieur, jetait un coup d'œil des deux côtés de la rue. Stupide et inexpérimenté, il ne prit même pas la peine d'examiner la berline. Blake aurait pu se diriger vers la décapotable avec une arbalète, le type aurait continué à mâcher son chewing-gum.

Blake sortit du parking et s'engagea sur le Strip encombré par la circulation, sur la file de droite. Derrière lui, il vit le gros homme et la blonde monter dans la décapotable. Le garde du corps grimpa dans un 4 × 4, mais il était lent. Blake laissa la décapotable le dépasser dans un rugissement de moteur, puis il accéléra pour la maintenir dans son champ de vision. Une minute plus tard, le véhicule du garde du corps le doubla à son tour. Blake resta derrière, séparé d'eux par plusieurs voitures.

Ils dépassèrent des chapelles de mariage, des marchands de beignets, des bureaux de prêt et de cautionnement, des médiums capables de lire les lignes de la main et de tirer les cartes. Il y avait beaucoup de circulation. Tout le temps que Blake suivit la décapotable, un air chaud et sec s'engouffrait dans sa voiture par la fenêtre ouverte. Il comprit qu'ils se dirigeaient vers un des casinos de Fremont Street.

Blake avait un Bluetooth vissé à l'oreille. Il composa un numéro sur son téléphone portable. Quelques secondes plus tard, il entendit une voix bourrue.

— Ouais ?

— Bonsoir, Leo.

— Qui c'est, bon Dieu ?

— C'est Blake Wilde. Vous savez qui je suis ?

Il y eut un long silence.

— OK. Ouais, Boni m'a parlé de vous, dit Leo Rucci. Les flics aussi. Vous êtes ce mec qui s'imagine qu'il peut ressusciter sa maman en écrasant des petits garçons. Et alors ? Je suis censé avoir peur de vous ?

— Oui, vous devriez, Leo.

— Eh bien, tu ne me fais pas peur, espèce de petit con. Pourquoi tu ne viendrais pas chez moi, maintenant, pour parler d'homme à homme ? Tu n'oseras pas, car tu sais que tu n'en sortirais pas vivant.

— Je veux simplement savoir si c'était vous, dit Blake.

Il accéléra pour se rapprocher de la décapotable. Il doubla une limousine et se rabattit sur la file de droite.

La décapotable avec le gros homme et la blonde était à sa gauche.

— Hein ? Qu'est-ce que tu racontes ?

— Vous étiez le bras droit de Boni, au Shéhérazade. Je veux savoir si c'est vous, personnellement, qui avez tué Amira.

Rucci se mit à rire.

— Un fan taré lui a défoncé le crâne. Laisse tomber.

— Nous savons tous les deux que ce n'est pas ce qui s'est passé, dit Blake.

— Ah ouais ? Comment tu le sais ? Tu chiais encore dans tes couches quand c'est arrivé.

— Dites-moi simplement si c'est vous, Leo. Si c'est vous, alors c'est entre nous que ça se passe. Vous et moi. Personne d'autre.

— Je ne te dois rien du tout, espèce de connard.

— OK, si vous voulez le jouer ainsi…

Blake inspira à fond et laissa l'air s'échapper lentement.

— Je roule pour le moment tout près d'une décapotable blanche, dit-il en regardant la voiture à côté de la sienne. Plaque YA8 371. C'est la voiture de votre fils, Gino, non ?

Il y eut un autre silence, plus long, plus mortel.

— Putain, ne t'avise pas… murmura Leo.

Devant lui, la décapotable avec le gros homme et la blonde s'arrêta à un feu rouge. Blake s'immobilisa à côté d'elle, sur la file de droite, et abaissa sa vitre.

— Ecoutez bien, Leo, dit-il.

La voix de Leo hurlait à son oreille.

— Espèce de connard ! Ne fais pas ça, enculé !

La blonde était pelotonnée contre Gino Rucci. Blake devina qu'elle avait la main entre les cuisses de l'homme. Dans son rétroviseur latéral, il vit le garde du corps dans la voiture qui suivait. Paresseux et insouciant.

— Hé, chérie, cria-t-il à la blonde. Combien ?

Elle se retourna brusquement vers lui.

— Ta gueule, minable !

— Allez, baby ! Combien, je te demande ? Combien ce gros lard te paie pour une branlette ? Ça doit pas valoir plus de cinq dollars.

Rétro latéral. Le garde du corps réagissait, maintenant. Il ouvrait sa portière, côté conducteur. Blake vit le bras adipeux de Gino repousser la blonde vers l'arrière. Gino se pencha en avant, vert de rage.

— C'est une excuse assez nulle, pour une pute, lui dit Blake. Tu ne peux pas te taper mieux que ça, espèce de minable ?

Les joues de Gino virèrent au cramoisi. Ses vaisseaux sanguins éclataient comme des pétards de feu d'artifice.

— J'espère que tu as bien profité de ta dernière balade, minable, siffla-t-il. Parce que tu ne marcheras plus jamais.

— Vous écoutez, Leo ? murmura Blake dans son téléphone.

Leo hurlait.

— *Amira était une putain ! C'était une salope de merde !*

Le garde du corps jouait des épaules pour descendre de voiture. Gino se redressa, lui aussi, soulevant son énorme torse au-dessus de son siège. La blonde s'était recroquevillée, la tête enfoncée dans le fauteuil de cuir.

— Vous voulez lui dire au revoir, Leo ? fit Blake.

— BORDEL, JE JURE QUE JE TE DÉTRUIRAI !

Dans la décapotable de Gino, un portable sonna. Blake savait que c'était Leo, sur une autre ligne, qui essayait d'atteindre son fils. Il prit nonchalamment le

Sig Sauer posé entre ses jambes et le pointa par la fenêtre.

— Ecoutez, Leo, fit-il.

Le garde du corps plongea la main sous son veston. Gino avait le même air stupide que MJ quand il avait ouvert les yeux. Blake tira deux fois, perçant deux trous bien nets dans le crâne de Gino. Puis son bras pivota, il tira encore une fois et toucha le garde du corps à la gorge. Les deux hommes s'écroulèrent. Dans son oreillette, Blake entendit le hurlement guttural de Leo. La blonde se mit à crier à son tour.

— Saluez Boni pour moi, fit Blake en démarrant calmement alors que le feu passait au vert. Dites-lui qu'il est le prochain.

32

Sara Evans, encore. « Restless ».

Stride sortit son téléphone de sa poche. Le numéro affiché avait le préfixe 218. Il avait passé la plus grande partie de sa vie dans la zone en question, qui correspondait au nord du Minnesota. Il décrocha, et une voix familière se fit entendre.

— Comment va, patron ?

— Mags ! s'exclama Stride. Bon Dieu, ça me fait plaisir d'entendre ta voix. Tu me manques.

— Tu me manques aussi.

Maggie Bei avait été son équipière pendant plus de dix ans. D'origine chinoise, elle n'était pas plus haute qu'une poupée Kewpie, mais c'était le flic le plus intelligent qu'il ait jamais rencontré. Un peu avant son départ pour Las Vegas, Maggie lui avait annoncé qu'elle était enceinte et qu'elle allait rendre son insigne. Grâce à quoi Stride avait eu moins de mal à démissionner.

— Quel temps fait-il là-bas ? demanda-t-il.

Seul un habitant du Minnesota pouvait apprécier le fait que n'importe quelle conversation s'ouvre sur un commentaire du temps.

— Dégueu. Il pleut. Il fait froid. Et chez toi ?

— Vague de chaleur. Nous avons eu 22 °C pendant

deux ou trois semaines, mais la température est remontée dans les 35 °C. Moi qui pensais qu'on en avait fini avec ça après la fin du mois d'août.

— Tu essaies de m'impressionner, patron ? demanda Maggie. Chemises de soie ? Lunettes noires ? Cocktails avec des bulles et des petits parasols ?

— Ouais. Et je me teins les cheveux. Je me peigne en arrière, avec de la brillantine.

— Moi je suis blonde, maintenant. Je me suis fait faire des implants.

Stride riait tellement qu'il dut garer le Bronco sur le trottoir.

— Tu me manques vraiment, Mags.

— Qui ne te manquerait pas ? répondit-elle, avant d'ajouter : Ecoute, j'ai des nouvelles. Pas très bonnes, j'en ai peur.

Stride fut immédiatement dégrisé.

— Qu'est-ce qui se passe ?

— J'ai perdu mon bébé.

Il entendit sa voix se briser.

— Oh non… Je suis désolé.

— Ouais. Il y a plusieurs semaines. Je n'ai pas eu le courage de t'appeler.

— Merde, Mags, tu aurais dû me le dire tout de suite.

Elle soupira.

— Tu n'aurais rien pu faire.

— Tu vas bien ?

Il secoua la tête, dégoûté. C'est le genre de questions stupides que les reporters, au journal du soir, posent aux victimes de catastrophes.

— Bof… Le toubib dit que ce n'est pas rare, que nous devrions réessayer, bla bla bla. Ça ne rend pas les choses plus faciles. Eric le vit très mal. Il dit qu'il n'est plus sûr de vouloir des enfants. Comme si Dieu essayait de nous dire quelque chose.

— C'est idiot.

— Je sais, fit-elle. (Puis, après une hésitation :) Je me demande si je ne vais pas reprendre du service. Je n'avais pas vraiment envie d'abandonner, tu sais ; c'était une idée d'Eric.

— C'est ce que tu désires ? demanda Stride.

— Je ne sais pas. Sans toi, ce n'est pas pareil.

Stride ne savait que répondre. Il ne voyait pas où Maggie voulait en venir. Dans le passé, il y avait eu quelque chose entre eux. Maggie avait été amoureuse de lui pendant plusieurs années, et elle lui avait même fait des avances après la mort de Cindy. Ça n'avait pas marché. Elle ne lui en avait pas gardé rancune, même quand Serena était entrée dans le tableau, mais Stride s'était toujours demandé si ses sentiments pour lui avaient totalement disparu. Après que Maggie avait épousé Eric, certains indices avaient fait comprendre à Stride qu'elle aurait pu franchir le pas s'il lui avait donné une raison de le faire.

— Mais je suppose que tu es heureux à Sin City, reprit-elle.

— Oh, ouais. Je me suis bien adapté. Ça ne devrait pas t'étonner.

Elle fit mine d'ignorer le sarcasme.

— Quel effet ça fait d'être redevenu un travailleur de base et de ne plus être son patron ?

— Je fais ce que tu as toujours fait. Je râle contre le lieutenant.

— D'accord. Elle est bonne. Comment va Serena ?

— Bien.

Il savait qu'il parlait d'une voix de plomb.

Un moment s'écoula avant que Maggie ne reprenne. Impossible de la berner.

— Vous avez des problèmes, tous les deux ?

— Je ne sais pas ce que nous avons, avoua-t-il.

— Serena a des fantômes, patron. Tu le savais avant d'y aller.

— Ce n'est pas un fantôme.

Il inspira à fond et lui raconta l'histoire de Serena avec Claire. Il lui fit part également de sa peur secrète – qu'il avait eu du mal à formuler mentalement – qu'au bout du compte il finirait par la perdre.

— Elle dit qu'elle t'aime toujours ? demanda Maggie.

— C'est ce qu'elle dit.

— Et toi ? Comment te sens-tu ?

Stride pensa à la vieille blague. Demandez à un type du Minnesota comment il se sent le jour où son chien meurt, sa femme le quitte et il perd son boulot.

— Bien, dit-il.

— Très drôle.

— Je l'aime, Mags. Tu le sais.

— Alors où est le problème ? Bon Dieu, patron, ça pourrait être ton ticket d'entrée pour un mariage à trois.

— Sûr, dit Stride en riant. La pensée a effectivement effleuré mon esprit pervers. (Puis il ajouta :) Allons… Moi ?

— Le monde est beaucoup plus bizarre que tu ne crois, répondit-elle d'une voix qui ne lui ressemblait pas.

— Ne me dis pas que tu t'embarquerais dans quelque chose de ce genre.

— N'allons pas sur ce terrain, patron, répliqua-t-elle.

Il avait l'impression de marcher sur des sables mouvants. Il décida de changer de sujet.

— Et toi ? Tu reviens dans le service ?

— Je n'ai encore rien décidé. C'est un peu tôt, après le bébé, hein ?

— Je sais.

Il avait tellement l'habitude de penser à Maggie comme à un roc qu'il avait du mal à l'entendre exprimer son chagrin.

— Je suis vraiment désolé, Mags.

— Merci. Au fait, j'avais une autre raison de t'appeler.

— Ah ?

— K-2 m'a demandé de le faire. Il est trop froussard pour t'appeler lui-même.

Le directeur adjoint Kyle Kinnick était l'ancien patron de Stride à Duluth.

— Qu'est-ce qu'il veut ? demanda-t-il, en sentant sa gorge se serrer.

— Les recherches pour trouver un nouveau lieutenant au bureau des inspecteurs n'ont mené nulle part, dit Maggie. K-2 voulait que je tâte le terrain. Pour savoir si tu avais envie de revenir.

— Les bibliothèques, dit Amanda. Je crois que c'est notre meilleure piste pour le moment.

Elle se tenait devant la fenêtre ouverte, dans le bureau de Sawhill. Un ventilateur portatif vrombissait sur la table, soufflant un peu d'air vers le visage du lieutenant. Une partie du centre-ville était privée d'électricité depuis l'après-midi, et bien que le commissariat fût équipé d'un générateur de secours, celui-ci n'alimentait pas la climatisation. Dans le bureau, la température était étouffante.

— Ce type a dû faire des recherches quelque part sur Amira, poursuivit Amanda. Sur des faits qui se sont déroulés à Las Vegas il y a quarante ans. Il est certain qu'il a pu surfer sur Internet. Mais pourquoi ne serait-il pas allé aussi à la bibliothèque ? C'est là qu'il pouvait trouver des vieux journaux, des magazines de l'époque, tout ça. C'était peut-être un des moyens dont il disposait pour établir la liste de ses victimes.

— Jetez un coup d'œil là-dessus, dit Sawhill.

Il avait le visage luisant de transpiration, mais son nœud de cravate était parfait. Seule concession à la chaleur : il avait ôté son veston noir.

— Nous avons fait circuler sa description dans tous les journaux et à la télévision, mais nous sommes incapables de le localiser. Et il trouve le moyen de descendre Gino Rucci et son garde du corps au milieu du Strip. Expliquez-moi ça.

— Nous savons qu'il peut se déguiser, dit Stride. Les flics en uniforme et les services de sécurité des casinos sont à l'affût. Hier soir, des témoins l'ont repéré dans une berline marron, mais personne n'a pu nous donner un numéro d'immatriculation. Nous avons ajouté ces données au profil.

— Des appels sur la hotline ?

— Des tonnes, fit Stride, mais pas un qui nous fasse avancer.

— Que savons-nous d'autre sur ce type ? demanda Sawhill.

— Il pourrait aussi bien ne pas exister, répondit Serena. Jusqu'à l'âge de seize ans, à Reno, il s'appelait Michael Burton. Jay Walling a déterré quelques dossiers scolaires, mais rien d'utile. Après avoir fait cramer ses parents, il a quitté la scène. Il n'existe aucun dossier sur ce qu'il est devenu, ni sur l'endroit où il est allé.

— J'ai interrogé l'Armée, ajouta Stride. J'ai pu entrer en contact avec deux autres hommes de l'unité de

David Kamen, en Afghanistan. L'un d'eux se souvenait de Wilde. Il a confirmé ce que Kamen nous a dit : Wilde était avant tout un mercenaire. Mais il ne savait rien qui puisse nous aider à mettre la main dessus.

— Nous n'avons pas rendu public le lien avec Amira, dit Serena. Nous devrions peut-être le faire.

Les engrenages du cerveau politique de Sawhill tournaient à plein régime.

— En quoi ça nous serait utile ? demanda-t-il.

— Wilde a peut-être parlé à quelqu'un d'Amira, ou du Shéhérazade. Cette personne pourrait se souvenir de lui, ou savoir quelque chose à son sujet.

Sawhill secoua la tête.

— Pas assez fort. Le lien avec le casino amènerait une avalanche de gros titres, mais je ne crois pas que ça nous aiderait à attraper ce type. Ce ne serait qu'une diversion.

En d'autres termes, se dit Amanda, les gens pourraient commencer à poser des questions embarrassantes à Boni Fisso.

— Quelqu'un fera le lien tôt ou tard, dit-elle. Ou bien il y aura une fuite, ou un journaliste comme Rex Terrell additionnera 2 et 2.

— Laissons-les s'inquiéter de ça. Occupons-nous d'arrêter ce type avant qu'il ne tue quelqu'un d'autre.

Sawhill tira un mouchoir de la poche de sa chemise et s'essuya le front.

— Que faisons-nous pour empêcher qu'il frappe de nouveau ?

Serena regarda Cordy par-dessus son épaule.

— Tu as la liste ?

Cordy acquiesça.

— Ouais… Nous avons encore dix personnes présentes au Shéhérazade à l'époque et qui avaient un travail en rapport avec Amira et son spectacle. Danseuses, chorégraphes, le genre de gugusses avec qui ce Wilde pourrait décider d'avoir un compte à régler, vous voyez ? Nous leur avons demandé de s'assurer que leurs parents ouvrent l'œil.

— Mais Wilde a l'air de remonter la chaîne alimentaire, remarqua Stride.

— Ce qui veut dire ? demanda Sawhill.

— Ce qui veut dire : Boni, répondit Stride. Wilde ne nous aurait pas dit à quoi il ressemble s'il n'approchait des dernières étapes de son jeu. Il veut que Boni sache qu'il le poursuit.

— Pourquoi annoncer ses intentions ?

Stride haussa les épaules.

— Orgueil. Ego. Suffisance. Il veut que Boni se fasse du mouron.

Sawhill se carra dans son fauteuil, sourcils froncés.

— Sauf qu'il ne va sûrement pas s'attaquer directement à Boni, hein ? Dans tous les autres cas, il s'en est pris à un parent. Sa fille, Claire, ne devrait-elle pas être en tête de liste ?

— C'est évident, dit Stride.

Sawhill se pencha en avant et pointa Serena du doigt.

— Vous la connaissez, n'est-ce pas ? Je veux que vous vous chargiez de sa protection. Je veux que vous ne la quittiez pas des yeux, inspecteur.

— Je ne suis pas baby-sitter, chef, répondit Serena.

— Non, rétorqua Sawhill, vous êtes un flic qui essaie de sauver une vie. Ça vous pose un problème ?

Il ajouta immédiatement, sans attendre la réponse :

— Je veux que vous répondiez de la sécurité de Claire Belfort. En aucun cas, nous ne devons laisser Wilde s'approcher d'elle. Pigé ? Je veux que vous soyez avec elle, que vous restiez collée à cette fille jusqu'à ce qu'on ait arrêté le tueur. Qu'elle prenne pension chez vous.

— Compris, dit Serena.

Elle semblait se faner sous l'effet de la chaleur. Amanda était surprise. Elle avait toujours cru Serena imperturbable.

Le portable d'Amanda se mit à vibrer. Elle s'excusa et sortit du bureau. Elle disparut dans un box désert.

— Gillen.

— C'est Leo Rucci.

Amanda s'assit. Même le siège semblait brûlant, comme si la chaleur remontait à travers le coussin.

— Je suis désolée, pour votre fils, dit-elle.

— Laissez tomber. Je n'ai que faire de votre sympathie.

La mort de Gino n'avait pas adouci Rucci.

— J'aimerais vous parler du meurtre, dit Amanda. Vous pouvez peut-être nous aider à trouver le coupable avant qu'il ne tue quelqu'un d'autre.

— Je n'ai rien à vous dire. Je ne parle pas du passé, d'accord ? Et ce qui est arrivé à Gino, c'est entre moi et ce salaud de Wilde. Je n'ai pas besoin d'aide. Je voulais simplement vous dire que si vous voulez attraper ce type, vous avez intérêt à faire vite.

— Ah ?

— Ouais, gronda Rucci. Parce que moi aussi, je me lance à ses trousses.

33

Blake souffla un nuage de fumée âcre qui s'éleva en tournoyant devant son visage. Il saisit son verre, prit un peu de sel sur le bord et avala une gorgée douce-amère de margarita. En fait, il détestait les cocktails au citron vert que buvaient les touristes à Cancún. Il préférait la bière et le scotch. Mais un avocat roux séjournant en ville durant la convention des spécialistes du droit des faillites – lunettes noires, badge à son nom, margarita – ne risquait pas d'attirer l'attention. Il n'était qu'un escroc parmi d'autres, qui s'imprégnait de blues en espérant décrocher le gros lot avec une serveuse de vingt ans et des poussières.

Il était assis devant une table ronde, au fond du cabaret du Limelight. D'autres personnes se serraient autour de lui, faisaient tinter leurs glaçons, parlaient trop fort, toussaient et riaient. Il n'était pas facile de voir les visages, car l'éclairage était faible et les gens qui s'agitaient sur leurs sièges lui bouchaient la vue, mais il avait repéré les hommes de la sécurité bien avant le début du spectacle. Deux costauds en civil se tortillaient à une table devant la scène, ridiculement visibles dans leurs costumes cravates. Un flic latino, la coiffure impeccable, cheveux brillantinés, rôdait au fond de la salle en surveillant la foule d'un regard mauvais. Il était si près de Blake que celui-ci aurait presque pu le toucher. Le long du mur, côtés est et ouest, se tenaient deux des gars de Premium Security. Blake les connaissait. Des types énormes, sans doute à moitié gorilles. Une cervelle de la taille d'une noisette. Il avait même salué l'un d'eux de la main. Le type lui avait jeté un regard inexpressif, sans remarquer son déguisement. Blake ne put s'empêcher de rire.

Claire était en scène. C'était son second show de la soirée, et il était déjà plus de minuit. En général il se fichait de la musique, mais il appréciait sa voix. Elle avait un accent traînant du Sud, un peu rauque, et il émanait de son chant une tristesse qui rappelait à Blake les souffrances qu'il avait subies pendant son enfance. Il se rendait rarement dans cette partie de lui-même, mais la voix de Claire semblait lui dire que c'était la meilleure chose à faire, comme si elle était capable de l'y accompagner et de le convaincre que le deuil était ce qui le maintenait en vie, que le désir de quelque chose pouvait être plus beau que de le posséder.

Il n'y croyait pas vraiment.

Il pensa à sa mère adoptive. Bonnie Burton. Vingt-cinq ans plus tard, cela lui donnait encore la chair de poule. C'était dingue, à quel point il l'aimait à l'époque, à quel point il voulait lui plaire. En fait, il avait haï son père adoptif, parce qu'il savait ce qui se passait et qu'il n'avait rien fait pour que ça cesse. Blake avait même pris du plaisir à le cocufier, au début, quand il avait commencé à coucher avec Bonnie. Il sentait encore le contact de ses mains. Il lui arrivait de bander quand il pensait à elle, ce qui le rendait fou de rage. Qu'elle soit encore capable de le contrôler de cette façon. Elle lui répétait qu'il était le meilleur amant qu'elle ait jamais eu, qu'elle ne lui ferait jamais de mal, que son corps lui appartenait. Son corps. Avec ses seins qui tombaient et son ventre en forme de beignet.

Un jour, elle lui dit que ce serait une bonne idée de tuer son père. Ils pourraient alors rester seuls tous les deux. Son père, qui savait ce qui se passait dans la chambre à coucher, qui s'en fichait ou qui avait trop peur pour faire quoi que ce soit.

Il avait dit oui, ce serait une bonne idée. Il n'ajouta pas qu'une meilleure serait de les tuer tous les deux. Un mois plus tard, debout dans le noir, il regardait l'incendie les consumer.

Il pensa au petit garçon, dans la rue, à Summerlin. Peter Hale. Il avait reçu une leçon. Il n'était pas le roc qu'il croyait être, la colère pouvait revenir et l'aveugler momentanément. Il avait observé le gamin qui lançait sa balle contre la porte du garage. Spectacle hypnotique de la balle qui allait et venait, *bang, bang*, sans fin. Il ne devait pas être difficile de sourire au gosse, d'entrer, d'égorger Linda Hale et de regagner sa voiture. Peut-être de lancer la balle deux ou trois fois au petit garçon. Puis il s'était dit qu'il laisserait l'enfant sans sa mère, et il avait compris qu'il en était incapable. Il était resté là, assis, paralysé. *Bang, bang*, la balle allait et venait. Heureux gosse. Un gosse qui avait tout ce dont Blake avait manqué, qui n'avait pas de Bonnie dans sa vie, un gosse dont la vraie mère n'avait pas été dépouillée et assassinée par Las Vegas. La colère avait monté comme un de ces tourbillons de poussière qui s'élèvent au-dessus du désert. Une jalousie démente. Le dégoût. Cela le prit avec une telle violence qu'il crut qu'il allait briser son volant. Alors il avait démarré, sans la moindre hésitation, et il avait enfoncé l'accélérateur, visant le petit garçon, décidé à l'effacer, décidé à le voir disparaître dans le néant, sous ses roues.

Parfois, le néant pouvait être une bénédiction.

Dans le cabaret du Limelight, Blake cligna des yeux. Il était parti trop longtemps. Les souvenirs lui faisaient cet effet. Il se dit que c'était la faute de la séduction qu'exerçait sur lui la voix de Claire, tout à la fois paresseuse et aussi tranchante qu'une lame de rasoir sur son poignet.

Concentre-toi, se dit-il.

Amira.

Blake devait agir rapidement. Il avait assisté plusieurs fois au spectacle de Claire. Il savait qu'il ne restait que trois chansons avant la fin de la seconde partie. Il fallait qu'il sorte maintenant, sans quoi il serait pris dans la foule trempée de sueur des admirateurs qui joueraient des coudes pour rejoindre les issues. Dans quelques minutes, il pourrait mettre à profit le désordre pour faire sortir Claire de la nasse de sécurité censée la protéger.

Il savait comment s'y prendre. Avec l'aide de Claire en personne.

Dès qu'elle acheva la chanson suivante – une reprise torride de « One Moment More » de Mindy Smith –, Blake se leva et se dirigea vers la sortie la plus proche en zigzaguant entre les tables. Il portait une veste sport, chemise et cravate, jean et souliers de ville. De retour dans le casino, il écrasa sa cigarette devant une des machines à sous et se dirigea vers les portes vitrées donnant sur le parking. Il embrassa rapidement le petit parking du regard. Le Boulder Strip se trouvait sur sa gauche. Au centre du parking, une grande allée à double sens desservait une série de rangées de voitures garées en épi. Sa propre voiture, une berline marron, se trouvait au fond, là où il pouvait franchir le terre-plein et rejoindre au plus vite la nationale.

Adossé au capot d'une Caprice Classic rouge proche

de l'allée centrale, un flic en civil surveillait les gens qui entraient et sortaient du casino. Leurs regards se croisèrent. Un peu mal à l'aise, Blake se demanda si l'homme l'avait reconnu. Il le dépassa nonchalamment avec un signe de tête amical et se dirigea vers sa berline. Sans se retourner, il tendit l'oreille, en quête de bruits de pas, se demandant si le flic le suivait. Ce n'était pas le cas.

Il monta dans sa voiture et prépara son portable. Il attendit dix minutes, avant de voir le flot des spectateurs du cabaret sortir du casino. Il composa un numéro. Claire répondit immédiatement. Même quand elle ne chantait pas, il aimait sa voix.

— Inspecteur Jonathan Stride, lui dit-il. Je travaille avec Serena.

Il entendait sa respiration. Il l'imagina, le visage encore rouge après son spectacle.

— Je vois, dit-elle d'un ton calme.

— Nous devons vous sortir d'ici immédiatement, Claire.

— Où est Serena ? demanda-t-elle. Je croyais que vous veniez me chercher tous les deux.

Blake fronça les sourcils. Il n'avait pas beaucoup de temps, et il devait réfléchir rapidement.

— Serena est occupée. Nous pensons qu'il ne faut pas attendre. Je suis à l'extérieur, sur le parking du casino. Une Caprice Classic rouge, dans la deuxième rangée. Plus vite vous serez ici, mieux ce sera.

— Ce n'est pas risqué ?

— Nous surveillerons tous vos mouvements. Franchement, ajouta-t-il, si ce type est ici, nous voulons le forcer à se montrer, pas lui faire peur pour qu'il se tire.

— Ce qui veut dire que vous voulez m'accrocher à un hameçon et me laisser me tortiller comme un asticot ?

Blake sourit.

— Quelque chose comme ça.

Claire attendit quelques secondes avant de répondre.

— D'accord. C'est vous qui décidez. Je vous retrouve dans cinq minutes.

Stride déboîta devant l'entrée du Limelight. Il dépassa la file de taxis et se gara à l'angle, sur le trottoir.

— Le spectacle est terminé, dit-il.

Ils descendirent du Bronco. Stride attira l'attention d'un voiturier en agitant son insigne, et ils entrèrent dans le casino, jouant des coudes au milieu de la foule qui retrouvait l'air chaud de la nuit.

— Tu en es sûr ? lui demanda Serena.

Stride savait ce qu'elle voulait dire. Sawhill avait suggéré que Claire s'installe chez eux pendant qu'ils traquaient Blake. Sûr d'avoir envie de laisser Claire chez eux ? Sûr d'avoir envie qu'elle séduise sa compagne sous ses yeux ? Non, il n'en était pas sûr.

— Nous devons la surveiller en permanence, dit Stride. Sawhill a raison. Ce sera plus facile chez nous.

— Je ne crois pas qu'elle acceptera, dit Serena. Elle est très indépendante.

— Il faudra laisser agir ton charme, rétorqua Stride, qui vit qu'elle rougissait.

Le cabaret était presque désert. Les serveuses débarrassaient les tables des verres de vin à moitié vides et de leurs nappes humides. Serena fit signe à Cordy qui se trouvait sur la scène, près de la porte réservée aux artistes. Il baratinait une des musiciennes de Claire, une blonde avec un anneau dans le nez et un aigle tatoué sur l'avant-bras.

— Claire est dans les coulisses ? lui demanda Serena.

— Exactement, *mama*.

Ils se hissèrent sur la scène.

— Aucun signe de Blake ? demanda-t-elle.

Cordy secoua la tête.

— *Nada*.

— Personne n'a passé cette porte, pour entrer ou pour sortir, à l'exception des membres du groupe ? interrogea Stride.

— Absolument. J'ai placé des gars à la porte du casino et devant la sortie de secours, avec l'ordre de vérifier tous ceux qui essaieraient d'entrer par-derrière. On nous a donné une liste du personnel. Personne n'entre s'il n'y figure pas et s'il ne produit pas un document avec photo pour prouver son identité.

Stride hocha la tête. Serena et lui sortirent par la porte réservée aux artistes. Ils tombèrent sur un petit palier et descendirent quelques marches menant à un couloir miteux. A gauche, Stride entendit des bruits de vaisselle venant de la cuisine. Serena le précéda jusqu'à une porte en bois proche de la sortie de secours. Une étoile en papier grossièrement découpée et une affiche représentant Claire, en noir et blanc, étaient collées sur la porte. Stride n'avait jamais vu la fille de Boni. Il fut un peu secoué en découvrant à quel point elle était séduisante. Belle à tomber par terre, comme Serena, avec des lèvres excitantes qui ne pouvaient que parler d'amour, et des yeux égarés qui vous donnaient envie de la serrer contre vous.

Serena frappa à la porte.

— Claire !

Il n'y eut pas de réponse. Serena frappa de nouveau, plus fort.

— Elle est peut-être sous la douche, dit-elle.

Mais Stride avait un mauvais pressentiment. Il essaya la poignée. La porte était fermée à clé. Il cogna violemment du poing.

— Merde, murmura-t-il.

Il se mit à quatre pattes et posa la tête sur le sol pour regarder sous la porte. Il ne vit pas ce qu'il craignait d'y trouver – un cadavre. Mais la loge semblait déserte et obscure.

— Je vais voir au casino, dit-il.

Serena acquiesça.

— Je passe par l'autre côté. Elle est peut-être sortie fumer une cigarette.

Stride repartit par le couloir. Il entendit Serena s'engouffrer par la sortie de secours, derrière lui. Il évita prestement une serveuse qui émergeait avec un plateau chargé de boissons, puis se pencha rapidement dans la cuisine chaude et humide pour s'assurer que Claire ne s'y trouvait pas. Il franchit les doubles portes au bout du couloir et entra dans le casino et le vacarme des machines à sous.

L'employé de la sécurité le regarda à peine. Stride l'empoigna par l'épaule.

— Est-ce que Claire est passée par ici ?

— Qui ?

— Claire Belfort. La femme que nous essayons de garder en vie.

L'homme haussa les épaules.

— Oh, elle. La chanteuse. Ouais, elle est passée il y a une minute.

— Seule ?

— Ouais, toute seule.

— Et vous n'avez pas essayé de l'arrêter ? répliqua Stride.

— Hé, personne ne m'a dit d'arrêter les gens qui sortaient. Je suis là pour empêcher je ne sais quel type d'entrer. En plus, elle devait voir un flic.

Stride commençait à transpirer.

— Qui ça ?

— Un certain Stride.

Stride jura et porta la main à son revolver.

— Par où est-elle partie ?

Le garde lui montra les portes vitrées donnant sur le parking.

— Par là.

Stride dissimula son arme sous son veston et se précipita vers les portes, ce qui lui valut des regards contrariés des joueurs. La foule qui sortait du spectacle, encore assez dense à proximité des portes, se déversait dans le parking. La sécurité dans la foule, se dit Stride. Meurtre, chaos, fuite facile.

Il se dirigea vers la porte en jouant des coudes, avec la sensation que chaque instant s'étirait. Il savait qu'il ne disposait que de quelques secondes. La différence entre la vie et la mort. Dans la vitre, son reflet se moqua de lui. Il ne pouvait même pas voir à travers ce qui se passait à l'extérieur.

Blake glissa doucement le corps du policier sur le siège arrière de la Caprice. Il essuya son couteau sur le pantalon du mort avant de le remettre dans sa poche. Il referma la portière et fit un grand sourire au couple qui se dirigeait vers le 4 × 4 voisin.

— Un coup de trop, fit-il en faisant le geste de lever son verre.

Ils hochèrent la tête, sans montrer le moindre intérêt.

Il se dirigea d'un pas nonchalant vers l'avant de la voiture et regarda les gens sortir du casino. Les femmes dans des robes de soirée moulantes. Les hommes allumant un cigare et tirant sur leur col trempé de sueur. Les couples allaient tranquillement, sans hâte, se tenaient la main, s'embrassaient, riaient. Personne ne lui prêtait la moindre attention.

Il ne quittait pas la porte des yeux. Deux minutes plus tard, il la vit. Claire se glissa à l'extérieur, les cheveux agités par le vent. Elle s'immobilisa sur le trottoir, regarda autour d'elle. Elle portait une chemise de soie rouge à manches longues, un jean et des talons hauts.

Elle le vit, debout près de la voiture. Il lui fit un signe de tête, et elle prit une minute pour le toiser. Puis elle descendit du trottoir et se dirigea vers lui. Il ôta ses lunettes noires en souriant. Leurs regards se croisèrent.

Elle s'arrêta, hésitante, encore beaucoup trop loin.

— C'est moi, l'appela-t-il.

Elle se remit en marche vers lui, lentement.

Blake vit un vague mouvement derrière l'épaule de Claire – un homme qui s'efforçait de franchir la porte du casino. Il fit la grimace en comprenant qui c'était. Stride. Le vrai Stride. Le flic avait une main sous sa veste. Il dissimulait une arme. Blake s'apprêta à sortir la sienne.

— Allons, venez ! dit-il à Claire.

Elle s'immobilisa de nouveau et suivit son regard. Derrière elle, elle vit Stride. Quand elle se retourna, elle se figea, paralysée. Elle examina Blake de haut en bas. Ses yeux s'arrêtèrent sur ses mains.

Le visage de Claire n'exprimait plus que la surprise et la peur.

Blake baissa les yeux sur ses propres mains et vit ce qu'elle avait vu. Du sang.

Stride s'extirpa enfin de la foule et se rua en avant. Elle ne pouvait être très loin. Il examina les visages autour de lui. Des bribes de conversations lui parvenaient.

— Quelle voix !

— Elle m'a fait pleurer. Cela ne m'était pas arrivé depuis longtemps.

— Sexy ! Bon Dieu, qu'elle est sexy !

Il ne connaissait pas Claire. Il espérait qu'il la reconnaîtrait, d'après la photo qu'il avait vue sur la porte de la loge. Est-ce qu'au moins elle ressemblait encore à sa photo ? Stride avança de quelques pas sur le bitume. Il envisagea de l'appeler, mais il ne voulait pas attirer l'attention sur elle.

Une blonde le frôla. Il la fit pivoter vers lui, puis s'excusa. Ce n'était pas Claire.

— Espèce de vicelard, siffla-t-elle.

Il s'en fichait.

Où était-elle ? De nouveau, il parcourut la foule des yeux. Claire. Blake. Il savait qu'ils étaient là tous les deux, quelque part.

Elle devait voir un flic. Un certain Stride.

Il surprit encore un fragment de conversation, sur sa gauche, à peine un murmure.

— C'est elle ?

— Qui cela ?

— La chanteuse.

Stride suivit la direction de leurs regards. Alors il la vit. Elle était tournée vers lui, et ce qui le frappa tout d'abord, ce furent les cheveux blond vénitien reflétant la lumière des néons, puis les yeux bleus posés sur lui. Son soulagement fut de courte durée. Par-dessus l'épaule de Claire, il aperçut un homme aux cheveux roux, en costume cravate. Son cerveau analysa le visage de l'inconnu et ne perçut d'abord aucune menace. Mais alors qu'il tournait de nouveau son attention vers Claire, sa tête se redressa machinalement.

Ce n'était pas le visage. C'étaient les yeux.

Les yeux qui l'avaient contemplé sur le portrait-robot.

L'homme lui sourit. Il savait. Il mit la main sous sa veste.

Stride se précipita droit vers eux.

— Claire ! A terre !

Elle se figea une seconde, balançant entre les deux hommes, puis se baissa derrière une voiture en stationnement et roula au sol. Stride sortit son arme et s'accroupit, en position de tir, serrant la crosse des deux mains. Mais il était trop lent. Blake se déplaçait comme un fantôme. Il se laissa tomber à terre, pivota sur sa gauche et se releva, le revolver prêt à faire feu. Stride eut tout juste le temps de se jeter sur le goudron. Il sentit que ses vêtements se déchiraient, et le frottement sur le sol lui brûla l'épaule. Une pluie de balles se répandit devant lui, pulvérisant la vitrine du casino.

L'enfer se déchaîna autour d'eux. Des gens se couchaient sur le sol, d'autres se mettaient à courir vers la rue. Des cris s'élevaient d'un peu partout.

— Police ! cria Stride. Que tout le monde se mette à l'abri ! Restez baissés !

Des gens se bousculaient pour fuir entre les voitures. Blake avait disparu. Stride se déplaça latéralement jusqu'à la première rangée de véhicules. Claire était assise près de la roue arrière d'une camionnette, les bras encerclant ses genoux, le regard vide.

Il s'approcha d'elle, posa une main sur les siennes.

— Je suis Stride, dit-il. Ne bougez pas. Restez ici.

— Il y avait du sang, murmura-t-elle.

— Quoi ?

— Sur ses mains.

Stride jura. Il risqua un coup d'œil à travers les vitres de la camionnette. Il ne vit personne. Les gens avaient disparu – certains s'étaient cachés entre les voitures, d'autres étaient partis par le Boulder Strip. Il restait encore une foule d'otages potentiels.

— Ne bougez pas, répéta-t-il.

Il se glissa entre les voitures et traversa l'allée en courant sans déclencher de fusillade. Il reconnut la Caprice rouge qui se trouvait devant lui : c'était une voiture de planque de la Criminelle. Il se redressa suffisamment pour regarder à l'intérieur. Un corps était allongé en travers du siège arrière et retombait à demi sur le sol. Lorsque Stride ouvrit la portière, du sang goutta, formant une flaque sur le sol et tachant son pantalon. Il prit le poignet de l'homme, chercha le pouls. Rien.

Stride recula. Il entendit des bruits de pas, derrière lui. Quelqu'un courait vers le côté opposé du parking. Il pivota sur lui-même et aperçut Serena, au moment précis où une série de coups de feu retentissait. Il la vit plonger derrière les voitures et aperçut les étincelles, là où les balles ricochaient sur le métal.

— Serena ! hurla-t-il.

Il y eut un instant de silence insoutenable.

— OK ! cria Serena. OK, je n'ai rien !

Stride sentit que son cœur reprenait sa course. Il courut jusqu'à la voiture suivante et se redressa derrière le coffre, en position de tir. Il repéra Blake, trois rangées plus loin. Il tira deux fois avant que l'homme ne se mette à couvert. Ses balles firent sauter le pare-brise d'une Cadillac.

Cela lui vaudrait un savon de la part de Sawhill.

Il bougea de nouveau et se mit à couvert derrière un minivan. Quand il tenta de traverser l'allée suivante, Blake le repéra, et une pluie de balles le chassa de l'autre côté de l'espace dégagé. Au moment où il se retrouvait à couvert, il sentit une douleur aiguë à la poitrine. Il baissa les yeux, découvrit une déchirure de cinq centimètres dans sa chemise qui se teintait de rouge. Il ouvrit la chemise. Ce n'était pas une balle, simplement un fragment de métal qui avait ricoché d'une des voitures. En tout cas, ça faisait un mal de chien.

Il entendit, dans sa poche, la sonnerie étouffée de son portable. C'était Serena. Elle chuchotait.

— Tu vas bien ? lui demanda-t-elle.

— Légèrement esquinté, mais rien de sérieux.

— Les renforts arrivent. On aura dix voitures, ici, dans deux minutes. Si on parvient à le coincer, nous pourrons l'encercler.

— Nous avons aussi une palanquée de civils.

Stride écouta le silence. Il n'aimait pas cela.

— Tu peux te rapprocher de Claire ?

— Oui, je crois.

— Vas-y. Je te couvre. Et reste avec elle. Je ne veux pas que ce mec nous prenne à revers.

Stride se rua vers l'arrière du Grand Am derrière lequel il s'était accroupi. Il se dressa en position de tir, grimaça en sentant que la plaie, sur son torse, s'était ouverte. Il posa les coudes sur le coffre de la voiture. Derrière lui, il entendit Serena traverser en courant l'allée centrale et aperçut un mouvement, quelques rangées de voitures plus loin. Il n'était pas sûr que ce soit Blake, alors il tira en l'air. L'individu disparut de nouveau.

— C'est bon ! cria Serena.

Stride se mit à courir, zigzaguant entre les voitures, le corps plié en avant. Il progressa de trois rangées. Blake ne pouvait pas être bien loin.

Blake n'avait plus beaucoup de munitions, et il entendait les sirènes dans le lointain. Beaucoup de sirènes. Dans une minute, le Limelight serait envahi par les flics, et même s'il profitait de la confusion pour s'enfuir, il savait que ce serait violent, et pas beau à voir.

Il vit la femme flic, Serena, foncer vers le côté opposé du parking, là où Claire se cachait. Stride la couvrait. Blake ne pouvait pas tirer, et il savait que son plan, ce soir-là, avait échoué. Claire était hors d'atteinte.

Le moment était venu de se replier.

Il entendit un bruit de course. Stride s'approchait de lui.

Sans bruit, Blake regagna la dernière rangée de voitures, où se trouvait sa berline marron. Il s'approcha d'un couple blotti près d'une Toyota RAV4. La femme était obèse, avec des cheveux noirs bouclés. Elle regarda son revolver avec des yeux terrifiés et enfouit son visage dans la poitrine de son mari. L'homme affichait un air bravache. Il jeta à Blake un regard furieux. Il avait le visage rond, et un double menton.

— Pas un bruit, souffla Blake.

Il tendit le bras et pointa son Sig Sauer sur le visage de l'homme.

Ils avaient l'impression que le bruit des sirènes les encerclait. La première voiture entra sur le parking en faisant un dérapage contrôlé. Les gens cachés entre les rangées de véhicules commencèrent à courir vers les policiers.

Stride sursauta en entendant une explosion – puis réalisa que ce n'était pas un coup de feu, mais le bruit d'un pot d'échappement. Deux rangées devant lui, au fond du parking, une voiture démarra dans un rugissement de moteur et un crissement de pneus. Son cœur se serra.

Il se remit à courir et vit une berline marron traverser l'étroit terre-plein séparant le parking du Boulder Strip.

Il s'accroupit, visa les pneus. Puis il réalisa que le plafonnier était allumé, et vit deux silhouettes dans le véhicule. Il ne pouvait pas prendre le risque de tirer.

— Il a un otage !

La berline fonçait à toute allure vers le nord. Stride s'avança à découvert et courut vers la route nationale. Il agita les bras, hélant trois des voitures de police qui convergeaient au même moment vers le casino, et leur montra la berline. Ses feux arrière disparaissaient déjà alors qu'elle se faufilait entre les véhicules.

La chasse commençait.

Stride repartit en courant vers l'autre bout du parking. Cordy était là, avec une demi-douzaine de flics en uniforme, et deux autres voitures de police avaient bloqué les sorties. Ils prenaient les noms et les numéros de téléphone des gens qui se trouvaient toujours sur le parking, mais Stride savait que les jeux étaient faits. La plupart des badauds s'étaient volatilisés.

Quand il s'enquit de Serena, Cordy fit un geste du pouce vers l'intérieur. Les deux femmes se trouvaient dans le casino, à l'écart de la vitrine fracassée, et plusieurs agents armés montaient la garde autour d'elles. Claire avait les bras autour de Serena, et la tête posée sur son épaule.

Il se dirigea vers elles. Serena montra sa poitrine.

— Tu as besoin d'un toubib.

— Ce n'est rien. Un petit pansement et ça ira.

— Et tes jambes ?

Stride contempla les éclaboussures rouges sur son pantalon. Il fronça les sourcils.

— Ce n'est pas le mien.

— Blake ? demanda Serena.

Claire leva les yeux, dans l'expectative. Elle attendait sa réponse.

— Vous l'avez eu ?

Stride secoua la tête.

Vêtu d'un tee-shirt avec le logo des Running Rebels, d'une casquette de base-ball et d'un short de sport, Blake sortit d'un pas tranquille du parking du Limelight. Personne ne tenta de l'arrêter. Ses autres vêtements étaient planqués sur le siège arrière d'une Mustang décapotable. Il attendit une accalmie dans la circulation pour traverser la nationale et scruter les rues en quête d'un taxi.

Il entendait vaguement les sirènes, au loin. Ils ne tarderaient pas à rattraper la berline marron, et l'obligeraient à s'arrêter. Il espérait que l'homme au visage rond et sa femme obèse seraient assez malins pour garder les mains bien en vue, et ne pas se faire descendre.

Cela n'avait pas été difficile. Il lui avait suffi de donner ses clés à l'homme, de lui ordonner de conduire le plus vite possible et de ne pas s'arrêter avant dix minutes au moins. Il leur avait aussi affirmé qu'il avait placé une bombe dans le coffre, qu'il ferait sauter à distance (avec son téléphone cellulaire) s'ils se rendaient trop tôt à la police. C'était totalement absurde, mais les gens sont prêts à croire n'importe quoi quand ils ont un revolver pointé sur la figure et que quelqu'un leur offre une chance de rester en vie.

Alors ils étaient partis.

Il aurait pu prendre lui-même le volant de la berline, mais il estimait que ses chances de survivre à la poursuite n'étaient pas supérieures à cinquante pour cent. Ce n'était pas assez. Il avait encore du pain sur la planche.

34

Stride était allongé, nu, sur leur lit. Le ventilateur suspendu au plafond agitait l'air étouffant qui entrait par la fenêtre ouverte. Il était trois heures du matin. Ils avaient fini par quitter le Limelight et rentrer chez eux. Ils avaient découvert que la maison était privée d'électricité. La chambre était plongée dans l'obscurité, et c'était une vraie fournaise. Stride avait les yeux ouverts, sans rien voir.

Il avait mal. Partout. C'était une douleur osseuse, la pire de toutes, profonde, lancinante, pas de celles qu'on soulage avec des étirements et des massages. Toutes les parties de son corps qui avaient heurté le sol quand il avait culbuté et roulé à terre le ressentaient. A une certaine époque – quand il avait une vingtaine d'années –, il ne payait pas un prix aussi élevé quand il se maltraitait ainsi. C'était bien fini.

Ses écorchures le brûlaient. La plaie sur sa poitrine avait été pansée, mais il y en avait d'autres, des éraflures et des brûlures, qu'il n'avait découvertes qu'en se déshabillant. Le contact le plus léger le faisait grimacer. Il s'était obligé à prendre une douche. L'eau chaude lui avait fait l'effet d'une série de coups de poignard. Mais il se sentait mieux après s'être décrassé, et il s'était étendu sur le lit.

Il entendit la porte de la chambre s'ouvrir et se refermer doucement. Serena se dirigea vers la fenêtre ouverte et resta là, debout, à regarder dehors.

— Claire ? demanda-t-il.

— Elle dort. Je lui ai donné un sédatif.

Elle vint s'asseoir sur le lit.

— J'avais peur que tu te fasses tuer, là-bas, lui dit-elle.

— Pour le moment, je regrette que ça ne soit pas arrivé.

Il sentit les doigts de Serena qui traçaient des cercles sur sa poitrine.

— Tu as mal ? demanda-t-elle.

— Partout.

— Voyons si je peux arranger ça.

Ses mains pressèrent doucement la peau de Stride.

— Claire est amoureuse de toi, dit-il. C'est évident.

— Je sais.

Claire n'avait rien fait pour le cacher. Cela se voyait à la manière dont elle regardait Serena, dont elle s'était accrochée à elle durant le trajet du retour.

— Et toi ? demanda Stride.

Serena toucha un endroit sensible. La douleur le fit hoqueter.

— Oh, pardon !

— Tu l'as fait exprès.

— Alors ne pose pas de questions idiotes.

Elle plaça une main en coupe sur sa peau jusqu'à ce que la douleur s'atténue, puis elle reprit le massage.

— Je t'ai caché quelque chose, Jonny. Mais pas à propos de Claire.

Il lâcha un grondement interrogatif. Peu importe ce

qu'elle lui disait maintenant. Tant qu'elle lui faisait ce qu'elle était en train de faire.

— Deirdre et moi, nous couchions ensemble, dit-elle doucement. Quand j'étais adolescente. Pardonne-moi, j'aurais dû te le dire avant.

Elle prit une main de Stride, lui frotta les doigts avec son pouce, puis les suça l'un après l'autre. Quelques instants plus tard, il l'entendit ouvrir le tiroir de la table de nuit. Elle en sortit quelque chose.

— Beaucoup d'hommes trouvent ça excitant, dit-elle. Deux femmes ensemble.

— Je sais.

— Et toi ?

— A ton avis ? dit-il.

Elle n'avait pas besoin de demander. Elle voyait bien l'effet qu'elle lui faisait.

Il s'était toujours douté qu'il y avait beaucoup plus, entre Deirdre et elle, que ce qu'elle lui avait dit. Il regretta de ne pas l'avoir poussée à parler. C'était une pièce importante du puzzle qui avait pour nom Serena.

Les mains de Serena retrouvèrent son corps. Ses jambes, cette fois. Elle massa les muscles de ses cuisses. Ses mains montaient jusqu'à son estomac, puis repartaient vers ses doigts de pied.

— Mon psy dirait qu'il s'agit d'un transfert, dit-elle. Je me sens coupable à l'égard de Deirdre, alors je suis attirée par Claire.

— Qu'est-ce que tu dis ?

— Elle est sexy, et elle m'excite, fit Serena en riant.

Elle s'éloigna, il entendit un bruit bizarre, comme celui d'un bouchon de plastique. Il frissonna lorsqu'un liquide frais coula sur son pénis. Les mains de Serena étaient de retour, toutes les deux. Tout à coup la peau de Stride devint glissante, et les mains de Serena massèrent dans un mouvement vertical, sans heurt, le derme savonneux.

— C'est ta faute, lui dit-elle. Tu as fait de moi une foutue obsédée sexuelle.

Il voulait parler, mais il n'était pas sûr de savoir comment faire. Son corps semblait en lévitation au-dessus du lit. La douleur avait disparu.

— Tu te sens mieux ? demanda-t-elle.

Il ne la voyait pas, mais il savait qu'elle souriait.

Quand les spasmes commencèrent à courir le long de son corps, il retint sa respiration et une série d'images défila dans sa tête. Cindy, sa première femme, au lit, pendant qu'ils faisaient l'amour. Maggie, sa coéquipière. Amanda. Serena. Il eut l'impression d'être perdu, d'être en cet instant précis séparé de son corps, de s'élever au-dessus de lui et de regarder vers le bas, dans le noir.

Il ignora combien de temps s'écoula avant qu'elle ne disparaisse dans la salle de bains et ne revienne avec une serviette brûlante et humide dont elle l'essuya. Elle se glissa dans le lit à ses côtés et s'endormit presque immédiatement, la tête posée sur le bras de Stride, le souffle dirigé sur son visage. Il savait qu'il aurait dû dormir, lui aussi, mais il ne s'endormit pas. Son esprit était trop plein d'elle, du Minnesota, et de ce que voulait dire « être chez soi ». De longues minutes plus tard, il finit par se laisser glisser dans le sommeil. Il pensa, ou bien il rêva, avoir entendu Claire marcher dans le couloir. Il se demanda si elle avait été là tout le temps, et si elle les avait écoutés.

35

Sawhill raccrocha. Il était cramoisi. Le lieutenant avait l'habitude de verrouiller ses émotions, mais, là, il était en train de perdre le contrôle de lui-même. Stride se dit qu'il allait claquer sous leurs yeux.

— C'était le gouverneur Durand, dit Sawhill d'une voix mordante. Il se demande pourquoi cet assassin est toujours vivant, alors qu'un de mes inspecteurs le tenait dans sa ligne de tir, la nuit dernière. Il se demande pourquoi il a fallu une douzaine de voitures de patrouille pour encercler un couple du Nebraska en lune de miel, tandis qu'un tueur en série pouvait quitter une scène de crime où il venait d'assassiner un agent de police, sans que quiconque lui demande ses papiers.

Stride se rappela pourquoi il détestait les hommes politiques.

— Sans vouloir offenser le gouverneur, il n'était pas là. Ce type est malin. Il a trouvé une ruse pour amener Claire à découvert, et il nous a placés dans une situation où nous devions avant tout éviter des pertes civiles. Ce n'était pas comme si nous pouvions tirer à l'aveuglette.

— Oui, oui, j'ai lu le rapport. Il vous a couillonné, Stride. Vous aviez l'avantage, et il l'a retourné contre vous.

— C'est assez vrai, admit Stride. C'est un mercenaire bien entraîné.

— Eh bien, je suis désolé si nous avons affaire à un criminel plus sophistiqué que ceux dont vous aviez l'habitude dans le Minnesota, rétorqua Sawhill.

Il se mit à pétrir furieusement sa balle antistress.

— J'attends de mes inspecteurs qu'ils soient mieux entraînés que les gens qu'ils doivent alpaguer. Le seul résultat, c'est que vous avez démoli une Cadillac Escalade – véhicule qui, en passant, appartenait à un vice-président du Harrah's qui se trouve être un ami de mon père. Ma règle numéro un, c'est : si tu peux tirer, tu tires et tu fais mouche.

Stride se demanda si Sawhill avait piqué la formule dans le *Manuel en sept leçons du parfait inspecteur de police*.

— Je suis d'accord, dit-il.

— Puis le tueur appuie sur un bouton, reprit Sawhill, et vous roule dans la farine. Ce couple gère un snack à Lincoln Falls. On a failli faire sauter le crâne du mari parce que vous avez dit à une armée de voitures de patrouille que c'était un tueur en série qui venait de buter un flic.

— C'était la voiture du tueur, dit Stride, qui répugnait à se chercher des excuses.

Il savait qu'il avait merdé.

— Une fois de plus, il a prouvé qu'il était plus malin que les gens sur qui je compte pour lui mettre la main dessus. Dites-moi au moins que nous avons tiré quelque chose de la voiture.

Stride secoua la tête.

— Des empreintes digitales. Mais nous les avions déjà. Il l'a achetée il y a trois mois. Payée en liquide. Faux nom, fausse adresse. Pas le moindre bout de papier qui aurait pu nous indiquer où il habite. Nous avons demandé des examens approfondis ; nos techniciens trouveront peut-être de la terre, ou des traces qui nous donneraient un indice, mais ça va prendre du temps.

— Nous n'avons pas de temps, dit Sawhill. Claire est-elle au secret ?

Stride acquiesça.

— Serena ne la quitte pas d'une semelle.

— Alors que faisons-nous pour retrouver ce type ?

Amanda, qui avait assisté en silence à leur partie de ping-pong, intervint.

— Nous pourrions lui tendre un piège. Placer Claire à découvert, dans un environnement que nous contrôlons.

Sawhill grogna.

— Nous ne nous servirons pas de la fille de Boni Fisso comme d'un appât. Fin de la discussion. Serena s'occupe d'elle, et le tueur ne sait pas où elle est. Ne changeons rien à ça.

— Nous avons enquêté dans toutes les bibliothèques de la ville, ajouta Amanda. Rien jusqu'ici.

— La moitié du service travaille sur cette affaire, et ils sont impatients de l'attraper, dit Stride. Il a tué un flic, et il a tué un gosse. Tout le monde le veut.

— Moi aussi. Le gouverneur aussi. C'est une très mauvaise publicité pour la ville. Qu'est-ce que ce type va tenter maintenant ?

— Je crois qu'il va essayer de retrouver Claire, dit Stride. Il faut l'arrêter avant que ça arrive. Nous avons doublé la surveillance autour des gens qui pourraient se trouver sur sa liste noire, mais le fait qu'il se soit attaqué à Claire hier soir me fait croire qu'il est arrivé à la fin de celle-ci.

— Vous pensez qu'il pourrait s'en prendre directement à Boni ? demanda Sawhill.

Amanda acquiesça.

— Ce n'est pas sa manière de procéder, mais c'est possible.

— Boni n'est pas une cible facile à atteindre, dit Stride. Mais le Shéhérazade doit être démoli la semaine prochaine. C'est le lien avec Amira.

— Génial. Vraiment génial. La télé diffusera l'implosion dans tout le pays, vous savez.

— Il va peut-être descendre Boni pendant la cérémonie, dit Stride. Bon pour l'audimat. Les chiffres du tourisme vont grimper.

Sawhill se pencha en avant.

— C'est le genre de choses qui vous amuse ?

— Vous n'avez pas besoin de m'expliquer comment fonctionne cet endroit, rétorqua Stride. Dans six mois, un bus emmènera les touristes faire le tour des scènes de meurtre, et on lancera une nouvelle campagne : « Nous avons vaincu le péché dans la cité du péché ».

— Vous êtes ici depuis quelques mois, inspecteur. J'y ai passé presque toute mon existence. Mon père a donné à cette ville des dizaines d'années de sa vie. C'est notre foyer. Vous, vous êtes *au service* de la ville, alors traitez-la avec respect.

Amanda se leva. Elle tira Stride par le bras, jusqu'à ce qu'il se lève à son tour. Elle fit un signe de tête à Sawhill.

— Nous sommes tous les deux épuisés, lieutenant. Ne vous en faites pas, nous prenons ce tueur très au sérieux.

Elle tira Stride hors du bureau. Sawhill se leva et posa les mains à plat sur son bureau.

— On verra ce que vous allez faire, leur cria-t-il.

Stride et Sawhill échangèrent un regard glacé.

Amanda ferma la porte derrière eux. Ils se retrouvèrent dans le couloir.

Amanda s'adossa au mur et s'essuya le front. La climatisation fonctionnait de nouveau, l'air était glacial, mais elle était en sueur. Elle regarda Stride en souriant, et lâcha un sifflement.

— Ce n'était pas très diplomatique.

— Je sais. Désolé. Je ne voulais pas t'impliquer là-dedans.

— Las Vegas est une entreprise, dit-elle. Ces types attachent beaucoup d'importance à son image.

Stride secoua la tête.

— C'est le fric qui leur importe.

— Tu ne changeras pas cette ville, Stride.

Il opina.

— Je sais… Je ne suis pas sûr de rester ici, lâcha-t-il.

Amanda était stupéfaite.

— Quoi ?

— On me demande de revenir dans le Minnesota. J'y réfléchis sérieusement.

— Et Serena ?

Stride ne répondit pas. C'était la grande question, il le savait. Celle à laquelle sa vie était suspendue. Et Serena ?

— Rien n'est gravé dans le marbre, dit-il enfin. Pour commencer, arrêtons Blake.

36

Amanda se gara sur le parking de la bibliothèque du centre-ville. Dès qu'elle descendit de voiture, la chaleur lui brûla les poumons. C'était la fin de l'après-midi, l'heure à laquelle le temps devrait être parfait, en octobre, à Las Vegas. Mais le soleil chauffait encore comme un four réglé au maximum.

Depuis que Stride lui en avait parlé, elle rageait à l'idée qu'il s'en irait peut-être. Elle était furieuse, même si elle n'avait aucune raison de lui en vouloir. Pour une fois, elle avait un équipier avec qui elle pouvait travailler, et elle risquait de le perdre. Elle détestait l'idée de repartir de zéro avec quelqu'un d'autre. On lui refilerait sans doute un type comme Cordy, toujours à faire des blagues dans son dos, à mater ses seins, ou à chercher un moyen de la sortir. Elle se demanda à nouveau ce qu'elle faisait là, et s'il ne valait pas mieux, pour Bobby et elle, qu'elle suive l'exemple de Stride. Partir. Aller à San Francisco. Quitter cette ville de dingues.

Elle n'était pas d'humeur. Sa patience était à bout, comme un tee-shirt qui a été lavé si souvent qu'on voit à travers. En face, de l'autre côté de Las Vegas Boulevard, elle vit que la voiture était encore là. Un 4 × 4 Lexus gris métallisé. Elle l'avait déjà repéré deux fois dans l'après-midi, et elle avait interrogé le service des immatriculations. Elle savait qui était au volant.

Amanda traversa la rue. Les vitres fumées empêchaient de voir l'intérieur de la voiture. Elle cogna sur le verre, côté conducteur, et attendit.

La vitre s'abaissa. Elle sentit une bouffée d'air froid.

— Salut, Leo, dit-elle en s'efforçant de garder son sang-froid. Vous me suivez ?

Leo Rucci portait des lunettes de soleil. Les grosses veines de son cou étaient gonflées, épaisses comme des barres d'haltères.

— Nous sommes dans un pays libre, non ?

— Sûr. Un pays où n'importe quel truand de bas étage dans votre genre peut devenir millionnaire. Dieu bénisse l'Amérique.

— Hé…

— Ne jouez pas au con avec moi, Leo. J'ai eu une journée assez merdique. Maintenant foutez-moi le camp. Si je vous revois derrière moi, je vous traîne le cul au poste.

— Pour quel motif ?

— Pour obstruction à la justice et outrage à un flic.

— Je peux vous aider, dit Leo. Mes méthodes sont plus rapides que je ne sais quelle farce judiciaire. Dès que vous avez une piste pour retrouver ce type, vous m'appelez. Je m'occupe du reste.

— Retournez jouer au golf, Leo. Laissez-nous nous occuper de Blake.

Amanda tourna les talons et repartit d'un pas raide vers la bibliothèque, en face. Elle entendit la voiture de Rucci démarrer et s'éloigner dans un rugissement de moteur. Elle entra dans la bibliothèque et se dirigea vers le guichet des références.

— Je cherche Monica Ramsey, dit-elle.

La bibliothécaire lui montra une grande femme d'une cinquantaine d'années, qui classait des boîtes de microfiches empilées sur un chariot. Amanda s'approcha d'elle.

— Madame Ramsey ? Je suis Amanda Gillen. Vous avez laissé un message sur ma boîte vocale.

Monica avait des lunettes qui lui donnaient l'air d'une chouette, et une longue queue de cheval noire. Elle était grande et sèche comme une canne et portait des gants en plastique très fins.

— Ah oui. Vous êtes la détective. Vous cherchez cet homme…

— C'est exact, dit Amanda, qui crut percevoir une petite lueur d'espoir après des jours de frustration. Vous l'avez vu ?

— Je crois bien, oui, mais c'était il y a quelques semaines. Je ne sais pas comment je pourrais vous aider.

— Oh, vous seriez surprise. Racontez-moi ça.

— Oui, bien sûr. Asseyons-nous.

Elles s'installèrent au coin d'une longue table de lecture, près des étagères. Monica ôta ses gants.

— J'en porte toujours, voyez-vous, pour manipuler les microfiches. Le film est si fragile et si vieux…

Elle tapota le portrait-robot qu'Amanda avait posé entre elles.

— Cet homme… il était si brusque quand il les manipulait. J'ai dû lui demander de faire attention.

— Vous êtes sûre que c'est lui ?

— Oh oui. On n'oublie pas des yeux pareils.

— Ne le prenez pas mal… mais puis-je vous demander pourquoi vous ne m'avez pas appelée plus tôt ?

— Je suis vraiment désolée. Nous avons été absents. Une croisière aux Antilles. Je n'ai repris mon travail qu'aujourd'hui.

— Dites-moi ce que vous vous rappelez à propos de cet homme.

— Bon, je vous le répète, c'était il y a un certain temps. Au milieu de l'été, je pense. En juillet ? Peut-être en août. Il est venu plusieurs jours de suite. Trois ou quatre jours d'affilée ; il cherchait toutes sortes d'informations sur Las Vegas dans les années soixante. Je lui ai sorti des microfiches, des magazines, des livres. Il voulait tout voir.

— Est-ce qu'il vous a dit ce qu'il cherchait précisément ?

— Eh bien… il m'a fait faire une recherche avec Lexis sur un des vieux casinos. Le Shéhérazade, je crois. Oui, c'est ça, parce qu'il lisait aussi ce qu'il trouvait sur Boni Fisso. Comme vous pouvez l'imaginer, nous avons des tonnes d'informations sur lui.

— Il vous a dit pourquoi il voulait ces informations ?

— Oh non. Il ne parlait pas beaucoup. Nous traitons de nombreuses demandes de consultation d'archives, cela n'avait rien d'inhabituel.

— Vous a-t-il demandé de faire des recherches sur d'autres personnes ? Autres que Boni Fisso ?

— Pas que je me souvienne.

— Monica, j'ai vraiment besoin de votre aide. Il faut absolument que nous trouvions cet homme le plus vite possible. Je vous demande d'y réfléchir, de bien vous concentrer, et de vous rappeler tout ce qui pourrait le caractériser. Ses vêtements, ses propos, ce qu'il portait avec lui, ce qu'il a fait. Tout ce qui pourrait nous donner un indice sur son identité, sur la manière de le retrouver.

Monica était assise bien droite sur sa chaise, le cou allongé. Elle se passa la langue sur les lèvres. Amanda se souvint d'une girafe, au zoo, qui tendait le cou pour attraper une feuille sur une branche éloignée.

— Il avait un sac à dos bleu. C'est là qu'il rangeait son

matériel. Je ne me rappelle pas comment il était habillé. Un jean, peut-être ? Sinon, il n'avait rien de spécial. Je suis désolée.

Amanda était déçue.

— Une voiture ? Peut-être l'avez-vous vu arriver, ou repartir, peut-être avez-vous vu dans quelle direction il allait ?

Monica secoua la tête.

— Vous l'avez revu, depuis ?

— Non, il n'est jamais revenu. Pas quand j'étais là, en tout cas.

Amanda se leva.

— J'apprécie votre aide, Monica. Merci beaucoup de m'avoir appelée. Si quelque chose vous revient en mémoire, je vous en prie, faites-le-moi savoir.

— Oui, bien sûr.

Amanda s'en allait lorsqu'elle entendit Monica glousser. Elle revint sur ses pas.

— Qu'y a-t-il ?

Monica rougit.

— Oh, je suis désolée. C'est vraiment stupide. Je me disais que… si vous tenez à retrouver cet homme, vous devriez peut-être surveiller les marchands de beignets.

— Pourquoi ?

— Je viens de me rappeler qu'il était obsédé par les beignets Krispy Kreme. Je l'ai surpris en train d'en manger un devant le lecteur de microfiches. J'ai dû lui dire qu'il était interdit de manger dans la bibliothèque. Je lui ai avoué que moi-même j'étais incapable de résister à ces beignets, et il m'a dit que c'était une véritable drogue pour lui aussi.

Amanda sentit que son cœur faisait des bonds.

— Merci encore, Monica.

Fils de pute, se dit-elle. Des beignets Krispy Kreme.

37

Claire était assise sur le canapé de Serena, une jambe repliée sous elle, l'autre se balançant au-dessus du sol. Elle serrait entre ses mains un mug de café brûlant. Elle avait les cheveux en bataille et portait un tee-shirt ample, extra-long qui lui descendait jusqu'au milieu des cuisses. Elle était pieds nus et avait les ongles des orteils peints en rouge.

Elle regarda la pendule murale dont le tic-tac, derrière elles, égrenait les minutes.

— Il est tard, murmura-t-elle. Onze heures passées. Où est ton homme ?

Serena leva les yeux de l'ordinateur posé sur ses genoux. Elle avait du mal à se concentrer sur l'écran.

— Il essaie de trouver Blake.

— Ça te contrarie, n'est-ce pas ? D'être ici avec moi.

— Pas du tout. Mais rester sans bouger, ce n'est pas mon style. Je préfère être au cœur de l'action.

— C'est vrai, dit Claire en souriant. Tu es dure, hein ?

— Eh oui, je suis comme ça.

Rester enfermée chez elle toute la journée la rendait folle. Elle avait donné des coups de fil, traqué des indices sur Internet, s'était replongée dans ses notes pour voir si quelque chose lui avait échappé. Mais rien ne valait le travail sur le terrain. Elle se sentait isolée, coupée de l'enquête.

— Il est séduisant, ton mec.

— Merci.

— Il est amoureux de toi. Ça se sent quand il te regarde.

Serena se souvint que Jonny avait dit exactement la même chose à propos de Claire, la nuit précédente.

— Je l'aime, dit-elle.

— J'ai été avec des hommes aussi, tu sais.

— Ce qui veut dire ?

— Ce n'est pas comme si je ne comprenais pas qu'on soit attirées par eux.

Claire déplia ses jambes et se leva. Elle s'approcha du mur blanc pour contempler les photos de désert.

— C'est toi qui les as prises ?

Serena acquiesça.

— Elles sont remarquables. Tu as l'œil pour les paysages. C'est quelque chose qu'on ne peut pas apprendre, tu vois. Le regard. Des tas de gens comprennent la mécanique, mais ils sont incapables de voir l'image.

— Tu n'as pas l'air trop secouée, remarqua Serena.

— Pourquoi je le serais ?

— Tu as failli te faire tuer.

Claire haussa les épaules.

— Avec toi je me sens en sécurité.

— Je pourrais te conduire chez Boni. C'est une vraie forteresse, là-bas.

— Ce n'est pas un endroit sûr. C'est une prison.

— Il veut se réconcilier avec toi, dit Serena. Il était heureux que tu l'appelles.

— Oh, tu es conseillère familiale, maintenant ?

— Non. Mais je sais ce que c'est que d'être adulte et

de ne pas avoir de parents. Il m'arrive très souvent de regretter que ma situation soit ce qu'elle est.

Claire examinait toujours les photos au mur. Serena se dit qu'elle avait touché un point sensible.

— Moi aussi, je voudrais que les choses soient différentes, Serena. Mais elles ne le sont pas.

— Il prétend que ton homosexualité ne le dérange pas.

— L'homosexualité ne dérange jamais les catholiques, tant qu'on reste célibataire.

Serena regarda Claire, comprenant qu'elle se forçait à sourire. Elle eut l'impression que Claire était au bord des larmes.

— Ça n'a rien à voir avec ça, hein ? La rupture entre Boni et toi.

— Non.

— Alors quoi ?

Claire secoua la tête.

— C'est une vieille histoire. Je ne veux pas revenir là-dessus.

Serena le perçut à sa voix. Le secret, quel qu'il fût, était horrible et profondément enterré.

— Moi aussi, j'ai des monstres du même genre.

— Je le sais bien. C'est pourquoi il y a eu ce déclic entre nous. Nous essayons toutes les deux de fuir notre passé.

— Tu as suivi une thérapie ?

— Non.

— Pourquoi ?

Claire soupira.

— Je t'en prie, Serena. Laissons tomber. Je ne pouvais pas en parler à l'époque. Je ne peux pas en parler maintenant. A personne. Parce que mon père s'appelle Boni Fisso.

Serena laissa le silence se prolonger. Claire fixait les photos d'un regard sans expression. Serena voyait le chagrin apparaître sur son visage.

— Boni prétend que tu as des millions à la banque.

Claire sourit, franchement cette fois.

— Tu en veux à mon argent, maintenant ?

— Je suis curieuse, c'est tout.

— Quand je suis partie, je voulais être indépendante. Je le suis. Boni ne m'a rien donné. Je me suis débrouillée seule. Alors oui, j'ai beaucoup d'argent. Je suis la fille de Boni. C'est sans doute congénital. Sans parler du temps que j'ai passé à l'école de commerce.

— Mais tu es satisfaite de vivre dans un petit appartement ? De chanter tes chansons ?

— J'ai beaucoup appris en me débrouillant seule, dit Claire. Je suis libre, personne ne me possède. Mais je mentirais si je prétendais que je ne suis pas ambitieuse. Une partie de moi a tout de même très envie de diriger ces hôtels, et de les gérer à ma manière.

— Tu pourrais encore le faire.

Claire secoua la tête.

— Pas si ça implique que je retourne vers mon père.

— Comment tu les gérerais ? Si tu avais les clés du royaume.

— Moi ? J'en ai assez de cette démesure. Des grands spectacles. Des grands noms. Je crois que les gens ont besoin d'intimité. Ils ne veulent pas être noyés dans la foule. Ils veulent voir des chanteurs, pas des spectacles. Du talent, pas des noms. Et du glamour, comme autrefois. Les énormes complexes hôteliers ne manquent pas de faste, mais ils n'ont pas beaucoup de caractère.

— Tu pourrais ouvrir ta propre boîte.

— Un jour, peut-être, fit Claire d'un ton pensif. Il serait bien de montrer à Boni que je peux le faire sans son aide. Et qu'on n'a pas besoin de vendre son âme au diable pour réussir.

Serena entendit une pointe d'amertume dans sa voix.

— Tu veux me dire ce qu'il t'a fait ?

— Ce n'est pas lui. C'était quelqu'un d'autre. Mais Boni n'a pas bougé le petit doigt. Les affaires avant tout.

Elle semblait sur le point d'ajouter quelque chose, mais elle croisa les bras et frissonna.

— Je ne veux pas en parler.

— D'accord.

— C'est le passé. Je ne m'en préoccupe pas. J'aime chanter, boire, parler de la vie et faire l'amour avec passion.

— J'en aime deux sur quatre, fit Serena en riant.

— Lesquels ?

— Eh bien… nous savons que je ne bois pas.

Claire se mit à rire à son tour. Elle s'approcha de Serena et s'agenouilla près de son fauteuil. Elle se pencha en avant, les bras nus sur le coussin.

— Je vais me coucher, dit-elle.

— D'accord.

— Et toi ?

Serena ne voulait pas la regarder dans les yeux, mais elle avait l'impression qu'il n'existait pas d'autre endroit, dans la pièce, où poser son regard. Ses yeux bleus l'excitaient.

— C'est une invite ? demanda Serena, sur le ton de la plaisanterie.

— Oui.

— Je ne crois pas que Jonny serait très content de nous trouver au lit toutes les deux ensemble.

— Tu pourrais être surprise.

— Je suis désolée, Claire. Si les choses étaient différentes… tu vois ? Mais ce n'est pas le cas.

— Je comprends.

Du bout du doigt, Claire lui caressa doucement l'avant-bras. Serena était tellement à cran qu'elle sursauta presque.

— Vous allez arrêter Blake cette nuit ? demanda Claire.

— Si ce n'est pas cette nuit, c'est pour bientôt. La moitié de la police de Vegas est à ses trousses. La vallée n'est pas si grande. Nous l'aurons.

Elle avait envie d'y croire.

— Ne le tuez pas, murmura Claire.

Elle avait parlé si doucement que Serena n'était pas sûre d'avoir bien entendu.

— Quoi ?

— Ne le tuez pas.

— Pourquoi ? demanda Serena. En quoi ça t'intéresse ?

Claire baissa les yeux. Une mèche blonde lui tomba sur les yeux.

— Tu ne le sais vraiment pas, hein ? C'est si évident, pour moi.

— Quoi ?

— Regarde-moi, dit-elle en levant les yeux, et en soutenant le regard de Serena.

— Eh bien ?

— Blake est mon frère.

— Comment ?

— Je l'ai su dès que je l'ai vu, dit Claire. Je ne peux pas croire que ça vous ait échappé. Ces yeux… Il ressemble peut-être beaucoup à Amira, mais ce n'est pas tout. Il y a autre chose. Il y a du Boni, aussi. Boni est son père.

38

Minuit moins dix.

Amanda aurait pu être chez elle avec Bobby, en train de faire l'amour, à l'abri sous les couvertures. Ou bien ils auraient pu, en ce moment précis, rouler vers la Californie, abandonnant Las Vegas une fois pour toutes en fonçant à cent soixante à l'heure dans les ténèbres de la Vallée de la Mort. Une nouvelle vie.

Mais non.

Elle était seule chez un marchand de beignets Krispy Kreme, à quelques rues du centre-ville. Son café refroidissait. Elle levait les yeux à intervalles réguliers, fascinée par les rangées de beignets luisants qui défilaient sur le tapis roulant avant de plonger dans le glaçage. Un flot régulier de clients nocturnes allait et venait. Elle faisait partie du petit groupe de ceux qui s'attardaient à l'intérieur, le dos tourné à la porte, un journal à la main, un beignet entamé sur la serviette en papier posée devant elle. Elle le faisait durer depuis une heure.

D'accord, c'était le quatrième.

La vérité, c'est que l'adrénaline coulait dans ses veines, en quantité égale avec le sucre. Il lui avait fallu plusieurs heures pour trouver cet endroit, allant d'un

Krispy Kreme à l'autre, avant que le petit homme d'origine asiatique qui se trouvait derrière le comptoir hoche vigoureusement la tête en regardant le portrait-robot.

— Ouais, c'est vrai, il vient ici. De jour, de nuit, parfois plusieurs fois par jour. Toujours la même commande. Une demi-douzaine de beignets classiques et un Sprite.

— Vous êtes sûr ? avait demandé Amanda. Cet homme change facilement d'aspect.

— Ouais, il a l'air différent. Une fois il est blond, une autre fois il a une barbe, parfois vieux, parfois jeune. Mais la commande ne change jamais. Une demi-douzaine de classiques et un Sprite. C'est lui.

— Vous ne vous êtes jamais dit que c'était bizarre de changer de tête chaque fois ?

— C'est Vegas, fit l'Asiatique en haussant les épaules.

Pour Amanda, c'était suffisant.

Elle attendait Blake. Le gérant lui avait dit qu'il ne s'était pas montré ce soir-là. Il y avait donc de fortes chances qu'il vienne chercher sa dose dans le courant de la nuit. Elle était assise de sorte qu'il ne la voie pas de face, et elle portait une casquette de base-ball enfoncée sur le front. Elle ignorait s'il connaissait son visage, mais elle devait faire comme si c'était le cas. Elle voulait l'affronter dans le snack, dans un espace fermé, pas dans la rue où il aurait pu s'enfuir en courant.

C'était l'action la plus dangereuse qu'elle ait jamais entreprise, mais elle essaya de ne pas y penser. Elle prévint le poste qu'elle prenait une pause d'une heure, et éteignit son talkie-walkie. Elle était seule.

Elle savait qu'elle aurait dû demander du renfort, comme l'exigeait la procédure. Ils auraient pu encercler l'endroit et se mettre en planque. Mais Amanda n'était pas sûre qu'ils l'auraient autorisée à rester dans le snack, et c'était là qu'elle voulait être. Elle se disait aussi que Blake était assez malin pour repérer une surveillance à six rues de distance, et qu'il pouvait disparaître et ne jamais revenir dans cette boutique. Ils n'avaient qu'une chance d'arriver à leurs fins.

Elle aurait pu appeler Stride. Mais il aurait insisté pour respecter la procédure. Jamais il ne l'aurait exposée, seule, à ce danger. Ou bien il aurait voulu être là, à ses côtés, et Blake l'aurait repéré.

Une partie d'elle voulait faire ses preuves. Arrêter Blake, puis s'en aller la tête haute en leur faisant un doigt d'honneur.

Elle posa son journal et prit son café. Froid. Elle eut envie d'en demander encore un peu pour le réchauffer, mais elle ne voulait pas attirer l'attention. Le gérant asiatique s'affairait derrière son comptoir, très occupé par ses beignets. Elle lui avait demandé de rester calme, d'éviter toute réaction qui risquerait de la trahir, et de ne pas la regarder quand Blake entrerait. Elle espérait qu'il y parviendrait. Elle ne lui avait pas dit que l'homme du portrait-robot était recherché pour une série de meurtres.

Presque minuit.

Le carillon de la porte d'entrée signala l'arrivée d'un nouveau client. Amanda croqua une bouchée de beignet et reprit son journal. Elle ne regarda pas la personne qui passait derrière elle. A l'oreille, elle sut que c'était un homme. D'un pas lourd, mais régulier, il se dirigea vers le comptoir.

Amanda entendit le gérant s'adresser au nouveau venu.

— Hé, patron ! Comme d'habitude, hein ? Six classiques et un Sprite ?

Erreur. Amanda espérait que Blake n'avait pas repéré le truc.

Simultanément, elle posa son journal et tendit le bras vers son café, en jetant un coup d'œil rapide vers le comptoir. L'homme ne la regardait pas. Elle vit des cheveux blonds. La taille correspondait, ainsi que la carrure, mince et forte.

Elle regarda le gérant saisir les beignets chauds sur le tapis roulant à l'aide d'une baguette, puis les poser dans une boîte. Il ne la regarda pas. Il remplit la boîte, puis ouvrit la glacière et en sortit une bouteille de soda.

— Et voilà, patron !

— Merci, répondit l'homme.

Etait-ce la voix qu'elle avait entendue sur le portable de Stride ?

Il payait, maintenant. Il fallait qu'elle soit prête au moment où il se retournerait – elle devait avoir l'arme à la main, pointée sur lui, prête à tirer. Stride l'avait prévenue : il est rapide comme l'éclair. Elle pensa à Sawhill : *Si tu peux tirer, tu tires et tu fais mouche.*

Amanda glissa la main derrière son dos pour attraper la crosse de son Glock, en espérant n'avoir pas la main moite. Elle le sortit sans bruit et le posa sur ses genoux, sous la table. Elle ne quittait pas Blake des yeux. Si c'était Blake.

— Vous avez onze cents ?

— Non.

— OK, patron.

Le petit Asiatique comptait la monnaie.

Le temps se figea.

L'homme tendit la main pour prendre sa monnaie. Il projeta brusquement un bras au-dessus de la caisse, prit l'Asiatique par le col et, en une fraction de seconde, le tira vers lui et le catapulta par-dessus le comptoir. Des pièces de monnaie se répandirent sur le sol. Amanda en resta bouche bée. Elle se retourna brusquement sur sa chaise qui dégringola derrière elle. Elle se leva d'un bond en brandissant son revolver.

— Police ! On ne bouge plus !

Elle visa, mais Blake tenait l'Asiatique devant lui, et il lui enfonçait son revolver dans le crâne. Les yeux du gérant se révulsèrent sous l'effet de la terreur. Blake le soulevait au-dessus du sol, et l'urine gouttait de sa jambe de pantalon.

Amanda et Blake se dévisagèrent. Il portait de nouveau la barbe. Des pommettes plus développées. Des lunettes. Mais c'était lui. Ses lèvres se contractèrent en un sourire.

— Bravo, inspecteur. Je me demandais si mon penchant pour les beignets finirait par me créer des ennuis. Mais ils sont succulents, non ?

— Lâchez votre arme, et laissez-le partir. L'immeuble est cerné, Blake. Vous n'irez nulle part. Finissons-en, sans violence supplémentaire, OK ?

Blake secoua la tête.

— Il n'y a personne, ici, Amanda.

Il connaissait son nom. C'était effrayant.

— Ils sont restés en arrière jusqu'à ce que vous vous montriez. Dès que vous êtes entré, je leur ai donné le signal par radio. Il n'y a pas d'issue.

Blake secoua la tête.

— Excellent. Le signal par radio. Bien essayé, Amanda. Mais j'ai travaillé pendant des années avec des militaires mille fois mieux entraînés que n'importe quelle force de police. Il n'y a personne dans la zone. Rien que vous et moi. Je vous ai vue boire votre café et avaler cinq beignets, depuis une heure.

— J'en ai mangé quatre, dit Amanda. Posez votre arme.

— Ne me suivez pas, et vous resterez en vie, dit Blake. Comme ce monsieur ici présent.

Il commença à reculer dans le couloir qui menait aux toilettes et à la sortie de secours. Amanda avait examiné cette sortie un peu plus tôt. Elle donnait sur un espace désert jonché de débris de verre, qui débouchait près de la 8e Rue.

Amanda le suivit prudemment, le revolver toujours braqué sur lui. Elle regrettait maintenant de n'avoir pas demandé de renforts. Elle savait qu'il n'y avait personne de l'autre côté de la porte, et si Blake parvenait à s'enfuir, il disparaîtrait dans les rues du centre. Il leur filerait une fois de plus entre les doigts.

Tire. Et fais mouche.

Mais elle ne pouvait pas. Elle ne l'avait pas dans son viseur. Et elle ne pouvait prendre le risque que Blake tire le premier et tue le gérant.

Blake était presque à la porte.

— Lui et moi, nous sortons. Ne m'obligez pas à le tuer. Restez où vous êtes.

— Si vous passez cette porte, Blake, ils vous feront sauter la tête comme une pastèque.

Bravade. Mensonge. Ils le savaient tous deux.

Elle était à moins de deux mètres de lui. Blake avait le dos contre la sortie de secours. Il attendait, hésitant. Elle ne comprenait pas pourquoi. Est-ce qu'il la croyait ? Est-ce qu'il se demandait si une équipe du SWAT était vraiment en position, derrière ?

Le carillon de la porte du snack retentit de nouveau. Un client venait d'entrer. Amanda tressaillit. Blake projeta le gérant dans sa direction. Le petit Asiatique vola dans les airs jusqu'à elle et ils culbutèrent comme des quilles au bowling. Au moment où elle tombait, Amanda entendit claquer la porte de la sortie de secours : Blake avait brusquement pivoté avant de disparaître. Elle jura, se dépêtra tant bien que mal du gérant et se remit péniblement sur pied.

Elle fonça dans le couloir.

Elle se figea devant la porte.

Blake s'était-il enfui, ou bien l'attendait-il ?

Amanda leva son arme et ouvrit la porte d'un coup de pied. Elle alla heurter brutalement le mur de l'immeuble.

Quand il vit la porte s'ouvrir à la volée et cogner contre le mur, Blake comprit qu'elle n'était pas idiote.

Il recula, faillit tirer. Son doigt se crispa sur la détente, l'instinct reprenant le dessus, mais il réalisa au dernier moment qu'elle ne sortait pas. Elle voulait qu'il tire, qu'il trahisse sa position.

Il tirait, elle tirait, et il était mort. Jolie ruse. Il avait appris à respecter son ennemi.

Il ne tira pas. Elle ne pouvait savoir où il était. Lui en revanche savait qu'elle allait devoir faire un choix.

Bon Dieu. Il n'a pas tiré.

A gauche ou à droite ? se demanda-t-elle.

Elle devait décider. Il était soit à gauche de la porte, soit à droite. A moins qu'il ne courût déjà, qu'il ne soit déjà parti ; dans ce cas chaque seconde d'hésitation lui donnait un peu plus de temps pour s'enfuir.

Elle devait se laisser rouler à terre, pivoter et tirer. Choisir le bon côté, et leurs chances seraient égales, revolver contre revolver, homme contre… femme.

Choisir le mauvais côté, et elle était morte. C'était aussi simple que ça. Gauche ou droite.

Le côté gauche était le plus logique. La porte s'ouvrait à gauche. A droite, il serait exposé. A gauche, la porte le protégerait, bloquerait la vue d'Amanda pendant un millième de seconde crucial, donnerait l'avantage à Blake. S'il était à droite, elle avait l'avantage. Et il le savait… à moins qu'il ne lise ses pensées et anticipe ses conclusions, décidant que se trouver à droite lui donnerait l'avantage, à lui, si elle allait vers la gauche – en lui tournant le dos. Un jeu de hasard. Une loterie. Las Vegas.

Mais elle ne pouvait pas jouer au plus malin. Le type qu'elle avait en face d'elle était un fin stratège. Il se donnerait le maximum de chances de survivre. Ce qui signifiait qu'il l'attendait à gauche.

Ou qu'il était déjà parti.

Il fallait qu'elle bouge.

Amanda pensa à Bobby. Elle se rappelait le goût de son dernier baiser.

De nouveau elle donna un coup de pied dans la porte. Dès qu'elle vit la lumière, elle plongea, se laissa rouler sur le sol et se releva, accroupie, vers la gauche, le revolver en position. Elle eut tout juste le temps d'enregistrer l'image qu'elle avait sous les yeux – le bout de mur désert derrière la porte – et de comprendre son erreur. Elle réagit instantanément. Elle ne tira pas. Elle vira, se baissa, changea de côté.

Vite. Une vitesse fulgurante. Mais pas assez.

Il l'attendait à droite, le revolver tendu. Elle devait aller à gauche, parce que tout son entraînement la poussait à aller à gauche, et que les flics sont des créatures déterminées par leur entraînement. En faisant ce qu'il faisait, il ne ressentit aucune surprise, aucun plaisir, aucune tristesse. Dans chaque combat il y a un vainqueur et un vaincu, et il n'y a aucune honte à perdre avec dignité.

Elle était très rapide. Il était impressionné.

La plupart des flics se seraient figés, auraient hésité. Elle, elle pivota d'un mouvement continu, réparant son erreur en se retournant de l'autre côté. Si elle était allée vers la droite, elle aurait pu tirer la première.

Mais ce n'était pas le cas.

Blake appuya sur la détente.

Cela ne dura pas longtemps. Mais cela lui sembla très long.

Amanda se trouvait au bord d'un précipice, sur une étroite tour rocheuse. Elle était entourée d'autres sommets, un échiquier de rois de granit, parfois immenses, des montagnes noyées dans les nuages partant à l'assaut du ciel. Elle se tenait sur le bord et regardait en bas, mais le monde n'avait pas de fond, il n'y avait pas de terre d'émeraude, rien que la brume. Elle savait qu'elle était capable de voler.

Elle regarda derrière elle. Bobby la contemplait, le visage trempé de larmes. Elle ne comprenait pas comment il pouvait être si triste alors qu'il y avait tant de bonheur à être là. Amanda sourit, lui souffla un baiser et, les bras largement déployés, elle se lança dans les airs.

39

Blake courait. La nuit lui offrait un abri. Il traversa à toute vitesse le parking désert, le verre brisé crissant et se dispersant sous ses pieds. Quand il arriva sur la 8e Rue, il prit au nord-est, vers le quartier misérable entourant le pont de la Highway 95. Il ralentit, traversa Stewart Avenue en marchant normalement, puis se remit à courir dès qu'il eut dépassé la zone éclairée.

Il abandonna sa voiture, qui était garée à trois rues de là, dans la direction opposée. Il l'avait volée, il pouvait facilement en voler une autre. Mais son appartement se trouvait à moins d'un kilomètre et il était plus sûr d'y aller à pied.

Il vit quelques inconnus. Il était plus de minuit, et la plupart d'entre eux vendaient ou consommaient de la drogue. Quand ils le voyaient passer en courant, ils regardaient dans sa direction pour s'assurer qu'il n'était pas suivi par les flics. A part cela, ils ne faisaient pas attention à lui. Plus il s'enfonçait dans le quartier, moins il voyait de gens. Bientôt il se retrouva seul. Il se remit à marcher normalement.

Il aperçut devant lui le pont de béton. Les maisons alentour semblaient à l'abandon, avec leurs clôtures disloquées, leur stuc rose craquelé et les barrières ouvertes. Quelques voitures couvertes de poussière étaient garées dans les cours. Il croisa deux ou trois chariots de supermarché abandonnés sur le trottoir, dépouillés de leurs roulettes.

Des sirènes hurlèrent dans les rues voisines. Blake se dissimula dans l'obscurité près d'une maison. Il observa la circulation derrière lui et vit les feux arrière d'une voiture de patrouille qui fonçait vers le snack. La nouvelle était lâchée. Dans peu de temps, sans doute quelques minutes, le quartier serait envahi par les flics.

Blake accéléra le pas. Il passa devant une maison où la lessive séchait sur un fil à linge détendu. Il se glissa de l'autre côté de la clôture et s'empara d'une veste en jean qu'il enfila par-dessus son tee-shirt blanc. Il ramassa une casquette de base-ball qui traînait par terre et s'en couvrit la tête. Il entreprit d'arracher sa fausse barbe. Il avait dans la poche de son jean un petit flacon d'alcool démaquillant pour les situations d'urgence. Il s'en servit pour ôter le maximum de poils et de colle. Ce n'était pas parfait, mais au moins n'était-il plus barbu, au premier coup d'œil.

Blake réfléchit à ce qu'il allait faire. Il avait toujours su que la police, un jour ou l'autre, se rapprocherait de lui, mais il aurait préféré disposer de deux ou trois jours de plus pour exécuter ses plans. A présent il devait agir sans attendre. Cette nuit même.

C'est alors qu'il réalisa que la présence de tous ces flics lancés à sa poursuite dans les rues crasseuses pouvait jouer en sa faveur.

Il n'avait besoin que de quelques heures. Blake avança sous le pont. Il entendait la circulation sur l'autoroute, au-dessus de lui, et le sol vibrait sous ses pieds. Il explora la structure de béton d'un coup d'œil rapide, en quête d'agresseurs potentiels ou de gangs. Il était facile de se faire piéger à cet endroit. Mais il ne vit personne, à l'exception d'une jeune prostituée, assise contre un des piliers.

Il ignorait ce qu'elle faisait là. Il n'y avait pas d'argent à gagner dans ce secteur. Elle fumait une cigarette, et il la vit renifler de la coke sur un morceau de papier alu froissé. Blake s'arrêta pour l'observer, tout en concoctant un plan. Elle était jeune : elle s'efforçait de paraître vingt et un ans, mais il la soupçonnait de ne pas en avoir plus de quinze. Elle portait des bottes jusqu'aux genoux, une veste en imitation cuir, un rouge à lèvres mal étalé et des cheveux blond platine presque blancs. Quand elle le vit approcher, elle lui adressa un sourire de camée. Elle étendit les jambes, et Blake constata qu'elle ne portait rien sous sa jupe. Elle leva deux doigts, ses lèvres roses esquissant un sourire.

— Vingt dollars, mon chou, murmura-t-elle.

Blake se baissa, la saisit par ses cheveux blonds et la releva brutalement. La cigarette de la fille tomba sur le trottoir.

— Hé ! hurla-t-elle. Ça fait mal, espèce de con !

Il la gifla violemment.

— Ferme-la !

Quand elle croisa son regard, elle voulut s'enfuir, mais il la tenait fermement par l'épaule. Il la fit pivoter vers lui. L'air terrifié, elle passa doucement une main sur sa joue rouge. Elle supplia d'une voix de petite fille, faible et apeurée :

— Ne me faites pas de mal.

— Je n'en ai pas l'intention. Ferme-la et écoute. J'ai deux cents dollars. Si tu passes la nuit avec moi, ils sont à toi.

La fille changea d'expression. La cupidité reprit le dessus. Elle lui adressa un sourire faux, aguicheur.

— Deux cents dollars ? Hé, c'est d'accord, chéri. Mais pas de sodomie, OK ? Je fais tout le reste, mais pas ça.

Blake la prit par le coude et la poussa devant lui.

— Parfait. Allez, viens, ma piaule n'est pas très loin.

— Ta piaule ?

— Mon appartement.

Perchée sur ses bottes à hauts talons, la fille s'efforçait de se maintenir à sa hauteur. Elle semblait nerveuse à l'idée d'aller chez lui.

— Trois cents dollars, ajouta Blake en la poussant un peu plus fort.

— Trois cents ? Ouais, OK.

Ils quittèrent le pont et poursuivirent leur chemin sur la 8e Rue jusqu'à la 9e, puis ils prirent au nord. Blake avait les yeux toujours en mouvement. Des sirènes hurlaient dans toutes les directions, maintenant. Les voitures de police commençaient à se déployer autour de lui.

— Les flics sont de sortie, ce soir, dit la fille.

Dans la rue, devant eux, Blake aperçut une lueur jaune. Il savait ce que c'était. Un de ces flics vêtus d'une chemise fluo qui patrouillaient dans le quartier en vélo.

Il se tourna vers la jeune prostituée.

— Embrasse-moi.

Avant qu'elle ait pu réagir, il se pencha vers elle et pressa fermement ses lèvres sur celles de la fille. Elle réagit goulûment et le prit dans ses bras. Elle sentait le parfum de petite fille, et ses lèvres avaient le goût de fumée. Elle avait le souffle saccadé, et il sentait les pulsations rapides dans sa gorge, à cause de la drogue.

Derrière lui, il entendit le flic à vélo ralentir pour les observer.

Ne t'arrête pas, pensa Blake. Il n'avait pas besoin

d'un cadavre de plus ni d'avoir sur les bras une pute hystérique en train de hurler.

— Hé, vous, fit le flic.

Blake écarta sa bouche de celle de la fille. Il tourna légèrement la tête vers la rue pour voir le flic, ne montrant que l'ombre de son profil. Il espérait qu'il ne verrait pas les traces de colle sur son visage.

— Ouais ? fit Blake.

— Ecoutez, mec, on sait tous les deux ce qu'est cette fille. Tout ce que je peux vous dire, c'est de ne pas oublier la capote, OK ?

La fille se dégagea brusquement des bras de Blake.

— Hé ! s'écria-t-elle.

Le flic se mit à rire.

Blake la saisit par la taille, la prit dans ses bras et la porta vers la 9e Rue. La fille hurla une obscénité et cracha en direction du flic.

— Oh, une bagarreuse, en plus ! s'exclama le flic. Souvenez-vous de mon conseil.

— Merci, monsieur l'agent, répondit Blake sans se retourner.

Quand le grincement du vélo lui indiqua que le flic s'éloignait, il eut un soupir de soulagement. Il posa la fille à terre, lui prit le menton et serra très fort.

— Si tu prononces encore un seul mot avant qu'on soit arrivés chez moi, notre affaire est annulée. Si on croise un autre flic, tu fais comme si tu étais ma copine, et tu fermes ta sacrée gueule. Compris ?

— T'as entendu ce qu'il disait ? rétorqua la fille. Il parlait comme si j'avais je ne sais quelle maladie.

— C'est sans doute le cas.

La fille fit un geste pour le gifler, mais il lui attrapa le poignet qu'il tordit jusqu'à ce que la douleur la fasse grimacer.

— Pas un mot, répéta-t-il.

Il la traîna à côté de lui.

Elle se tenait tranquille, désormais, la lèvre inférieure en avant comme si elle boudait. Ils traversèrent Bonanza Road et dépassèrent le commissariat principal de la police municipale. On était au milieu de la nuit, mais des flics allaient et venaient sous les palmiers qui bordaient l'entrée de l'immeuble. Il sentit que la fille était tendue.

— Ne t'inquiète pas, murmura-t-il. Continue à marcher.

C'était comme se cacher à découvert. Il se demanda ce que Jonathan Stride dirait quand il saurait qu'il avait vécu à quelques rues de son bureau. Comme il s'y attendait, personne ne leur prêta la moindre attention quand ils dépassèrent l'immeuble d'un pas nonchalant et continuèrent vers le bout de la 9e Rue. Ils atteignirent une étroite ruelle bordée par un mur de pierre couvert de graffitis. Sur leur gauche s'étendait une sorte de cimetière pour enseignes de casinos abandonnées – le genre d'endroit où les néons de Las Vegas venaient rouiller et mourir. Blake poussa la fille dans la ruelle sombre et déserte. Elle leva les yeux vers lui, de nouveau effrayée. Elle voulut faire demi-tour, mais il resserra sa prise sur son bras.

Le quartier était un dédale d'impasses. Il apercevait des lueurs de cigarettes, çà et là, dans les renfoncements obscurs entre les maisons délabrées. Il y avait d'autres signes de vie. Des quintes de toux. Quelques marmonnements, des bribes de conversations. Des gens qui ne voulaient pas qu'on soupçonne leur présence. Il marchait au milieu de la ruelle, la fille accrochée à ses basques.

Au bout de quatre blocs, il tourna dans sa rue. Il s'arrêta pour l'examiner avec attention. Il n'y avait pas encore de surveillance – il ne s'y attendait pas, d'ailleurs, mais il ne coûtait rien d'être prudent. Il se dirigea vers l'immeuble de deux étages couleur chocolat, qui n'était pas loin de tomber en ruine. Des vêtements pendaient aux balcons. Une moto était garée près d'une des portes. Un palmier en piteux état se fanait près du trottoir.

— Viens, dit-il à la fille.

Blake la fit entrer dans l'immeuble, et ils montèrent l'escalier menant au deuxième étage. Son appartement se trouvait à l'arrière. Dans le couloir, il s'arrêta une fois de plus pour tendre l'oreille. Un téléviseur était allumé dans le premier appartement : il entendit des rires enregistrés. Dans un autre appartement, un couple faisait l'amour avec des gémissements exagérés.

— Hé, je crois que je connais la fille, fit la pute d'un ton vif.

— Ferme-la, et allons-y.

Il repéra les indices qu'il avait laissés sur la porte de son appartement – un fil sur la charnière, un cheveu coincé près du sol. Tout était en place. Personne n'était entré. Il ouvrit la porte et poussa la fille devant lui. Après avoir refermé, il alluma la lumière.

— La chambre est là, dit-il en lui montrant une porte à droite. Vas-y et déshabille-toi.

— Et mon fric ? demanda la fille.

Blake soupira, ouvrit son portefeuille et en sortit huit billets de cinquante. La fille avait les yeux brillants.

— Quatre cents dollars ? Génial ! Tu pourras me sauter aussi longtemps que tu en seras capable, tu sais ?

— Entre, désape-toi et attends-moi.

— Tu n'as pas besoin de capote, je te jure, je suis clean.

Blake agita la main vers la chambre. La fille se rua à l'intérieur, serrant les billets entre ses doigts.

Il examina l'appartement, réfléchissant à ce dont il avait besoin. Il avait déjà son revolver, qu'il rechargea rapidement, ainsi que son couteau et un téléphone portable volé. Il prit un rouleau neuf d'adhésif pour remplacer celui qu'il avait laissé dans la voiture volée. Il regarda autour de lui en se demandant s'il restait des preuves à faire disparaître, puis il décida que ça n'avait plus d'importance.

Il ne reviendrait pas.

Blake récupéra la petite boule en plastique qui venait d'un distributeur de chewing-gum. Deux dents s'entrechoquaient à l'intérieur. Il joua avec, regarda leurs racines pointues en pensant une fois de plus à Amira. Il avait parcouru un sacré chemin depuis le jour où il l'avait vue pour la première fois dans le magazine, où il avait mis enfin un visage sur la voix qu'il avait entendue, dans sa tête, toute sa vie.

Il l'imaginait, là-bas, sur le toit du Shéhérazade. Son corps nu dans l'eau fraîche de la piscine. Il imaginait ses cris désespérés, restés sans réponse.

Il ne lui restait plus qu'une chose à faire.

Il passa dans la chambre. La fille était étendue sur le lit, son corps nu se tortillait sur les draps en désordre. Ses seins étaient à peine visibles, et ses tétons ressemblaient plutôt à des piqûres de moustique. Elle agitait ses jambes largement écartées.

— Tu es prêt, mon chou ?

Blake s'assit sur le lit à côté d'elle. Elle lui adressa un grand sourire de fillette. Il lui mit une main sur la bouche et lui colla le canon de son revolver sur le front, entre ses yeux terrifiés.

40

Stride ferma les yeux. Il avait envie de hurler.

L'appel avait été diffusé. Policier à terre. Le gérant du café qui avait appelé les secours avait identifié Blake comme étant l'homme qui avait tiré. Stride avait accouru quelques minutes plus tard, ainsi qu'une dizaine d'autres voitures. Ce n'est qu'en arrivant au café qu'il apprit qui était le policier abattu.

Amanda.

Il avait la nausée. La douleur était aussi violente que si on lui avait planté une baïonnette dans l'estomac.

Stride avait déjà vu des flics se faire tuer en service, parfois des amis à lui, mais jamais son équipier. Durant la brève période où il avait travaillé avec elle, Amanda avait joué un rôle important – comme si elle remplissait le vide que Maggie avait laissé, là-bas, dans le Minnesota. Il ne comprenait pas sa sexualité, mais il s'en fichait. Elle était intelligente. Drôle. Une laissée-pour-compte. Stride aimait les laissés-pour-compte. A Las Vegas, il se souciait plus des prostituées et des hôtesses de bar que des patrons de casino dans leurs costumes à cinq mille dollars ou des touristes ivrognes en quête d'un bon coup.

Il sentit la déprime l'envahir. Il s'appuya contre le mur

de la boutique à beignets. Ses échecs passés défilèrent dans son esprit, comme les séquences d'un film triste.

S'il avait été plus rapide que Blake. S'il avait pu tirer, sur le parking, au Limelight.

Ç'avait été son problème, toute sa vie. Il ne pouvait se débarrasser du sentiment de culpabilité. Ses regrets lui colleraient toujours à la peau, formant une coquille dure.

Il était arrivé trop tard pour la voir. Les infirmiers fermaient les portières de l'ambulance quand il fit irruption sur le trottoir. En voyant leurs visages, il comprit. Des visages durs, livides. Lutter contre le temps, lutter contre la mort, perdre les deux combats. Elle serait morte avant d'arriver à l'hôpital.

Il en voulait à Amanda d'avoir été là. Une idée brillante. Traquer Blake grâce aux marchands de beignets. Les criminels les plus endurcis tombent toujours à cause des petites choses. Même un détail aussi simple qu'un faible pour les Krispy Kreme. Stride regrettait de n'y avoir pas pensé. Il fut tenté de se demander si c'était la raison pour laquelle Blake leur avait laissé le reçu de Reno. Un sarcasme. Un indice. Juste pour voir s'ils le relèveraient. *Pourquoi tu n'as pas demandé de renforts, Amanda ?* C'était une règle tellement fondamentale, la première chose qu'on apprend à l'école de police... Ne jamais s'engager seul dans une situation à haut risque. Ne jamais essayer de jouer les héros. Elle le savait.

Mais Stride savait aussi pourquoi elle l'avait fait. Amanda savait que Blake était futé. Qu'il les aurait repérés bien avant qu'ils ne le voient arriver. Quiconque a survécu aux extrémistes afghans est capable de flairer un piège tendu par la police locale. Elle ne voulait pas griller leur meilleure cartouche. Alors elle y était allée seule.

Il y avait autre chose. L'occasion de faire bouffer leur chapeau aux flics qui essayaient de la pousser dehors. De prouver qui elle était, et ce dont elle était capable. Ego. Stride ne pouvait lui en vouloir de réagir de la sorte. Mais il lui en voulait tout de même.

— Tu aurais dû m'appeler, Amanda, murmura-t-il, presque à voix haute.

Mais Blake te connaît, l'entendit-il lui répondre.

La porte de la boutique s'ouvrit et deux flics en uniforme sortirent. Ils ne virent pas Stride, sur leur gauche. Dehors, ils allumèrent une cigarette. L'odeur de la fumée flotta vers Stride et se glissa dans ses bronches. Il n'avait jamais eu autant envie de fumer, depuis un an. Il vit que ses mains tremblaient. Un désir irrépressible, comme si son âme était désespérément desséchée et que rien au monde, sinon une cigarette, n'était capable de la combler. Il en sentait le goût sur ses lèvres. Il pouvait l'inhaler.

— Vous en avez une pour moi ? demanda-t-il.

Il ne les reconnut pas, et ils ne le reconnurent pas. Le plus grand des deux, plus ou moins de sa taille, avec des cheveux noirs et une moustache, hocha la tête et secoua son paquet pour en sortir une cigarette. Stride la prit et se pencha pour prendre du feu au briquet du flic.

— Merci.

La première bouffée valait son pesant de paradis. La musique des anges. Il avait du mal à croire qu'il avait tenu un an sans cela.

— Vous la connaissiez ? demanda le flic.

Stride acquiesça. Il fit la moue et souffla un nuage de fumée. Dieu lui pardonnerait, même si Serena refusait de le faire. Il en avait besoin.

— Dur dur, mais au moins sommes-nous débarrassés de ce monstre, hein ? ajouta le flic.

Un rugissement retentit dans le crâne de Stride. Il regarda l'homme qui souriait. Il regarda la cigarette qu'il tenait à la main, et tout à coup il arriva quelque chose d'horrible, d'inhumain. Une toux sèche, malsaine, attendait au fond de ses bronches, prête à ce qu'il expectore, prête à le laisser à bout de souffle. Il laissa tomber la cigarette et l'écrasa.

— Merde, mec, ça coûte cher, fit le flic.

Stride l'attrapa par sa chemise et le poussa si brutalement que ses pieds quittèrent le sol. Le flic tomba en arrière en heurtant le mur du café, la tête et les épaules cognant contre le stuc. Stride serra le poing, prêt à le lui écraser sur la figure, mais l'autre flic s'interposa.

— Ça suffit, arrêtez ! hurla-t-il à Stride. Vous êtes dingue ?

Stride ne bougea pas. Il avait les pieds rivés au sol. Le flic hésita. Stride savait qu'il se demandait s'il devait sortir son arme.

— Ça va, lui dit le flic. Il a une grande gueule. Il se conduit parfois comme un con. OK ? C'était stupide de sa part, de dire ça.

Stride s'en alla. Il s'apprêta à traverser la rue, mais il vit une foule de curieux de l'autre côté. Il décida de se diriger vers le croisement le plus proche. Sur un terrain vague, une camionnette était garée. Sur les flancs du véhicule étaient collées des photos de filles magnifiques éclairées par transparence. Le genre de camionnette publicitaire qui fait des allers et retours sur le Strip toute la journée, et propose aux touristes des numéros de téléphone de call-girls. Des call-girls qui ne ressemblaient jamais, ni de près ni de loin, aux filles qu'on voyait sur les photos.

Encore une arnaque dans cette ville d'escrocs.

Stride s'assit sur le pare-chocs de la camionnette. Il se maudit d'avoir jeté la cigarette. Il prit son téléphone et appela Serena, qui répondit immédiatement.

— Amanda s'est fait descendre.

— Non…

Il lui donna les détails. Ils étaient en train de verrouiller le quartier, cherchaient des témoins, se mettaient en chasse.

— Est-ce qu'elle… je veux dire, quel est le topo ? demanda Serena.

— Pas brillant.

— C'est vraiment merdique, Jonny. Tu n'as rien à te reprocher, ajouta-t-elle après un instant. Tu n'aurais rien pu faire de plus.

— Je sais.

— Merde, je regrette de n'avoir pas été là. Ça me rend dingue.

— Je te tiens au courant.

Il raccrocha. Il essaya de se débarrasser de son sentiment de désespoir. Quand il s'écarta de la camionnette, il vit un homme passer le coin en courant. C'était Cordy. Il était essoufflé. Il le repéra.

— Stride ! cria-t-il. Je vous cherchais.

Stride repensa à la haine que Cordy avait exprimée à l'égard d'Amanda. Il sentit que la rage le reprenait. Il avait la mâchoire si contractée qu'il n'était pas sûr de pouvoir parler.

— Quoi ? siffla-t-il.

Cordy se figea. Il savait à quoi pensait Stride. Les lèvres serrées, il avait l'air rongé par le remords.

— Hé… je sais. Je sais. Je suis désolé, mec, OK ? Vraiment désolé pour beaucoup de choses. Je me sens merdique. Son sang est de la même couleur que le nôtre, hein ?

Stride opina. Il inspira à fond.

— Qu'est-ce qu'il y a ?

— Quelqu'un a appelé le 911. Une pute, près de

Harris Avenue. Vous savez, cette cour des miracles, pas loin du poste. Elle affirme avoir vu notre type embarquer une autre fille dans un immeuble.

Stride fronça les sourcils.

— Une pute ? Blake ? Ça ne colle pas.

— Il se dit peut-être qu'il aura besoin d'un otage.

— Elle est sûre ?

Cordy hocha la tête.

— Ouais, ouais, elle jure ses grands dieux que c'est bien lui. Elle dit qu'elle a vu le portrait-robot partout en ville.

— Nous avons une adresse ? Un numéro d'appartement ?

— L'immeuble, oui, mais pas l'appartement.

Il lui donna rapidement l'adresse.

— Culotté, hein ? Le mec est planqué si près de nous qu'on aurait pu pisser par la fenêtre et le noyer.

— Il y a combien de temps qu'elle les a vus ?

— Cinq minutes, peut-être dix.

Stride commençait à comprendre ce qu'Amanda avait ressenti. Il avait envie d'y aller seul. D'affronter Blake *mano a mano*, rien que tous les deux, pour venger Amanda et tous ceux qui étaient morts. Le flic sur le parking au Limelight. Peter Hale. Tierney Dargon. MJ Lane. Alice Ford. Quand leurs regards s'étaient croisés, Stride avait vu le visage de Blake et son sourire arrogant. Il avait envie de prendre sa voiture et de se précipiter jusqu'à l'immeuble où il s'était terré, de foncer, poussé par une vague de rage et d'adrénaline.

Quinze ans plus tôt, il aurait peut-être commis cette erreur. Comme l'avait fait Amanda.

— Je vais appeler Sawhill, dit-il d'un ton calme. On a besoin de lui, ici.

Cordy acquiesça.

— Ouais. Il va falloir placer un cordon de sécurité autour des lieux.

— Exact. Qu'on envoie deux voitures à chaque carrefour, à deux rues de l'immeuble. Pas de lumières, pas de sirènes. Silence total, hein ? Et qu'on se tienne à l'écart de la rue en question. Je ne veux pas que quelqu'un, dans cet immeuble, aperçoive le moindre flic.

— Il faut faire vite. Nous ne savons pas combien de temps il va rester là sans bouger.

— Exactement. Installons une base sur Harris dans dix minutes, et nous pourrons y retrouver Sawhill pour concocter un plan.

— On ne devrait pas faire d'abord un peu de reconnaissance ? demanda Cordy.

— Si… fit Stride après avoir réfléchi. Voyons si on peut récupérer une fille des mœurs, une infiltrée. Une collègue déjà déguisée en pute. On lui fera faire un repérage de l'immeuble à pied, puis elle se mettra en planque à un endroit d'où elle pourra avoir l'œil sur la façade. Mais pas trop près. Si Blake surveille la rue, pas question qu'il se barre dans la nature.

Quand il partit, Cordy avait déjà sorti son téléphone.

Stride retourna vers le marchand de beignets et retrouva son Bronco. Il voulait être sur les lieux quand le cordon se mettrait en place, sur Harris Avenue. Si Blake pensait être en sécurité, ils pourraient peut-être le serrer très vite, sans trop de violence.

Pourquoi la fille ? se demandait-il. Il savait que certains assassins avaient besoin de baiser après avoir commis un meurtre, mais ça ne collait pas avec le profil de Blake. Peut-être Cordy avait-il raison, Blake voulait un otage. Quoi qu'il en soit, cela allait compliquer leur assaut. Blake comptait sûrement là-dessus.

41

D'habitude, Serena aimait le silence de leur maison, qui lui offrait un répit après le vacarme de la ville. C'était une des caractéristiques de Las Vegas : il était impossible d'échapper au boucan de la foule et des machines à sous. Quand ils étaient chez eux, Jonny et Serena éteignaient parfois la stéréo et restaient assis dans le noir pour savourer le silence.

Mais cette nuit-là, il était lourd de menaces.

Après avoir raccroché, elle pensa à Amanda. Elle avait décelé le chagrin dans la voix de Jonny. Elle ne connaissait pas très bien Amanda, mais elle savait mieux que quiconque l'effet que Jonny faisait aux femmes. Elle savait comment elles tombaient amoureuses de sa gentillesse, de son humanité. Et comment, en retour, il était tenté de les envelopper de ses grandes ailes protectrices. Certaines femmes détestaient cela. La plupart avaient envie de s'y abandonner. Serena savait que Jonny et Amanda s'étaient très vite liés en travaillant ensemble, et que Jonny était aussi bouleversé par sa mort que si c'était elle-même, ou Maggie, qui s'était trouvée sous le feu du tueur. Elle en était un peu jalouse.

Serena sortit sur le porche. Tous ses sens étaient en alerte. Elle tendit l'oreille et examina le moindre détail autour de la maison. Rien ne bougeait. Le plafonnier du garage éclairait sa Mustang décapotable garée dans l'allée. Mis à part les hautes silhouettes des palmiers, il n'y avait rien à voir dans le dédale des rues de l'enclave protégée. Pas de voitures inconnues. Pas de phares. Serena contempla la pénombre, aux deux coins de la maison. Elle avait les mains moites. Elle réalisa qu'elle avait laissé son revolver dans la maison et qu'elle était une cible facile, désarmée. Mais elle était seule.

Elle rentra chez elle et verrouilla la porte. Elle s'assura que l'alarme était activée. Elle faillit éteindre les lampes avant de monter à l'étage, puis décida de n'en rien faire. Quiconque se trouvant à l'extérieur penserait qu'elle était éveillée. Cette fois, elle prit son arme.

Etre là, en sécurité, lui donnait un sentiment de culpabilité. Jonny était sur le terrain, en train de chasser Blake, et elle aurait dû se trouver avec lui. Elle pria silencieusement, espérant qu'il ne laisse pas ses émotions prendre le dessus, qu'il ne soit pas aussi idiot qu'Amanda, à vouloir arrêter Blake tout seul.

Ne meurs pas, Jonny. Ne me laisse pas seule. C'était aussi simple que cela.

Mais rien n'était simple.

Elle passa devant la chambre d'amis, où Claire dormait. Elle s'arrêta devant la porte et tendit l'oreille. Elle posa la main sur la poignée qu'elle tourna silencieusement. Juste pour vérifier, se dit-elle. Pour s'assurer que tout allait bien. Mais c'était un mensonge. Elle avait envie d'entrer et de dormir à ses côtés. De la toucher. De l'obliger à dévoiler ses secrets. Serena comprit qu'elle était comme Jonny. Elle avait envie de prendre Claire dans ses bras et de la protéger.

Elle lâcha la poignée de la porte, qui fit entendre un

claquement sec. Serena grimaça. Elle regagna sa propre chambre et ferma la porte derrière elle.

Au plafond, le ventilateur agitait l'air frais. Mais Serena avait le visage brûlant. Elle posa son revolver et son téléphone portable sur sa table de nuit. Elle se déshabilla et passa dans la salle de bains, prit une douche et se prépara pour la nuit. Quand elle revint dans la chambre, elle avait encore la peau humide. Elle disposa sur le dossier d'une chaise des vêtements pour le lendemain, pour le cas où elle devrait s'habiller à la hâte, puis elle s'étendit, nue, sur les draps.

Elle éteignit la lampe de la table de nuit. La pièce était plongée dans l'obscurité. Elle était allongée sur le dos, les yeux ouverts. La solitude nocturne l'oppressait.

Tap tap tap.

Elle se figea. Cela recommença. Un grattement sur la vitre. *Tap tap tap.*

Serena sauta quasiment du lit, le cœur battant. Elle chercha son arme, se rua vers la fenêtre et ouvrit les rideaux à toute volée. La faible lueur des réverbères se déversa dans la chambre. A l'endroit où le rayon lumineux se reflétait sur la vitre, un papillon de nuit blanc cognait contre le verre en battant des ailes. Quelques secondes plus tard, il s'éleva dans les airs et disparut.

Bravo, se dit Serena. Flingue les papillons.

Laissant les rideaux ouverts, elle regagna son lit. Le faisceau de la lumière extérieure venait jouer sur son corps.

Tandis que son cœur reprenait un rythme normal, elle sentit qu'elle s'enfonçait dans le sommeil. Elle essayait de rester éveillée, pour le cas où Jonny l'appellerait, mais plus elle s'efforçait de garder les yeux ouverts en fixant le ventilateur au plafond, plus le mouvement l'hypnotisait... jusqu'à ce que ses paupières se ferment.

Des rêves flottèrent dans son esprit. Des cauchemars. Le genre de cauchemar où elle était poursuivie, où des bruits de pas résonnaient derrière elle, où elle fuyait une présence invisible. Elle était dans le désert, en pleine nuit, elle entendait les serpents à sonnette, le vol des faucons et le sifflement des javelines, et aussi une respiration dans le noir à côté d'elle, forte et régulière.

Quelque chose la réveilla. Elle ignorait ce que c'était. Elle regarda son réveil, vit qu'une heure avait passé. Avait-elle entendu quelque chose ? Un cliquetis. Des bruits de pas. Etait-ce réel ? Elle jeta un regard circulaire dans la chambre. Elle vit un fantôme, une ombre près de la porte fermée. Elle plissa les yeux, ajusta son regard. L'ombre bougea. Quelqu'un se trouvait dans sa chambre.

Serena était paralysée, elle se sentait exposée, nue dans la lumière qui venait du dehors. Elle tendit le bras vers son revolver.

— Qui est là ?

La voix de Claire surgit de l'obscurité.

— C'est moi, Serena.

Claire s'avança dans la chambre, entra dans le rayon lumineux. Elle était nue, elle aussi.

Elle approcha, s'allongea sur le lit à côté de Serena sans attendre l'invite. Elles étaient toutes deux sur le dos et fixaient le plafond.

— Pardonne-moi… je ne pouvais pas dormir, fit Claire. Tu n'as pas entendu quelque chose, tout à l'heure ?

— J'ai pensé que c'était toi, dans le couloir.

— Non, autre chose.

Elles attendirent en silence, l'oreille tendue. Serena connaissait tous les grincements et les craquements des poutres de sa maison. Il n'y avait rien d'anormal.

— C'est mon imagination, dit Claire.

— Essaie de dormir.

Serena se tourna sur le côté, loin de Claire. Elle vit l'heure sur le cadran lumineux du réveil. Presque deux heures. Elle se demanda où était Jonny, et quand il la rejoindrait. Elle avait envie de fermer les yeux, mais elle était bien réveillée maintenant, pleinement consciente de la présence de Claire derrière elle. Elle l'entendait qui respirait doucement. Elle aussi était éveillée. Un silence fragile flottait entre elles. Dans l'attente du prochain mouvement.

Claire se retourna. Sans y être invitée, elle glissa à travers le lit et se logea contre le dos de Serena, collant sa peau contre la sienne. Elle ne dit rien. Serena sentait son souffle sur son cou, en de brèves saccades, et ses cheveux blonds lui chatouillaient l'oreille. Les tétons de Claire avaient durci. Serena les sentait contre son dos. Elle avait la peau douce, partout où elle était en contact avec elle.

— Tu es bien ? murmura Claire.

— Oui.

Le bras de Claire enserra le corps de Serena et se posa légèrement sur son ventre.

— Je me sens bien avec toi.

— Moi aussi, je me sens bien.

Les lèvres de Claire frôlèrent son cou. C'était tendre et sensuel. Elles restèrent ainsi pendant quelques minutes, collées l'une à l'autre, immobiles et silencieuses. Serena sentait la chaleur, l'amour et le désir qui émanaient de la femme qui se collait à elle.

— Je n'ai jamais rien ressenti de pareil, fit Claire.

— C'est bon, dit Serena, qui ferma les yeux en s'entendant proférer une réponse si banale.

Claire lui disait qu'elle l'aimait. Elle ne voulait pas le reconnaître.

— Tu as un corps magnifique. Si fort. Je sens ta force.

Serena ne se sentait pas forte du tout.

Les doigts de Claire s'animèrent, se mirent à caresser doucement le ventre de Serena. Elle la testait. Elle voulait voir si Serena l'arrêterait.

— Tu veux que je m'en aille ? demanda Claire.

— Je ne sais pas ce que je veux.

Elle ne disait pas oui. Elle ne disait pas non.

— Je crois que tu le sais, fit Claire.

Sa main vint se poser sur le sein de Serena. Celle-ci se tendit. Claire s'immobilisa.

— Trop rapide ?

— Trop tout.

— Je peux m'en aller.

Serena sentait sur son sein la chaleur de la main de Claire.

— Non, ne pars pas.

La main de Claire descendit le long de son corps. Serena retenait son souffle.

— Relax, lui dit Claire. Laisse-toi faire.

Claire trouva son chemin entre ses jambes.

— Tu aimes ?

Serena entendit son propre soupir de plaisir.

Ensuite, elle n'avait qu'une chose à faire. Laisser Claire venir en elle. Elle la trouverait humide et désirante. Ouvrir les jambes, laisser Claire l'amener à l'orgasme avec quelques rapides caresses circulaires. Il ne fallait rien de plus. Elle en était tout près.

Elle sentit le doigt de Claire explorer son corps. Elle entendit le grondement de satisfaction dans la gorge de Claire quand elle découvrit son désir.

Serena se mordit la lèvre et poussa un cri.

Puis elle fut aveuglée par la lumière que quelqu'un venait d'allumer dans la chambre.

42

Le van noir descendait lentement la rue, comme si le conducteur cherchait quelque chose dans les immeubles attenants. Mais ses phares étaient éteints. On pouvait lire sur les flancs, même si la peinture était écaillée et s'il manquait plusieurs lettres : MEADOWS UNIFORMES ET EQUIPEMENT POUR CASINOS. Il s'arrêta de l'autre côté de la rue où se trouvait l'immeuble de Blake. Il se mit en attente, le moteur tournant toujours.

Stride était serré à l'arrière avec onze autres flics vêtus de gilets pare-balles. Rien que des hommes. La tension était tangible. Sawhill avait décidé de donner l'assaut. Ils attendaient le feu vert.

Dans son oreillette, Stride entendait les échanges.

— La rue est dégagée. Pas de civils. Prêts à y aller.

C'était le chauffeur du van.

La voix de Sawhill intervint sur les ondes.

— Tammy, vous confirmez ?

Tammy était une agente infiltrée qui surveillait l'immeuble de Blake depuis plus d'une heure, depuis un bâtiment situé de l'autre côté de la rue.

— Parfait, pas de civils en vue.

— Alonzo, du mouvement à l'arrière ?

— Négatif.

En position dans une cour derrière l'immeuble, il scrutait l'appartement de Blake.

— De la lumière à l'intérieur ?

— Négatif.

— Parfait, équipe d'insertion, préparez-vous.

Dans le van, les hommes avaient hâte de passer à l'action. Leurs gilets leur tenaient chaud, et ils étaient serrés les uns contre les autres.

Ils avaient eu une bonne nouvelle, un peu après que le cordon avait été mis en place pour isoler le quartier. Un Vietnamien qui travaillait dans un casino du centre les avait approchés, parce qu'il voulait rentrer chez lui. Il habitait dans l'immeuble de Blake. Il avait identifié ce dernier d'après le portrait-robot, localisé exactement son appartement (au fond du couloir du deuxième étage), et leur avait dressé un plan précis du bâtiment.

Le mandat était arrivé un quart d'heure plus tôt. Ils étaient prêts.

La radio grésilla. La voix de Sawhill se fit entendre.

— Encore une fois, vous tous. Nous y allons avec quatre hommes à l'arrière, Rodriguez et Holtz au nord, Han et Baker au sud. Le balcon du suspect se trouve au milieu de l'immeuble, comptez trois à partir du nord ou du sud, un deux trois. Compris ? Soyez prêts, au cas où il essaierait de passer par-dessus bord.

On entendit dans le van plusieurs grognements affirmatifs.

— Lee, Salazar, Alexander, Odom, Stride, Cordy, vous êtes l'équipe d'assaut. Vous descendez le couloir, vite et sans bruit, Lee et Salazar vous vous occupez de la porte, Alexander et Odom vous passez devant, Stride et Cordy vous êtes derrière. N'oubliez pas qu'un innocent présumé se trouve dans les lieux avec le suspect. Vous allez trouver un salon devant vous, une chambre et une cuisine côté sud.

— Bien reçu, répondit Stride.

— Kwan et Davis, vous êtes derrière. Kwan, vous vous chargez du couloir à l'étage, vous empêchez les locataires de sortir de chez eux. Davis, vous restez en renfort, devant l'immeuble.

— Compris.

— Nous y allons à mon signal, dans une minute.

Les secondes s'écoulèrent lentement. Stride eut le temps de penser à Amanda. Et à Serena. Il avait rarement participé à des assauts importants. C'était toujours dangereux.

La voix de Sawhill retentit, sans préavis.

— Go !

Les portières arrière du van, aux gonds parfaitement huilés, s'ouvrirent sans bruit et l'équipe descendit en se bousculant. Pour des hommes aussi costauds, ils se déplaçaient très vite, avec légèreté. Les quatre premiers partirent en avant. Deux d'entre eux se dirigèrent vers la gauche pour contourner le bâtiment, les deux autres passèrent par la droite. Tous étaient munis d'armes automatiques. Le groupe de six hommes auquel appartenait Stride traversa la rue en courant, puis longea le trottoir jusqu'à l'entrée de l'immeuble. La porte extérieure était ouverte. Alexander et Odom, armés de fusils d'assaut, entrèrent les premiers, prirent position à l'intérieur et signalèrent derrière eux que la voie était libre. Les deux policiers montèrent lentement l'escalier dont les marches de bois craquaient sous leur poids.

— Nous sommes en position à l'arrière, fit une voix dans l'écouteur de Stride.

Deux flics munis de béliers montèrent à leur tour. Stride et Cordy étaient les suivants. Le dernier homme prit position en haut des marches pendant que les autres avançaient le long du couloir, plaqués aux murs. Stride entendit quelques bruits en passant devant les appartements. C'était le milieu de la nuit. Il compta cinq portes de chaque côté et, devant eux, à moins de trente mètres de lui, au bout du couloir, une dernière porte semblable aux autres.

La porte de Blake.

Ils essayaient de ne pas faire de bruit. C'était impossible. L'immeuble était d'une construction médiocre, et le sol gémit sous le poids des six costauds qui se frayèrent un chemin vers le fond. Si Blake était éveillé, en alerte, il les avait entendus venir. Alexander et Odom tenaient leurs fusils braqués sur la porte de son appartement et, sachant qu'ils ne pourraient approcher en silence, ils avancèrent le plus vite possible. Stride vit le judas dans la porte de Blake. Il se demanda s'il était là, en train de les observer. Si c'était le cas, il devait savoir qu'il était pris au piège, face à une puissance de feu supérieure à la sienne.

Une porte s'ouvrit brusquement au moment où il passait devant.

Il pivota, leva son revolver. Une vieille femme se tenait dans l'encadrement de la porte, les yeux chassieux. Elle portait une robe de chambre blanche déchirée. Dès qu'elle vit Stride, elle ouvrit la bouche, terrifiée. Juste avant qu'elle ne se mette à hurler, il la repoussa dans son appartement et lui mit une main sur la bouche.

— Attendez, souffla-t-il à la radio. (Puis, à la femme :) Police, madame. Restez chez vous. N'ouvrez pas votre porte.

Elle hocha la tête avec frénésie.

Stride lui sourit et recula dans le couloir. Il ferma la porte qui fit entendre un léger claquement.

— Allez-y.

Alexander et Odom se mirent en position de part et d'autre de la porte de Blake. Stride se plaça derrière Alexander, à gauche, et Cordy fit de même derrière Odom. Ils attendirent. Il n'y avait pas le moindre bruit dans l'appartement, et aucun rayon de lumière n'était visible sous la porte.

Alexander leva trois doigts. Puis il ferma le poing et leva les doigts, un par un.

Un. Deux. Trois.

Les deux béliers enfoncèrent la porte qui céda immédiatement. Alexander et Odom s'élancèrent et traversèrent l'appartement, pliés en deux. Stride et Cordy les suivirent. Tout le monde cria simultanément :

— POLICE !

Il leur fallut moins de cinq secondes pour faire le tour du petit salon. Il était désert. Un des hommes cria que la cuisine était vide. Ne restait que la chambre à coucher, dont la fragile porte en contreplaqué était fermée. Alexander n'attendit pas le bélier. Il leva la jambe et enfonça la porte qui partit valser dans la chambre. Il entra en trombe.

— Otage sur le lit !

Stride le suivit dans la chambre. Une adolescente était attachée aux quatre montants du lit. Elle était nue, bras et jambes écartés, un tee-shirt roulé serré autour de la bouche. Elle ouvrait des yeux grands comme des soucoupes. Elle essaya de hurler, tout en se débattant avec la corde qui la retenait.

— Personne ! cria Alexander après avoir visité le placard et la salle de bains.

— Il n'est pas là ? fit la voix aiguë de Sawhill dans la radio.

— Négatif.

— Rodriguez, Holtz, dites-moi qu'il est chez vous, à l'arrière.

— Désolé, lieutenant, rien ici, aucun mouvement.

Sawhill était exaspéré.

— Cet endroit a été placé sous surveillance cinq minutes après l'appel au 911 ! Où est-il parti ? Vérifiez tous les appartements.

— Et le mandat ? fit Alexander.

— Nous avons un tueur en série en liberté ! Allez-y immédiatement !

— Donnez-moi trente secondes, lieutenant, intervint Stride à la radio. Parlons à la fille.

Il fit un geste vers le placard.

— Alexander, attrapez-moi une chemise, OK ?

Le gros flic prit une chemise sur un cintre et la jeta à Stride qui en couvrit le corps de la fille allongée sur le lit.

— Calmez-vous, lui dit Stride. Tout va bien, maintenant.

Il sortit un petit couteau de sa poche et coupa la corde qui serrait ses poignets minuscules aux montants du lit. Elle avait la peau marquée de profondes zébrures, et la corde était couverte de sang, à l'endroit où elle s'était débattue pour se libérer. Dès qu'elle fut détachée, elle lui sauta au cou et se mit à sangloter, le nez dans son gilet pare-balles.

Il la laissa pleurer pendant quelques secondes, puis la repoussa doucement.

— Où est-il ?

— Je ne sais pas, fit-elle en secouant la tête.

— Quand a-t-il quitté cet appartement ?

— Il y a un moment. Je ne sais pas. Plus d'une heure, je crois. J'avais peur qu'il ne revienne.

— Que s'est-il passé quand il vous a amenée ici ?

— Il m'a dit de me déshabiller. Il m'a attachée sur le lit et m'a obligée à téléphoner. Il tenait un revolver sur ma tête et me disait exactement ce que je devais dire. Dès que j'ai donné le coup de fil, il m'a bâillonnée et il est parti.

— Le coup de fil ? demanda Stride.

Soudain, il comprit. Un sentiment d'horreur l'envahit.

— L'appel au 911. A la police. Il m'a obligée à vous appeler, et à faire comme si je me trouvais dehors, vous voyez ?

— C'est vous qui avez appelé le 911 ?

La fille opina, pleine de bonne volonté.

Stride secoua la tête.

— Merde ! L'appel au 911 était une arnaque, lieutenant, fit-il à la radio. Blake a contraint la fille à téléphoner. Il a filé juste après. Il y a longtemps qu'il est parti, au moins une heure, et nous sommes tombés dans le panneau.

Sawhill, qui ne jurait jamais, semblait prêt à se lâcher.

— Ce n'est pas possible… Vérifiez dans les autres appartements, juste pour être sûr.

— On y va, lieutenant, acquiesça Alexander.

— Il a probablement une piaule de secours à l'autre bout de la ville, dit Sawhill. Contrôlez toutes les déclarations de vols de voiture dans ce quartier. Il a peut-être piqué un autre véhicule pour se tirer.

Stride allait répondre, lorsqu'une idée lui vint. Il commençait à se mettre à la place de Blake. Celui-ci ne s'attendait sûrement pas à tomber sur Amanda chez le marchand de beignets. Il avait donc dû agir vite pour s'en sortir. Le filet se resserrait. Tôt ou tard, la police débarquerait chez lui. Il avait besoin d'une diversion.

Trop de temps. Stride comprit ce qui se passait. Blake essayait de leur lier les mains. De les occuper pendant qu'il se lancerait dans son dernier grand acte.

— Le fils de pute…

Stride avait parlé dans son micro. Sawhill réagit.

— Quoi ? Qu'est-ce qu'il y a ?

Stride arracha son écouteur. Il sortit son téléphone de sa poche et enfonça une touche. Il fallut une éternité avant que la connexion s'établisse, un fragment de silence qui lui sembla interminable.

Le téléphone sonna. Son téléphone, chez lui. Là où se trouvaient Serena et Claire.

— Décrochez ! supplia-t-il.

Le téléphone sonnait toujours. Personne ne répondait. Stride fonça vers la porte.

43

Dès que ses yeux se furent habitués à la lumière éblouissante, Serena sut qu'elle allait mourir. Debout dans l'encadrement de la porte, Blake pointait un Sig Sauer sur sa tête.

— Désolé de vous interrompre, dit-il.

Il avait un sourire glacé. Il semblait un peu excité par le spectacle de ces deux femmes enlacées sur le lit.

Une vague de regrets traversa l'esprit de Serena. Le regret de n'être jamais allée à Hawaii. De n'avoir jamais eu d'enfants – même si elle s'était persuadée au fil des ans que ça n'avait aucune importance. Le regret que Jonny les trouverait ainsi, nues, ensemble, et comprendrait qu'elle l'avait trahi. Que ses faiblesses étaient plus fortes qu'elle. Qu'il ne saurait pas combien elle l'aimait.

Ses yeux glissèrent vers la table de nuit. Pendant une fraction de seconde, elle mesura le temps qu'il lui faudrait pour sauter sur son revolver et tirer sur Blake. Trop long. Beaucoup trop long.

Blake surprit son regard.

— Ne faites pas ça. Ne m'obligez pas à vous tuer.

— Comme si vous n'aviez pas l'intention de le faire !

Elle lui jeta un regard de défi et se couvrit les seins.

— Restons calmes, dit Blake. Claire, descendez du lit et passez de l'autre côté de la table de nuit.

Claire hésita. Serena lui pressa la main.

— Ça ira, lui dit-elle.

Un mensonge.

Claire obtempéra.

— Bien, dit Blake. Maintenant, prenez le revolver sur la table de nuit. Avec deux doigts. Et donnez-le-moi.

Claire souleva l'arme comme s'il s'agissait d'un poisson mort, en laissant la crosse pendre entre ses doigts. Pendant tout ce temps, Blake ne quitta pas Serena des yeux. Il prit l'arme des mains de Claire et la glissa sous sa ceinture.

— Habillez-vous, leur dit-il.

Claire ne bougeait pas. Elle attendit que Blake la regarde. Les yeux de Blake toisèrent son corps nu, de haut en bas. Tout à coup il cilla, comme s'il était gêné. Une réaction étrangement humaine chez un tueur en série.

— Vous savez qui je suis ? demanda Claire.

— Vous êtes la fille de Boni, fit-il d'un ton cassant.

— Et vous savez ce que ça veut dire ?

Elle le dévisagea.

— Vous le savez, n'est-ce pas ? Vous devez le savoir.

L'assurance de Blake s'était très légèrement fissurée.

— Oui.

— Alors comment pouvez-vous faire ça ?

Serena attendait la réponse de Blake. Mais les mots semblaient lui manquer.

— Habillez-vous, toutes les deux.

— Mes vêtements sont dans l'autre chambre, dit Claire.

— Prenez les siens. Allez, dépêchez-vous. Et pas de gestes brusques.

Serena se demanda ce qu'il avait en tête. Pourquoi s'habiller ? Elle s'était attendue à ce qu'il les tue sur-le-champ, mais Blake semblait suivre un plan plus complexe. Parfait. Tant qu'elle restait en vie, elle avait des chances de trouver le moyen de s'échapper ou de le maîtriser.

Elle glissa les jambes hors du lit, tout en essayant de se couvrir. Elle enfila rapidement les vêtements qu'elle avait posés sur la chaise. Culotte, tee-shirt, jean. Elle ouvrit les tiroirs de la commode et jeta des vêtements à Claire. Celle-ci était nettement plus petite et plus mince qu'elle. Elle flottait dans ses habits et dut rouler le bas du pantalon.

— Où allons-nous ? demanda Serena.

Blake ne répondit pas. Il sortit un rouleau d'adhésif de sa poche arrière et le jeta à Claire.

— Attachez-lui les poignets. Bien serré.

Serena croisa le regard de Claire. Elle lui tendit les mains, les paumes l'une contre l'autre.

Claire semblait paralysée. L'adhésif dans la main, elle ne bougeait pas.

— Allez ! cria Blake.

Claire regarda ostensiblement quelque chose qui se trouvait derrière Serena, vers le bas, puis fixa cette dernière dans les yeux. Elle répéta le manège plusieurs fois. Elle essayait d'attirer l'attention de Serena.

Il ne lui fallut qu'une ou deux secondes pour comprendre. Sa table de nuit. Son téléphone portable.

— Quand je pense que je t'ai fait confiance, dit Claire d'un ton amer.

— Je suis désolée.

— Tu devais me protéger !

— Taisez-vous ! fit Blake.

— Toi ? fit Serena. Espèce de petite garce arrogante ! Tu aurais pu te cacher derrière le fric de ton père, au lieu de quoi tu vas me faire tuer, moi aussi !

— VA TE FAIRE FOUTRE ! hurla Claire qui se précipita vers elle, appliqua ses deux mains sur sa poitrine et la poussa violemment en arrière. Serena s'effondra, heurtant la table de nuit et projetant sur le sol tout ce qui s'y trouvait. La lampe se brisa, l'ampoule explosa, livres et clés s'éparpillèrent sur le tapis. Serena se tortilla, atterrit face contre terre, mais elle avait eu le temps de repérer le téléphone avant que ses genoux ne touchent le sol.

— Debout ! siffla Blake. Plus un mot !

— Allez vous faire foutre, vous aussi ! rétorqua Claire.

Elle se tourna, cachant partiellement Serena au regard de Blake tandis qu'elle se penchait, et se mit à la rouer de coups, ce qui eut pour effet de la plaquer de nouveau au sol. Blake fit un bond, prit Claire par les cheveux et tira en arrière.

— Assez !

Il la poussa de côté et tira une balle dans l'oreiller. L'explosion ébranla les murs. Un énorme nuage de plumes s'éleva dans la chambre et flotta au-dessus des deux femmes.

— La prochaine est pour Serena, dit-il.

Elles s'immobilisèrent. Claire pleurait.

— Je suis désolée.

— Debout, fit Blake à Serena.

Serena se remit sur pied, cramoisie.

— Maintenant, attache-lui les mains, répéta Blake à Claire.

Celle-ci acquiesça docilement. Elle commença à enrouler l'adhésif autour des poignets de Serena.

— Plus serré, ordonna Blake. Et monte plus haut que ça.

Avec une grimace, Claire serra plus fort et déroula le ruban presque jusqu'aux coudes de Serena. Inclinant légèrement la tête, elle parvint à lever un sourcil interrogateur à l'intention de Serena, qui répondit d'un léger signe de tête. L'ombre d'un sourire apparut fugitivement sur le visage de Claire.

Quand Claire eut fini, Serena avait les bras immobilisés devant elle, les mains pendant au-dessous de sa taille.

— Sa bouche, maintenant. Bâillonne-la.

Claire prit une dernière bande d'adhésif qu'elle colla sur les lèvres de Serena.

— Pousse-la sur le lit, dit Blake.

Voyant que Claire hésitait, il se glissa entre elles et poussa brutalement Serena en arrière. Elle atterrit sur le dos et regarda Blake lier les mains de Claire avant de la bâillonner à son tour.

— Allons-y, dit-il. On s'en va. Vous passez devant. Si vous essayez quoi que ce soit, vous êtes mortes toutes les deux, et sans doute d'autres innocents avec vous.

Il prit Serena par l'épaule et la força à se mettre debout. Elle sortit de la chambre, suivie de près par Claire. Ils longèrent le couloir puis descendirent au rez-de-chaussée. Blake passa devant, ouvrit la porte d'entrée et scruta les deux côtés de la rue. D'un brusque mouvement de tête, il leur ordonna de sortir.

Une vieille Impala blanche était garée le long du trottoir.

Blake avait sur son porte-clés une télécommande dont il se servit pour ouvrir le coffre. Le cœur de Serena se serra de nouveau. Elle se dit qu'il allait les emmener à l'extérieur de la ville et les laisser pourrir dans le désert.

Ou bien les enterrer vivantes. Son désir de vengeance était si fort que tout était possible.

— Dans le coffre, dit-il. Vite.

Serena essaya de se plier en deux pour entrer plus facilement, mais ses bras attachés l'empêchaient presque totalement de se mouvoir. Blake se glissa derrière elle, la saisit par son tee-shirt et sa ceinture, la souleva à bras-le-corps comme une simple valise et la laissa retomber dans le coffre. Le visage de Serena heurta le fond. Elle sentit dans sa bouche le goût du sang qu'elle s'efforça d'avaler pour ne pas étouffer. Quand elle essaya de bouger, sa tête heurta le capot. Elle roula sur le dos. Deux secondes plus tard, un choc secoua la voiture : Blake venait de jeter Claire dans le coffre. Serena entendit un cri de douleur étouffé. Le corps de Claire était coincé contre le sien.

Blake claqua le couvercle du coffre.

Serena sombra dans un brouillard noir, anxiogène. Elle pouvait à peine bouger. Elle ne pouvait pas parler. Elle ne pouvait rien faire d'autre que tendre l'oreille.

Et sentir la présence du téléphone portable coincé dans la poche de son jean.

Elle sut qu'on ouvrait la portière côté conducteur. Mais les bruits qui se succédèrent n'avaient aucun sens. Un cri, un halètement, un choc. Un bruit métallique, quand le revolver de Blake tomba par terre. La voiture tangua de nouveau.

Il lui fallut quelques instants pour comprendre que quelqu'un avait projeté Blake sur le toit de la voiture.

44

Leo Rucci vint devant l'Impala, où Blake gisait sur le sol, hébété. Blake réalisa qu'il avait les mains vides. Son arme avait disparu. Il tenta de sortir de sa ceinture le revolver de Serena, mais le choc avait émoussé sa vitesse de réaction. Il ne fut pas assez rapide. Au moment où il sortait le revolver, Leo le lui fit sauter des mains d'un coup de pied. L'arme valsa dans la rue comme si elle glissait sur la glace et acheva sa trajectoire près d'un des palmiers nains qui s'alignaient sur le trottoir.

— OK, chochotte, maintenant ça se passe entre toi et moi. Tu crois que tu peux battre un vieil homme ?

Dans le crâne de Blake, le brouillard commençait à se dissiper. Il sentit les énormes mains de Rucci empoigner sa chemise, puis celui-ci le souleva du sol et lui claqua la tête contre la portière arrière de la voiture. Le sang lui jaillit du nez, et il eut l'impression que son cerveau allait heurter les parois intérieures de son crâne. Le monde se mit à tournoyer.

— Tu as assassiné mon fils. Tu l'as tué comme un chien. Maintenant je ne t'achèverai pas avant d'être sûr d'avoir brisé tous les os de ton corps.

Leo le fit pivoter vers lui. La vitre de l'Impala était zébrée de sang. Leo prit son élan et lança son poing en avant, mais Blake avait suffisamment récupéré pour esquiver. Leo frappa la vitre, ce qui lui arracha une grimace. Blake essaya de profiter de l'occasion pour se libérer, mais Leo le tenait toujours d'une poigne de fer. Il saisit Blake par le cou et le projeta violemment sur le sol.

Blake ne respirait plus. Les gros doigts de Leo empêchaient l'air d'entrer. Blake lui prit la main et essaya de l'écarter. Autant essayer de déloger un python enroulé autour du cou de sa victime. Avec un rictus, Leo le frappa à l'estomac. Il sembla à Blake qu'une grenade venait d'exploser à l'intérieur de son corps.

Un bourdonnement s'éleva dans sa tête. Il essaya à nouveau d'écarter la main de Leo.

— Nous sommes très loin d'en avoir fini, lui dit Leo. Quand tu tomberas dans les pommes, je t'emmènerai dans un endroit agréable et isolé.

Une image se fraya un chemin dans le cerveau de Blake. Un objet long et lisse. Il ne le voyait pas, mais il sentait le contact froid de l'acier. Son couteau. Il était toujours dans sa poche arrière. Il décida de mettre à profit ses dernières secondes de conscience pour serrer le poing dans son dos. Il avait l'impression que ses membres n'étaient plus reliés à son cerveau. Il essayait d'atteindre sa poche, mais il ne trouvait rien, et ses doigts commencèrent à s'agiter de manière convulsive.

Il toucha enfin le manche du couteau. En une fraction de seconde, la lumière se fit dans son esprit. Sa main plongea dans sa poche. D'un mouvement circulaire continu, désespéré, il enfonça la lame du couteau dans l'avant-bras de Leo. Tel un fauve blessé, celui-ci lâcha un rugissement de douleur et lâcha le cou de Blake. L'esprit un peu plus clair, ce dernier lui donna un violent coup de pied dans le genou. Le vieil homme s'écroula sur le côté, comme un arbre frappé par la foudre.

Blake tenait toujours son couteau.

Il bondit, lame pointée vers la poitrine de son adversaire. Leo le vit venir et saisit sa main au moment où le couteau allait s'abattre. Mais ses doigts couverts de sang glissaient, et Blake n'eut aucun mal à se libérer pour frapper de nouveau. La pointe de la lame déchira l'épaule de Leo. Utilisant son autre bras comme une batte de base-ball, le vieil homme repoussa Blake qui roula plusieurs fois sur lui-même.

Leo se remit sur pied. Il avait les deux bras couverts de traînées rouges. Il titubait, mais il fit signe à Blake de s'approcher.

— Allons, chochotte. Il te faut une lame pour battre un vieux comme moi ? Allez. Essaie encore une fois.

Leo avança légèrement.

— Une vraie gonzesse. A la loyale, Gino t'aurait écrabouillé.

— Vous auriez dû voir comment son crâne s'est ouvert quand je lui ai tiré dessus, rétorqua Blake d'un ton railleur. On aurait dit une noix de coco.

Leo chargea, avec un cri de rage. Blake l'esquiva et brandit de nouveau son couteau, visant le gras du muscle sous l'omoplate. D'un mouvement brutal, il enfonça le couteau jusqu'au manche. Leo rejeta la tête en arrière et hurla. Blake essaya d'atteindre les organes vitaux, mais Leo se débattit et le couteau lui échappa. Leo pivota à l'aveuglette et lui donna un violent coup de poing sur la tempe. Blake tomba à quatre pattes.

Il sentit sous ses doigts un objet métallique. Ses clés de voiture, tombées sur le trottoir. Il s'en empara et essaya de se relever.

Derrière lui, il entendit un bruit de succion. Leo venait

d'arracher le couteau de sa blessure. Blake se retourna, perdit l'équilibre et prit appui sur l'Impala. Leo et lui se jaugèrent. Le sang trempait la chemise de Leo qui avait l'air faible et pâle. Il avait l'avantage considérable de la taille, et maintenant il avait le couteau. Sa main était si grosse qu'il semblait minuscule, entre ses doigts.

Blake recula, toujours appuyé contre la voiture. Leo le suivait pas à pas. Blake examinait le sol à la recherche de son arme. Il réalisa qu'il l'avait perdue quelque part de l'autre côté de la voiture. Leo lut dans ses pensées. Tandis que Blake faisait retraite vers le coffre, Leo contournait la voiture par l'avant.

Si le revolver était en vue, c'est lui qui l'aurait le premier.

Ils ne se quittaient pas des yeux de part et d'autre de l'Impala, Blake à droite et à l'arrière, Leo à l'avant et à gauche, près du phare. Blake vit le regard de son adversaire balayer le trottoir et l'allée, puis Leo eut un sourire crispé. Blake comprit qu'il avait trouvé le revolver. Il regarda le vieil homme s'éloigner furtivement de la voiture et se diriger vers la plate-bande devant chez Serena.

Blake actionna la télécommande accrochée à son porte-clés. Le coffre de la voiture s'ouvrit avec un léger gazouillis.

Leo le regarda, perplexe, puis il comprit. Il se tourna et s'accroupit avec un grognement de douleur pour ramasser le revolver.

Blake ouvrit le coffre en grand et se baissa, s'attendant à ce qu'une balle traverse le métal. Il vit le regard terrifié de Claire. Il la souleva d'un seul mouvement et la sortit du coffre, qu'il referma avec brutalité. Il se glissa derrière Claire et lui enserra la gorge avec son bras.

Tout d'abord, il ne vit pas Leo. Il recula, craignant

que ce dernier ait contourné la voiture pour le prendre en traître. Il tenait Claire devant lui. Sous sa poigne, il la sentait palpiter comme un oiseau.

Leo se redressa. Il n'avait pas bougé. Mais il avait le revolver, maintenant, et le pointait sur Blake.

— Lâche-la.

— Vous voulez prendre le risque de tirer, et de la tuer ? Allez-y.

Blake commença à pousser Claire devant lui, tout en s'approchant de l'Impala. Il tenait ses clés à la main.

— Lâchez ce revolver, Leo. Jetez-le.

Il y eut une hésitation dans les yeux de Leo.

— Je vais lui briser le cou, Leo. Un claquement de doigts, et elle est morte.

Prise de panique, Claire se débattit frénétiquement dans ses bras. Il resserra son étreinte.

— Et toi aussi, lui dit Leo. Tu la tues, je te tue.

— Et Boni vous tue pour avoir provoqué la mort de sa fille. C'est ce que vous voulez ? Etre celui qui dira à Boni qu'il a laissé sa fille mourir sous ses yeux ? C'est comme ça que vous avez l'intention de le décevoir ?

La rage prenait possession de Leo. Blake savait qu'il mourait d'envie de tirer, mais que ça lui était impossible. Le sang coulait toujours de ses blessures, et il ne tiendrait plus le coup très longtemps. Blake approchait peu à peu de la portière côté conducteur.

— Jetez votre arme, Leo. Si vous obéissez, elle aura la vie sauve.

Avec un sifflement haineux, Leo jeta le revolver derrière lui, hors d'atteinte.

— Bien joué, dit Blake. Maintenant, écartez-vous de la voiture. Nous partons.

Leo recula. Lentement, il revint sur ses pas en contournant l'avant de la voiture. Les mains levées, il avait le regard noir, sous l'effet de la rage et de la douleur.

— Ça n'a pas l'air d'aller fort, Leo. Vous feriez bien d'appeler une ambulance dès que nous serons partis.

Leo reculait toujours. Blake ouvrit la portière de la voiture, fit monter Claire à l'intérieur et la poussa vers le siège de droite. Il se hissa derrière le volant et ferma sa portière sans quitter Leo des yeux. Le vieil homme semblait sur le point de s'effondrer. Sa poitrine se soulevait au rythme saccadé de sa respiration. Ses pas étaient irréguliers. Il ne regardait même plus Blake, ni la voiture. Il chancela, heurta un palmier au bord du trottoir, et se plia en avant, les mains sur les genoux. Du sang coulait de ses lèvres.

Blake démarra. Il partit en marche arrière et dirigea la voiture vers la rue. En tournant le volant, il vit que Leo levait les yeux vers lui. Le menton couvert de sang, le vieil homme souriait, son visage était revenu à la vie. C'était une feinte. Les halètements. La démarche titubante. L'homme près de tomber. Blake comprit que Leo s'était arrêté au pied du palmier, à quelques centimètres du revolver de Serena. Ignorant la douleur, il tendit la main vers l'arme. Un instant plus tard, il l'avait à la main. Il la leva brusquement et la pointa sur le pare-brise de l'Impala.

— Baissez-vous ! cria Blake à Claire.

Il braqua la voiture vers Leo et enfonça l'accélérateur. Le moteur rugit. Dans un crissement de pneus, l'Impala fit un bond en avant. Une main sur le volant, Blake se jeta sur sa gauche. Au même moment, il entendit la détonation et le pare-brise vola en éclats, projetant dans la voiture une pluie de verre. L'Impala frémit quand le pare-chocs heurta Leo. Une seconde plus tard, elle s'arrêta brutalement ; les airbags s'ouvrirent, amortissant le choc. Blake vit Claire projetée contre le dossier de son siège.

Il regarda à travers le pare-brise fracassé.

L'Impala était collée au palmier, et Leo était coincé entre la voiture et le tronc de l'arbre, le bas du corps écrasé. Il avait laissé tomber le revolver. Il vivait encore – à peine –, et il regardait Blake avec la férocité d'un homme qui a perdu une bataille plus importante que sa vie. Des larmes de douleur coulaient sur ses joues, mais il ne criait pas, ne disait pas un mot.

Blake descendit de voiture. Il récupéra le revolver, là où il était tombé. Leo le regardait, impuissant, incapable du moindre mouvement.

— Bien joué, Leo, lui dit Blake avec une admiration non feinte. Gino serait fier de vous.

Leo tenta de lui cracher dessus. Peine perdue.

Blake jeta un coup d'œil vers la voiture. Il vit que Claire le regardait. Il ressentit quelque chose qui ressemblait à la pitié. Il glissa le revolver sous sa ceinture et contourna l'Impala. Il ouvrit la portière. Claire s'écroula presque dans ses bras.

— Vous êtes blessée ?

Il l'aida à se redresser. Bien qu'elle eût du mal à se tenir debout, elle ne semblait pas blessée. Mais elle était trop secouée pour marcher. Blake la souleva et la porta jusqu'au coffre de la voiture. Il l'ouvrit et l'allongea à l'intérieur, près de Serena, aussi doucement que possible. Puis il referma le coffre et retourna vers Leo.

— La douleur doit être intolérable, dit-il.

Leo ne le regarda pas.

— Les yeux ouverts ou fermés, Leo. A vous de choisir.

Leo tourna la tête vers lui, au prix d'un effort surhumain. Il avait les yeux ouverts. Blake hocha la tête, approcha son revolver du crâne du vieil homme et tira.

45

Serena prit les mains de Claire entre les siennes. Quand le coup de feu éclata à l'extérieur, elle entendit son cri étouffé par le bâillon tandis que la jeune femme enfonçait son visage contre son épaule. Elle sentit des larmes sur son tee-shirt. Claire lui serrait les mains si fort que ses ongles menaçaient de lui déchirer la peau.

La voiture tangua quand Blake embarqua, puis une fois qu'elle eut démarré, elles furent brinquebalées par le mouvement de l'Impala que Blake dirigeait à travers le lotissement, vers la grand-rue. Serena reconnut des tournants familiers. Elle espérait que quelqu'un aurait entendu le coup de feu et appelé le 911, tout en sachant qu'un laps de temps assez long s'écoulerait avant qu'une voiture de patrouille ne réagisse.

Serena était couverte de bleus. Elle avait glissé vers l'avant quand la voiture s'était brusquement arrêtée, un peu plus tôt, et son crâne était allé cogner contre le fond du coffre. Elle avait mal aux bras à force d'immobilité, son genou avait heurté violemment un objet dur (un démonte-pneu ?).

Elle dégagea ses doigts de ceux de Claire et roula sur le dos. En retombant, elle se cogna douloureusement l'omoplate. Elle avait découvert un peu plus tôt que ses bras disposaient de suffisamment de liberté pour approcher les mains de sa bouche. Ses doigts agrippèrent l'adhésif et l'arrachèrent lentement. C'était douloureux. Quand sa mâchoire fut libérée, elle la frotta, inspira plusieurs fois, lentement, profondément, pour remplir ses poumons d'air. Elle transpirait. Il faisait tellement chaud dans le coffre que la tête lui tournait.

La voiture sauta sur un nid-de-poule, et son front heurta brutalement le couvercle du coffre. Elle jura doucement.

Le pied gauche bien à plat au fond du coffre, elle poussa pour se tourner de nouveau sur le flanc et faire face à Claire. Elle trouva les mains de son amie.

— Ecoute-moi bien, Claire, murmura-t-elle. Tu peux sans doute lever les mains jusqu'à tes lèvres et arracher ton bâillon. Tu veux bien essayer ?

Claire eut vite fait d'arracher son bâillon, et Serena l'entendit reprendre son souffle.

— Merde, ça fait mal.

Elles se mirent à rire toutes les deux. Serena était heureuse que Claire ne s'affole pas. Elle s'approcha encore et plaqua sa bouche contre son oreille.

— Nous devons faire le moins de bruit possible. Qu'est-ce qui s'est passé, dehors ?

— C'était Leo, dit Claire. Je crois que Blake l'a tué.

— Il t'a fait du mal ?

— Non. Mais j'étais morte de peur.

Serena frotta sa joue contre celle de Claire.

— Ça ira. On s'en sortira.

Tout va bien, ma chérie.

Serena ressentait une curieuse impression de liberté. De puissance. Comme si on lui avait accordé une seconde chance, une possibilité de rattraper son passé. De sauver Deirdre en sauvant Claire.

— Tu sais où il nous emmène ? demanda-t-elle.

— Aucune idée.

Serena n'avait pas envie de tirer des plans sur la comète. Aucune hypothèse n'était satisfaisante. Quand ils avaient démarré, elle avait essayé de tenir le compte des arrêts et des tournants, mais bien vite il était devenu impossible de suivre l'itinéraire. Ils se trouvaient toujours dans un quartier animé de la ville. Malgré l'heure avancée de la nuit, elle entendait la circulation.

— Navrée de t'avoir entraînée dans cette histoire, Serena.

— Ce n'est pas toi qui m'y as entraînée.

Claire resta un moment silencieuse.

— Ce qui s'est passé entre nous, dans la maison…

— Ne parlons pas de ça maintenant.

— Je dois savoir si tu regrettes…

— Non, je ne regrette pas, fit Serena, tout en sachant qu'elle devait changer de sujet. Très malin, ce que tu as fait tout à l'heure, dans la chambre, avec Blake. Me repousser. M'engueuler.

— Tu as ton téléphone ?

— Oui. Mais il faut que tu me le donnes. Je l'ai glissé dans ma poche.

Serena recula les bras aussi loin que possible. Les mains de Claire explorèrent le devant de son jean, et ses doigts pressèrent bientôt le boîtier rigide du téléphone.

— Tu peux glisser un peu vers le bas ? demanda Claire.

Serena plia les genoux jusqu'à ce que ses pieds touchent la paroi. Elle sentit les doigts de Claire se glisser dans la poche étroite. Des gestes étrangement intimes, dans le noir et la chaleur d'un coffre de voiture. Les seins de Claire se trouvaient presque contre son visage. Son tee-shirt lui collait à la peau.

— En temps normal, j'adorerais cela, chuchota Claire.

— Chut !

Claire trouva le téléphone. Elle le sortit, serré entre ses paumes. Au moment où elle allait le passer à Serena, elle le lâcha, et il tomba quelque part entre elles.

— Merde ! souffla-t-elle. J'ai les mains qui glissent.

Au même instant, la voiture négocia un tournant aigu et elles roulèrent sur elles-mêmes. Le téléphone suivit le mouvement. Dans le noir, Serena perdait tout sens de l'orientation. Elle ne savait plus dans quelle direction elle regardait, ni où se trouvaient l'avant et l'arrière.

— Claire ?

— Ici.

— Il faut qu'on retrouve ce téléphone.

Serena frotta ses jambes sur la moquette, pour tenter de localiser le petit boîtier rectangulaire. Claire fit de même. Serena prit conscience du temps qui passait. Elle se demandait quand Blake arriverait à destination. Le téléphone semblait avoir disparu.

— Rien ? murmura-t-elle.

— Non.

La voiture tourna de nouveau, et les deux femmes se déplacèrent. Sans savoir pourquoi, Serena eut l'intuition qu'ils étaient presque arrivés. Elle avait appris à se fier à son sixième sens. Le chemin était devenu plus cahoteux, comme s'il était couvert de gravier. Il n'y avait plus de bruit à l'extérieur. Ils ne se trouvaient plus dans une artère animée.

— Il faut faire vite, dit Serena.

— Je l'ai, répondit Claire. Je l'ai. Il est juste devant mon nez. Il a dû glisser au dernier virage.

— Essaie de mettre la main dessus avant le prochain tournant.

Serena entendit Claire bouger. Elle plia les bras, puis elle poussa pour s'approcher. Ses doigts touchèrent l'avant-bras de sa compagne. Elle remonta jusqu'à ses mains et découvrit avec soulagement qu'elle serrait le téléphone entre ses doigts.

— Donne-moi un peu de mou, fit-elle.

Ses doigts se glissèrent entre les mains de Claire, et se refermèrent sur le téléphone.

— Je l'ai.

Claire lâcha un soupir de soulagement.

La voiture négocia encore un tournant. Claire vint cogner contre Serena qui faillit lâcher prise. Elle fit courir ses doigts sur le clavier, essayant de visualiser mentalement les chiffres. Les touches étaient si plates qu'elle les sentait à peine.

Elle appuya sur ce qu'elle pensait être le 2. Le code pour le numéro du portable de Jonny.

Il ne se passa rien.

Serena essaya une autre touche, sans plus de résultat. Elle se rappela enfin qu'elle avait éteint l'appareil après l'avoir ramassé, dans la chambre. Pour être sûre que la sonnerie ne la trahirait pas si quelqu'un appelait.

— Merde, il est éteint, dit-elle.

Elle chercha la touche qui servait à l'allumer. Au même instant, elle sentit que la voiture tournait et prenait un chemin nettement plus défoncé. Il y eut un grincement de freins, et la voiture fit une embardée en s'arrêtant.

Le téléphone s'alluma. Il cherchait le signal.

— Allez, allez, s'impatienta Serena.

Elle entendit la portière s'ouvrir et Blake descendre de voiture. Le gravier crissait sous ses pieds.

— Vite ! dit Claire.

Serena enfonça de nouveau la touche 2 et retint son souffle. Blake était presque arrivé à hauteur du coffre. Le téléphone sonna.

46

Stride tourna dans l'allée, fermée par une barrière, du petit ensemble résidentiel, et comprit immédiatement que quelque chose n'allait pas. La grille était grande ouverte. Il hésita, et sa terreur grandit quand il entendit les sirènes approcher dans les rues environnantes.

Une fois de plus, il essaya d'appeler le portable de Serena, comme il l'avait fait sans interruption pendant le trajet qui l'avait mené du centre à l'ouest de la ville. Il n'eut aucune réponse. Il essaya le téléphone de la maison, et écouta le message enregistré de Serena. Aux douleurs d'estomac succéda un horrible martèlement dans son crâne. Il accéléra dans les rues sinueuses qui desservaient le lotissement.

Dès qu'il arriva dans leur rue, il aperçut un corps éclairé par le halo d'un réverbère. Un gros homme, pareil à une baleine échouée sur la plage. Il sauta de sa voiture sans même couper le moteur. L'homme était face contre terre et du sang coulait dans le caniveau. Il n'était pas mort depuis longtemps. Une odeur de poudre planait encore dans l'air. Stride se pencha vers lui, vit le trou dans son front. En dépit des traînées rouges qui lui couvraient le visage, il reconnut Leo Rucci.

Il avait vaguement espéré que ce serait le cadavre de Blake.

Il se précipita vers la maison, hanté par la vision de ce qu'il pourrait y découvrir. La porte d'entrée était ouverte. Il sortit son revolver et le pointa devant lui en se faufilant à l'intérieur. Il tendit l'oreille en quête de bruits de voix ou de mouvements à l'étage. Mais il n'entendait rien. Il jeta un coup d'œil machinal à l'alarme et constata qu'on l'avait désactivée. Il eut l'impression que son cœur allait bondir hors de sa cage thoracique.

Il allait hurler, mais il se retint. Blake était peut-être encore là.

Stride approcha de l'escalier sans un bruit, en longeant le mur, puis il attendit, tendant l'oreille. Il passa en revue le couloir désert et prit l'escalier menant à l'étage. Les portes des trois pièces du haut étaient entrebâillées. La première, celle du bureau, n'avait pas été touchée. La deuxième donnait sur la chambre d'amis. Il vit les vêtements de Claire sur le sol. Il vérifia la salle de bains et le placard qui s'y trouvait, sans rien trouver d'anormal.

Restait leur propre chambre à coucher, au bout du couloir.

Il la contempla fixement, sans oser en franchir la porte. A contrecœur, il renifla et constata avec soulagement qu'il ne sentait pas l'odeur minérale du sang. D'où il était, il apercevait une partie du lit, où s'entassaient les draps en désordre.

Si quelqu'un se trouvait dans la chambre, il devait l'avoir entendu arriver.

— Serena ? fit-il, sans espérer de réponse.

Du bout de sa chaussure, Stride poussa lentement la porte. Il entra, l'arme à la main. Il balaya la pièce du regard, très vite, et constata qu'il n'y avait aucun cadavre sur le sol. Mais il s'était passé quelque chose dans la pièce. La lampe de chevet était sur le tapis, la table de nuit était renversée contre le mur. Le sol était jonché d'objets divers. Une brosse à cheveux, un livre cartonné, du rouge à lèvres.

Une lutte ?

Peu importe. Elles étaient parties.

Stride redescendit au rez-de-chaussée et essaya de comprendre ce qui s'était passé. Si Blake ne les avait pas tuées sur place, où les avait-il emmenées ? Son modus operandi, c'était le meurtre, pas le kidnapping. Et s'il les avait emmenées, pourquoi ? Où allait-il ?

Stride ressortit dans la nuit. Les sirènes se rapprochaient. La police ne tarderait pas, et il ne voulait pas être ici quand elle arriverait. Chaque seconde qui passait mettait Serena et Claire un peu plus en danger.

Il reprit le Bronco. Alors qu'il tournait pour regagner la rue, son portable sonna. Le numéro de Serena s'affichait sur l'écran.

— Bon Dieu, où es-tu ?

Serena se figea. Jonny venait de lui répondre, d'une voix désespérée. Blake était devant le coffre de la voiture. Elle s'attendait à sentir l'air frais quand il l'ouvrirait, et à voir sa silhouette se découper au-dessus d'elles.

— Attends, Jonny, souffla-t-elle.

Elle tendit l'oreille. Blake ne s'était pas arrêté devant le coffre. Il se trouvait un peu plus loin, et Serena entendit un cliquetis métallique, comme le bruit d'une chaîne qu'on fait passer entre les barreaux d'une clôture.

— Serena !

— Je suis là, je suis là, murmura-t-elle.

— Où es-tu ? répéta Stride.

Serena savait que leurs émotions risquaient de prendre le dessus. Elle devait se contrôler. Lui communiquer les faits. Ils auraient peu de temps avant le retour de Blake.

— Je ne sais pas encore. Claire et moi, nous sommes dans le coffre d'une Impala blanche.

Elle lui donna le numéro d'immatriculation.

— Nous avons roulé pendant une vingtaine de minutes. Nous sommes à l'arrêt, maintenant.

— Tu es blessée ?

— Non. A part quelques bleus, ça va, toutes les deux. Il a tué Rucci.

— Je sais, j'ai trouvé son cadavre. Tu sais dans quelle direction vous avez roulé ?

— Je crois que nous sommes allés vers l'est, mais je n'en suis pas sûre.

— Tu sais ce qu'il fait ? demanda Stride.

— Non. J'ai l'impression que la partie est presque finie.

— Comment vous retrouver ?

Serena réfléchit un instant.

— Je n'en sais rien.

— Si tu laisses ton téléphone allumé, je pourrai demander à la compagnie de tracer le signal, suggéra Stride.

— Ça prendra trop de temps, Jonny.

— Je sais.

Serena tendit l'oreille. Blake se trouvait près de la voiture. Elle entendit un grincement métallique.

— On dirait qu'il ouvre une barrière. Je crois qu'on va entrer quelque part. Attends.

Elle entendit les pas de Blake. Il revenait. Elle hésita de nouveau. Elle se demandait s'il allait les sortir du coffre. Mais il continua jusqu'à la portière côté conducteur, et monta dans la voiture.

— Il est revenu dans la voiture, murmura Serena. Je crois que nous n'avons plus beaucoup de temps.

— Tu peux laisser ta ligne ouverte ?

— Je vais essayer. Nous sommes ligotées. Je pourrai peut-être tenir le téléphone sans qu'il le voie.

Ils roulaient de nouveau. L'Impala avançait lentement sur le sol rocailleux. Serena avait l'impression qu'un boxeur poids lourd lui donnait des coups de massue dans les reins. Derrière elle, Claire gémit de douleur. La voiture roula moins d'une minute, puis s'arrêta.

— Je crois que nous y sommes, Jonny. Je dois me taire, maintenant. Je ne sais pas ce que tu pourras entendre. S'il trouve le téléphone, j'essaierai de crier quelque chose avant qu'il coupe la ligne.

— Je te retrouverai.

Blake descendit de la voiture et s'approcha du coffre. Serena entendit le déclic de la serrure. Le coffre s'ouvrit et elle eut l'impression de respirer à nouveau. L'air brûlant du dehors semblait tiède, comparé à celui, suffocant, du coffre. Ils se trouvaient dans un endroit faiblement éclairé, mais le regard de Serena avait eu le temps de s'habituer à l'obscurité. Elle vit la silhouette de Blake se découper au-dessus d'elles. Et derrière lui, les étoiles dans le ciel nocturne.

Il se pencha et souleva Claire pour la sortir du coffre. Comme elle avait les jambes en coton, il dut la soutenir. Claire se retourna, reconnut l'endroit où ils se trouvaient, et suffoqua.

Serena croisa les doigts pour dissimuler le portable, espérant ne pas couper involontairement la communication. Blake sortit son revolver de sa ceinture et le pointa sur elle.

— N'essayez pas de tenter quoi que ce soit.

Serena hocha la tête.

— Ce sera plus facile si je me tourne.

— Allez-y.

Elle s'arc-bouta sur le ventre. Le visage et les seins écrasés contre le tapis, elle serra ses mains qui tenaient le téléphone entre ses jambes. Elle sentit que Blake la saisissait par la ceinture et le tee-shirt et la tirait brutalement hors du coffre.

Elle se retourna et regarda, au-dessus d'elle, l'hôtel plongé dans l'obscurité.

— Bienvenue au Shéhérazade, dit Blake.

47

Le Shéhérazade était une beauté dévastée. Il avait été totalement dépouillé afin d'accueillir les spécialistes de l'implosion quand ils viendraient y faire leur travail. A l'emplacement de l'entrée principale, un trou aux bords irréguliers, d'une hauteur de plus de deux étages, avait été ouvert dans le mur de l'immeuble, comme si un monstre de bande dessinée l'avait tamponné pour y pénétrer. Toutes les vitres des étages inférieurs avaient disparu, ne laissant que des orifices béants. Serena voyait les colonnes à l'intérieur. La décoration avait disparu, il ne restait plus que du béton nu, où l'on insérerait les charges de dynamite.

Dans les hauteurs, l'hôtel était semblable à ce qu'il avait toujours été. Si on l'avait éclairé, il serait redevenu l'endroit devant lequel elle était passée des centaines de fois, depuis vingt ans. L'hôtel avait été un joyau en son temps. De nombreuses tours le dominaient maintenant. Même avant l'arrivée des démolisseurs, il accusait son âge. Vingt étages soutenus par la nostalgie et l'écho. La voix de Sinatra. Le vrombissement de la roulette. Les jeunes mariés en voyage de noces. Tout cela allait se transformer en poussière.

Serena n'y avait jamais pénétré. Jusqu'à cette nuit-là, elle n'était même jamais venue si près.

— Le Shéhérazade, répéta-t-elle, le plus fort possible.

Tu m'entends, Jonny ?

— Que faisons-nous ici, Blake ?

Elle connaissait la réponse. C'était la maison d'Amira. C'est là qu'elle avait dansé. Qu'elle était morte.

Blake leur fit signe d'entrer. Serena et Claire passèrent devant. Ils durent se frayer un chemin à travers les détritus et les morceaux de verre. Ils franchirent le gouffre béant de l'entrée et passèrent dans le hall, comme s'ils allaient prendre une chambre pour la nuit.

— On imagine comment c'était, hein ? dit Blake.

Serena comprit. Il était facile, ici, de se laisser flotter vers les années soixante. Beaucoup plus facile que quelques semaines plus tôt, quand l'hôtel était encore ouvert et que les clients du XXIe siècle allaient et venaient. Désormais, ils étaient seuls avec les fantômes. Les meubles étaient partis, les accessoires démontés et vendus aux enchères. On avait tout enlevé : sièges, poubelles, cendriers, machines à sous, tableaux, tables de craps, pompes à bière. Il ne restait plus que l'ossature. Mais même le squelette du bâtiment avait une histoire à raconter. Le motif géométrique arabe des papiers peints. La fresque au plafond. Les gravures de Shéhérazade elle-même, en feuille d'or, sur les portes des ascenseurs.

Blake enfonça le bouton d'appel.

— Où allons-nous ? demanda Serena.

Elle entendit le carillon quand les portes de l'ascenseur s'ouvrirent. Elle trouvait étonnant que l'ascenseur fonctionnât encore, alors que l'hôtel allait bientôt être détruit. Puis elle comprit qu'il en serait ainsi jusqu'au dernier jour, car les experts en explosifs en auraient besoin pour vérifier que les charges étaient bien en place aux différents étages de l'immeuble.

Quand les portes de l'ascenseur se fermèrent, elle craignit de perdre le signal.

— Sur le toit ? avança-t-elle à voix haute. Oui, bien sûr. C'est là qu'Amira a été assassinée. Dans la suite de Walker. C'est là que vous nous emmenez.

Jonny ? Tu es là ?

Les portes se fermèrent. Dans l'étroite cabine, ils entendirent le murmure de l'ascenseur qui les emmenait vers le haut. Blake avait appuyé sur le bouton du dernier étage, exactement comme Serena l'avait dit. Mais pourquoi ?

— Je ne comprends pas ce que vous cherchez à accomplir, Blake. Rien ne vous ramènera Amira.

— Je suis ici pour connaître la vérité, dit Blake.

Il se tut. L'ascenseur était lent. Ou peut-être en eut-elle l'impression parce que, dans l'ignorance des intentions de Blake, elle avait les nerfs à fleur de peau. Elle regardait les numéros des étages s'afficher l'un après l'autre. L'ascenseur s'arrêta enfin. Les portes s'ouvrirent avec un léger chuintement, et Blake les poussa dans le couloir. Ils se trouvaient devant deux doubles portes couvertes de peinture dorée.

Il n'y avait pas de numéros sur les portes des suites. Ils avaient peut-être été vendus aux enchères. Ou bien, si vous logiez dans une suite pour flambeurs, vous saviez où aller, tout simplement.

Blake tourna une poignée. La porte n'était pas fermée à clé. Il l'ouvrit et attendit que Serena et Claire entrent dans le vestibule de la suite. Sans meubles, la pièce était immense, et, en dépit de cette austérité, on sentait l'élégance qui y avait régné. Même le tapis avait été roulé et vendu, ainsi que les lustres. Mais il restait des pans d'une mosaïque délicate qu'on avait laissée – condamnée à être broyée le jour de la démolition –, sans doute parce qu'il était impossible de la récupérer pour la vendre.

Serena essaya d'imaginer à quoi ressemblait cette suite à l'époque où elle était complètement meublée. On en trouvait des indices dans le kaléidoscope multicolore du carrelage et le vert pistache de la peinture du plafond. Elle pensa aux étoffes tendues derrière les canapés couleur miel chargés de coussins. Aux lustres en fer forgé. Aux coûteux vases lapis-lazuli. Tout ce qui permettait à un flambeur – si on y ajoutait une putain à cinq cents dollars – de se sentir dans la peau d'un sultan.

— Avancez, leur dit Blake.

Dans la suite déserte, il les poussa jusqu'au mur du fond – celui qui donnait sur le patio extérieur. Serena franchit une des portes en verre coloré et sortit, Claire à ses côtés. Blake les suivit. Ils se trouvèrent immédiatement baignés dans l'arc-en-ciel de lumière de l'enseigne géante du Shéhérazade qui clignotait au-dessus d'eux. Chacune des onze lettres était montée sur un cadre de dix mètres de haut. Elles clignotaient à un rythme tel que l'alternance de couleur et d'obscurité évoquait une piste de danse dans une boîte de nuit.

Sur trois côtés de l'immense patio s'élevaient des murs de quatre mètres de haut, tous ornés de carrelage marocain et montant jusqu'au toit de l'hôtel proprement dit. Serena aperçut une clôture de fil de fer barbelé, destinée à empêcher les intrus d'accéder par le toit à la suite de luxe. Le quatrième côté du patio, à droite, était délimité par un mur beaucoup moins haut, avec une bordure festonnée. Ce mur faisait face à la rue et dessinait l'échancrure caractéristique dans l'alignement du toit du Shéhérazade.

Le patio, comme le reste de la suite, avait été presque entièrement débarrassé de ses ornements. Il restait quelques dattiers plantés dans des cercles de pierre découpés dans le sol, et des fontaines de marbre, désormais asséchées, sculptées dans les murs. La piscine était pleine d'une eau qui, faute d'entretien, était devenue verdâtre.

Claire remarqua que Blake fixait l'eau sale. Il pensait à Amira.

— Je suis navrée, lui dit-elle.

Blake leva les yeux vers elle.

— De quoi ?

— Que vous ayez perdu votre mère. Je n'ai jamais connu la mienne, moi non plus. C'est dur de grandir sans sa mère.

Blake restait silencieux. Serena se demanda combien de fois il était venu secrètement en cet endroit, durant les dernières semaines. Elle était certaine que ce n'était pas la première fois. Elle l'imaginait seul dans l'hôtel, ou là, au bord de la piscine, obsédé par la mort de sa mère.

— Je crois que je sais ce que vous cherchez, poursuivit Claire. Mais vous ne l'obtiendrez pas de lui. Je le connais trop bien. Il n'avouera jamais. Il ne s'excusera pas. Il ne vous dira pas la vérité.

— Nous verrons, répondit Blake.

— Il m'a trahie, moi aussi, Blake. Je le déteste autant que vous le détestez.

Serena pensa une fois de plus au fossé qui séparait Boni et Claire. Elle se demandait quelle horreur il avait commise.

— Il ne vous a pas rejetée, reprit Blake. Il n'a pas nié votre existence.

— Non. Ce fut pire que ça.

Elle parlait avec une telle intensité que Blake se troubla. Puis son visage se durcit de nouveau, tel un masque de pierre.

— Je crois que nous saurons bientôt tous les deux à quel point il tient à vous, dit-il.

Il sortit un téléphone de sa poche et composa un numéro.

— Salut, Boni. Vous savez qui je suis, hein ? Je me trouve à l'endroit où tout a commencé. Si vous sortez sur le balcon de votre beau penthouse, vous nous verrez, tous, ici. Près de la piscine. Là où vous avez fait assassiner ma mère.

Il se tut brièvement.

— Ce que je veux ? Je veux vous voir, face à face. Ici. Je vous donne vingt minutes. Sans quoi, je tue votre fille.

48

Stride se gara de l'autre côté de la rue, devant la barrière antitempête. Il tenta d'apercevoir le toit de l'hôtel par la vitre de sa voiture, mais l'obscurité était trop dense. Il descendit du Bronco, sortit son revolver et traversa la rue. Il se mit à couvert derrière la cloison de contreplaqué qui entourait l'établissement.

Il se fraya un chemin jusqu'à la barrière. Elle était grande ouverte. Il se glissa à l'intérieur et jeta un coup d'œil sur les lieux. A part l'Impala de Blake, il n'y avait rien ni personne en vue. Rien que lui et la carcasse sinistre de l'hôtel promis à la démolition. Stride courut le long du trottoir. Il s'arrêta près de l'Impala, sortit son couteau suisse et enfonça la lame dans la valve du pneu arrière droit. L'air fit entendre un sifflement. Il répéta l'opération avec le pneu avant droit. Blake ne s'enfuirait pas au volant de sa voiture.

Le toit ?

C'étaient les derniers mots que Serena avait prononcés au téléphone avant d'être coupée. Mais c'était suffisant. Stride savait qu'ils étaient là-haut, dans le penthouse.

Il entra dans l'hôtel, conscient de commettre la même erreur qu'Amanda. Il entrait seul, sans couverture, sans avoir appelé Sawhill ni qui que ce soit pour dire où il se trouvait. Mais Serena était là-haut. Stride ignorait ce que Blake ferait s'il se sentait piégé et encerclé, et il avait une peur de tous les diables que Claire et Serena ne soient mortes toutes les deux avant que la police ait eu le temps de monter une opération.

Peut-être étaient-elles déjà mortes. Mais il ne pouvait se permettre de le penser.

Il chercha les ascenseurs, repéra la série d'élégantes portes dorées, sur sa gauche. Il alla dans cette direction, puis se baissa lorsque les faisceaux des phares d'une voiture balayèrent le hall. Quelqu'un venait d'entrer sur le parking de l'hôtel. La voiture tourna. Une longue limousine aux formes élégantes. Stride s'engouffra dans le trou béant qui s'ouvrait dans le mur. Il se cacha en face des ascenseurs, dans un couloir isolé où se trouvait jadis une rangée de cabines téléphoniques. Moins d'une minute plus tard, il vit déboucher de l'obscurité un vieil homme élégant, de petite taille, qui se dirigeait à grands pas vers les ascenseurs.

Boni Fisso.

— Boni ! souffla Stride avant que l'autre ait le temps d'appuyer sur le bouton d'appel.

Boni se tourna vers lui, surpris.

— Inspecteur Stride. Vous êtes également invité à cette petite soirée ?

Stride secoua la tête.

— Serena est là-haut, avec Blake et Claire. Elle a eu le temps de me dire où ils se trouvaient.

— La police municipale envoie une brigade au grand complet ? demanda Boni, inquiet.

— Non, je n'ai alerté personne pour le moment. J'ai jugé plus prudent de ne pas rameuter la foule.

— C'est exactement mon avis. Merci, inspecteur. Je

me fiche de ce qui peut arriver à Blake. La seule chose qui m'importe, c'est de sortir Claire de là saine et sauve.

— Je ne devrais même pas vous laisser monter. A l'instant où vous franchirez cette porte, vous serez un otage supplémentaire. Blake veut votre mort.

— Mais vous ne m'arrêterez pas, dit Boni. Si je ne suis pas là-haut dans cinq minutes, Blake tuera Claire, et sans doute Serena avec elle. Je crois que c'est un homme de parole.

— Ils sont dans la suite ? demanda Stride.

— Non. Sur la terrasse, près de la piscine. A l'endroit où Amira a été tuée.

— Décrivez-moi les lieux.

Boni décrivit de mémoire la suite des flambeurs et le patio, comme s'ils étaient toujours en 1964 et que l'hôtel était neuf. Stride nota que le toit de l'hôtel surplombait le patio sur trois côtés.

— Existe-t-il un accès à la terrasse par le toit ?

Boni acquiesça.

— Il y a un portail verrouillé et une échelle de secours près du parapet, sur la façade de l'hôtel.

— J'imagine que vous n'avez pas la clé de ce portail.

Boni sourit.

— C'est un cadenas à combinaison. 1-6-1-2. Ma date de naissance. Maintenant, je dois y aller. L'heure tourne.

Ils prirent l'ascenseur qui les mena au dernier étage de l'hôtel. Stride resta caché. Il attendait que Boni vérifie que les portes du penthouse étaient fermées et que Blake n'était pas en vue. Il remarqua à l'extrémité du couloir, sur sa gauche, un panneau vert marqué SORTIE.

— L'escalier est là-bas, dit Boni. Vous pouvez monter sur le toit. La porte ne devrait pas être verrouillée.

— Essayez d'occuper son attention. Faites en sorte qu'il ne regarde pas l'échelle.

— Je ferai mon possible. Bonne chance, inspecteur.

— Ouais, vous aussi.

Avec précaution, Stride ouvrit la porte menant au toit, sans savoir si le bruit portait au loin. Il se glissa à l'extérieur. La porte se referma avec un léger déclic. Le vent chaud venu des montagnes faillit l'emporter. Il était exposé, là-haut, sans rien d'autre pour bloquer les rafales que quelques conduits d'aération.

Le toit était brillamment éclairé par l'énorme enseigne du Shéhérazade qui se dressait au-dessus de lui, avec son clignotement multicolore. Un mur d'un mètre cinquante de haut, surmonté de petits bulbes, longeait toute la bordure du toit, sauf sur la partie où celui-ci s'abaissait et offrait une vue sur la terrasse élégante, un étage plus bas. Stride vit la haute clôture de barbelé qui entourait totalement la zone ouverte de la terrasse, et repéra le portail verrouillé près de la façade.

Il fut tenté de courir, mais il craignait que le bruit de ses pas ne résonne au-dessous, dans le patio. Il resta légèrement à l'écart de la clôture jusqu'à ce qu'il soit près du portail, afin d'être sûr que personne ne le verrait.

Le portail était près du bord du toit. A cet endroit, le vent soufflait encore plus violemment. Stride se laissa tomber à genoux et avança à quatre pattes. Dès qu'il atteignit la clôture, il leva légèrement la tête. Sous cet angle, la terrasse était invisible. Il ne voyait rien d'autre que le haut du mur du patio, avec ses petits carreaux multicolores.

Le cadenas était passé dans les maillons d'une chaîne, elle-même étroitement enroulée à la fois autour du portail et de son cadre.

Stride aligna soigneusement les chiffres 1-6-1-2 et tira sur la barre en U. Le cadenas s'ouvrit d'un seul coup. Il le détacha de la chaîne, tout en retenant cette dernière. Après avoir accroché le cadenas ouvert au grillage, il déroula la chaîne en faisant attention que les maillons ne s'entrechoquent pas. Il avait du mal à contrôler la précision de ses gestes, tant il était ballotté par le vent.

Bientôt, il tint enfin la chaîne entre ses mains, comme un serpent mort. Il la posa soigneusement sur le sol. Le portail commençait à s'ouvrir tout seul sous l'effet du vent. Stride se figea en entendant les gonds grincer. Il le rattrapa et le tint fermement.

Le vent faisait craquer la clôture. Il ouvrit lentement le portail, centimètre par centimètre, avant de se glisser de l'autre côté. Puis il tira très doucement le portail et remit la chaîne en place, de façon qu'il ne risque pas de s'ouvrir inopinément.

Stride se trouvait à moins de deux mètres du vide, au-dessus de la terrasse qu'il surplombait d'au moins quatre mètres. Juste en face de lui, presque contre le parapet, il vit une échelle métallique, fixée au toit par des boulons. Il s'approcha pour l'examiner de près. Le métal était rouillé.

Il ignorait si l'échelle était capable de supporter son poids et, si c'était le cas, s'il pouvait descendre en silence.

Mais il n'avait pas le choix. Il n'y avait pas d'autre chemin pour atteindre la terrasse, et c'était trop haut pour sauter.

A plat ventre, il avança très légèrement et regarda dans le patio. Le vent agitait ses cheveux.

Il entendit des voix, en bas, près de la piscine.

49

Serena vit Boni à l'entrée de la suite. Malgré sa petite taille et son âge avancé, il émanait de lui une impression de puissance. Claire l'avait vu aussi. Serena essaya de déchiffrer ce qu'elle ressentait devant son père. L'amour. Le regret. Et, par-dessus tout, le mépris.

Une malheureuse réunion de famille.

Boni ne prêta même pas attention à Blake. Son regard se porta derrière celui-ci, droit sur Claire. Serena lut dans ses yeux un amour passionné. Elle vit autre chose également, qu'elle ne s'attendait pas à trouver chez cet homme. La culpabilité.

Blake lui jeta un regard mauvais.

— Il y a longtemps que j'attendais cet instant.

Boni s'avança. Les néons jouaient sur son visage. Il continuait à ignorer Blake.

— Tu vas bien ? demanda-t-il à Claire.

— C'est un peu tard pour t'en préoccuper, répondit-elle.

— Pardonne-moi, Claire.

— Ne pense même pas au pardon. Pas maintenant. Jamais.

Blake agita son revolver en direction de Serena et Claire.

— A genoux, toutes les deux.

— Que fais-tu ? demanda Boni.

— Je pense que vous savez exactement ce que je fais, répondit Blake.

Il s'apprête à nous tuer, pensa Serena. Elle s'agenouilla près du rebord de marbre de la piscine, juste à côté de Claire. Elle gardait l'œil sur Blake, attendant l'instant de distraction qui lui permettrait de lui foncer dessus.

Claire ne regardait ni Blake ni le revolver. La tête haute, elle toisait son père avec colère.

— Otez votre manteau, dit Blake à Boni. Je veux m'assurer que vous n'êtes pas armé.

— Je porte toujours une arme pour ma protection, dit Boni. Elle est dans la poche droite de mon manteau. Tu ne me crois pas capable de dégainer assez vite pour te tuer ?

— Otez votre manteau, répéta Blake.

Boni obtempéra. Serena était perplexe devant la froideur de cet homme : il recevait au milieu de la nuit un coup de fil lui annonçant que sa fille serait peut-être morte dans les vingt minutes, et il prenait le temps de s'habiller impeccablement, jusqu'à la perfection de son nœud de cravate. Blake roula le manteau en boule et le jeta le plus loin possible, à l'autre bout de la terrasse.

— Je suis venu, dit Boni à Blake. Que veux-tu ?

— Ce que je veux ? Bon Dieu, mais qu'est-ce que je veux, d'après vous ?

— Je n'en ai aucune idée. Tu n'es rien d'autre qu'un assassin.

Blake haussa les épaules.

— Tel père, tel fils.

Boni tendit un doigt dans sa direction.

— Comment as-tu le culot de me juger ? J'ai produit

du divertissement pour des millions de gens. J'ai fourni des foyers, de la nourriture et de l'éducation à mes milliers d'employés. J'ai construit des hôpitaux, des parcs et des crèches. Ici même, sous nos pieds, à l'endroit précis où nous sommes, s'élèvera bientôt le plus grand établissement de loisirs de la ville. Alors n'essaie pas de comparer ta misérable petite existence à la mienne, pauvre merde !

— C'est vous qui avez fait de moi ce que je suis ! cracha Blake.

— Foutaises ! Je n'avais rien, à ma naissance, et j'ai tout construit de mes mains. Si tu es resté le gosse pleurnichard qu'on enfermait dans un placard, à Reno, ne t'en prends pas à moi.

Blake avança d'un pas et pointa le canon de son arme sur le front de Claire. Celle-ci eut un mouvement de recul, mais Blake la saisit par le cou.

— Si vous vous foutez de votre fils, dit-il, ce n'est peut-être pas la même chose pour votre fille.

— Lâche-la, fit Boni d'une voix glacée.

— Parlez-moi d'Amira.

— Lâche ma fille, répéta Boni.

Blake agita le revolver et le pointa sur Boni.

— Amira, répéta-t-il.

— Que veux-tu savoir ? demanda Boni.

— Pourquoi l'avez-vous obligée à abandonner son bébé ?

Boni hésita. Son cerveau tournait à plein régime.

— Notre bébé, répondit-il d'une voix douce.

— Vous croyez que je ne le sais pas, *papa* ? fit Blake. C'est encore pire.

Boni secoua la tête.

— Je n'avais pas le choix. Eva, ma femme, était au courant à propos d'Amira. Elle n'avait jamais pu être enceinte, et elle était furieuse de découvrir qu'Amira allait avoir un enfant. Mon enfant. Eva voulait qu'il disparaisse. Pour de bon. Un avortement. Mais je m'y refusais. J'ai donc envoyé Amira accoucher au loin, tout en faisant croire à Eva qu'elle s'était fait avorter, et qu'elle était à Paris pour oublier tout cela. Pour m'oublier.

— Amira voulait me garder, dit Blake.

Boni hésita, puis ses yeux se posèrent sur Claire.

— Oui, bien sûr. Elle était anéantie à l'idée de renoncer à son enfant.

Serena se rappelait que Boni leur avait dit le contraire. Qu'Amira mourait d'envie de se débarrasser du petit gueulard. Que l'enfant ne l'intéressait pas. Boni avait-il menti ? Essayait-il de ménager les sentiments de Blake et de l'avoir au baratin ?

— Finalement, reprit Boni, Eva s'est retrouvée enceinte. Pendant l'absence d'Amira. Je me suis demandé si elle n'avait pas pris des précautions, durant tout ce temps, sans me le dire.

— Mais Eva est morte, dit Blake. Morte en mettant Claire au monde. Vous aviez votre fille. Et moi j'étais entre les mains d'un monstre. Pourquoi n'êtes-vous pas venu me chercher à ce moment-là ? Comment avez-vous pu tourner le dos à votre propre fils ?

— Personne ne savait que c'était mon bébé. Personne d'autre que moi, Amira, et Eva. J'avais du mal à l'admettre, à ce moment-là. Surtout que…

Boni s'interrompit. Blake finit sa phrase.

— Surtout que vous aviez assassiné Amira.

Boni restait silencieux.

— Dites-moi ce qui s'est passé, insista Blake.

— Je n'ai rien à dire là-dessus.

— Dites-le-moi !

— Ça ne changera rien.

Blake braqua de nouveau son revolver sur Claire.

— DITES-LE-MOI !

Blake avait du mal à respirer. Profitant de ce qu'il était concentré sur Boni, Serena commença à déplacer lentement ses pieds, se préparant à bondir à la première occasion.

C'est alors qu'elle perçut un mouvement, sur le toit, juste au coin de la terrasse. Elle découvrit une échelle étroite qui descendait le long du mur carrelé. Quelqu'un venait de poser le pied sur le premier échelon.

Son cœur fit un bond.

Jonny !

Stride savait que c'était le meilleur moment. Blake était absorbé par sa discussion avec Boni.

Il aurait pu l'abattre depuis le toit, sauf que la distance, le vent et les néons risquaient de le gêner. Claire et Serena se trouvaient toutes deux dans son axe de tir. S'il manquait sa cible, ou si Blake se déplaçait, il pouvait atteindre une des deux femmes. Il ne voulait pas courir ce risque.

Il s'accroupit, se retenant d'une main au garde-fou. Jetant un coup d'œil vers le bas, il vit que Serena regardait dans sa direction.

L'échelle était instable, et il ne savait pas si elle supporterait ses quatre-vingt-dix kilos. Il balança sa jambe droite par-dessus le garde-fou et posa le pied sur le premier échelon. Il essaya de la tester en pesant de tout son poids. L'échelle oscillait sous l'effet conjugué de son poids et du vent qui soufflait en rafales.

Mais elle tint bon.

Il passa la jambe gauche par-dessus le garde-fou. A présent il avait les deux pieds posés sur le premier échelon. Des vibrations remontèrent le long de ses jambes.

Il descendit un échelon, tournant le dos au vide.

Au même moment, une rafale le projeta contre l'échelle. Son poignet heurta le garde-fou. Le revolver lui sauta des mains. Horrifié, il le vit tomber vers la terrasse. Puis le boulon rouillé qui fixait l'échelle au mur lâcha. Stride se cramponna d'une main, sentit le métal se tordre, son poids exerçant une pression maximale sur le dernier boulon.

Celui-ci céda alors avec un grincement horrible.

L'échelle commença à tomber, pliée en son milieu. Stride regarda vers le bas. Il aperçut les bulbes alignés au sommet du mur et, au-delà, vingt étages de vide.

Serena vit le revolver échapper aux mains de Jonny. Quand il rebondit sur le sol, Blake pivota machinalement pour regarder derrière lui. Serena se rua en avant et le frappa à l'estomac de toute la force de ses deux poings serrés. Blake lâcha son revolver. Emportés par l'élan de Serena, ils tombèrent tous deux. Quand la jeune femme toucha le sol, ses bras entravés s'écrasèrent contre sa poitrine, lui coupant le souffle.

Elle essaya de se lever, fouillant l'obscurité du regard.

Le revolver de Blake se trouvait à moins de deux mètres, presque à sa portée. Au même moment, elle ressentit une violente douleur à la tête. Le coude de Blake venait de lui percuter le crâne.

Stride se pendit au garde-fou tandis que l'échelle se désintégrait. Pendant un bref instant, il se balança au-dessus du vide, l'estomac retourné. La transpiration faisait glisser sa main sur le garde-fou. En cherchant un appui, il frôla le haut du mur du bout de sa chaussure. Il déplaça son poids et parvint à poser la moitié du pied sur le rebord.

Pendant quelques secondes qui lui semblèrent une éternité, il resta suspendu, ballotté par le vent. Enfin, une rafale le ramena contre l'hôtel. Il se pencha et tendit le bras vers un des bulbes de pierre, mais il était trop loin. Il tomba et roula sur la terrasse.

Il se redressa en titubant et chercha rapidement son revolver, sans succès. Puis il vit Blake tâtonner autour de lui et aperçut une autre arme, par terre, presque à portée du tueur.

Stride chargea au moment précis où Blake mettait la main sur la crosse du revolver.

Le coup de feu produisit une détonation assourdissante. Une douleur fulgurante traversa la jambe de Stride. Il plongea sur Blake et entendit un craquement : le poignet brisé, le tueur réprima un hurlement de douleur et lâcha son arme. Stride se précipita, mais Blake le repoussa et récupéra le revolver. A plat ventre sur le sol, il tentait de lever celui-ci quand le pied de Stride entra en contact avec son poignet brisé. Le revolver glissa vers la piscine en tournoyant.

Stride se pencha pour relever Blake et prit du recul pour le frapper à la mâchoire. Profitant d'une seconde d'inattention, le tueur lui donna un violent coup de genou à l'aine. Stride chancela et vit le bras gauche de Blake fendre l'air vers sa tête. Le coup l'atteignit à la joue, le déséquilibrant. Il tomba à genoux.

Serena repéra le revolver de Stride sur le sol, à un mètre du mur, près des débris de l'échelle. Puis Blake pivota et le vit à son tour. Ils s'élancèrent tous les deux. Serena, qui n'avait pas tout à fait repris son souffle, comprit que Blake y parviendrait avant elle. Elle plongea vers lui dans l'espoir de le faire tomber. Blake la vit venir et fit un bond pour l'éviter. Son pied se prit dans les jambes de Serena. Il se libéra, mais perdit l'équilibre et tomba.

Elle vit que Jonny s'était relevé. Lui aussi courait vers le revolver.

C'est alors que Serena sentit un bras puissant s'enrouler autour de son cou, compressant sa trachée. Elle se débattit, mais elle ne pouvait plus respirer. Blake l'étranglait.

— Stride ! hurla Blake.

Jonny s'immobilisa. Serena avait l'impression que les yeux lui sortaient de la tête.

— Je vais la tuer.

Elle avait envie de crier à Stride : *Fonce vers le revolver.* Il fallait en finir. Mais elle ne pouvait émettre le moindre son. Elle était aussi impuissante qu'une marionnette. Elle se demanda si Amira avait ressenti cela quand elle était morte.

Elle entendait le souffle saccadé de Blake. Le sang se mit à bourdonner dans son cerveau, tandis que ses extrémités nerveuses explosaient comme autant de pétards de feu d'artifice, provoquant une douleur si intolérable qu'elle eut l'impression que son crâne allait éclater.

Elle croisa le regard de Jonny. *Prends le revolver.*

Stride fit un pas vers le revolver.

— Je vais la tuer, répéta Blake.

Serena sentit que Blake l'agrippait par les cheveux. Il allait lui briser la nuque. Tout au fond du brouillard qui la submergeait, Serena se rendit compte que Blake avait du mal à lui tenir la tête avec son autre main. Il avait le poignet cassé. Fragile. Vulnérable.

Elle espérait être capable de lever ses bras toujours attachés. Son cerveau en transmit l'ordre à ses membres, et ses bras lui obéirent. Elle saisit le poignet de Blake posé sur sa tête et écrasa l'os de toutes ses forces.

Blake hurla. Pendant un instant, son autre bras se relâcha. Le sang reflua brusquement vers le cerveau de Serena qui chancela.

A trois mètres d'elle, Jonny courait vers le revolver. Blake aussi.

Stride vit Blake arriver, et il fut sur lui avant qu'il n'atteigne le revolver. Il le projeta contre le parapet, si brutalement que le tueur s'écrasa contre la paroi. Il lui lança un violent coup de poing au visage. Du sang jaillit de sa bouche. Il recula jusqu'au mur en titubant. Stride le rattrapa et se remit à le frapper.

Stride ressentit tout à coup une douleur aiguë à la main. Il s'était sans doute cassé plusieurs doigts.

Blake s'écroula sur le sol. Il ne bougeait plus. Stride tendit le bras derrière lui pour saisir ses menottes.

Il baissa les yeux. Quelque chose ne collait pas.

— Où est le revolver ? s'écria Serena derrière lui.

Blake avait fait en sorte de tomber sur l'arme. Stride vit son bras bouger. Blake se redressa, l'arme à la main.

Il ne la pointa pas sur Stride, ni sur Serena, mais la colla contre sa propre tempe. Sa main tremblait.

— Lâchez ça, Blake, dit Stride.

Blake se mit péniblement sur pied et recula vers le mur.

Stride et Serena s'approchèrent lentement de lui.

— Donnez-nous le revolver, dit Serena.

Blake leur adressa un sourire sanglant. Il posa sa main blessée sur le parapet et leva une jambe par-dessus le mur avec une grimace de douleur. Puis il leva l'autre jambe et se mit debout sur le mur.

Il écarta enfin le revolver de sa tempe et le balança dans le vide.

Stride fit un pas vers lui, mais Blake l'arrêta d'un geste.

— Amira, dit-il.

Blake se pencha dans le vent, les bras écartés.

Une voix cinglante l'arrêta à l'instant où il allait sauter.

— Ne fais pas ça, mon frère.

C'était Claire.

Debout au bord de la piscine, elle tenait le revolver de Serena dans ses mains et le pointait sur la tête de Boni.

50

— Claire, bon Dieu, qu'est-ce que tu fais ? demanda Serena.

Claire s'avança vers son père, un pas après l'autre, jusqu'à ce que l'arme se trouve à quelques centimètres de ses yeux. Elle tremblait de tous ses membres. Son visage n'exprimait que la haine.

Boni semblait ne même pas remarquer le revolver. Son regard était vissé à celui de Claire, leurs yeux bleus s'affrontaient. Claire pleurait.

— Maintenant tu sais ce que je ressentais, dit-elle. L'impuissance.

— Qu'est-ce que tu veux, Claire ?

— Dis la vérité à Blake, dit-elle. Tu la lui dois.

— Je ne lui dois rien du tout, aboya Boni.

Claire secoua la tête.

— Tu as assassiné Amira, n'est-ce pas ? Parce qu'elle avait eu le culot d'essayer de se libérer de ton emprise. Parce qu'elle ne voulait plus qu'on la possède.

— J'aimais Amira.

— Tous ceux que tu aimes souffrent, répliqua Claire.

— Je ne peux pas en parler.

— Ça s'est passé il y a quarante ans. Personne ne peut te toucher, maintenant.

— Tu peux aussi bien me tuer, Claire, si c'est ce que tu désires. Je ne dirai rien à propos d'Amira.

— C'est ce que tu veux ? Que je tire ?

— Bon Dieu, Claire, arrête ça, l'implora Serena.

Elle se dirigea vers eux, mais Boni leva la main pour l'arrêter.

— Tout va bien, inspecteur, fit-il avant de se tourner vers Claire. Tue-moi si c'est ce que tu désires, chérie. Mais je ne voudrais pas que tu fiches ta vie en l'air.

— Parce que ma vie a de l'importance pour toi ?

Elle renversa la tête en arrière et appuya le canon du revolver contre sa propre gorge.

— Et maintenant ?

— Claire ! Non ! hurla Serena.

Boni regardait sa fille. Serena eut l'impression qu'il avait les larmes aux yeux.

— Tu es si belle. Aussi belle que ta mère.

— Tu crois que ce genre de conneries va me faire de l'effet ? demanda Claire. Tu vas me dire que tu m'aimes, maintenant ?

— Oui, je t'aime.

— Tu crois que je n'oserai pas ? fit Claire, en enfonçant un peu plus le revolver. Je suis ta fille, non ?

— Si tu penses ainsi me faire du mal, alors oui, je sais que tu n'hésiteras pas.

— Regarde-nous ! s'écria Claire. Voilà la famille que tu as construite. Regarde ton fils, sur ce parapet. Vois ce que tu lui as fait. Et tu sais foutrement bien ce que tu m'as fait à moi.

Boni eut un mouvement de recul, comme s'il avait reçu un coup.

— Claire, je t'en prie, ne parle pas de ça.

— Oh, excuse-moi ! Je lave notre linge sale en public ? Ça te gêne ?

— Claire… la supplia Boni. Non.

— Tu savais ce que ce salaud m'avait fait.

Serena ignorait de qui elle parlait. Boni, lui, le savait. Visiblement, il était secoué.

— C'était un terrible malentendu, dit-il.

— Un malentendu ? Tu m'as accusée d'avoir trop bu. Tu as dit que je l'avais encouragé. Tu savais que c'était faux.

— Je ne voulais pas y croire…

Boni tendit le bras vers sa fille, essaya de la toucher.

Claire recula et jeta le revolver dans la piscine, où il s'enfonça dans l'eau opaque en soulevant une grande gerbe.

— Il m'a violée ! hurla-t-elle.

— Claire, nous ne pouvons pas parler de ça. Pas ici.

— Oh non, non, bien sûr que non. Ça pourrait mettre ton empire en danger. Ça pourrait le blesser, lui. Mon Dieu, il a violé ta propre fille, et tu l'as couvert !

— Je suis désolé. Tellement, tellement désolé.

— Tu as choisi. C'était moi ou lui. Mais ça n'a jamais été un choix, hein ? Ç'a toujours été lui. Tout ce que tu as fait, c'était pour le protéger.

— Nous en avons déjà parlé, dit Boni. Tu m'as dit que tu comprenais.

— Bien sûr que je comprenais. Je te demandais de dévoiler une vie entière de mensonges. Tu aurais tout perdu. On t'aurait mis en prison. Alors je me suis tue, même si j'ai eu des cauchemars pendant des années. Même si je crevais de peur chaque fois que je voyais son visage. Et je t'ai sauvé.

— Cela s'est passé il y a plus de dix ans, Claire. Que puis-je faire ?

— Tu ne pourras jamais réparer. Mais tu peux dire la

vérité, juste une fois dans ta vie. Qu'est-il arrivé à Amira ?

Boni eut l'air accablé.

— Je ne peux pas en parler.

— Pourquoi ? Tu dis que tu ne dois rien à Blake. Mais à moi ?

— Tu ne peux pas me demander cela, Claire. C'est impossible.

Claire se détourna. Ses épaules se soulevaient au rythme de ses sanglots.

Boni ferma les yeux. La douleur de sa fille semblait rouvrir de vieilles blessures.

— C'était lui, Claire, dit-il calmement. Ce jour-là. Avec Amira.

Claire se retourna vers lui, incrédule.

— Non.

Boni hocha la tête.

— C'est à ce moment-là que tout a commencé entre lui et moi. Je l'ai fabriqué. Comme Frankenstein.

— Mickey a tué Amira ?

Le visage de Boni se déforma, comme si Claire avait ouvert la boîte de Pandore, libérant une légion de démons. Comme si, en prononçant ce nom, elle avait pris le revolver et tiré sur lui.

Claire s'avança vers le vieil homme et le gifla avec une telle force qu'il perdit l'équilibre.

— Tu savais quel monstre c'était. Comment as-tu pu le laisser m'approcher ? Comment as-tu pu me demander de sortir avec lui ?

— Le temps avait passé, Claire. Je croyais qu'il avait changé. Je croyais que je pouvais lui faire confiance.

— Aujourd'hui encore, il compte plus que moi à tes yeux, hein ? Bien sûr, il s'agit de l'Orient. Le couronnement de ta carrière, dont chaque pierre a été édifiée sur la souffrance, la violence et la mort.

— Tais-toi, Claire.

— Mickey ! hurla Claire. C'est notre grand secret, papa. Il est suspendu à ton cou – et au mien – depuis quarante ans.

Boni secoua la tête.

— Il est toujours là, Claire. Ça ne change rien. Tu le sais.

— Si, ça change quelque chose. Il va y avoir un procès. Le procès de Blake. Tout va ressortir. Amira. Mickey. Toi. Tout !

— Je ne le permettrai pas.

— Ça échappe à ton contrôle, maintenant.

— Rien n'échappe à mon contrôle, Claire.

Boni parlait d'une voix lasse.

Il prit un paquet de cigarettes européennes dans la poche arrière de son pantalon. Il en fit glisser une et sortit d'une autre poche un vieux briquet Zippo.

— Rien.

Il actionna le briquet. Même en plein vent, il en fit jaillir une flamme minuscule.

Une seconde plus tard, Blake se recroquevilla, comme une marionnette frappée par une décharge électrique. Serena le vit chanceler, les yeux écarquillés. Une tache rouge apparut sur sa chemise. Un instant plus tard, l'onde sonore d'une détonation se propagea sur la terrasse. Blake s'affaissa, le visage décomposé, et il tomba en arrière, dans le vide qui surplombait le parking, tout en bas.

QUATRIÈME PARTIE

Mickey

51

Quand il vit que personne ne prenait leurs dépositions, Stride comprit qu'ils allaient avoir des problèmes.

Le toit du Shéhérazade était une scène de crime. On avait tiré des coups de feu. Un homme – même si c'était l'incarnation du mal, même s'il avait tué des tas de gens – gisait, mort, vingt étages plus bas. Il avait été tué de sang-froid. Ils auraient dû être en train de vider leur sac, d'expliquer ce qui s'était passé, dans le cadre de l'enquête qui ne manquerait pas d'entraîner un procès.

Rien de tel.

A peine arrivé, Sawhill avait pris la situation en main, empêchant quiconque d'accéder à la scène de crime. Au lieu de s'occuper de ses inspecteurs, il s'était entretenu pendant vingt minutes avec Boni Fisso. Les deux hommes s'étaient étreints comme de vieux amis. C'était mauvais signe. Sawhill avait ensuite chargé un agent en uniforme de ramener Claire chez elle. Pas Serena. Pas Stride. Claire les avait regardés longuement tous les deux, mais elle avait accepté qu'on l'emmène.

— Pourquoi vous n'iriez pas dormir un peu, vous deux ? leur avait enfin dit Sawhill.

Deuxième mauvais signe.

— Vous avez besoin de nos dépositions, protesta mollement Stride.

— Ça peut attendre. Vous avez eu une nuit d'enfer. Bon boulot. Vous avez débarrassé la ville d'un tueur en série. Maintenant, foutez-moi le camp. Nous en parlerons demain matin.

Sawhill leur fit le sourire du père fier de sa progéniture, mais Stride savait que c'était un sourire de politicien. L'affaire allait être étouffée, on allait faire disparaître les méfaits une fois pour toutes en même temps que le Shéhérazade. Stride était trop épuisé pour se plaindre. Sous le pansement, son mollet l'élançait. Il avait mal partout. Il était heureux de partir.

Serena et lui rentrèrent chez eux. Ils n'avaient même pas assez d'énergie pour parler. Ils s'écroulèrent sur leur lit et plongèrent dans le sommeil. La seule sensation qui parvint à pénétrer le cerveau de Stride était que les draps entortillés gardaient l'odeur du parfum de Claire. Il se laissa aller. Il fit des rêves érotiques, interrompus de scènes de violence, avec des gens qui tombaient du haut des toits, et des hurlements de femmes violées.

Ils dormirent dix heures.

Ils regagnèrent le poste en début d'après-midi. Une certaine euphorie régnait dans l'immeuble. Des flics venaient leur taper dans le dos et les féliciter. Sawhill était là, lui aussi, et il leur sourit en les faisant entrer dans son bureau. Le même sourire de politicien que la nuit précédente. Stride savait qu'on allait les rouler dans la farine.

En fermant la porte, Sawhill donna à son assistant un ordre inconcevable.

— Je ne veux aucun appel.

Stride et Serena s'assirent. Sawhill ne prit pas sa balle

antistress. Aujourd'hui, il semblait n'être pas du tout stressé.

— Mes félicitations, tous les deux. Le gouverneur Durand m'a demandé de vous transmettre ses remerciements personnels.

Ils ne répondirent pas.

— Je n'ai pas besoin de vous dire combien je suis désolé, pour Amanda. Mais vous avez eu le type. Excellent pour vous. Et les contribuables n'auront pas besoin de lui payer une pension pendant les quarante prochaines années. C'est encore mieux.

— Qui mène l'enquête, maintenant ? demanda Stride.

— Quelle enquête ?

— L'enquête sur la mort de Blake.

— Oh, nous avons bouclé ça la nuit dernière, répliqua Sawhill.

Son sourire s'élargit.

— Bouclé ? demanda Stride. Qui l'a tué ?

— Le patron de l'agence de sécurité de Boni. David Kamen. C'est un tireur d'élite, vous vous en souvenez sans doute. Fort heureusement, Boni a pensé à prendre certaines précautions quand Blake l'a appelé. Il a posté Kamen aux Charlcombe Towers, en face du Shéhérazade.

Stride hocha la tête.

— Boni a été arrêté ?

— Arrêté ? Pourquoi ? fit Sawhill, choqué.

— Il a fait assassiner Blake. C'était un meurtre.

— Vous vous trompez, inspecteur. J'ai parlé personnellement à Kamen, cette nuit. Il avait Blake dans son viseur depuis le début. Il a tiré quand Blake a fait mine de sortir l'arme qu'il portait dans un étui à la cheville.

— Blake n'a pas bougé, affirma Stride.

— Si j'ai bien compris, vous concentriez votre attention sur Boni et Claire, à ce moment-là. Encore heureux que Kamen ait été là, inspecteur. Cela aurait pu être une nouvelle faute de votre part. Fatale, celle-là. Blake aurait pu sortir son arme et vous descendre tous les deux en moins d'une seconde.

Stride se renfrogna. Il n'aurait pas pu jurer devant un tribunal que son attention ne s'était pas relâchée, au moins un instant, pendant la confrontation entre Boni et Claire.

Sauf que c'était un mensonge. Ils le savaient tous.

— Nous avons trouvé un revolver près du cadavre, poursuivit Sawhill. Un Walther. Petit, mais mortel. Blake avait toujours son étui à la cheville.

Ça tombe bien, se dit Stride.

— Alors c'est tout ? demanda-t-il.

— C'est tout.

— Qui est Mickey ?

Il observa les yeux de Sawhill, mais le lieutenant était impénétrable.

— Mickey ? Je ne sais pas de quoi vous parlez.

— Et Amira ? insista Stride.

Sawhill eut un sourire.

— Je vous l'ai dit au début de cette affaire, inspecteur. Amira Luz a été assassinée par un psychopathe.

Stride alluma une cigarette. Serena fronça les sourcils.

Ils étaient assis dans un parc, à quelques rues du commissariat. C'était la fin de l'après-midi. La vague de chaleur avait fini par refluer, et le soleil d'octobre leur offrait une journée paradisiaque. Pas plus de 25 °C, un ciel bleu infini. Le smog faisait relâche. Les montagnes se découpaient à l'horizon, claires et nettes.

Il était de nouveau accro, et il le savait. La fumée était comme une vieille amie qui lui avait trop longtemps manqué.

— Je ne dirais rien si tu buvais un verre, fit-il.

— A d'autres. Tu me l'arracherais des mains et tu viderais la bouteille dans l'évier.

— Ouais, c'est vrai.

Serena cueillit la cigarette entre ses lèvres, la jeta d'une pichenette et l'écrasa. Quelques braises pétillèrent dans la poussière. Stride ressentit immédiatement le manque. Il se demanda s'il était capable de gagner cette guerre une deuxième fois.

— Tu ne m'as pas posé de questions, à propos de Claire et moi, remarqua Serena.

— Exact, répondit-il d'une voix neutre.

Il y avait pensé, par à-coups, toute la journée. Le parfum de Claire dans leur lit. Mais il ne dirait rien. Il attendait. Il avait envie d'une cigarette.

— Compris, dit Serena. La balle est dans mon camp. Je te le dis, ou je ne te le dis pas. Beaucoup d'hommes ne pourraient pas vivre sans savoir.

— Je ne dis pas que je pourrais.

Serena se mit à étudier ses ongles.

— On a fait l'amour.

Les mots planèrent au-dessus d'eux. Stride essayait de déchiffrer l'expression de sa compagne. Embarras. Culpabilité. Peur. Fierté.

— Plus précisément, nous allions faire l'amour. Blake nous a interrompues. Mais ça ne change rien.

Elle avait envie qu'il lui dise que tout allait bien. Il espérait que sa propre impassibilité ne passerait pas pour de la désapprobation.

— Tu as l'intention de me dire quelque chose ? demanda Serena.

Stride dit la première chose qui lui vint à l'esprit.

— Je bande comme un fou.

Serena éclata de rire. Stride rit à son tour. Quand les rires s'interrompirent, elle l'embrassa avec passion.

— Qu'allons-nous faire, maintenant ? murmura-t-elle.

— Pour moi, ça ne change rien. La question, c'est toi.

— J'ai l'impression d'avoir exorcisé un démon. Mais j'avais peur de te perdre, à cause de ça.

— Ça n'arrivera pas.

— Pardonne-moi.

— Tu n'as aucune raison de me demander ça.

— Je dois dire la vérité à Claire. Avec ménagement.

— Tu lui as parlé ? demanda Stride.

Serena secoua la tête.

— Je m'inquiète. J'ai appelé chez elle, sur son portable, au club. Rien. Je ne sais pas où elle est.

— Boni l'a mise à l'abri.

— C'est ce qui me fait peur.

— Je ne crois pas qu'il lui fera du mal.

— Non ? Il a tué son propre fils. Je ne veux pas qu'elle finisse victime d'un soi-disant suicide. « Ma fille était bouleversée, elle n'a pas supporté le stress », ce genre de conneries.

— Tu t'inquiètes vraiment pour elle.

Serena hésita.

— Oui, c'est vrai. Je pourrais l'aimer. Mais ce n'est pas le cas.

Stride fut surpris de constater combien il était soulagé en entendant ces mots.

— Elle voulait que la vérité éclate. Ça n'arrivera sans doute pas. Peut-elle vivre avec ça ?

— Boni ne lui laissera pas le choix.

— Et nous ? Pourrons-nous vivre en laissant étouffer l'affaire ?

Serena haussa les épaules.

— Ce n'est pas la première fois, hein ?

Stride comprit ce qu'elle voulait dire. Ils avaient résolu le meurtre de Rachel Deese – l'affaire qui les avait rapprochés –, en décidant de dissimuler une partie de la vérité. A la demande de Stride. C'était leur secret.

— Il arrive que la politique et l'argent gagnent la partie, Jonny.

— A Vegas ?

— Partout.

— La grande question, c'est de savoir s'il nous laissera en vie, dit Stride. Nous avons entendu des choses que nous n'étions pas censés entendre.

— Mickey.

— Exactement. Qui que ce soit, il se trouve au cœur du pouvoir de Boni.

— Mais c'était un gosse, à l'époque.

— Helen Truax a dit que c'était un maître nageur. Un surveillant de baignade, toujours en quête d'un bon coup avec les femmes des joueurs. Il a peut-être essayé de séduire Amira, et les choses ont mal tourné.

Serena secoua la tête.

— Impossible. Il était avec Amira parce que Boni voulait qu'il y soit. Il a appelé Rucci après avoir fait le boulot. L'histoire de la bagarre n'était qu'une diversion.

— Et depuis ce jour-là, Boni possède son âme, dit Stride.

Il composa un numéro sur son portable.

— Essayons de savoir qui est ce salaud.

— Helen l'ignorait.

— Moose le sait peut-être.

Stride entendit la grosse voix du fantaisiste, à l'autre

bout du fil. Il se présenta. Moose commença à s'épancher. Il félicita Stride d'avoir arrêté l'assassin de Tierney. Stride le laissa se répandre en compliments. Il imaginait les sourcils du comédien danser de joie.

— J'ai une question à vous poser, fit-il quand Moose reprit enfin son souffle.

— Tout ce que vous voudrez.

— Vous vous rappelez un maître nageur, au Shéhérazade, en 1967 ? Un certain Mickey ?

Il y eut un long silence, et Moose commença à faire marche arrière.

— Il y avait une palanquée d'étudiants, dans le coin, à l'époque.

— Vous ne m'avez pas répondu, Moose. Vous le connaissiez ?

— Pourquoi ? De quoi s'agit-il ?

— Juste un détail que nous essayons d'éclaircir.

Il entendait la respiration de Moose.

— Eh bien… je ne crois pas qu'il en fasse un secret. Il poursuivait ses études de droit tout en travaillant au Shéhérazade. Des tas de grosses pointures ont fait la même chose.

Stride commençait à être mal à l'aise. Il se demandait s'il n'avait pas commis une erreur qui leur serait fatale, à Serena et à lui.

— Vous êtes resté en contact avec lui ?

— Bien sûr. Mickey Durand est le meilleur soutien que l'industrie du loisir ait jamais eu dans cet Etat. Si Dieu et les électeurs le veulent, il sera réélu gouverneur le mois prochain.

52

Beatrice Erdspring appuya à plusieurs reprises sur la télécommande pour monter le volume du téléviseur, sans résultat. Les présentateurs du journal continuaient à chuchoter, et elle n'entendait rien du tout.

— Oh, pour l'amour de Dieu ! maugréa-t-elle en tirant la couverture sur sa chemise de nuit.

Elle changea plusieurs fois de chaîne, mais le son n'était pas plus fort. Elle revint à la station locale de CBS, où un beau garçon brun d'origine hispanique présentait les nouvelles. Il s'appelait Raul. Il avait l'air fort et digne de confiance, et il portait bien la moustache. Tout comme Emmett, le défunt mari de Beatrice.

Raul n'avait pourtant pas l'habitude de chuchoter. Mais Beatrice avait beau tendre le cou, la main en cornet derrière l'oreille, elle entendait à peine ce qu'il disait.

— Plus fort, Raul ! dit-elle en regardant le téléviseur.

C'était d'autant plus frustrant que Beatrice connaissait la jolie femme dont une vieille photo apparaissait sur l'écran, et elle aurait bien voulu savoir ce qu'on disait à son sujet.

— Vous entendez quelque chose, Rowena ? demanda-t-elle à sa compagne de chambre. Je crois que la télévision est encore en panne. A moins que la télécommande ait besoin de piles neuves.

Rowena occupait l'autre lit du studio qu'elles partageaient dans une maison de repos de Boulder City. Beatrice constata qu'elle dormait. Rowena dormait presque tout le temps. En moins d'un an, Beatrice avait eu trois voisines de lit successives, et elle craignait fort que Rowena s'en aille bientôt elle aussi. Dommage, parce que Rowena, quand elle était éveillée, était très drôle. Elle avait élevé six enfants dans une ferme laitière de l'Iowa, et elle racontait des histoires à mourir de rire. Comme la fois où sa fille, âgée de huit ans, avait essayé de traire un taureau.

Beatrice tourna de nouveau son attention vers la télévision. Elle soupira. Raul avait changé de sujet.

Elle regarda, par la fenêtre, la rue principale de Boulder City. Les voitures filaient en direction du lac Mead ou du barrage Hoover. Un mois plus tôt, Flora avait emmené les résidents en excursion sur le lac Mead. Le vent l'avait décoiffée, mais Beatrice avait beaucoup aimé cette sortie. Non que le lac Mead fût aussi joli que le lac Tahoe, où elle avait longtemps vécu. Mais c'était bon de se retrouver au grand air. Elle avait apprécié la chaleur, même si elle regrettait le froid des nuits d'hiver, quand Emmett et elle se pelotonnaient l'un contre l'autre sous l'édredon. Elle ne supportait plus le froid, maintenant. C'est pour cela qu'elle s'était retirée dans le sud de l'Etat.

Flora entra en trombe, les mains sur les oreilles. Elle se dirigea vers le téléviseur qu'elle éteignit en enfonçant l'interrupteur. Elle agita un doigt en direction de Beatrice, qui n'entendait pas ce qu'elle disait.

— Parlez plus fort, voulez-vous ? lui dit Beatrice.

Flora s'approcha de la tête du lit. A la voir, on avait

l'impression qu'elle criait, mais les mots venaient de très loin.

— Bea, vous avez oublié de mettre votre sonotone.

— Oh, mon Dieu !

Flora fouilla dans le tiroir de la table de nuit de Beatrice et en sortit triomphalement deux écouteurs beiges. En riant, elle aida Beatrice à les glisser dans ses oreilles. Flora était une Philippine de près de cent cinquante kilos. Tout son corps tressautait quand elle riait.

— Ça va mieux, chérie ?

— Inutile de crier, Flora ! fit Beatrice.

— Vous voulez que je rallume la télévision ?

Beatrice secoua la tête.

— Non, j'ai raté le reportage que je voulais voir.

— Quel reportage ?

— Je n'en sais rien, puisque je l'ai raté ! Mais il y avait la photo d'une jolie fille que j'ai connue jadis, quand j'étais infirmière.

— C'est bien, fit distraitement Flora.

Elle s'affairait dans la chambre et ne l'écoutait plus.

— Vous avez vu, ils ont fini par avoir cet homme horrible ? Celui qui a tué tous ces gens ? Ils lui ont tiré dessus, et il est tombé du haut d'un immeuble. Pan, pan !

Flora, au chevet du lit, tira Beatrice en avant, puis elle souleva et tamponna ses deux oreillers.

— C'était très romantique. Il a tué tous ces gens pour venger sa mère. Sa mère ! Moi, mes garçons, j'ai déjà du mal à les faire venir à mon repas d'anniversaire.

— Qui était sa mère ? demanda Beatrice.

— Hein ? Oh, une de ces girls, dans les années soixante. Elle avait été obligée d'abandonner son bébé. N'est-ce pas dramatique ? Moi, je serais devenue folle si j'avais dû abandonner un de mes enfants. Je serais contente s'ils vivaient encore ici à cinquante ans. Avec la vie qu'ils mènent, mes garçons, ce n'est pas impossible !

Beatrice fronça les sourcils.

— Vous parlez d'Amira Luz ?

Mais Flora sortait déjà de la chambre, sans se retourner. Beatrice se retrouva à nouveau seule – sauf si l'on comptait Rowena, qui ronflait. Elle se rappelait maintenant... C'est pour ça qu'elle avait ôté son sonotone. Rowena ronflait aussi fort qu'un Boeing 727 au décollage.

Beatrice sourit en pensant à Amira Luz. C'était tellement drôle, cette femme si belle, enceinte, qui répétait cette danse érotique bizarre sur le balcon de la suite, avec son gros ventre.

Flora parlait sans doute d'Amira. Sinon, pourquoi montrerait-on sa photo à la télévision, après toutes ces années ?

Ça n'avait aucun sens. Flora avait dû mal comprendre.

Beatrice ralluma le téléviseur. Très vite, elle baissa le son à l'aide de la télécommande. Elle fit un signe à Raul, puis se mit à zapper. Amira ? Non. Ils se trompaient sûrement.

53

Comme Stride s'y attendait, l'invitation leur parvint rapidement. Le lendemain, à dix heures du soir, ils se retrouvèrent dans le hall immaculé du penthouse de Boni, aux Charlcombe Towers. Boni en personne vint les accueillir devant les doubles portes et les précéda dans la gigantesque suite western, faiblement éclairée par quelques lampes et par le halo de la tour, en face.

Boni portait un costume noir. Stride détecta l'odeur du cigare et de l'eau de Cologne. Il avait son sourire séduisant, charmeur, et Stride se demanda si, à l'instar du chat du Cheshire, il pouvait disparaître en ne laissant derrière lui que son sourire pour tromper les gens. Il leur prit à chacun la main dans les deux siennes.

— Vous nous avez sauvé la vie. A moi, et à Claire. J'ai pensé que je pouvais vous offrir un verre pour célébrer l'événement.

— C'est pour cela que nous sommes ici ? demanda Stride d'une voix soupçonneuse.

— Bien sûr. Vous trinquez avec moi, n'est-ce pas ? Je suis sûr que vous n'êtes pas en service, en ce moment.

Message reçu et compris, se dit Stride. Tout cela était officieux.

— Madame Dial, je sais que vous préférez l'eau

minérale ou un jus de fruits. Et vous, inspecteur Stride ? Cognac ?

Stride acquiesça.

— J'en ai un excellent, ajouta Boni. Je crois que vous l'aimerez.

Il se dirigea vers le bar pour lui servir un verre et se versa trois doigts de whisky.

Stride but une gorgée. Le cognac semblait fondre sur la langue.

— Fameux, hein ?

— Exceptionnel.

— Où est Claire ? demanda Serena.

— Elle avait besoin de faire une pause, répondit Boni. Elle a été soumise à beaucoup de tensions ces derniers jours. Je l'ai envoyée à Saint-Thomas. Elle sera bientôt de retour.

— J'aimerais lui parler, dit Serena.

— Bien sûr. Avant que vous ne repartiez, je vous donnerai le numéro de l'hôtel. Elle sera ravie d'avoir de vos nouvelles.

Stride dégusta une gorgée de cognac. Il se demanda comment cette partie allait se jouer. Qui allait commencer ?

Ce fut Boni qui avança le premier pion.

— Il y a quelqu'un ici qui aimerait vous rencontrer, dit-il. Je parie que vous aussi avez envie de le voir.

Stride entendit un bruissement derrière eux. Il se retourna. Le gouverneur du Nevada venait se joindre à eux.

— Mickey ! fit Boni. Entre. Je te présente les deux inspecteurs qui ont sauvé mes fesses.

Mike Durand était grand et imposant. Sa peau hâlée était tendue et dépourvue de la moindre marbrure. Sans doute le devait-il à un lifting et à la chirurgie au laser.

Des couronnes dentaires lui faisaient un sourire d'albâtre. Il portait un smoking noir et il avait un whisky à la main – deux fois plus grand que celui de Boni. Stride remarqua aussi quelque chose qui lui avait échappé lorsqu'il avait vu le gouverneur à la télévision ou en photo. Durand avait le regard le plus venimeux qu'il ait jamais vu – pire que celui du criminel le plus endurci. Un homme capable de vous sourire en vous égorgeant. Le parfait politicien.

Durand leur tendit la main. Stride et Serena ne lui rendirent pas son sourire, ni ne lui serrèrent la main. Stride lut sur le visage du gouverneur une fureur à peine dissimulée.

L'heure n'était plus aux faux-semblants.

— Je ne crois pas qu'ils aient l'intention de se taire, dit Durand à Boni, comme s'ils étaient seuls dans la pièce. Je croyais que tu contrôlais la situation.

Stride, qui observait Boni, découvrit à sa grande surprise que le vieil homme haïssait Mickey Durand. Il le fixait avec un mépris non déguisé. Comme si Mickey était un parasite qui se nourrissait de sa chair. En tuant l'un, vous tuiez l'autre.

— Ils sont de la police, Mickey, répondit calmement Boni. La police ne s'arrête jamais avant de connaître la vérité. Alors nous allons leur dire la vérité, toi et moi. Et nous pourrons tous oublier cette histoire.

— Bon Dieu, ils sont peut-être bardés de micros !

Boni secoua la tête.

— J'ai installé des scanners dans l'entrée. Ils n'ont pas de micros. Ne t'inquiète pas. Je pense que nous trouverons un arrangement qui satisfera tout le monde.

Il but une gorgée de whisky et fit un signe de tête à Stride.

— Vous savez qui est Mickey. Je sais que vous avez parlé à Moose. Que voulez-vous savoir d'autre ?

Stride regarda Durand.

— Amira. Pourquoi avez-vous fait ça ? Nous savons que Boni vous a mis sur le coup. Qu'avait-il sur vous, à l'époque ?

Durand ne répondit pas.

— J'ai sauvé la mère de Mickey de certains problèmes qu'elle avait avec le bureau du procureur, dit Boni d'un ton mielleux. Elle était employée dans mon casino. Elle avait assassiné sa sœur qu'elle avait trouvée au lit avec son mari, et j'ai fait lever l'accusation. Comme vous le voyez, Mickey m'était redevable. Je l'avais déjà inscrit à la faculté de droit. J'avais conscience de son potentiel.

Durand haussa les épaules.

— Il n'avait vraiment pas besoin de me convaincre, vous savez. Vous avez vu à quoi ressemblait Amira ?

— Vous étiez censé la tuer ? demanda Serena.

— Non, dit vivement Boni, en jetant à Durand un regard qui prouvait combien il détestait ce qui les liait. Il était censé lui donner une leçon de loyauté.

— C'était une battante, dit Durand. Sa mort a été un accident.

— Un accident ? répliqua Serena d'un ton sarcastique. Lui fracasser le crâne ?

— Je crois que, de nos jours, on appellerait ça de l'amour sadomaso, fit Durand en riant.

— De nos jours, on appelle ça viol et meurtre, fit froidement Serena.

Stride vit que Boni ne riait pas.

— Je suis étonné que vous ne l'ayez pas tué pour ce qu'il avait fait, lui dit-il.

— Je suis un homme d'affaires, inspecteur. Amira

était déjà morte pour moi, et Mickey était un investissement de premier ordre.

Il ajouta, en regardant Durand :

— Mais ne croyez pas que l'idée ne m'a pas traversé l'esprit.

— Nous étions frères de sang, dit Durand. Nous gravissions tous les deux les échelons du pouvoir. Pour moi, assistant parlementaire, député de l'Etat, président de groupe, puis gouverneur. Qui sait, peut-être le Sénat dans deux ans ? J'adore Washington. Avec ces foutus prêcheurs qui parlent de durcir la réglementation sur les jeux…

— Et Claire ? demanda Serena. Vous l'avez violée par accident, elle aussi ?

Pour la première fois, Stride décela de la nervosité dans les yeux de Durand.

— C'était un malentendu, murmura-t-il. Nous avions bu tous les deux. Boni sait que je ne lui ferais jamais délibérément du mal.

Boni ne paraissait pas convaincu. Stride ne pensait pas qu'il ait menti à Claire. Il avait aimé Amira. Et Durand l'avait tuée. Il avait violé sa fille. Jusqu'où était-il prêt à le couvrir ?

— Vous connaissez la vérité, maintenant, leur dit Boni d'une voix tendue. Le moment est venu de nous séparer.

Le silence plana dans la pièce. Quelque part dans l'obscurité qui s'étendait sur la vallée, Stride vit clignoter les feux d'un avion qui décollait pour quitter la ville.

— Et si nous refusons ? demanda-t-il.

— N'allons pas dans cette direction, soupira Boni.

— Simple hypothèse, dit Serena.

— Vous ne pouvez rien prouver. Vos supérieurs ne

poursuivront pas l'enquête. Vous êtes assez futés tous les deux pour savoir comment fonctionne cette ville. Un jour vous êtes la mouche, le lendemain vous êtes la tapette.

— Nous pourrions nous adresser à la presse, avança Stride.

— Ne m'obligez pas à vous faire un dessin. Vous seriez discrédités. Votre vie serait foutue. Je ne veux pas que ça arrive. Je vous le dis très sincèrement, je vous respecte tous les deux. Mais des choses pourraient remonter à la surface.

— Des choses ? demanda Serena.

— Comme le fait que vous ayez couché avec ma fille, inspecteur. Ça ne ferait pas bonne impression.

Serena ne perdit pas son temps à lui demander comment il le savait.

— Vous ne feriez pas cela à Claire.

— Comme je disais, les affaires sont les affaires. Il y a autre chose. Vous perdriez votre boulot. Vous iriez sans doute en prison. Obstruction de la justice.

— Merde, de quoi parlez-vous ? s'emporta Stride.

— La police du Minnesota serait sans doute heureuse d'apprendre comment vous avez résolu votre dernière affaire. Le meurtre de Rachel Deese, et ce qui lui est vraiment arrivé. Et vous ne seriez pas le seul à souffrir, n'est-ce pas, inspecteur Stride ?

Comment pouvait-il être au courant ? C'était pourtant évident : Boni avait placé des micros dans leur appartement. Il avait tout écouté. Leurs secrets. Leurs amours. L'enquête.

— Il vaudrait mieux pour tout le monde que cette histoire reste entre nous quatre. Parce que ce ne serait qu'un début. Dès que les médias ont mordu à l'hameçon, ils sont prêts à croire n'importe quoi. Vous savez comment ça marche.

Boni écarta les mains.

Debout devant la baie vitrée, le gouverneur souriait. La moitié de son visage était éclairée, le reste était dans l'ombre.

L'esprit de Stride travaillait furieusement. Il se demandait si Serena et lui avaient parlé de leurs projets, chez eux, la veille. Il ne s'en souvenait pas, mais ça n'avait pas d'importance. Il devait abattre son jeu.

— Leo Rucci voulait que ça reste un secret, lui aussi, dit-il.

Boni ne répondit pas. Il se contenta de lever un sourcil.

— Seulement, il a raconté par écrit ce qui est vraiment arrivé à Amira.

Boni éclata de rire.

— Ne soyez pas ridicule, inspecteur. Personne ne m'a jamais été aussi loyal que Leo Rucci.

— Nous avons perquisitionné chez lui ce matin, dit Stride. Mais vous le savez. Vous aviez déjà envoyé des gens pour faire le ménage. Pour s'assurer qu'on ne trouverait rien de compromettant. Son bureau, aussi. Dévalisés, tous les deux.

Boni haussa les épaules, sans prendre la peine de nier.

— Le problème, c'est que quelque chose leur a échappé. Un coffre à la banque. Quand il a été tué, la clé se trouvait sur son trousseau, dans sa poche. Pas chez lui. Pas dans son bureau.

Stride crut déceler un vague malaise sur le visage de Boni.

— Nous l'avons ouvert ce matin. Nous y avons trouvé une enveloppe adressée à son fils, Gino. Mais Gino est mort.

Il sortit une enveloppe de sa poche et la tint à la main, de sorte que Boni puisse voir le mot écrit dessus : Gino.

— Leo ne m'aurait jamais fait cela, avança Boni.

— Il voulait une assurance vie pour son fils. Au cas où il lui serait arrivé quelque chose. Leo savait que Gino était le genre de môme qui pourrait avoir besoin un jour ou l'autre d'une carte « Sortie de Prison ».

— Donnez-moi ça, dit Boni.

Stride tendit la main, et Boni lui arracha l'enveloppe. Il l'examina. Le papier jauni semblait avoir plus de dix ans. Elle portait le logo de la compagnie de vidange-minute de Rucci. Boni prit la lettre qui se trouvait à l'intérieur et la déplia.

— C'est une copie, dit-il.

— L'original se trouve dans un cabinet d'avocats, à l'extérieur de la ville, dit Stride. Au cas où.

Boni lut. Stride connaissait le début de la lettre par cœur.

Gino,

Si tu lis ceci, c'est que j'ai passé l'arme à gauche. J'espère que ça a été rapide, hein ? Une balle dans la tête, la meilleure façon de partir. Ou une crise cardiaque en besognant une blonde. Ecoute, fils, j'ai quelques secrets en réserve, depuis l'époque où Boni et moi, on était au sommet du monde. Si tu t'avises de raconter ça à quelqu'un, que Dieu me vienne en aide, je sors de ma tombe pour te botter le cul. Si un jour tu as des ennuis, appelle Boni. Il t'aidera, sans poser de questions. Si Boni n'est pas dans le coin, tu peux appeler quelqu'un d'autre. Il s'appelle Mickey...

Quand Boni eut fini de lire, sa main tremblait. Le sang avait quitté son visage. Il avait le regard absent, mais on sentait que son esprit turbinait. Il cherchait une porte de sortie.

— Ça ne tiendra jamais devant un tribunal, finit-il par dire. Vous ne pouvez nous atteindre, ni l'un ni l'autre.

— Exact, fit Stride en hochant la tête. Mais c'est plus que suffisant pour la presse. Et pour les électeurs.

Boni rumina cette idée. Il savait qu'ils avaient raison.

— Vous tomberez aussi, dit-il. L'information à propos de Rachel va circuler. Ce sera la guerre. Vous serez détruits.

— Nous en prenons le risque, dit Serena.

— Nous sommes plus près du sol, ajouta Stride. Notre chute sera beaucoup moins douloureuse.

C'est maintenant que ça passe ou que ça casse, songea Stride. Boni ne pouvait admettre qu'il avait trouvé plus malin que lui. Il avait mis un demi-siècle à édifier son empire ; ce n'était pas pour le voir disparaître sur un claquement de doigts. Il pouvait toujours se battre et les détruire tous ; mais Stride espérait que le vieil homme était trop intelligent pour risquer leur anéantissement mutuel.

— Que voulez-vous ? demanda Boni d'une voix calme.

Stride ne montra pas son soulagement.

— Le gouverneur démissionne. Vous cédez les rênes de votre compagnie.

— Céder les rênes ? A qui ?

— A Claire, dit Serena.

— L'empire ne sort pas de la famille, expliqua Stride. Vous sortez, Claire entre.

— Foutaises ! hurla Durand à l'autre bout de la pièce. Tue-les, Boni. Qu'ils disparaissent, et qu'on en finisse.

Stride secoua la tête.

— Si nous disparaissons, la lettre est envoyée à la presse.

Boni avait l'air admiratif, comme s'il appréciait la manière dont ils avaient mené la partie.

— Vous ne suggérez quand même pas que je sois inscrit dans le Livre noir ?

— Pas du tout. Vous confiez le projet Orient à quelqu'un de plus jeune. Quelqu'un à qui vous faites confiance. Justice ne sera peut-être pas tout à fait rendue, mais ce sera mieux que si nous allions au tribunal. Et si vous vivez assez longtemps pour ça, vous verrez votre plus vieux rêve se réaliser.

Stride espérait que Boni ne se rendrait pas compte que le but de l'opération était que rien ne transpire en public. Que tout soit réglé en privé, avant que quiconque commence à poser des questions.

Mettre Durand hors circuit. C'était l'essentiel.

Durand le comprit aussi.

— Tu ne vas pas marcher là-dedans, Boni ? Ces deux-là ne sont rien du tout. Nous pouvons les écraser.

— Ferme-la, Mickey.

Sous son hâle, Durand était vert de rage.

— Ne me parle pas sur ce ton. J'aurais pu te faire tomber à n'importe quel moment. Il n'est pas question que tu capitules devant ces connards de flics.

— Tu as oublié qui exerce le pouvoir, Mickey. Je tire les ficelles. Tu danses.

— Non, nous dansons tous les deux. Tu as besoin de moi. Sans moi, tu n'es rien.

— Demain, tu publies une déclaration, reprit Boni. Tu démissionnes immédiatement et tu renonces à ta campagne, à cause d'une grave blessure au genou. Cette blessure te laisse handicapé, incapable d'assurer les devoirs de ta charge.

— Qu'est-ce que tu racontes, bordel ? éclata Durand. Quelle blessure au genou ?

Boni sortit de sa poche droite un revolver à peine plus large que sa main.

— Celle-ci, dit-il en visant la rotule de Durand.

La détonation ne le fit même pas ciller.

Durand poussa un hurlement de douleur et s'effondra.

Boni leva la main pour arrêter Stride qui s'apprêtait à dégainer.

— C'est fini, inspecteur, fit-il en rempochant le revolver. C'était pour Claire et Amira.

Stride et Serena reculèrent. Durand se tordait sur le sol en se tenant le genou et en couinant comme un petit animal qui s'est pris la patte dans un piège à loup. Le sang coulait entre ses doigts. La douleur devait être intolérable.

Stride chercha du regard un téléphone pour appeler les secours, constata qu'il n'y en avait pas dans la pièce. Il regarda Serena, qui lui rendit son regard. Les secondes s'étiraient. Son cœur se durcit. Il réalisa qu'il n'éprouvait pas la moindre compassion à l'égard de Mickey Durand.

Boni n'accorda pas même un coup d'œil à Durand.

— Ne vous en faites pas. Mon médecin personnel sera ici dans quelques minutes. Il survivra.

Il sortit de sa poche un morceau de papier, gribouilla quelque chose, puis le tendit à Serena.

— Voici le numéro de Claire à Saint-Thomas. Vous

pouvez lui dire qu'elle est la patronne, si elle en a envie. Je n'assisterai pas à la cérémonie, la semaine prochaine. Mais je pense que vous ne verrez pas d'inconvénient à ce que je regarde d'ici, lorsqu'elle fera sauter mon hôtel.

54

Le lendemain matin, ils trouvèrent l'inspecteur en retraite Nicholas Humphrey dans un transat, sur sa pelouse. Il portait le même peignoir en tissu éponge vert que la dernière fois. Une paire de pantoufles fourrées était posée dans l'herbe, à ses pieds. Harvey Washington, son ami de cœur depuis un demi-siècle, était à ses côtés dans un transat identique. Les deux hommes se tenaient la main. L'atmosphère était étrangement douce.

Leur petit terrier blanc ne tenait pas en place. Il courait autour des sièges et ne s'arrêtait que le temps de se rouler sur le dos pour qu'on le caresse. Humphrey et Washington lui grattaient le ventre à tour de rôle. Le soleil de midi donnait à ce quartier miteux un aspect plus lumineux. Un petit avion semblait flotter dans le ciel bleu.

En voyant Stride et Serena monter l'allée, Humphrey leur fit un signe de la main. Il semblait d'excellente humeur. Comme s'il venait enfin de rembourser une dette ancienne.

— Je l'ai appris à la radio, leur dit-il. J'ai du mal à croire que vous y êtes arrivés.

Stride hocha la tête.

— Boni n'ira peut-être pas en prison, mais pour lui c'est peut-être encore pire, de ne plus diriger la baraque.

— Et notre gouverneur ? Comment a-t-il pris la nouvelle ?

— Sa blessure au genou lui a ôté toute envie de plaisanter.

Stride raconta ce qui s'était passé dans la suite de Boni. Les deux hommes, sur la pelouse, grimacèrent en apprenant comment Boni avait tiré de sang-froid sur Durand.

— Ouille, fit Harvey. Merde, ça doit faire aussi mal que d'avoir les couilles prises dans un étau.

— Pire, répliqua Humphrey. J'ai vu des gars qui étaient passés par là. Ils disent que c'est la douleur la plus insupportable qu'on puisse infliger à quelqu'un.

Il jouait avec la balle de base-ball portant la dédicace de Willie Mays. Il finit par la lancer à Stride, qui l'attrapa en souriant.

— Harvey et moi, on se disait qu'on devrait vous en faire cadeau.

— Mais n'allez pas la vendre sur eBay, ajouta Harvey avec un sourire.

Stride regarda la signature sur la balle. Si elle avait été authentique, elle aurait valu un paquet de fric.

Mais c'était un faux, bien sûr, produit par les doigts magiques de Harvey Washington. Comme tout ce qui figurait dans la collection de souvenirs de Humphrey. Comme la note de Dean Martin. Comme la photo de Marilyn Monroe et son message cochon.

Comme la lettre de Leo Rucci à son fils Gino. Un faux.

— J'étais assez nerveuse quand Boni a sorti la lettre de son enveloppe, dit Serena. J'étais persuadée qu'il allait se rendre compte que nous étions en train de l'arnaquer.

— Vous auriez dû avoir confiance en moi, dit Harvey comme si l'idée que quelqu'un puisse déceler ses contrefaçons était une insulte. Et vous aviez déniché cette vieille enveloppe du bureau de Leo. Ça aide. Quand l'emballage est authentique, les gens s'imaginent toujours que le contenu est vrai.

— Je me serais fait avoir, dit Stride.

— Mais Boni connaissait Leo, ajouta Serena.

— Moi aussi, répliqua Humphrey. Ce fils de pute parlait exactement comme ça. On les a eus, ces salopards. Ils sont finis. Merci de nous avoir permis, à Harvey et moi, de jouer un petit rôle là-dedans. Ça fait du bien de corriger ce que j'ai fait il y a si longtemps, vous savez ?

Le terrier sauta sur ses genoux. Humphrey lui gratta le crâne et le laissa lui lécher la figure.

— Sans vous, nous n'y serions pas arrivés, leur dit Stride. Boni avait toutes les cartes en main.

Harvey se mit à rire. Le chien sauta à bas du transat et vint se nicher sur ses genoux.

— Eh bien, c'est Las Vegas, mon vieux. Quand on n'a pas de cartes, il faut bluffer.

Un peu plus tard, le même jour. Stride venait de déposer Serena au poste.

Il détestait les hôpitaux. L'odeur d'antiseptique lui rappelait le temps passé à l'hôpital de Duluth, plusieurs années plus tôt, à tenir la main de Cindy qui s'affaiblissait de jour en jour. Elle était morte sous ses yeux, dans la chambre surchauffée, tandis que la neige tombait à l'extérieur.

En traversant le dédale des couloirs, il vit des patients

étendus sur les lits, dans leurs chambres. Des infirmières s'occupaient d'eux. Des parents anxieux étaient assis à leur chevet. Comme lui, jadis.

Il dut demander son chemin. Une infirmière aimable et patiente lui indiqua la direction à suivre. Quand il trouva enfin ce qu'il cherchait, il constata que la porte était fermée. Il piétina nerveusement devant, sans savoir s'il devait frapper, entrer, ou attendre dans le couloir. Il n'était pourtant pas d'un caractère indécis, mais ce genre d'endroit mettait ses nerfs à rude épreuve.

La porte s'ouvrit brusquement et un homme apparut.

— Excusez-moi, dit Stride qui se sentait idiot avec son bouquet de fleurs. Je cherchais Amanda Gillen.

L'homme hocha la tête. Il mesurait près de deux mètres, et Stride dut s'avouer que c'était un des hommes les plus incroyablement beaux qu'il ait jamais vus. Un peu plus de trente ans. Des traits parfaits, des vêtements qui semblaient avoir été taillés sur mesure.

— Elle est ici. Moi, c'est Bobby.

Stride essaya de ne pas montrer sa stupéfaction.

— Vous êtes Bobby ?

Il ne savait pas trop comment il s'était imaginé l'ami d'Amanda. Certainement pas comme une sorte de demi-dieu.

— Vous êtes Stride ? Heureux de vous rencontrer.

Ils se serrèrent la main. Bobby avait une poigne d'acier.

— Je tiens à vous remercier pour l'avoir soutenue, dit-il. Je n'ai pas besoin de vous rappeler que vous êtes le premier.

— C'est un bon flic, dit Stride, qui ne put s'empêcher d'ajouter : Et une femme formidable.

— C'est gentil, fit Bobby en souriant.

— Je peux la voir ?

— Bien sûr, entrez. J'allais me chercher un café. Elle va mieux qu'on ne pourrait le croire en la voyant, ajouta-t-il. Il lui faudra un bout de temps pour se remettre d'aplomb, mais elle s'en sortira.

— J'en suis vraiment heureux.

— Elle est un peu sonnée, à cause de la morphine. Mais elle parle.

— Je ne resterai pas longtemps.

Bobby s'éloigna le long du couloir. Stride remarqua que les infirmières le suivaient des yeux.

Il entra et prit soin de bien fermer la porte derrière lui. Quand il passa de l'autre côté du rideau, son cœur se serra. Il savait qu'Amanda était en train de se rétablir, mais la voir ainsi, pâle et immobile, lui rappela instantanément Cindy. Une batterie d'appareils contrôlaient ses signes vitaux et affichaient les résultats sur des moniteurs.

Un tube d'oxygène courait sur son visage. Un autre était enfoncé dans sa poitrine. Elle avait une aiguille de perfusion fixée sur la main. Ses cheveux étaient en désordre sur l'oreiller, et elle avait les yeux fermés. Le drap blanc froissé était bouchonné à hauteur de sa taille.

Stride prit la chaise près du lit. Il ne dit rien, pour ne pas la réveiller. Il avait les larmes aux yeux. C'était une réaction machinale.

— Salut.

Il vit qu'elle le regardait. Elle parlait faiblement, comme si elle devait lutter pour amener l'air dans ses poumons et l'en expulser. Elle avait les yeux gonflés de fatigue.

Stride se pencha vers elle et lui pressa la main.

— Bobby m'a dit que tu allais t'en sortir.

— Ça fait un mal de chien.

— Le bon Dieu te fait comprendre que, la prochaine fois, il faudra demander du renfort.

Elle avait assez de forces pour lui faire un doigt d'honneur. Stride rit.

— J'ai appris que deux infirmières étaient tombées dans les pommes quand elles t'ont déshabillée pour t'expédier en salle d'op, ajouta-t-il.

Amanda sourit faiblement.

Il lui pressa de nouveau la main.

— Tu m'as fait peur.

— Désolée.

— Bobby t'a dit que nous l'avons eu ?

Elle hocha la tête et leva le pouce, le poing à peine fermé.

— Il y a autre chose, dit-il.

Stride regarda la porte pour s'assurer qu'elle était fermée, et passa quelques minutes à lui expliquer ce qui s'était passé. Boni. Mickey. Comment Serena et lui leur avaient fait face la veille au soir. Amanda méritait de connaître les secrets.

Quand il eut fini, Amanda pointa faiblement un doigt vers lui.

— Vous avez des couilles.

— Toi aussi.

Stride rit si fort qu'il crut qu'il allait tomber de sa chaise. Il était envahi par une vague de bonheur et de soulagement. Amanda allait s'en sortir. Elle ne pouvait pas rire, mais elle sourit, jouissant de l'instant.

— Tu veux les voir ? demanda-t-elle – comme à leur première rencontre.

— Non merci, Amanda.

— Trouillard.

Elle battit des paupières, ses yeux se fermèrent. Elle était fatiguée. Stride se leva, prêt à s'en aller.

— Je te laisse te reposer.

— Et Serena ? demanda Amanda d'une voix pâteuse.

— Ça va.

Amanda inspira profondément. Stride vit que la douleur la faisait tressaillir. Quelques secondes passèrent. Amanda resta éveillée assez longtemps pour lui demander :

— Et toi ?

Il y avait plusieurs façons de répondre à ça. Comment il allait, après avoir failli se faire tuer et avoir affronté les péchés de cette ville. Comment il allait, alors que sa compagne avait couché avec une autre femme. Comment il faisait face au dilemme qui le rongeait. Rester ou partir.

Stride ne répondit pas. C'était plus facile ainsi. Il attendit qu'Amanda se rendorme. Sa poitrine se soulevait régulièrement. Le moniteur derrière elle indiquait que son rythme cardiaque avait ralenti. Stride sortit sans bruit et referma la porte. Bobby était assis dans une petite salle d'attente de l'autre côté du couloir, un gobelet de café dans une main et un magazine dans l'autre. Il leva les yeux quand Stride sortit. Stride articula silencieusement : « Elle dort. » Bobby opina.

Le portable de Stride sonna. Une infirmière lui jeta un regard sévère, et il hocha la tête pour s'excuser.

— Je suis inspecteur de police, dit-il avant de chercher un coin silencieux pour répondre.

— Inspecteur, je m'appelle Flora Capati, fit une femme à la voix enjouée, dotée d'un fort accent étranger. Je dirige une maison de retraite à Boulder City. La police de Las Vegas m'a donné votre numéro.

— En quoi puis-je vous aider, madame Capati ? fit Stride, étonné.

— C’est une de mes résidentes. Elle s’appelle Beatrice. Elle est bouleversée depuis quelques jours. Pour la calmer, je lui ai promis de vous appeler. Elle répète que vous avez commis une erreur terrible.

— Une erreur ? A quel sujet ?

— Eh bien… Beatrice prétend qu’elle a connu Amira Luz.

55

La foule était rassemblée, comme une marée de badauds assoiffés de sang devant une exécution, pour voir s'écrouler le Shéhérazade. Des milliers de personnes piétinaient sur le parking et les pelouses du Las Vegas Hilton, les yeux rivés sur le vieil hôtel. Chacun jouait des coudes pour avoir la meilleure vue possible, tout en consultant sa montre. Il était presque midi. L'heure de l'exécution.

La rue était fermée à la circulation. Un cordon de sécurité maintenait les curieux à distance. Les hélicoptères des chaînes de télévision planaient au-dessus de leurs têtes, caméras en position, prêts pour le direct. Cela sentait la viande grillée. Stride réalisa que des dizaines de gens, aux Charlcombe Towers, organisaient des barbecues sur leurs balcons. Tout le monde était voyeur, ce jour-là.

Boni était sûrement là, lui aussi, seul dans son penthouse, un verre à la main, privé de la lumière des projecteurs.

C'était un jour magnifique pour une exécution. Le vent était tombé. Les techniciens de l'équipe de démolition étaient nerveux. C'étaient des professionnels, qui avaient fait ce travail des dizaines de fois, mais les quelques minutes précédant l'étincelle électrique étaient éprouvantes pour les nerfs.

Les radios gazouillèrent. Le site était dégagé.

— Où est-elle ? demanda Serena, à côté de Stride.

Mal à l'aise, elle parcourait la foule du regard.

Soudain une rumeur se répandit. Une limousine avançait lentement au milieu de Paradise Road. Elle s'arrêta, et le chauffeur sortit promptement pour ouvrir la portière côté passager.

Claire descendit de la limousine. Les flashs crépitèrent. Il y eut quelques acclamations. L'espace d'une seconde, elle sembla décontenancée, puis elle sourit et agita la main.

Elle franchit d'un pas léger les quelques mètres qui la séparaient de l'estrade dressée sur le parking devant le Shéhérazade. On avait déroulé un tapis rouge. Des gens, dans la foule, l'appelaient par son nom, et elle leur souriait, amicale et chaleureuse. Un homme en costume sombre vint à sa rencontre et lui murmura des instructions à l'oreille. Elle s'apprêtait à le suivre quand elle découvrit Stride et Serena, entre la scène et la foule. Elle parla à voix basse à l'homme au costume sombre qui, l'air mécontent, pointa sa montre. Claire secoua calmement la tête.

Elle se dirigea vers les deux policiers, suivie par tous les regards.

Elle portait un tailleur-pantalon bordeaux taillé sur mesure et des diamants au poignet et au cou. Ses fins cheveux blond vénitien étaient coiffés en chignon.

— Ça te plaît ? demanda-t-elle à Serena.

— Tu es magnifique.

Claire rougit.

— Je ne me sens pas prête.

— Tu t'en sortiras très bien.

Elle baignait dans l'atmosphère qui l'entourait. Le spectacle, les bruits, les odeurs. Son nouvel univers.

— Je n'ai même pas eu le temps de vous remercier comme il convient, dit-elle.

— C'est inutile, assura Stride.

— Une partie de moi voudrait retourner au Limelight. C'était plus facile quand je chantais mes chansons. Avant cette histoire avec Blake.

Stride et Serena échangèrent un coup d'œil.

— On le lui dit ? demanda Stride.

— Me dire quoi ? réagit Claire.

Serena et Stride en avaient discuté jusqu'à une heure avancée de la nuit, pour parvenir à la conclusion que Claire devait savoir la vérité avant d'appuyer sur le bouton. Avant que le Shéhérazade ne devienne un tas de poussière et de gravats.

— Blake n'était pas le fils d'Amira, dit Serena.

Claire regarda fixement Serena, certaine qu'elle plaisantait, puis elle secoua la tête.

— C'était le fils de Boni. C'était mon frère. Je l'ai deviné à ses yeux.

— Tu as vu ce que tu voulais voir, Claire, reprit Serena d'un ton plein de compassion. Comme Blake. Tu voulais te persuader que tu n'étais pas seule. Lui voulait croire qu'il avait retrouvé la mère qu'il avait cherchée toute sa vie. Mais il se trompait.

— Tu veux dire que tout ce qu'il a fait… c'était pour rien ? Toutes ces vies innocentes ?

— Vous êtes ici, remarqua Stride. Pas Boni. Ni Mickey. Alors ce n'était peut-être pas tout à fait inutile.

— Nous avons parlé à une femme, une certaine Beatrice, poursuivit Serena. Elle était l'infirmière d'Amira pendant sa grossesse. Elle savait ce qui était arrivé à son bébé. Ce n'était pas Blake.

— Alors qui était la vraie mère de Blake ? demanda Claire.

Stride écarta les bras.

— Nous ne le saurons sans doute jamais. C'était un bébé dont personne ne voulait. Il a eu la malchance d'échouer dans une famille ignoble.

Claire leva les yeux vers le Shéhérazade. Elle semblait impatiente de le voir disparaître. Quand elle aurait appuyé sur le bouton, les souvenirs ne seraient plus que des décombres.

— C'est Boni qui vous a envoyés à Reno, dit-elle. Pourtant, il devait savoir que Blake n'était pas l'enfant d'Amira.

Serena acquiesça.

— Il le savait.

— Alors pourquoi ?

— Il savait que Blake était persuadé d'être le fils d'Amira. Et ça l'arrangeait que nous le pensions.

— Il aurait pu arrêter tout cela, murmura Claire. Le salaud ! Il aurait pu dire la vérité à Blake. Combien de personnes aurait-il pu sauver ?

— Je pense que Blake ne l'aurait pas cru, dit Stride. Il était trop cinglé.

— Mais il aurait pu essayer, insista Claire.

— Non, dit doucement Serena. Il n'était pas question que Boni dise la vérité à propos de Blake. Ou d'Amira.

— Ne le protège pas, Serena. Je sais quel genre d'homme est mon père. Cette fois, il aurait pu faire le bon choix. Il aurait pu dire la vérité.

— Ça l'aurait obligé à livrer le secret le plus important de sa vie.

— Mickey, fit Claire d'une voix amère.

Serena secoua la tête.

— Non, pas Mickey. Il aurait dû avouer ce qu'était devenu le bébé d'Amira.

Claire les regarda tour à tour.

— En quoi était-ce si important ?

Serena se pencha et lui murmura à l'oreille :

— Amira était ta mère.

Claire recula.

— Non ! Ma mère est morte en me mettant au monde.

— La femme de Boni est bien morte en couches, et son bébé avec elle.

— Boni s'est alors rendu à Reno, enchaîna Stride, et il a retrouvé la famille qui avait adopté l'enfant d'Amira. C'était une fille. Vous.

— Vous vous trompez !

Serena prit Claire par les épaules et la serra contre elle.

— L'infirmière, à Reno, c'est elle qui t'a confiée à cette famille. Elle connaissait toute l'histoire. Boni voulait récupérer sa fille. Sa seule enfant.

— Il a tout fait pour que vous l'ignoriez, ajouta Stride. Il avait peur que vous ne découvriez qu'il avait fait assassiner votre mère. C'est pourquoi il ne pouvait laisser éclater la vérité à propos de Blake.

Claire recula d'un pas. Stride crut un instant qu'elle allait fuir.

— Je suis vraiment la fille d'Amira ? dit-elle comme si elle voulait s'habituer à cette idée.

Elle luttait contre les larmes. Puis, au même instant, ses yeux étincelèrent… Les yeux d'Amira.

— Elle voulait être libre. Exactement comme moi. Mon Dieu, je le hais. Je hais ce qu'il nous a fait.

— Ne le laisse pas te détruire, Claire, dit Serena.

— Tu veux dire que je devrais lui pardonner ?

— Non, je ne dis pas cela. Simplement, je ne veux pas que la haine te ronge.

Claire regarda l'estrade, où l'attendait un groupe de politiciens et d'hommes d'affaires. C'était son monde, à présent – le monde de Boni –, et Stride comprit qu'elle se demandait si elle en avait vraiment envie. Si cela valait le prix payé pour ça.

— Vous n'étiez pas obligés de me le dire, souffla-t-elle.

— C'est vrai, dit Serena. Mais tu es solide.

Claire rit et lui toucha l'épaule.

— Je ne me sens pas très solide, pour le moment.

Elle respira à fond, s'armant de courage, et ajouta :

— Le moment est venu de faire ce qu'on fait le mieux à Vegas. Enterrer le passé.

— Ce n'est qu'un immeuble, remarqua Stride.

— Peut-être. Mais je serai heureuse de le voir disparaître. Les fantômes mourront peut-être avec lui.

Serena secoua la tête.

— Ce n'est pas si facile.

— Je sais.

Claire s'approcha d'elle et murmura, assez fort pour que Stride l'entende :

— Je voudrais que tu sois présente dans ma vie.

— Je suis déjà dans la vie de quelqu'un, répondit Serena. Désolée.

Claire sourit tristement, puis elle regarda Stride.

— Ne me dites pas que vous n'y avez pas pensé… A ce qu'on aurait pu vivre tous les trois.

Serena répondit pour Stride :

— Je ne peux pas me couper en deux.

Stride ne pouvait nier qu'il y avait pensé. Mais ce n'était rien d'autre qu'un fantasme. Il y aurait eu des moments intenses, comme sous l'effet d'une drogue.

Mais au bout du compte, ce cancer les aurait dévorés et séparés à jamais. Il y a des lignes qu'on ne peut pas franchir.

Claire le savait aussi. Elle embrassa Serena sur la joue.

— Tu vaux mieux que Vegas, lui dit-elle.

La foule était agitée. Impatiente. Elle exigeait une mise à mort.

Claire se retourna vers l'estrade, monta les marches et fit un grand signe à la foule qui l'acclama. Elle distribua des poignées de main. Le maire. L'équipe de démolition. Les investisseurs new-yorkais... Tous la jaugeaient, examinaient d'un œil soupçonneux la femme qui allait diriger la construction de l'Orient. Stride savait ce que dissimulaient leurs sourires. Pas de problème pour la laisser présider la cérémonie. Mais pour le reste, d'autres exerceraient le véritable pouvoir depuis les coulisses.

Ils risquaient d'être surpris. Claire était vraiment une dure à cuire.

Elle ne prononça pas de discours. Elle posa simplement les deux mains sur le détonateur. La foule se tut. Les appels au silence se prolongèrent pendant quelques secondes, tandis que les regards se tournaient vers l'hôtel. Bizarre, se dit Stride, à quel point nous sommes fascinés par la destruction, par la mise à bas des idoles. Il avait fallu des années pour édifier le Shéhérazade, et quelques secondes suffiraient pour le réduire en poussière.

Plus personne ne regardait Claire, maintenant – sauf Stride et Serena, qui virent son sourire s'effacer quand elle leva les yeux vers l'enseigne du Shéhérazade. A la lumière du jour, elle semblait fatiguée, à des lieues du halo multicolore qui les avait baignés la nuit. Claire avait les larmes aux yeux. Stride vit ses lèvres bouger. Elle murmura un mot.

Adieu.

Elle enfonça le détonateur. L'impulsion électrique courut le long des câbles, jusqu'aux charges de dynamite.

D'abord, il ne se passa rien. Les spectateurs retenaient leur souffle.

Puis – *bang bang bang bang* – les charges explosèrent l'une après l'autre, en staccato, du sommet au bas de la tour, avec des éclairs orange. Le sol trembla sous leurs pieds, comme par l'effet d'un séisme souterrain. L'hôtel se dressa encore fièrement pendant quelques secondes, défiant la dynamite et les lois de la pesanteur. Puis les murs s'affaissèrent, comme s'ils n'avaient pas plus de substance que des feuilles de papier, et l'hôtel somptueux s'écroula tel un corps exsangue. La chute provoqua un nouveau séisme, assez fort pour qu'ils aient l'impression d'être soulevés du sol.

La foule soupira et applaudit nerveusement, comme s'il était dangereux de se moquer d'une telle puissance. Elle savait ce qui allait suivre. Spectacle effroyable : un gigantesque nuage de poussière blanche commença à se répandre. Les spectateurs reculèrent, se demandant jusqu'où il irait. Stride crut un instant que la panique allait se propager. Dans les tours voisines, les voyeurs inquiets quittèrent les balcons pour se réfugier dans leurs appartements, sans oublier de fermer les baies vitrées pour se protéger de la poussière. Il y avait sans doute un peu de Frank Sinatra dans ce nuage. Et un peu d'Amira.

La poussière s'éleva bien avant d'atteindre la foule. Elle monta vers le ciel en tourbillonnant. Elle monta si haut que le vent de la montagne s'en empara et la poussa vers le nord, dispersant les cendres au-dessus de la ville. Au sol, le brouillard s'éclaircissait, révélant les vestiges de l'hôtel – un monceau de quinze mètres de haut de décombres, de murs, de sols, de carrelage, de porcelaine, de bois et de feuille d'or – tous ces éléments mêlés. Les bulldozers et les camions-bennes attendaient à quelques rues de là, prêts à s'attaquer à cette montagne.

La foule commençait à se disperser. Le spectacle était fini. Le rideau était retombé.

Stride regarda une dernière fois le monceau de débris. Il aperçut un fragment de l'enseigne de l'hôtel, qui avait fini sa course, on ne sait comment, au sommet du tas. Un fragment de néon. Il ne reconnaissait même pas les lettres. Il pensa alors aux journaux décolorés qu'il avait lus, aux photos des jeunes gens de l'époque, à l'année 1967. Le soleil fit miroiter cet ultime fragment, et, pendant un instant, ce fut comme si le néon clignotait une dernière fois, lançant un éclair de lumière colorée qui allait et venait, comme un ultime clin d'œil.

56

Ils quittèrent le site de l'implosion en même temps que les milliers de badauds qui jouaient des coudes dans les rues encombrées. Le brouillard restait en suspension dans l'air. Serena proposa qu'ils prennent leur après-midi et rentrent chez eux pour se détendre, prendre un bain et faire l'amour. Puis s'allonger dans la pénombre de leur chambre à coucher et parler toute la soirée et toute la nuit. Parler de tout et de rien. La présence de Stride semblait la faire rayonner, et il le ressentait au plus profond de son âme.

Il tourna à droite sur Las Vegas Boulevard, comme la moitié des habitants de la ville, et roula en direction du nord. La tour du Stratosphere se dressait devant eux. Ils avançaient à une lenteur désespérante, au point que les piétons, sur les trottoirs, progressaient plus vite qu'eux. La rue n'était qu'un long ruban d'acier s'étirant d'un croisement à l'autre. Les klaxons beuglaient inutilement. Quand ils atteignirent le Stratosphere, après ce qui leur avait paru une éternité, Stride se pencha pour regarder la soucoupe surplombant la tour, plus de trois cents mètres au-dessus de lui.

Quand il était arrivé du Minnesota, quelques mois plus tôt, c'est là qu'il avait trouvé Serena, au milieu de la nuit, en train de contempler la ville. Le vent frais les enveloppait et la lueur des innombrables néons était éblouissante. Ils s'étaient serrés l'un contre l'autre. Ils s'étaient embrassés. Il s'était dit que leur amour ne pourrait survivre dans cette ville, que tôt ou tard ils devraient choisir. Mais à ce moment-là, ça n'avait aucune importance. Ils n'avaient aucun contrôle sur l'avenir, sauf ce qu'ils ressentaient l'un pour l'autre.

Mais l'avenir n'était plus l'avenir. C'était le présent. Réel, sale et sans échappatoire.

Il dépassa le Stratosphere. La circulation s'éclaircit un peu. Il tourna dans l'allée d'un motel dont l'enseigne clamait qu'il restait des chambres disponibles, et coupa son moteur. Il ne regardait pas Serena, mais il sentit qu'elle l'observait. Plus le silence se prolongeait, plus il sentait croître son angoisse.

Comment commencer ?

— On m'a proposé de retourner dans le Minnesota.

Il l'entendit inspirer brusquement. Elle demanda d'une voix lente, calme :

— Tu as envie d'y aller, non ?

Il la regarda enfin. Le chagrin qu'il lut sur son visage, c'était comme s'il recevait sur la tête tout le poids du Shéhérazade.

— Oui.

Elle descendit de voiture. Elle claqua la portière et s'éloigna sur le trottoir, les bras croisés. Il descendit à son tour et courut derrière elle.

— Serena, attends !

Elle n'avait pas envie qu'il la rattrape. Il la rejoignit tout de même, la fit pivoter vers lui et vit les larmes sur ses joues. Ses cheveux noirs lui collaient au visage. Elle était en colère contre elle-même.

— Je suis désolée, dit-elle. Je t'ai trompé. Qu'est-ce que j'espérais ?

— Tu ne m'as pas laissé finir.

— J'ai toujours su que tu partirais. Que tu te réveillerais un matin et que tu déciderais de t'en aller. Tu crois que j'ignore que tu n'es pas heureux ici ?

— Tu as raison. Je ne suis pas heureux.

— Je savais que tu finirais par rentrer chez toi.

Il secoua la tête.

— Ce n'est pas le Minnesota, chez moi. Quand je vivais là-bas, c'était Cindy mon point d'ancrage. Après sa mort, j'étais perdu.

Il lui prit les mains.

— Jusqu'à ce que je te rencontre.

— Mais tu as envie de retourner à Duluth.

— C'est vrai. Je suis un bonhomme de neige, ici. Je fonds.

Elle rassembla tout son courage, prête à lui rendre sa liberté.

— Je ne veux pas t'obliger à rester. Pas même pour moi.

Il prononça enfin les mots qu'il voulait dire depuis si longtemps.

— Viens avec moi.

— Dans le Minnesota ?

Elle regarda autour d'elle, la rue de Vegas, le flot de la circulation, le ciel immense, les lumières.

— Tu sais bien que ça ne marcherait jamais, Jonny. Je serais aussi peu dans mon élément que toi à Las Vegas.

— Je ne crois pas. Claire le disait aussi : tu vaux mieux que Vegas.

— Mais c'est ma…

Elle s'interrompit. Il savait qu'elle avait failli dire

« ma ville ». Peut-être pensait-elle à ce qu'il avait dit. Ou bien commençait-elle à réaliser ce qu'il lui demandait. Se déraciner. S'engager.

Les passants allaient et venaient autour d'eux, sur le trottoir. Mais ils étaient seuls.

— Que veux-tu que nous soyons l'un pour l'autre, Jonny ? Des partenaires ? Des amants ? Ou autre chose ?

Stride eut peur de répondre de travers.

— J'ai été marié deux fois, fit-il d'une voix pensive. La première fois, c'était l'accord parfait. La deuxième, une erreur terrible. Je n'ai pas peur d'essayer à nouveau, mais je veux que nous soyons prêts.

— J'ai beaucoup de chemin à faire, dit Serena. Il ne s'agit pas de toi, mais de moi.

— Je sais.

— Et tu veux tout de même que je t'accompagne ?

— Oui. C'est ce que je veux.

Il lisait ses émotions sur son visage. Il savait à quoi il lui demandait de renoncer, les risques qu'il lui demandait de prendre.

Pour lui, ç'avait été facile. Il avait décidé de quitter Duluth dans une période de transition. Durant les quelques mois qu'il venait de vivre dans cette ville électrique, il avait dû passer en revue tout ce qui faisait de lui ce qu'il était. Et ce qu'il n'était pas.

On lui offrait soudain une chance de reconstruire ce qu'on lui avait volé.

Serena s'écarta de lui et s'adossa à leur véhicule, garé de travers sur le trottoir. Elle resta là, un genou replié, les mains dans les poches, le regard fixé sur le Strip. Stride aurait aimé connaître ses pensées. Tandis qu'elle contemplait la folie de la ville, il se demanda si elle voyait son passé ou son avenir.

Elle secoua la tête, comme quelqu'un qui s'amuse d'une vieille blague. Puis elle ouvrit la portière, monta dans la camionnette et se pencha à la fenêtre.

— Hé, Jonny ! Alors, tu viens, ou quoi ?

Stride sourit. Il la rejoignit. Il leva les yeux vers le ciel brûlant en se disant que sur les rives du grand lac, dans le Minnesota, les feuilles étaient déjà tombées. L'hiver arrivait à petits pas, venant du nord. La neige ne tarderait pas.

Remerciements

Comme toujours, mes remerciements iront d'abord aux cinq femmes extraordinaires dont l'aide a été si déterminante pour ma carrière : mes agents Ali Gunn à Londres et Deborah Schneider à New York ; mes éditrices Marion Donaldson à Londres et Jennifer Weis à New York ; et ma femme, Marcia.

De nombreuses autres personnes ont rendu possible cette épopée : Carol Jackson, Diana Mackay, Kate Cooper, Stephanie Thwaites, et toute l'équipe de Curtis Brown ; Beth Goehring, Gary Jansen, Victoria Skurnick, Carole Baron et leurs collègues chez Bookspan ; Brigitte Weeks ; Sally Richardson ; Peter Newsom ; l'équipe formidable chargée des ventes et de la publicité, tant chez Headline qu'à St Martin's ; et l'équipe créative du site Internet chez Designstein (Nathan, Rob, Cat, Ed, Mark).

J'ai travaillé avec des équipes éditoriales et commerciales remarquables, chez un grand nombre d'éditeurs du monde entier. Que tous soient remerciés ici pour leur soutien immédiat et enthousiaste.

Cette existence serait impossible sans de grands amis tels que Barb et Jerry, Keith et Judy (et toute la mafia de

Bath), Janean, Janice, Kris, Cindi, nos amis à HSCA et Faegre & Benson, et tant d'autres.

J'ai le bonheur infini d'avoir été soutenu par des parents qui ont toujours cru en mon rêve, et par une grande famille de fidèles supporters. Nous ne nous voyons peut-être pas souvent, mais vous êtes tous très près de mon cœur.

Je dois enfin remercier les nombreux libraires qui ont défendu mes livres et les milliers de lecteurs qui m'ont rejoint et ont suivi Jonathan Stride et Serena Dial dans leurs aventures. (Remerciements tout particuliers à Gail F., Bonnie B., Tim S., Eric S., Ed K.)

Jusqu'ici, j'ai toujours pu répondre personnellement à ceux qui m'ont écrit à **brian@bfreemanbooks.com**, et je souhaite continuer à recevoir ces courriers innombrables. On peut également visiter mon site Internet, **www.bfreemanbooks.com** pour obtenir toute information sur moi-même, mes livres passés et futurs, et mon blog.

Fugue ou enlèvement ?

(Pocket n° 12284)

Pour la seconde fois en un an, la ville de Duluth s'apprête à vivre la frénésie médiatique qui accompagne la disparition d'une adolescente. Après la jeune Kerry, c'est au tour de Rachel, jeune fille décrite comme une séductrice fort précoce, de se volatiliser. Pour la retrouver, l'inspecteur Jonathan Stride va devoir creuser au plus profond d'une infernale histoire de famille, mêlant jalousie, vengeance et haine. Du Minesotta à Las Vegas, le secret de Rachel semble le défier en un sanglant jeu du chat et de la souris…

Composé par Facompo
à Lisieux (Calvados)

Imprimé en France par

MAURY-IMPRIMEUR
à Malesherbes (Loiret)
en octobre 2010

POCKET – 12, avenue d'Italie - 75627 Paris cedex 13

N° d'impression : 159411
Dépôt légal : novembre 2010
S19479/01